ÉTUDE EN NOIR

“Actes noirs”

DU MÊME AUTEUR

LA CAVERNE DES IDÉES, Actes Sud, 2002 ; "Actes noirs", 2013 ; Babel n° 604.
LA BOUCHE, Mille et Une Nuits, 2003.
LE DÉTAIL, Mille et Une Nuits, 2003.
CLARA ET LA PÉNOMBRE, Actes Sud, 2003 ; Babel n° 669.
LA DAME N° 13, Actes Sud, 2005 ; Babel n° 793.
LA THÉORIE DES CORDES, Actes Sud, 2007 ; Babel n° 911.
DAPHNÉ DISPARUE, Actes Sud, 2008 ; Babel n° 1471.
LA CLÉ DE L'ABÎME, Actes Sud, 2009 ; Babel n° 1080.
L'APPÂT, Actes Sud, 2011 ; Babel noir n° 120.
TÉTRAMÉRON. LES CONTES DE SOLEDAD, Actes Sud, 2015 ; Babel n° 1728.
LE MYSTÈRE CROATOAN, Actes Sud, 2018 ; Babel n° 1812.
L'ORIGINE DU MAL, Actes Sud, 2021.

Titre original :
Estudio en negro
Éditeur original :
Editorial Planeta, S.A., Barcelone

ISBN 978-2-330-17962-5

JOSÉ CARLOS SOMOZA

ÉTUDE EN NOIR

TRILOGIE DE M. X

traduit de l'espagnol (Espagne)
par Marianne Millon

ACTES SUD

À mon père.

Un jour, tu m'as demandé de rester à la maison.
La voici. Restes-y pour toujours.

PRÉLUDE POUR LES DÉFUNTS

Le succès théâtral de la mort est indiscutable : elle reste éternellement à l'affiche et n'a pas besoin de répétitions pour atteindre la perfection.

SIR HENRY GEORGE BRYANT,
Étude sur le théâtre anglais (1871).

La mort fut rapide mais agaçante, comme la sensation d'atteindre avec les doigts ce point dans le dos qui vous démange depuis des heures.

Apaisante, rapide, voire confortable.

Il n'y eut ni agonie ni médecin ni ami ou proche pour le pleurer, ni porteurs pour le cercueil, ni chevaux emplumés comme des corbeaux, ni veuve voilée en tête du cortège. L'instant décisif le surprit assis. Puis deux hommes l'emmenèrent hors de la maison à l'intérieur d'un sac. Le reste ne fut pas silence, mais vulgaires secousses de l'attelage tout à fait inapproprié pour son contenu funèbre.

Il faisait nuit quand le véhicule instable s'arrêta. Les deux hommes en descendirent, ouvrirent le sac et le défunt posa les pieds sur le sol. Ils l'invitèrent à entrer dans un lieu parfaitement inconnu. À première vue, une maison en ruine, peut-être une grange. Il s'en dégageait une odeur de bouse de vache et il n'y avait pratiquement pas de meubles. Comme l'au-delà, bien sûr, cela vous faisait perdre la foi.

L'un des hommes s'arrêta dans la pièce la plus spacieuse et alluma une lampe à huile.

— Comment vous sentez-vous ?

Le défunt eut un air las et indifférent. Cette grande bâtisse inhospitalière ne l'inspirait guère. Il se rappelait sa vie débordante d'activités, et même l'instant de l'éclair final était par comparaison beaucoup plus authentique et agréable que ce néant poussiéreux. Au fait, où était passée la jeune fille à qui il devait sa mort ?, se demandait-il. Mais même la science du XIXe siècle que connaissait le défunt, avec sa machinerie industrieuse, ses théories sur les singes athées et leur religion anglicane, ne pouvait lui expliquer à quoi ressemblait la vie une fois le dernier seuil franchi. Il supposa qu'il allait s'y habituer. Il n'y avait plus rien de mieux, ni pire non plus.

De surcroît, et il s'en félicita chaudement, il ne resterait fort probablement pas seul pendant très longtemps. L'homme le lui dit plus tard :

— Il va y avoir d'autres morts.

Il se sentit soulagé. Dans son infinie solitude, le cadavre appréciait la perspective d'avoir de la compagnie.

PREMIÈRE PARTIE

LEVER DE RIDEAU

Cette sensation particulière d'observer
une chose occulte qui va soudain être dévoilée.
Ce temps d'attente. Ce commencement terrible...

G. J. CLEMENS,
Ma vie dans un fauteuil (1874).

M. X

1

Le mystère que je vais raconter ne me concerne pas moi, mais M. X. Je crois toutefois devoir parler un peu de moi.

J'aurais beaucoup à dire, mais voilà ce qui me vient à l'idée : Au début 1882, j'habitais avec ma mère à Southwark, à Londres, dans un taudis au loyer exorbitant. Un jour, ma mère s'est mise à me regarder fixement. Quand j'ai compris qu'elle était morte, j'ai appelé mon frère, nous avons payé le transport du cercueil à Portsmouth, d'où nous sommes originaires, pour l'enterrer à côté de mon père, et à la gare de notre ville natale, mon frère a acheté les journaux locaux : le *Portsmouth Journal*, *L'Œil de Portsmouth* et la *Portsmouth Gazette*. Il les lisait surtout pour les critiques de théâtre, même s'il avait renoncé depuis des années à son rêve de devenir comédien et travaillait dans une banque. Il est tombé sur quelque chose dans le *Journal* et il me l'a montré. On cherchait une infirmière pour s'occuper d'un malade mental dans une résidence privée pour messieurs à Southsea, Portsmouth. J'ai un peu réfléchi – juste un peu – et, de retour à Londres, j'ai envoyé mes références. La lettre d'engagement est arrivée deux semaines plus tard. Eh bien, me suis-je dit. J'ai eu l'impression qu'un cercle de ma vie se refermait : j'étais née à Portsmouth et j'y revenais, peut-être pour toujours.

À l'époque, je fréquentais un homme que j'avais connu quatre ans plus tôt. Il s'appelait Robert Milgrew et il était marin sur un navire marchand, ce qui signifiait qu'il me rendait visite quand il pouvait, du moins à ce qu'il disait. Que le lecteur n'imagine pas un jeune homme imberbe et musclé : il était plus âgé que moi, trapu, la barbe négligée. Il buvait et se montrait parfois violent, mais je suppose qu'on ne peut pas tout avoir. Du vivant de ma mère, je ne l'amenais jamais à la maison, mais cette fois, quand il m'a annoncé son arrivée, j'ai préparé le terrain pour lui faire part de la nouvelle : j'ai cuisiné un ragoût, plat qu'il aimait beaucoup, et lui ai acheté une bonne bouteille de vin, qu'il aimait plus encore.

Avant, je l'ai invité au cirque à Camberwell. C'était le genre de spectacle auquel on pouvait se permettre d'assister, et où les femmes entrent sans problème. De surcroît, même si la plupart ne sont pas *scandaleux*, ils vous procurent des émotions fortes, avec ces personnages masqués que sont les saltimbanques, qui ne cessent de se contorsionner. Pour cette représentation, ils étaient enfermés dans une grande cage et feignaient de vouloir en sortir. Ils criaient et sautaient comme des chimpanzés. Robert a ri à s'en faire exploser les poumons – déjà en piteux état – puis on est rentrés à la maison, lui avec la tête qui tournait un peu à cause des pirouettes et des cris. Pendant le dîner, il a écouté sans rien dire mon projet d'aller travailler à Portsmouth et d'économiser afin d'y acheter une petite maison pour nous deux. Pendant que je parlais, il a avalé de bon cœur deux assiettes pleines. Quand j'ai eu fini, il est resté silencieux. J'ai pris peur. Alors il a tendu la main, pris la bouteille vide et me l'a jetée à la tête. Par chance, une chaise a décidé de se trouver là au moment opportun, j'ai trébuché et la bouteille s'est fracassée contre le mur. Les éclats de verre me sont tombés dessus. Puis Robert. Il m'a soulevée d'une seule main. Il était plus petit que moi, grassouillet et plus âgé, mais c'était un homme, bien sûr. À la force colossale. La mienne ne servait qu'à soigner et guérir. La sienne était terrible. Destructrice.

— Tu vas quitter Londres pour ce trou à rats ! pestait-il en criant, la barbe dégoulinant de ragoût. – On aurait dit un saltimbanque en fureur. – Tu vas me laisser pour te tirer ! Tu vas aller seule là-bas, comme une traînée ! N'y pense même pas, ma petite !

Pourquoi se mettait-il dans cet état ? lui ai-je demandé sur un ton suppliant. On pourrait continuer à se voir à Portsmouth !

Mais il ne m'écoutait pas.

Il ne m'écoutait jamais quand il était ivre, mais ça, je le savais déjà.

Il avait mauvais caractère, mais ça aussi, je le savais.

Pourtant, à cet instant, il a fait une chose qu'il n'avait jamais faite auparavant, et j'ignorais qu'il pourrait la faire un jour.

Il s'est mis à m'étrangler.

— Ro… bert… suffoquais-je.

Je me voyais mourir. Là, dans mon deux-pièces misérable, avec ma vaisselle en miettes et les mains de Robert autour de mon cou. Mais ce furent ses yeux qui me firent le plus peur. Ils étaient sombres et carnassiers. Je n'ai pas voulu les regarder.

— Tu veux… tu veux partir… ? Tu veux… ? bredouillait-il. Eh bien… va-t'en !

Alors il m'a lâchée. Et tandis que je toussais à ses pieds, je l'ai entendu crier que c'était d'accord, je pouvais aller en enfer si je voulais.

Il a emporté une partie de mes économies et il est sorti en claquant la porte.

Tout s'était achevé comme d'habitude. Le lendemain, j'étais encore au lit, le corps endolori, lorsque quelqu'un a glissé une enveloppe sous ma porte. Elle contenait un mot. De Robert. Bien que ce ne soit pas son écriture, je sus qu'il était de lui. Ce n'était jamais son écriture, car il savait à peine écrire et demandait à un autre – un marin, un mousse, un docker –, qui n'écrivait pas bien non plus, mais un peu mieux que lui, de rédiger le message qu'il lui dictait. Il me disait qu'il me pardonnait. Qu'il essaierait de continuer à venir me voir à Portsmouth, lors de mon premier après-midi de congé. Qu'il m'aimait.

Je ne réagis pas. Ni bien ni mal. Je m'arrangeai avec mon propriétaire, conservai le strict nécessaire, laissai le reste à mon frère et le jour de ma prise de fonction, à la mi-juin, je revêtis ma plus belle robe et pris un train en gare de Waterloo.

2

Je retournai la même question pendant tout le trajet. Pourquoi ne voulait-il pas que je parte à Portsmouth ? Il vivait sur la mer, qu'est-ce que cela pouvait lui faire ?

Dieu sait que ce n'était pas une belle ville. Mais il y avait le port qui, même s'il vous décourageait d'écrire de la poésie, était idéal pour un marin. Le reste se partageait entre des baraquements dans lesquels j'avais grandi et la partie noble de Southsea, qui s'était développée avec le temps ; maintenant des gens aisés y habitaient et il y avait beaucoup plus de théâtres. Ainsi que Clarendon House, la résidence où j'allais travailler.

Pourquoi cette réaction ? Qu'avais-je fait de mal, cette fois ? Certes, pendant quelque temps, je n'aurais pas de maison car j'habiterais à la résidence, mais à Londres aussi, on se voyait en dehors de chez moi. Je ne comprenais pas, mais avec Robert, c'était toujours comme ça. Je ne me comprenais pas non plus moi-même : je ne voulais pas le revoir – mon cou portait encore la marque de ses doigts que je dissimulais sous un foulard –, mais je savais que lorsqu'il m'écrirait de nouveau, je serais là. Je le savais, même si je refusais l'évidence.

Il me restait peu de chose dans la vie : mon travail d'infirmière et Robert. Ils n'étaient pas faciles, mais c'était tout ce que j'avais.

Il pleuvait à torrents quand j'arrivai à Portsmouth. Un de ces orages d'été qui tombent quand je décide de porter ma plus belle robe afin de produire une bonne impression pour ma première journée de travail. Au moins, j'eus la chance de pouvoir louer une voiture à cheval à la gare. Je regardais par la vitre afin d'apercevoir ma ville natale, dans laquelle je n'étais pas revenue depuis le décès de ma mère et où je n'avais vu que le cimetière, mais avec la pluie, je ne distinguais presque rien. On aurait dit une lapidation exécutée par des fanatiques. La fin du monde

Les théâtres continuaient pourtant à attirer des spectateurs, et il fallut attendre cinq minutes pour que la masse de parapluies se pressant devant les portes du Victory, sur Victory Road, où l'on jouait manifestement un mélodrame à succès, nous laissât passer.

Clarendon House était une énorme tache dont la partie arrière donnait sur la mer, entourée d'énormes taches vertes. Par beau temps, cela devait être joli. Il me rappelait un bâtiment de ce style devant lequel je passais quand j'étais enfant, avec une façade hollandaise et des toits pointus. Je supposai qu'il avait appartenu à une famille noble désormais ruinée et, une fois rénové, était devenu une maison de santé pour hommes riches. La famille avait peut-être été vendue à des amateurs de théâtre clandestin – mon frère me racontait que cela arrivait à certaines familles ruinées –, mais allez savoir. J'imaginais un travail tranquille auprès d'un vieil homme capricieux. Le genre de tâche pour laquelle je me considérais comme experte.

Mon attelage s'arrêta à la grille du mur d'enceinte de la propriété, où il y avait une clochette et une pancarte délavée par la pluie : "CLARENDON HOUSE. MAISON DE REPOS POUR MESSIEURS". Je payai le cocher et ajoutai un pourboire pour qu'il dépose mes bagages devant la porte, où je les récupérai.

J'aime depuis l'enfance la robe luisante des chevaux revêtus de pluie, comme si on cirait des meubles en bois d'ébène, mais je n'étais pas en situation de jouir du spectacle après le départ de l'aimable cocher de Portsmouth. Je me sentais très seule sous mon ombrelle incongrue tandis que je tirais sur la clochette. J'imaginais que personne ne sortirait, qu'on allait me laisser là et que la pluie finirait par me dissoudre comme un de ces châteaux de sable que les enfants bâtissent sur les plages.

Tout avait mal commencé.

J'aurais dû me douter que les choses ne feraient qu'empirer.

3

— Mon Dieu, vous êtes trempée, houuuu ! Je vais vous apporter de quoi vous sécher !

Une domestique rondouillette en uniforme bleu ciel appelée Henrietta Walters vint enfin m'accueillir. – "Mais tout le monde m'appelle Hettie, houuuu !" – Elle riait au point de devenir écarlate, comme si me voir trempée jusqu'aux os était la chose la plus amusante du monde. J'avais l'impression qu'à ses côtés, tout s'accélérait. Nous courûmes sous son parapluie par un sentier boueux, traversâmes un vestibule sobre et sévère et des cuisines où je sentais une odeur d'infusions et d'œufs frits, et nous entrâmes dans une petite pièce qui ressemblait à un vestiaire. Hettie me donna une serviette. Il y avait un miroir en pied et des étagères avec des uniformes noirs, des chasubles et des tabliers blancs. Je me séchai comme je pus sans ôter ma robe. Puis je m'occupai de la boue sur mes bottines.

Hettie venait régulièrement me demander si j'avais besoin de quelque chose. C'était une femme maternelle. Nous sûmes instantanément que nous étions toutes deux de Portsmouth, et comme la seule chose qui semblait nous éloigner était le travail, nous préférâmes parler de théâtre. Ses joues rondes rougirent en me disant à voix basse que je devais aller voir *La Dévouée Lucy*, un mélodrame qui faisait un triomphe au Victory. Les émotions du mélodrame sont excessives pour moi. Hettie, en revanche, adorait être émue.

— J'ai pleuré, j'ai ri, houuuuu. Souvent, je pleurais et je riais en même temps !

— C'est… *scandaleux* ? demandai-je avec curiosité.

Elle me regarda et en convint très lentement, mais très fermement. Chaque hochement de tête augmentait mon sens du scandale. Puis elle se pencha vers moi et me décrivit l'actrice principale dans une certaine scène, ce qu'on lui faisait, et ce que lui criait une partie du public. Je promis d'aller voir le spectacle, avant tout pour qu'elle arrête de me le raconter.

Quand j'eus fini de me sécher, je me regardai dans le miroir. Je vis surtout une volonté de soigner mon apparence : mon petit chapeau pitoyable, ma plus belle robe trempée, les rides marquées sur mon visage, mon nez proéminent, mes yeux trop rapprochés. C'était toujours moi. Au moins, j'étais propre. Ça oui. Ou lavée.

Le cou, dissimulé par le foulard.

— Maintenant allons voir… M. Weedon ! me dit alors Hettie.

Elle allongea tellement le nom – *"Weeeeeedon"* – que je pris peur avant de le voir.

4

Sur la porte, de l'autre côté du vestibule, une petite plaque indiquait "PHILOMON WEEDON, COMPTABLE". Hormis son bureau, il y en avait un en angle, occupé par son assistant, un jeune homme blond au visage angélique qui se présenta comme Jimmy Piggot. Il semblait très timide. Weedon était un homme de petite taille, robuste, imberbe, à la calvitie concave – oui, c'est bien ça : *concave*, écrasée au centre – traversée par des cheveux telles des lignes tracées à l'encre. Il ne m'invita pas à m'asseoir, chaussa ses binocles et commença à écrire tout en me posant des questions. Elles n'étaient guère différentes de celles auxquelles j'avais déjà répondu en envoyant mes références, mais cela ne me dérangea pas. Ce qu'il y a de bien, quand on refait quelque chose, c'est qu'on l'a déjà fait, disait mon père.

— Âge ?

— Quarante-quatre ans, monsieur.

— État civil ?

Je m'aperçus que je touchais le foulard noué autour de mon cou.

— Célibataire, monsieur.

Ma conscience emmenait et ramenait Robert comme une algue flottant sur la rive. Je savais que je ne devais pas le mentionner. Si je ne le faisais pas, je ne penserais pas autant à lui. Si je ne pensais pas autant à lui, je finirais peut-être par l'oublier. Et si je l'oubliais, j'arrêterais peut-être de le désirer.

Il passa en revue le plus ordinaire : la résidence précédente, ma famille, mes goûts en matière de théâtre – opérette, drames et spectacles de cirque. Il n'émit pas d'objection.

— Expérience ?

Je parlai de mon travail auprès de malades particuliers, mais je supposai que ce serait un avantage d'ajouter ce que j'avais inclus dans mes références : mes deux ans à l'asile d'aliénés d'Asherton (Dartmoor) – tristement célèbre, parce que tout le monde se rappellera qu'il a été détruit par un incendie en 1872. Mais Weedon tordit la bouche.

— Avoir travaillé dans un asile est une bonne et une mauvaise chose, mademoiselle McCarey. – J'attendis l'explication de cette phrase mystérieuse : À Clarendon nous n'avons pas de “malades”, mais des “résidents”, ajouta-t-il sur un ton doctoral. C'est le nom que vous devez leur donner. Des messieurs de bonne famille qui viennent pour soigner leurs nerfs fragilisés par leur vie pleine d'énormes et pesantes responsabilités. Vous comprenez ?

— Oui, monsieur.

Bon, c'était seulement le nom. Chaque lieu possède son propre dictionnaire, disait mon père. J'en déduisis pourtant que, s'ils m'avaient engagée en sachant que j'avais travaillé dans un asile, c'était parce que je les intéressais.

Il me tendit enfin des papiers. Les conditions étaient celles que je connaissais déjà : quatre-vingts livres par mois, le gîte et le couvert, produits d'hygiène, un uniforme en bon état et le chauffage. On attendait de moi une conduite appropriée, irréprochable. Je ne pourrais prendre époux sans autorisation expresse du médecin-chef. J'avais droit à une demi-journée de congé tous les quinze jours, mais je devais préciser quelle pièce j'irais voir si je décidais d'aller au théâtre. Juin 1882. Anne McCarey – ma signature était ce nom-là en toutes petites lettres, comme celles que je trace en ce moment en écrivant ces lignes. Weedon se leva après avoir rangé les papiers.

— Vous rencontrerez bientôt le Dr Ponsonby. Maintenant je vais vous présenter le résident dont vous vous occuperez.

Il semblait soudain nerveux, comme si c'était lui le nouveau venu.

S

On aurait cru qu'il y avait eu un massacre dont on serait en train d'effacer les traces.

Des domestiques en uniforme bleu ciel s'affairaient à tout frotter avec un certain acharnement, rampes, sols, murs. J'appris par la suite que, à Clarendon, tout ce qui n'était pas recouvert d'un tapis était frotté régulièrement, comme un châtiment envers le manque de douceur.

— C'est à cause de la pluie, commenta Weedon pendant que nous empruntions l'escalier qui menait à l'étage supérieur. Tout est sale.

En montant, il m'expliqua que Clarendon possédait deux étages pourvus de dix chambres chacun, cinq dans chaque aile. Les résidents faisaient leur toilette dans leur chambre, à l'aide des infirmières ou non, et ils partageaient un WC au fond du couloir. Nous étions quatre infirmières sans compter l'infirmière en chef, et l'on attendait de moi que je fasse connaissance des résidents et que je m'occupe d'eux quand je pourrais dans l'aile où vivait le mien – l'aile ouest, au premier étage. Il ajouta qu'ils n'acceptaient que des résidents masculins issus de bonnes familles, en excluant les familles de la classe moyenne ou inférieure et les efféminés, quelle que fût leur famille.

— Les femmes ne sont pas admises, précisa-t-il pour dissiper les doutes.

Cela le poussa peut-être à m'examiner de la tête aux pieds en arrivant au premier étage. Je crus qu'il allait dire : "Nous n'admettons pas non plus d'infirmières peu séduisantes." Mais sur ce dernier point, je fus rassurée tout de suite. Une infirmière qui semblait remplir de son corps le couloir qui s'ouvrait devant nous nous interrompit. Elle était plus forte que Hettie, mais plus petite, ce qui, ajouté à l'uniforme entièrement noir à l'exception de la coiffe, de la chasuble et du tablier, la faisait ressembler à une boule roulant en silence avec une cigarette dessus. Elle portait un plateau contenant de la gaze, un trousseau de clés accroché à son tablier. Ses traits compressés au centre d'un visage de cire sous la coiffe très haute étaient loin de ressembler à ceux de la joviale Hettie. Weedon et elle eurent une brève conversation à voix basse sur les "résidents" – *Apprends le mot, Annie !* Ensuite, le premier fit les présentations.

— L'infirmière en chef, Mary Braddock. Anne McCarey, la remplaçante de Bettie.

Elle me regarda depuis cette accumulation de traits sans me rendre mon sourire.

— Désolée pour toi ! dit-elle en poursuivant son chemin.

Weedon haussa les épaules comme s'il avait présenté sa fille un peu impertinente, mais dont la position élevée dans la hiérarchie familiale était incontestable.

— Veuillez excuser Mlle Braddock, M. X est un peu spécial.

Je ne compris pas le nom. Peut-être était-il étranger.

Mais je ne pus lui poser aucune autre question car il s'éloigna dans la direction par laquelle l'infirmière était arrivée, certainement l'aile ouest qui m'était échue. D'un côté des portes closes, de l'autre des baies vitrées qui donnaient sur l'avenue Clarence et tout Portsmouth, griffonné par la pluie. J'imaginais que les chambres des résidents avaient vue sur la mer. Weedon s'arrêta devant la dernière porte après m'avoir désigné le luxueux WC commun au fond, frappa quelques petits coups et l'ouvrit sans attendre de réponse.

Le plus prodigieux fut que, une fois à l'intérieur, il parla d'une voix très différente de celle du digne employé de bureau et strict instructeur d'avant.

C'était presque musical, doux, comme on dirait "gueugueu" à un bébé.

— Monsieur X…, votre nouvelle infirmière est arrivée !

Et tout en parlant, il s'écarta et m'invita à entrer.

Mais je ne le fis pas.

La chambre était entièrement plongée dans la pénombre.

L'OEIL DE PORTSMOUTH

CRITIQUES THÉÂTRALES

La Dévouée Lucy, mélodrame en trois actes de J. P. Wilford. Théâtre Victory

... et Lucy Simmons (interprétation magistrale de Mlle Kendall), dans un prodigieux uniforme de domestique (juste des rubans et des nœuds sur tout le corps, juste des rubans et des nœuds !), obéit à toute créature vivante : aux messieurs, à leurs enfants, aux invités et aux amis, au chien et au chat, aux souris, aux vagabonds qui mendient dans les rues (tous interprétés par des acteurs)... Mais à la mort d'un oncle de Lucy en Amérique, notre protagoniste hérite de sa fortune et porte maintenant du cuir et de grandes bottes noires, se contemple dans les miroirs et se donne des ordres à elle-même... On regrette l'acteur Edwin Noggs, l'un des mendiants, dont les bonds sur scène arrivaient au plafond tandis qu'il maniait si adroitement sa ceinture... Edwin, comme s'en souviendra notre public de Portsmouth, était un véritable clochard, et il est mort la semaine dernière dans une rixe avec un autre vagabond...

H. Schreiber

LE VIOLON

1

Mon ombre se déplia dans le rectangle de lumière d'un tapis, puis elle se plia et trébucha sur le dossier d'un fauteuil à oreilles.

Plus loin, des rideaux tirés.

Intérieur vide.

Weedon me faisait toujours signe d'entrer. J'avançai de quelques pas. Dans quoi vas-tu te fourrer, Annie ? me demandai-je. La pièce était spacieuse, mais peut-être l'effet provenait-il du faible nombre d'objets. Un lit tiré au cordeau. Une bassine entre le lit et une commode supportant une grande cruche. De l'autre côté, une cheminée avec un manteau et une lanterne, un guéridon avec une chaise et une petite armoire. Le fauteuil déjà mentionné au centre.

Rien d'autre. Ni livres ni revues ni tableaux. Et ça ne sentait pas la folie, ces effluves faits d'un mélange animal et humain auquel j'étais si habituée depuis Asherton, mais un ensemble d'air respiré et rejeté comme une vache le ferait avec de l'herbe.

— Dites-lui quelque chose, murmura Weedon depuis le seuil.

— À… À qui ?

Il désigna le fauteuil de la tête, impatient.

Soudain j'eus peur. Mes mains devinrent moites et j'en passai une sur le foulard que je portais autour du cou. Je n'avais pas l'impression d'approcher, mais que c'était le fauteuil qui, lentement, comme s'il essayait de passer inaperçu, avançait vers moi.

En arrivant à sa hauteur, je regardai.

Je vis un pantin.

Assis très droit, sans déformer le siège de son poids. Dans la pénombre, je distinguai des pommettes anguleuses, un front disproportionné, des yeux grands ouverts et, surtout, un nez aquilin très prononcé. Le reste – le corps décharné recouvert d'un pyjama, la robe de chambre et les pantoufles – aurait pu s'envoler dans un courant d'air sans guère modifier l'ensemble. Je parlai avec davantage d'enthousiasme que je n'en ressentais.

— Bonjour, euh... je m'appelle Anne McCarey et je suis... votre nouvelle infirmière, ravie de faire votre connaissance, monsieur... monsieur...

— "M. X", précisa Weedon depuis le seuil.

— Mais ce n'est pas son nom, n'est-ce pas ? répliquai-je.

— Il n'a pas de nom, répondit Weedon avec rudesse.

Cela me sembla absurde. Je ne voulus pas insister. Le pantin ne bougeait pas, je me penchai donc pour voir son visage. Dans la pénombre, je distinguai quelque chose d'étrange dans son regard.

— Je peux ouvrir les rideaux, monsieur ? demandai-je, m'adressant à M. X. Mais ce fut Weedon qui me répondit immédiatement depuis le seuil.

— Non. Sortez.

La nervosité de Weedon me surprenait. Je sortis après une révérence et Weedon ferma la porte.

— Pourquoi ne peut-on ouvrir les rideaux ? demandai-je.

— M. X ne veut pas. C'est un individu spécial. Je ne connais pas les détails, le Dr Ponsonby vous en parlera. – Il passait un mouchoir sur son visage, comme si nous nous étions trouvés dans la tanière d'un animal dangereux. Lui, il *connaît les détails*, mais il ne veut pas me les donner.

Soit, Weedon était un comptable, supposai-je. Ses rapports avec les malades étaient empreints de préjugés. Ce n'était pas mon cas.

Je me crus prête à me charger du monsieur Sans Nom.

Hettie Walters me conduisit là où j'allais loger à Clarendon : l'une des cinq chambres de bonne destinées aux infirmières.

Le qualificatif d'"austère" était insuffisant.

Nue et minuscule. Il y avait un miroir de demi-corps sur une petite table à tiroir dont le volume permettait de caser le lit sur un côté. La lumière se déversait par une lucarne pratiquée dans le plafond mansardé. J'avais connu pire.

On avait réussi à ajouter une cuvette avec de l'eau chaude sur le sol, une éponge et une serviette. Mes bagages, ainsi qu'un uniforme plié, déformaient le lit. J'ôtai ma robe, me lavai et examinai l'uniforme. Il y avait une *chemise**, des porte-jarretelles, des bas, un tricot de corps, une robe ample d'un noir profond, une chasuble et un tablier blancs à nouer avec des poches et des instruments à la ceinture, poignets et col amidonnés et des bottines basses. Il y avait aussi du linge de rechange pour ce que nous les femmes nous portons dans l'intimité et dont nous ne nous passons que dans les ténèbres du mariage.

Si ce n'est pas le cas, on peut aller dans un théâtre pour y voir des femmes dépourvues de cette dernière protection des bonnes mœurs. Je pense que vous le savez déjà. C'est juste pour information.

Comme je suis une dame d'âge mûr et peu séduisante, il n'y avait pas de pièces destinées à dissuader de la tentation : ni corset à lacets, armature de bustier, ni – béni soit Dieu ! – de coiffe à large visière pour masquer la moitié du visage. Ma coiffe était simplement haute, comme celle d'un archevêque. Quand je m'en couronnai, le miroir – un peu flou – me renvoya une curieuse image.

C'était moi sans être moi. L'uniforme avait beau être à ma taille, il me donnait une drôle d'allure. Curieux, l'effet produit par la garde-robe, la façon dont elle efface une chose pour en ajouter une autre, comme si vous étiez une actrice

* En français dans le texte. *(Toutes les notes sont de la traductrice.)*

jouant un rôle. Le col montant dissimulait des marques qui restaient derrière moi, du moins pour l'instant.

Je souris à cette image.

Maintenant, j'étais infirmière à Clarendon House.

Le Dr Ponsonby n'était pas encore arrivé, je me proposai donc de commencer mon travail. La première chose que je ferais serait d'examiner à la lumière du jour les yeux de ce monsieur, quel que soit son nom, parce que c'était le patient dont j'étais venue m'occuper.

Dans ce but, je gravis l'escalier recouvert d'un tapis en soulevant le bas de ma robe neuve, me dirigeai vers la dernière porte, donnai quelques coups légers et ouvris, comme l'avait fait M. Weedon, mais maintenant avec l'assurance que me donnait mon statut de responsable.

Pourtant, je me sentis de nouveau intimidée dans la pénombre et le silence. Que voulez-vous que je vous dise : c'était assez impressionnant, de trouver ce fauteuil de dos. Plus encore quand je fermai la porte. Ce fut comme si la lumière s'éteignait dans un tunnel.

— Monsieur… euh… X, je viens examiner vos yeux un instant. Ensuite, je refermerai les rideaux, si vous le souhaitez.

Pas de réponse. Un souvenir étrange me revint en mémoire : mon père de dos travaillant à sa table au siège maritime du quai. Il y en avait plusieurs dans ces bureaux – qui maintenant, dans mon souvenir, me semblaient immenses – et la sienne tournait le dos à l'entrée. Je voyais les épaules de sa redingote, ses cheveux noirs, si noirs, autant que… les yeux d'un petit ours en tissu qu'il m'avait offert un jour.

Je chassai ce curieux souvenir en me dirigeant vers la fenêtre.

— Il y a une chose qui s'appelle la "mer", là-bas, vous savez ? fis-je. Sa vision est généralement relaxante et agréable… – Je saisis les rideaux et une voix douce mais très claire, résonna dans mon dos.

— Non.

Je me retournai. Alors il parle, me dis-je. Dressé là, à la fois petit et digne, les traits masqués par les ténèbres s'ajoutant à ma propre ombre.

— Pardon, monsieur ?

— N'ouvrez pas les rideaux.

Une prononciation très claire, aiguë dirais-je, dépourvue d'émotion. Un ordre doux comme une prière.

— Je peux savoir pourquoi, monsieur ?

— J'aime qu'ils soient fermés, je me concentre mieux comme ça.

Je continuai à observer un instant cette silhouette droite dans le fauteuil. Pourquoi avait-il besoin de se concentrer ? me demandai-je. Quelle sottise. J'étais habituée aux demandes absurdes des malades mentaux, tellement proches des caprices des enfants. Il convenait de les ignorer quand elles nuisaient à leur santé : le patient devait disposer d'air frais et de lumière, disait Florence Nightingale, la grande infirmière. Je me tournai vers la fenêtre et saisis les rideaux.

— Ce ne sera pas long. Ensuite vous pourrez vous… "reconcentrer".

En les ouvrant, je battis des paupières, moins à cause de la lumière – il pleuvait toujours, il faisait gris et il n'y avait pas de soleil – que du nuage de poussière qui m'assaillit soudain. Je compris que personne n'avait ouvert ni nettoyé ces rideaux depuis des mois. Je vis mon reflet avec ma coiffe si haute dans les rectangles de verre d'une fenêtre crasseuse à deux battants. Le paysage disparaissait derrière la poussière intérieure et la pluie, mais on pouvait apercevoir les troncs des arbres du jardin, le mur de la propriété et, plus loin, la grisaille de la plage. Personne n'avait nettoyé la fenêtre non plus. Cet homme avait été abandonné à son sort dans le pourtant sélect Clarendon, uniquement pour satisfaire ses manies absurdes.

Je regardai de nouveau le fauteuil et m'écartai de la lumière pour voir son occupant.

Très maigre, tout petit, mais la tête, c'était autre chose. Elle se dressait au-dessus de lui comme une couronne. Grand front, pommettes saillantes, menton fin et, touche finale, le nez aquilin déjà mentionné. Il n'était pas rasé, il semblait ne jamais avoir eu de barbe. Corps menu, presque enfantin ; tête grande et mûre. Avec le premier, on avait envie de jouer ; la deuxième vous poussait à le respecter.

D'accord, il était un peu bizarre, et alors ?

Tout le monde est bizarre. J'ai moi-même le nez volumineux, les yeux très rapprochés et le menton enfoncé. Au collège, on m'appelait la Belette. Je ne trouvais M. X ni plus ni moins bizarre qu'un autre.

Mais son regard me paralysa.

L'œil droit était d'un bleu presque délavé, tel un aquarium vide. En me penchant un peu, je constatai que cela provenait de son énorme iris, qui remplissait presque toute la conjonctive. En revanche, l'iris gauche était assiégé par un buisson de ronces épaisses formant un dessin qui, s'il ne s'était pas agi d'un œil, aurait pu être simplement beau.

Un œil bleu, l'autre rouge.

L'ensemble était fabuleux.

— Avez-vous fini ? murmura-t-il sans décoller les lèvres.

— De quoi, monsieur ?

— De me regarder.

— Euh… oui, monsieur.

— Alors, s'il vous plaît, refermez le rideau, merci.

J'acceptai. Je ne voulais pas le contrarier de nouveau. Mais cet œil rougeoyant me faisait de la peine, sa signification clinique me semblait évidente : un épanchement de sang.

— Il vous brûle… ? demandai-je d'un filet de voix.

— Quoi ?

— Votre œil gauche… Il vous brûle ? C'est pour cela que vous ne voulez pas que j'ouvre le rideau ?

Il battit des paupières pour la première fois. Si c'était bien cela. Il le fit très lentement, comme s'il avait savouré l'obscurité.

— Pour mon œil, c'est de naissance, mademoiselle McCarey. Et maintenant tirez le rideau.

Il connaît mon nom, pensai-je. Là, tellement silencieux, assis et silencieux comme une fleur étrange dans son pot, et il était au courant de tout.

3

— Un cas étrange, certes. Pas le plus étrange que j'aie traité, d'accord, mais étrange…

Le bureau du Dr Ponsonby était plus grand que celui de Weedon, comme ses connaissances et sa place dans la hiérarchie : les étagères avec le dos des livres, un crâne posé sur la table avec des chiffres gravés dans l'os et une fenêtre qui donnait sur le jardin et le mur en constituaient les détails les plus remarquables.

Rien de très encourageant, mais Ponsonby était médecin. Ils ne sont guère encourageants.

Ponsonby était en harmonie avec le décor : robuste, chauve, avec un bouc qu'il lissait en permanence et des yeux qui regardaient de tous côtés sauf dans ma direction. Sa façon de parler, en commençant toutes ses phrases par "ah", comme si en disant quelque chose il se rappelait qu'il aurait dû le dire avant, ou sa manie de se corriger – "C'est intéressant, pas ce que je connais de plus intéressant, mais intéressant" – rendaient ses digressions encore plus difficiles à suivre.

Tout en l'écoutant, j'observais de temps en temps mes propres mains, croisées devant mon tablier. Ma coiffe était si haute que je craignais parfois de frôler la lampe.

— Pour vous ce doit être facile, ah, peut-être pas ce que vous ayez fait de plus facile, mais… relativement facile… Oui, relativement facile de vous occuper de lui, mademoiselle McGregor…

— McCarey.

— Ah, excusez-moi. – C'était la deuxième fois qu'il se trompait de nom, mais cela ne semblait pas le déranger outre mesure, moi non plus, parce qu'il était aimable. Je ne savais pas si cette attitude revenait à ignorer qui était qui, ou bien si, conscient de cette erreur, il décidait de compenser par l'amabilité. – Avant tout, veillez à ce qu'il ne se plaigne pas… Respectez ses manies dans la mesure du possible. Les rideaux, par exemple… Il faut les accepter. Je ne dis pas qu'il ne puisse pas y avoir d'exceptions, mais… Il vient d'une très bonne famille. Ils paient bien pour son séjour et ses soins. Ils ne veulent pas de problèmes.

— Excusez-moi, docteur, mais pourquoi "M. X" ? Il n'a pas de nom ?

— Ah… Je suppose qu'il en a eu un un jour, mais personne ne le connaît. Dans les cases où il devrait figurer, tous les rapports indiquent "X" et on l'appelait déjà comme ça à Oxford. Sa famille l'a fait pour éviter les indiscrétions. Je vous l'ai dit : ils sont très distingués… Son identité a été supprimée de tout document officiel.

— Excusez-moi, mais il doit subsister des informations sur sa vie avant son premier séjour.

— Je ne pense pas, dit Ponsonby. Il vit dans des résidences privées depuis son enfance.

L'émotion me serra soudain la gorge. Je me mis à penser à cette famille "distinguée" qui expulsait pour toujours de son sein son héritier, en le privant même de son nom. À Asherton, j'avais vu des cas tragiques, mais la vie de M. X, éloigné des êtres qui auraient dû veiller sur lui et l'aimer, m'inspirait de la compassion.

Ponsonby me posait une question.

— Pardon, docteur ?

— Asherton. Je vois dans vos références que vous avez travaillé dans cet asile… ah, tristement disparu… Dans l'équipe de sir Owen Corridge, je présume ? – Je confirmai. – Ah, l'un des grands aliénistes de ce pays, sans doute pas le plus grand, mais… Vous avez fait du théâtre mental avec lui ?

— Non, je ne l'ai jamais assisté lors de ces séances, docteur.

Ma réponse le fit s'interrompre, comme s'il comptait emprunter avec moi une direction et que je m'en sois détournée. Mais il ne renonça pas.

— J'aime le théâtre mental. Je l'ai pratiqué avec un certain succès. – Il jeta un coup d'œil à sa montre de gousset, geste caractéristique des médecins, comme s'ils prenaient le pouls. Il était clair que cela annonçait la fin de l'entretien, mais je voulais m'enquérir d'une autre information.

— Excusez-moi, docteur, mais l'alié… le résident a un épanchement à l'œil gauche. Il devrait être examiné par un spécialiste, vous ne croyez pas ?

Les sourcils joints de Ponsonby semblaient annoncer qu'il n'avait pas la moindre idée de ce dont je parlais, ou même de qui j'étais.

— Ah, oui… Oui, oui…

— À l'œil gauche.

— Je vois… Oui, ah, oui… Il était comme ça à son arrivée, il y a deux mois.

— Mais cela le brûle peut-être, ce qui expliquerait qu'il ne veuille pas ouvrir les…

— Mademoiselle… ah… Mademoiselle… – Il leva la main.

— McCarey.

— Merci. Ne vous inquiétez pas pour son œil. Il n'a pas réclamé de spécialiste.

Ses paroles me parurent incroyables. La santé d'un patient dépendait-elle de sa propre volonté ? Je m'efforçai de parler le plus humblement possible.

— Docteur, excusez-moi, mais c'est très rouge. Il est possible que cela l'irrite… C'est peut-être superficiel… Si nous atténuons la brûlure, nous le satisferons comme… nous le souhaitons.

Il m'observa un instant.

— Il y a un nouveau médecin à Portsmouth. Son cabinet est à Southsea, mais il a proposé de soigner les maux physiques des résidents… Ophtalmologiques en particulier, je crois… Ah… Je vais dire à M. Weedon de le faire venir, mais il faudra me remettre le rapport directement…

Le hasard heureux de la présence de ce médecin m'inspira un sourire.

— Merci, docteur. – Je fis une révérence, mais sa voix m'arrêta.

— Ah… et, mademoiselle… mademoiselle…

— McCarey.

— Mademoiselle McCarey. – Soudain, j'*existais* pour lui : il avait cessé un instant de regarder des montres, de consulter des volumes, de se lisser le bouc, et il me voyait devant lui, en uniforme, avec ma coiffe. – J'ai fondé Clarendon House il y a sept ans dans le but d'en faire un lieu où les messieurs distingués profiteraient de la mer, du repos et des soins d'infirmières aimables… J'y suis parvenu jusqu'à présent. Mais je dois vous prévenir : ce résident est… ah, très spécial. – Il haussa un sourcil. – Faites très attention à lui.

4

Cet avertissement m'inquiéta davantage que je ne voulais le reconnaître. Attention à quoi ? Il n'avait pas voulu donner d'explications : "Vous verrez bien", m'avait-il dit en prenant congé. M. X semblait parfaitement inoffensif. À Asherton, j'avais affronté des cas qui auraient fait trembler un docker. Qu'avait de spécial ce pauvre être, hormis son enfermement permanent dans des maisons de repos ?

J'avais besoin de l'avis de mes collègues.

Aussi acceptai-je avec plaisir, le jour même de mon arrivée, l'invitation à faire partie du groupe sélect des "infirmières du thé" du sélect Clarendon.

En réalité, le groupe consistait à dîner ensemble trois fois par semaine dans une ancienne buanderie attenante à la cuisine. C'était une sorte de rituel, m'expliqua la collègue qui m'approcha pour m'inclure dans la sacro-sainte sororité. Elle s'appelait Susie Trench, petite, la voix nasillarde, mais avec de beaux yeux bleus. Originaire de Gosport, elle était ravie qu'une autre fille de Portsmouth rejoigne la petite armée. Elle m'emmena par la main du vestibule à la cuisine pendant que nous chuchotions. À la différence de la recommandation de Hettie Walters, Susie insista sur le fait que le spectacle du moment était la comédie musicale enfantine *Les Bohémiens du roi Léonte*. Je ne la connaissais pas, mais cela ne me sembla pas particulièrement alléchant pour une femme seule et sans enfants.

— Mais c'est pour les enfants, dis-je.

— Hou, oui, mais… Oh… Annie… – Je constatai par la suite que Susie laissait de nombreuses phrases à l'imagination de ceux qui l'écoutaient. Peu importait : son petit visage était très expressif.

— C'est *scandaleux* ?

Elle préféra se taire.

Le lieu de notre réunion consistait en une petite pièce dépourvue de fenêtres éclairée seulement par une lampe sur une table qui voisinait avec les plats et le service à thé. La cuisinière, Mme Gillespie, préparait pour l'occasion de délicieux gâteaux à la crème qu'elle sortait du réfrigérateur à la fin. Lorsque j'entrai, elles étaient déjà toutes là et les coiffes, éclairées dans la pénombre comme des toits de ruche, se tournèrent vers moi.

Susie me présenta : je connaissais déjà l'infirmière en chef Mary Braddock, ensuite, la grande et sérieuse Nellie Worrington et la très jeune et certainement belle Jane Wimpole dans son uniforme volumineux, le visage sous la visière protectrice de la coiffe, destinée à ne pas susciter de pensées indécentes chez les messieurs. Un peu retirée au fond et à l'écart des cinq élues, mangeant de bon appétit tout ce qu'on lui proposait, se trouvait Mme Murray, infirmière retraitée, qui, me raconta Susie, travaillait déjà pour le père du Dr Ponsonby. Celui-ci l'avait emmenée à Clarendon car il éprouvait pour elle une affection particulière. Mme Murray était au-dessus de tous et le montrait en appelant le Dr Ponsonby uniquement "Ponsonby". "Ponsonby est un bon médecin et un bon chef, disait-elle. Avec Ponsonby, il faut juste y mettre les formes."

Après les présentations, Susie en profita pour annoncer aux autres que je n'avais pas encore vu la comédie musicale *Les Bohémiens du roi Léonte*. Je devais y aller, c'était évident ! Elles chantèrent même en chœur à voix basse et sur un ton rêveur :

Frotter, frotter, trimer…
Frotter, frotter, trimer…
c'est le métier du pirate,
du pirate en haute mer !

Le rythme était entraînant, certes.

— Et Elmer Hutchins a un rôle merveilleux... dit Susie. Quand il sort de la malle en disant : "Pas moi, pas moi !"

Mains sur la bouche. Parvenant à peine à se retenir de rire.

— Quand il défend la petite qui va être fouettée ! bondit Nellie Worrington.

— Très indécente, cette scène, estima la chef Braddock, et toutes approuvèrent.

Mais il y avait dans ses yeux un reflet que je sus reconnaître, même dans la pénombre. Celui du *scandale*. Il y avait des comédies musicales pour enfants *scandaleuses*, bien entendu.

— C'est une actrice extraordinaire, pour ses neuf ans, reconnut Susie. Elle danse avec Elmer Hutchins en ne portant *que* des chaussettes rouges... il faut voir tourner ses tresses !

Nouveau silence grivois.

— Qui est Elmer Hutchins ? demandai-je.

— Le mendiant préféré des enfants de Portsmouth, répondit Susie.

— On dit qu'il ne boit plus, commenta Nellie Worrington, achevant sa deuxième tasse.

— Je me méfie des ivrognes, même quand ils sont sobres, prévint Mary Braddock. Tout ce qu'ils savent faire, c'est chercher les problèmes. Voyez Edwin et cet Homme-Sucre qui l'a assassiné...

— Cela n'arrive pas non plus tous les jours, mademoiselle Braddock, observa Susie.

— Assez souvent pour que je ne les aime pas, déclara Braddock, dont l'habitude de chef, je le découvris plus tard, était d'avoir le dernier mot. Cette fois, elle n'y parvint pas, car Jane Wimpole, rêveuse, ajouta :

— Elmer est différent... Les enfants l'adorent. Et puis, mademoiselle Braddock, on m'a raconté que l'assassin d'Edwin, avant d'être Homme-Sucre, avait fait de la prison à Anchor Gate, pour vol...

Mimiques de dégoût. Nellie Worrington fut chargée de m'expliquer : elles parlaient manifestement d'un vagabond, Edwin Noggs, qui avait joué dans *La Dévouée Lucy* – le mélodrame qu'aimait Hettie –, dont le cadavre avait été retrouvé par des pêcheurs du nouveau quai de South Parade sur la plage, devant les baraquements de l'est, une semaine plus tôt. Il se trouvait, raconta Nellie, qu'Edwin et un ex-prisonnier appelé Gary Hiscock, qui gagnait sa vie comme Homme-Sucre, s'étaient battus à coups de couteau en public quelques jours plus tôt, la police était donc sûre que c'était Hiscock qui l'avait assassiné.

— Hiscock accusait Edwin de lui avoir volé un rôle au Charity, le théâtre de l'auberge de St Mary's, m'expliqua Nellie. Les rôles au Charity sont très importants pour eux... Hiscock devait travailler comme Homme-Sucre pour gagner sa vie.

Je réprimai une grimace. Les Gens-Sucre étaient eux aussi à la mode à Londres. Il s'agissait d'un spectacle de rue assez répugnant, misérable et plutôt immoral : hommes et femmes couraient de nuit dans les ruelles avec une poignée de petites cuillères attachées à de longues chaînes accrochées autour du cou. Leur son cliquetant était reconnaissable entre tous. On pouvait goûter le sucre pour un penny et, pour quelques-uns de plus, se gaver en arrachant des couches avec la petite cuillère. Déshabiller l'Homme ou la Femme-Sucre était l'un des passe-temps favoris chez les enfants des familles nobles.

— On m'a raconté qu'après la dispute, les gamins mangeaient le sucre qui avait coulé des blessures de Hiscock ! murmura Nellie, et il y eut des airs dégoûtés.

— Il ne fait aucun doute que cet ancien repris de justice a tué Edwin, dit notre chef.

Elles lui donnèrent toutes raison. Mme Murray, qui avait déjà vidé les saladiers et fini les restes des autres, demanda qu'on lui passe les petits gâteaux.

C'était mon moment.

— Pour changer de sujet, on m'a affectée à... ce "M. X". Qu'en pensez-vous ? demandai-je en m'éclaircissant la voix.

Lourd silence.

— On le sait, ma fille, quel dommage, dit Nellie Worrington.

— Notre nouvelle venue et bientôt nouvelle remplacée, annonça la chef Braddock.

— Pourvu que non, tu… tu m'es sympathique, s'apitoya Susie Trench.

— Moi, je ne l'approche même plus, dit Nellie Worrington, et Jane Wimpole intervint, compréhensive :

— Ne lui faisons pas peur non plus, la pauvre…

— Bettie Harfield, celle qui s'occupait de lui avant, pleurait tous les jours, murmura Susie.

— Ce type l'a rendue folle, dit la chef Braddock sur un ton absent.

Nellie, comme s'il s'agissait d'un terrible secret, murmura :

— Bettie me disait que, la nuit, elle entendait *plusieurs voix* dans la chambre de M. X.

— Tu les as entendues ? demanda Braddock, et lorsque Nellie eut répondu par la négative : Je vous l'ai déjà dit, Bettie est devenue folle.

Susie Trench rattrapa la situation.

— Oh, mon Dieu, Annie, il t'a déjà fait… le coup de *la flûte* ? demanda-t-elle.

— Quelle flûte ?

Tout le monde se mit à rire, y compris Annie. Les chasubles tremblaient à la lumière de la lampe. Mais il s'agissait d'un rire nerveux, empreint de crainte. Mme Murray l'éteignit d'un coup.

— Mesdemoiselles, mesdemoiselles… ! Vous croyez tout savoir, alors que vous ne savez rien, et ce que vous ne savez pas, vous l'inventez ! Cet homme est… terrible ! Je l'ai vu le jour de son arrivée à Clarendon et j'ai prévenu Ponsonby : méfie-toi de lui, lui ai-je dit, ce n'est pas un aliéné. Cet homme est… c'est un sorcier. Ou peut-être *pire*. Bien *pire*.

— Eh bien, madame Murray… Vous… ne l'avez même pas vu…

— Susie Trench ! Comment peux-tu te dire infirmière si tu n'as pas d'intuitions en voyant les patients pour la première fois ? – Elle nous regarda toutes. – Attention, ce type est dangereux, croyez-moi. Ponsonby disait que dans sa dernière résidence, à Oxford…, il s'était passé *quelque chose*. Il ignorait quoi, mais il assurait que la *police* était venue.

La mention de la “police” m’inspire toujours de l’inquiétude. J’imaginai M. X comme un fou meurtrier.

— Il ne me semble pas *si... si* dangereux, protesta Jane Wimpole sous sa visière de *décence*. Simplement... Simplement... parfois...

— Simplement il est fou à lier, ma petite ! dit la chef Braddock.

Nouvelle salve de rires. Mais je regardais Mme Murray, qui me rendait mon regard en approuvant.

— À mon avis, c’est comme... *s’il attendait quelque chose*, murmura-t-elle.

Cette étrange déclaration me donna des frissons, sans que je sache pourquoi.

— Il attend de renvoyer la prochaine infirmière, dit Mary Braddock, venimeuse, engloutissant un petit gâteau entier. Elles éclatèrent toutes de rire, mais les yeux délavés de Mme Murray restaient fixés sur les miens.

S

En entrant dans sa chambre cet après-midi-là, si paradoxal que cela puisse sembler au lecteur, je me sentais plus tranquille. Les gens ont généralement peur des fous à cause de leur comportement étrange. Si ces derniers souffraient, disons, d’une maladie à l’estomac, ils ne prendraient pas peur en les voyant vomir. Les affections de l’esprit provoquent également des vomissements, à leur façon, juste ça. Je me dis que mes compagnes, et même Ponsonby, étaient des professionnels dans la manière d’aborder les riches maniaques, mais peut-être se trouvaient-ils déconcertés par un véritable fou, gravement atteint.

Enfin, cela n’était pas le cas d’Anne McCarey, infirmière dans les asiles.

Je me dirigeai vers la fenêtre et ouvris les rideaux en grand. La pluie, plus fine que l’averse du matin, embuait les vitres.

— Bon et merveilleux après-midi pluvieux, monsieur X, je vais ouvrir pour rafraîchir la pièce.

— Non, répéta cette voix douce mais très claire.

Je me penchai vers lui d'un air faussement fâché.

— Allons, allons, monsieur. Pourquoi ne voulez-vous pas que j'ouvre la fenêtre ?

— Parce que je ne veux pas, mademoiselle Carey. Et vous avez déjà ouvert les rideaux tout à l'heure. Refermez-les.

— Ce n'est pas une raison.

Il me regarda en silence sans ciller de ses grands yeux bicolores.

— J'ai prévenu le Dr Ponsonby, dis-je. Un spécialiste va venir examiner votre œil, monsieur. – Il fit une grimace, comme s'il claquait la langue. Une mimique surprenante sur son visage impassible. Je souris. – Ne faites pas l'enfant. Ce ne sera absolument pas douloureux.

Il prit une inspiration et eut un soupir languide. Ses lèvres ébauchèrent un sourire timide. Je m'en souviens bien. Léger et bref, mais appréciable. J'étais fière de l'avoir fait fleurir sur ce visage inexpressif.

Pauvre homme, pensai-je. Il faut juste s'adresser à lui avec politesse et affection.

— Faites-moi confiance, dis-je en me sentant satisfaite de ma petite réussite, et je me risquai même à lui donner de petites tapes sur la main. Tout ira bien.

Il reprit la parole tandis que je lui donnais encore doucement de petites tapes. Il remuait à peine ses lèvres fines, mais c'était toujours le même ton très clair et velouté.

— Je croyais que la très onéreuse et privée résidence Clarendon pouvait engager un peu mieux qu'une demoiselle frustrée par ce qu'elle croit être son peu d'attrait physique, qui la fait tomber dans les bras d'un marin préférant la bouteille à sa personne, et qui lors de leur dernier rendez-vous lui a jeté une bouteille de vin rouge vide à la tête et a tenté de l'étrangler.

Ma main se figea au-dessus de son dos.

Je portai l'autre à ma bouche.

Je jure que même la pluie s'arrêta.

Mon Dieu.

Mon Dieu.
Mon Dieu.
Mon Dieu.
Mon Dieu.

6

J'ignore ce que je répondis, ce que je fis. Pleurer ? Me griffer ? Mon visage était-il brûlant de fièvre ? Mes joues éclataient-elles de honte ?

Je crus rêver.

— Si vous devez pleurer, pas sur le tapis, poursuivit le petit homme têtu sur le même ton. L'alcalinité des larmes produit une odeur insupportable en se mêlant au tissu d'imitation qui rappelle, ne fût-ce que légèrement, l'urine de rat. Et maintenant, tirez les rideaux, s'il vous plaît. Je n'aurai pas besoin de vous jusqu'au dîner, bonsoir.

J'ignore où je puisai la force de lui obéir. Je ne me souviens pas non plus comment je parvins à sortir de ce lieu plongé dans l'obscurité : j'imagine que je me servis de mes nouvelles bottines d'infirmière, que je n'allais certainement pas tarder à rendre. Je me revois marcher d'un pas raide dans le couloir menant à l'escalier comme un de ces automates qui interviennent parfois dans les spectacles de marionnettes. De là au vestibule, puis aux cuisines, et à ma propre chambre sous les combles. Grâce au ciel, je ne croisai personne pendant le trajet. Ou peut-être n'ai-je vu personne. Ou je ne m'en souviens pas. Ou je suis morte et j'écris cela depuis ma tombe. Aïe, mon Dieu. Aïe, aïe, aïe.

Je fermai la porte et m'assis sur le lit en me frottant les mains.

7

Dans mon enfance, ma mère m'emmenait à la plage, peut-être à quelques yards de l'endroit où je me trouvais maintenant. Je faisais une chose qui m'amusait beaucoup : je me plaçais au bord de l'eau et j'amassais du sable humide en profitant de l'intervalle entre deux vagues, jusqu'à construire un monticule à toute vitesse. Quand une vague le renversait, je m'attaquais au suivant. Mon objectif était d'en construire un si vite et si solide que les vagues ne pourraient pas le démolir. J'étais peinée que l'eau les détruise. Bien sûr, je n'y parvenais pas : la mer arrivait toujours avant et elle gagnait. Je pensai que c'était ce qui m'arrivait en ce moment pour chaque explication que je cherchais.

Qui avait pu le lui dire ? Mon frère ?

Mais pourquoi Andy aurait-il parlé de moi à un malade mental interné à Portsmouth ?

Andy avait peut-être mouchardé pour me faire renvoyer et m'empêcher de revenir vers Robert ? Peut-être tout Clarendon connaissait-il mon histoire ? Quelle horreur. Ce n'était pas possible. Cela n'arrivait qu'au théâtre. Habituellement, dans la vie réelle, une chose si *scandaleuse* n'était pratiquement jamais rendue publique.

D'autre part, il était vrai qu'Andrew n'avait jamais aimé Robert, je ne l'en blâmais pas. Mais la perspective de me voir me marier ne lui avait jamais plu. Il préférait me laisser me charger de la famille tandis qu'il cherchait à Londres une opportunité en tant qu'acteur de théâtre. Quand ses expériences avec le théâtre clandestin le firent s'en repentir – il ne m'en parlait presque jamais, alléguant que cela ne “convenait pas aux femmes”, et c'était le cas, mon Dieu, mais j'en avais déjà vu avec Robert, du théâtre clandestin –, il arrêta tout et trouva un emploi dans une banque. Il préférait que je m'occupe des gens. Il est vrai que je m'en tirais bien : je m'étais occupée de notre père quand la maladie lui avait tellement fait gonfler un pied qu'on avait l'impression, en s'approchant, que la cheville allait vous exploser en plein visage. À sa mort, nous vendîmes notre maison de Heighton Alley, j'emmenai ma mère à Londres pour m'occuper d'elle et, pour payer le loyer du cagibi de Southwark, je m'occupai de malades à temps partiel. Ce fut alors que je rencontrai Robert Milgrew, marin de deuxième classe sur un navire marchand appelé L'*Ingrat*. Je savais que Robert n'était pas un ange : il buvait et jurait, chiquait et crachait, me frappait et vociférait. Mais dans ses bons moments, il était tendre et me donnait l'impression d'être protégée. J'étais convaincue que cette violence ne venait pas de lui mais de la bouteille, et que je pourrais l'en écarter un jour. Je m'occupai donc de lui.

Allez, Andy, tu n'aimes pas Robert, mais tu as eu ton théâtre quand tu étais adolescent : laisse-moi avoir le mien à mes quarante ans. Voilà ce que je pensais. Ni Robert ni le théâtre ne sont purs ni *décents*, mais ils nous donnent quelque chose qui nous manque.

C'était du moins ce que j'avais cru jusqu'à notre dernière discussion.

Le jour de la bouteille. Et des marques sur le cou.

Et maintenant que j'y *pensais*.

La tentative d'étranglement et la bouteille étaient des détails que *même Andrew ignorait*. Et j'avais dissimulé les marques de doigts avec un foulard.

Robert avait-il trahi notre relation pour me faire renvoyer de Clarendon ?

Mais, s'ils étaient au courant, pourquoi m'avoir engagée ?

Des monticules de sable mouillé.

La seule chose qui parvint à me dominer, croyez-le ou non, fut une sottise : contempler mes propres mains tandis que je les frottais nerveusement. Voir mes doigts aux ongles courts et aux jointures calleuses, mes mains rougies, noueuses, me ramena à la réalité.

J'ignorais ce qui était arrivé et pourquoi, mais j'avais quelque chose à faire et je n'allais pas abandonner en raison de cet événement.

Je m'appelais Anne McCarey et j'étais infirmière.

Je descendis à la cuisine, demandai aux domestiques de préparer un thé léger, allai chercher de la gaze et des pinces dans l'armoire à pharmacie et, pourvue d'un récipient fumant et de tous les instruments, je regagnai la chambre de mon résident. Quelle importance ? J'étais morte – de honte –, quant à lui, il pouvait bien être le diable en personne ou un sorcier, mais cet œil irrité devait être soulagé.

C'était une chose terrestre. Une tâche. Une attention. La mienne.

Je frappai et entrai sans attendre de réponse. Dans cette soudaine obscurité de rideaux tirés, je ne perçus pas tout de suite le changement. Ce fut en posant le plateau sur une petite table adjacente que je reculai d'un bond.

Le fauteuil bougeait. Cette fois, ce n'était pas une illusion. Il tremblait.

— Monsieur X ?

Je me penchai et vis la figure ténébreuse, le bras gauche en l'air agitant le droit sur celui-ci dans un va-et-vient furieux. Il avait les yeux clos, mais il était tout entier plongé dans l'attaque, maladroit, frénétique : même dans l'obscurité, on distinguait une veine très saillante qui lui traversait la tempe comme une sangsue gorgée de sang.

Je gémis :

— Mon Dieu ! Monsieur… ! – Je lui tins la tête en essayant de lui faire ouvrir la bouche pour lui éviter de se mordre la langue, mesure de précaution très courante dans les premiers secours aux patients qui traversent de tels épisodes. Il était moins courant de constater que, après cela, les convulsions cessèrent entièrement et il m'observa en fronçant les sourcils.

— Mademoiselle McCarey, cela vous dérangerait-il de me laisser continuer à jouer du violon ?

— Du… du violon.

— J'ai l'habitude de jouer à cette heure, mademoiselle.

— Excusez-moi.

— Excuses acceptées. Merci de me laisser continuer.

À mon corps défendant, je dois dire que maintenant que je savais ce qu'il faisait, ou ce qu'il *croyait* faire, sa mimique était affligeante. Je n'ai jamais vu de violoniste professionnel de près, mais j'aurais juré qu'ils ne bougeaient pas avec de tels tremblements. Et pourtant… il y avait quelque chose dans ces gestes, ou dans son expression concentrée, qui me poussa à l'observer bien plus longtemps que ne l'aurait exigé le bon sens.

Jamais un silence n'avait autant retenu mon attention.

Je sortis finalement sur la pointe des pieds, pour ne pas déranger l'artiste en plein concert.

Dans le vestibule, je croisai Susie Trench et lui souris.

— C'est un violon.

— Quoi ?

— Il ne joue pas d'une flûte comme vous le croyez, Susie. C'est un violon.

Je me sentais mieux. M. X était fou à lier. Et j'étais son infirmière.

8

Restait l'épineuse question consistant à savoir comment il avait appris pour Robert et moi, mais j'étais sûre que je finirais par le découvrir, tôt ou tard.

Alors j'eus une idée.

Faites attention, m'avait dit le Dr Ponsonby. M. Weedon et mes collègues étaient nerveux. Mme Murray l'avait qualifié de "sorcier"...

Et si c'était cette étrange capacité qu'ils redoutaient ? J'en avais connu à Asherton : des malades qui savaient effectuer de complexes opérations mathématiques ou récitaient par cœur des passages entiers de la Bible... Ils n'en étaient pas moins fous pour autant, mais ces capacités vous ébranlaient. Et si c'était ça, la capacité de M. X ? Le Dr Corridge disait que cela provenait d'un "développement phrénologique frontal étrange", ce qui, je ne sais pas pour vous, mais du moins en ce qui me concerne, ne m'apprenait rien.

De toute façon, j'étais son infirmière. Mon devoir consistait à le soigner, non à le comprendre.

Je retournai dans sa chambre le soir même, après le dîner, afin de lui administrer le laudanum – Ponsonby lui avait prescrit des gouttes pour dormir, puis je sus qu'il en faisait de même avec presque tous les résidents – et préparer son lit.

Sans me douter que je jouais ma vie.

De nuit, la chambre disposait au moins de la lanterne allumée sur le manteau de la cheminée. Elle diffusait une très faible lumière, mais permettait de bouger sans se cogner les tibias contre un meuble. Dès que j'eus déposé le laudanum sur la petite table, je me dirigeai vers les rideaux et les ouvris. J'étais disposée à affronter le monstre, non par courage, mais par pitié : le malade, c'était *lui*. Moi, je devais le soigner.

— Le docteur va faire venir un ophtalmologue pour examiner votre œil, lui annonçai-je. J'ouvre la fenêtre un instant. L'air doit être purifié. – Je n'attendis pas sa réponse et commençai à manipuler la poignée de la fenêtre tout en parlant. – La rumeur des vagues vous aidera à…

— Attention, entendis-je derrière moi.

— Peu importe ce que vous allez me dire, monsieur.

— Attention, mademoiselle McCarey.

— À qu… ?

À cet instant, je tournai la poignée. D'un geste brusque, car le mécanisme semblait bloqué, et si mon visage ne s'en était pas écarté pour entendre ce que disait M. X, je ne serais pas là pour le raconter aujourd'hui : le loquet s'était coincé dans un crochet et quand je le dégageai, il se tourna vers moi avec sa forme longue et pointue, comme un petit couteau. Je reculai, plus irritée qu'effrayée.

La catastrophe vous attend dans les endroits les plus inattendus.

— Qui a fabriqué ce mécanisme diabolique ? demandai-je à voix haute, abasourdie.

— Peut-être le même qui a pensé que les fenêtres ne doivent pas s'ouvrir facilement dans une maison pour malades mentaux, quoique cela ne soit sans doute pas la meilleure solution, précisa la voix dans mon dos.

C'était une explication, oui. Les fous raisonnent souvent admirablement bien. Je laissai la fenêtre entrouverte tandis que l'air de la mer me calmait. Ma chère mer de Portsmouth. Le son de la houle arrivait, très net, de derrière les arbres, dans des ténèbres trouées par les lumières des barques. La pluie torrentielle du matin avait apporté une certaine fraîcheur.

Comment cet homme pouvait-il vivre enfermé sans apprécier de tels plaisirs ?

Je m'apprêtais à préparer son lit pour la nuit. J'entendis de nouveau sa voix derrière moi.

— Vous me traitez avec une aversion particulière, mademoiselle McCarey. Un "merci" n'est pas obligatoire, mais souhaitable. Je viens de vous sauver du Loquet Meurtrier.

— Merci, dis-je sur un ton neutre, tapotant l'oreiller.

— Oh, je soupçonne mes remarques de cet après-midi de vous avoir déplu.

— Absolument pas, monsieur. – J'eus beau essayer de me mordre la langue, je n'y parvins pas. Robert me disait : "Tu as la force de parler, mais tu n'en supportes pas les conséquences." – Elles ne m'ont pas déplu, car vous ne me connaissez pas... Mais... si je me trompe et... que vous avez parlé à quelqu'un qui me connaît...

— C'est-à-dire que vous voulez que je vous explique comment je l'ai appris.

— Non, merci, je le sais déjà. Cela provient d'une chose phrénologique et frontale.

M. X soupira.

— Les médecins semblent avoir déjà partagé leur ignorance avec vous. Parfois je m'assieds pour jouer aux échecs contre des adversaires qui jouent aux dés.

— Je ne comprends pas, monsieur...

— Bien sûr. Beaucoup de gens dans le monde font appel à mon intelligence pour que je les aide, j'ai donc décidé de la vendre. Je vous fournirai une explication en échange de deux choses.

Comme toujours, ce filet de voix doux mais net.

— Lesquelles ? demandai-je, soupçonneuse.

— Pas de fenêtre ouverte, pas d'ophtalmologue.

Je faillis sourire. Par chance, j'étais placée derrière le fauteuil. Il ne pouvait pas me voir, même avec des yeux derrière la nuque.

— Je vais fermer la fenêtre. Mais il va falloir faire examiner cet œil.

— Vous êtes très têtue.

— Nous commençons à nous comprendre. – Je repliai le couvre-lit et le lissai en l'entendant parler.

— Comme vous voudrez.

Après un bref silence, je revins à la charge.

— Je vous ai accordé la moitié. Vous pourriez m'accorder la moitié de l'explication.

— La moitié de l'explication, c'est toute l'explication, mademoiselle McCarey, dit la petite voix, mais, pour vous permettre de dormir tranquille cette nuit : la première fois où vous êtes entrée, j'ai tout de suite entendu le frôlement de vos doigts sur le tissu d'un foulard, tandis que votre voix était légèrement rauque avec la tonalité de quelqu'un qui a subi une asphyxie aux effets persistants. Une odeur de rhum et de goudron sur votre robe et, beaucoup plus légère, de vin rouge de qualité sur vos cheveux. Dîner de couple. En public ? Improbable, à cause de la tentative d'étranglement. Intime. Et si quelqu'un comme vous a une relation intime avec un marin de cet acabit, cela ne peut venir que d'une très faible opinion de vous-même.

— Il ne… il n'est pas possible de déduire tout cela… gémis-je.

— Je vous prierai de ne pas pleurer sur le tapis.

Je séchai mes larmes et me déplaçai.

— Personne ne peut… déduire *tout* cela rien qu'en voyant quelqu'un ! insistai-je.

— Vous aimez le théâtre ? demanda soudain le petit homme têtu.

— Bien sûr, qui ne l'aime pas ?

La question m'avait déconcertée.

— Moi.

— Vous n'aimez pas le théâtre ?

— Non.

— Quel rapport avec ce que nous disions ?

— Si vous arrêtez de me poser des questions, je pourrai vous expliquer. – Je me tus, un peu irritée. La voix très douce poursuivit : Au théâtre, tout le monde reste assis et attentif au spectacle. Moi aussi, mais mon spectacle, ce sont les personnes. Je sais que vous ne me comprenez pas.

Effectivement, je ne comprenais pas. Ou alors simplement qu'il avait perçu tout mon malheur en m'observant, et cela me fit pleurer de nouveau.

— Si cela peut vous consoler, je vous dirai que moi non plus je ne comprends pas pourquoi les femmes pleurent pour un rien, dit la voix dans le fauteuil.

J'envisageai une réponse acerbe.

— Parce que nous n'avons pas pour habitude de frapper ni d'humilier d'autres personnes quand nous nous fâchons, ni de leur jeter leur vie privée au visage…

M. X ne répondit pas. J'en profitai pour aller refermer la fenêtre.

— Bonsoir, mons… – En me retournant pour le regarder, je restai interdite.

Le fauteuil était vide.

L'espace d'un instant, je crus qu'il s'était volatilisé comme un spectre. Mais il s'était couché, allongé sur le dos.

— Vous n'avez pas pris votre laudanum, dis-je, remarquant le verre intact.

— Je n'en ai pas besoin. Notre conversation est soporifique.

— Merci. – Même si à sa grimace, je soupçonnais que c'était son idée d'une "plaisanterie". Sans doute avait-il une raison d'être de bonne humeur.

— Bonsoir, mademoiselle McCarey. Je dois dormir, maintenant. Demain je me lève tôt.

Il en fut ainsi : quand je m'approchai, il respirait calmement les yeux clos. Ce fut comme si quelqu'un avait quitté une pièce après avoir éteint la lumière.

Je quittai sa chambre après avoir fait la même chose avec la lampe.

Dans ma petite chambre, malgré la fatigue que j'éprouvais en raison de l'effervescence de ce premier jour à Clarendon, je ne pus trouver le sommeil. Quel curieux individu, pensai-je. Je n'avais jamais connu personne de tel, fou ou non.

Je dus finir par m'endormir, car le théâtre des rêves commença tout de suite. Je vis Robert dans un fauteuil à oreilles et Mme Murray, à ses côtés, avec un sourire carnassier.

Il attend quelque chose, répétait-elle régulièrement.

PORTSMOUTH JOURNAL

Les Bohémiens du roi Léonte, comédie musicale de E. Pooghuch. Charity Théâtre, St Mary's

... le refrain est gravé en nous : "Frotter, frotter, trimer... ! c'est le métier du pirate en haute mer !" Pirates et petites pirates ! Chansons inoubliables ! Les enfants ne sont pas les seuls à apprécier : dans la version de maître Pettirosso avec la compagnie Coppelius, les adultes aussi s'amusent... Nous regardons les "petites pirates" se déshabiller en rougissant... Les gamins du public vocifèrent, tremblent, sautent et jettent des objets pour chaque vêtement qu'elles enlèvent... Singulière explosion de joie ! Tout est si enfantin et *scandaleux*... ! Madame, ne vous faites pas de souci : quand Elmer apparaîtra, votre fils pourra crier jusqu'à rejeter de l'écume par la bouche ! Vous êtes inquiète ?... Nous adorons voir ces bestioles aux yeux exorbités rire jusqu'à devenir folles ! Le grand Elmer Hutchins les fait rugir ! Qu'il soit béni !

D. H. Humbert

FIN DE SCÈNE POUR ELMER HUTCHINS

Certaines fins de scène nous affaiblissent.

JEROME K. EDWARDS,
Encyclopédie du théâtre dramatique (1865).

Elmer ignore où elle est. Et il ne s'en soucie guère.

Parce que, où qu'il soit, ELLE *est là.*

Il veut pleurer, rire, éclater à ses soixante-quatre ans.

Au début, il a cru rêver. Mais non, ces cuisses, la peau de pêche, la fermeté musculaire… Tout est réel. Elle est très jeune, mais c'est la plus jolie fille avec laquelle il ait jamais été.

Ce qui ne veut pas dire grand-chose non plus, précisons-le. Car la vie d'Elmer Hutchins est de ces vies "prédestinées" : depuis un village au nord de Portsmouth probablement rayé de la carte quand Elmer l'avait quitté, jusqu'aux quais de cette ville. Il n'avait pas manqué de travail. Avec sa taille de presque six pieds, ses épaules dont on ne pouvait faire le tour avec les bras et sa force incroyable, il faisait un débardeur idéal. Malgré tout, il était d'un naturel aimable, un peu sot, et n'avait pas l'humeur agressive. Une fois sur les quais, des types beaucoup plus petits et chétifs que lui le rossaient, uniquement parce que Elmer ne voyait pas de raison de leur rendre les coups et qu'il encaissait bien ceux qu'il recevait. D'autres lui avaient cependant fait plus de mal : ils l'avaient initié à l'alcool, l'avaient forcé à boire. Elmer, ivre, était un ours stupide, et le jeu préféré des débardeurs était de le voir chanceler comme s'il dansait jusqu'à tomber dans les pommes. Il n'avait pas tardé à se faire renvoyer. "Le St Mary's m'a sauvé", disait-il. Au refuge, il avait trouvé quelque chose à faire, ou à défaire : on lui donnait une corde épaisse et, avec d'autres malheureux, il en extrayait de ses gros doigts les effilochures dans un patient travail d'arachnide inversé. Puis, ces effilochures pouvaient être vendues comme de l'étoupe, et la tâche contribuait également à occuper ceux qui, comme Elmer, ne pensaient qu'au cul sombre des bouteilles. Il affirmait que défaire de la corde lui avait sauvé la vie, et il conservait depuis lors dans la poche de son pantalon élimé des morceaux de cordage avec des nœuds pour ne jamais oublier cette époque. Ils lui portaient chance.

Au théâtre Charity, il découvrit de surcroît sa capacité à faire rire les enfants. Au début, son grand corps, son immense barbe blanche et sa grosse voix leur faisaient peur. Puis ils se mettaient à rire quand le très grand et vieil Elmer était poursuivi, roué de coups ou sorti à coups de pied et de balai de la scène comme un pantin énorme et souriant. À peu près comme sur les quais. À la différence près qu'au théâtre, personne ne lui faisait réellement mal. Et Elmer se délectait en voyant ses tribulations se transformer en une fête pour les enfants. Il s'était progressivement éloigné de l'alcool redouté, qui ne servait qu'à lui brouiller l'esprit, comme il ne se lassait pas de le répéter à son jeune ami Danny Waters, le bègue. La bouteille n'est pas bonne, Danny, regarde ce qui est arrivé à Edwin. Il existe d'autres façons d'être heureux, lui disait-il.

La jeune fille avec laquelle tu es en ce moment les connaît certainement toutes.

La jeune fille n'est pas la bouteille : elle est le génie qui vit à l'intérieur.

Elmer aurait pu le jurer.

Et pourtant, curieusement : Elmer ne la caresse pas, il ne la touche même pas du bout des doigts.

En fait, il s'aperçoit maintenant qu'ils ne sont même pas proches l'un de l'autre.

Elmer sait juste qu'elle est là. Lui aussi. Elle bouge devant lui et lui, la bave coule entre les trous de ses dents : des filets épais comme les effilochures du chanvre qu'il défaisait dans son travail d'autrefois. Chaque goutte, un son de cloche... Jusqu'à douze.

Alors il comprend : il est lui-même fait de cordes. Ses intestins, paupières, barbe, testicules, cerveau... Chaque pouce de son corps a été fabriqué de fibres résistantes entrecroisées. La salive est la façon de tirer sur le bout de l'une d'elles et de le défaire. Elmer se démêle peu à peu en formant des anneaux sur le sol. Cela lui procure un plaisir si intense que, presque sans transition, il se transforme en horreur.

Quand il veut crier, ses cordes vocales, avec une légère secousse finale, se dénouent et flottent lentement jusqu'à tomber au sommet de la grosse corde.

Même ainsi, il peut entendre la voix. Elle provient de l'ombre, là où la jeune fille a disparu. Moqueuse, elle crée des échos qui l'assourdissent :

Elmer n'a plus de réserves !
Elmer n'est plus réservé !
C'est la fin de la scène !
Bientôt il sera mort !

LE CADAVRE

1

Susie m'annonça la nouvelle le lendemain. Elle était penchée à la fenêtre du palier de l'escalier des résidents, à côté d'une domestique, et en m'entendant monter, elle tourna vers moi ses beaux yeux bleus.

— Bonjour, Annie. Il y a… C'est… Sur la plage.

— Oh.

Je rejoignis leur poste d'observation. Je ne sais plus si j'ai décrit l'emplacement exact de Clarendon House. En se penchant à cette fenêtre, on pouvait voir, à l'est, maintenant aveuglant en raison du soleil, la nouvelle construction du quai de South Parade avec ses petits drapeaux, ses cafés et les chapiteaux de divertissement, dont l'un, d'après Susie, était certains soirs une *arène*. À l'ouest, à l'autre bout de la plage, on apercevait l'ancienne forteresse de Southsea, il y a peu encore un bastion défensif de notre île, maintenant consacré certaines nuits aux spectacles en plein air. Mais beaucoup plus près, en se penchant davantage et en raison de l'angle avec la ligne de côte, on apercevait une partie de l'avenue Clarence et une rangée de pins semblables à ceux qui décoraient notre jardin. À proximité, un chœur de gens sur le sable. J'aperçus des chapeaux de paille, des casques de policiers, des parasols et quelques baigneurs. Hettie Walters s'appuya derrière moi, de tout son buste plantureux.

— Houuu… Un cadavre !

Cela ne me surprit guère. C'était mon deuxième jour à Clarendon et que découvrait-on à deux cents yards de là où je me trouvais ? Un cadavre.

Cela me sembla presque normal. L'avantage des gens qui n'ont pas de chance, c'est qu'ils ne sont pas superstitieux.

Dans la matinée, cette fenêtre devint l'endroit le plus fréquenté par le personnel de Clarendon. Rien d'étrange à cela, compte tenu que c'était le meilleur endroit pour tout voir, excepté les chambres des résidents du premier étage, aile ouest. Le palier supérieur était trop élevé et les bureaux de Weedon et Ponsonby ne donnaient que sur le mur d'enceinte de Clarendon. De sorte qu'on se relayait comme des spectateurs d'une représentation permanente. M. Weedon et Jimmy Piggot nous rejoignirent, suivis de Mme Murray avec sa démarche brinquebalante, aidée de la chef Braddock. Nous lui frayâmes un passage pour qu'elle voie elle aussi une portion du spectacle.

— Qui est-ce ? demanda-t-elle de sa voix âpre.

Allez savoir. Un ordre s'instaura : celui qui avait moins à faire restait plus longtemps à regarder et informait les autres des progrès. Je constatai ainsi que M. Weedon n'avait pas grand-chose à faire, car je ne le vis pas bouger de sa place au mirador officiel et quand nous nous approchions il commentait les nouveautés sur un ton distrait.

— Le juge est venu, un médecin… Il y a les journalistes… La police a isolé les lieux. On dirait que c'est grave…

Il pouvait sembler grave d'interrompre notre tâche afin de suivre un fait divers, mais je dois admettre que cela m'arrivait aussi à Londres, avec ou sans Robert. Cela le passionnait de se pencher sur l'horreur de la victime d'un crime – il aimait aussi les arènes –, moi pas autant, mais je ne vais pas vous mentir : le cas échéant, je me haussais sur la pointe des pieds et j'observais par-dessus les épaules comme tout le monde. J'avais moi aussi fréquenté des clandestins avec Robert. Pour ce qui est de regarder, je regarde. Que nous reste-t-il d'autre, à nous, les gens *décents* ?

Ce fut Hettie Walters qui nous annonça la seconde nouvelle importante dans la matinée. Elle entrait et sortait fréquemment de Clarendon – vous devez vous souvenir que c'était elle qui m'avait accueillie la veille sous l'orage –, parlait avec des jardiniers, avec les passants. Sa vie consistait à savoir ce qui se passait à l'extérieur. Elle arriva débordant de larmes et d'émotions, faisant trembler sa chasuble et respirant entre deux sanglots.

— Aïe, aïe… ! Ha… Ha… ! Houuu !

Nous nous retournâmes tous pour la regarder.

— C'était le pauvre Elmer ! Houuuu ! Le… pauvre… Elmer !

Je ne compris que par la suite de qui il s'agissait : de ce mendiant censé avoir arrêté de boire et qui travaillait au Charity de St Mary's. Nellie Worrington nous avait dit qu'elle comptait assister à une représentation. Bien entendu, cette dernière avait été annulée. C'était triste, mais je lus sur le visage de mes compagnes une certaine déception, car la mort d'un mendiant n'est pas tellement *scandaleuse*. On pourrait même dire qu'il s'agit d'un événement vulgaire. À Londres, des mendiants meurent tous les jours de mort violente. La chef Braddock crispa même le visage d'un air méprisant.

— Encore un ivrogne assassiné. Il faudrait faire quelque chose de ces animaux.

— Quoi par exemple, mademoiselle Braddock ? demanda Weedon comme s'il se sentait visé.

— Je ne sais pas… Les enfermer tous quelque part…

— Tous les ivrognes de Portsmouth ? Autant installer une grille autour de la ville…

Susie Trench, qui regardait également à cet instant, pointa un doigt.

— Quelqu'un… ! Là-bas… !

Nous nous poussâmes pour voir. Les policiers entouraient une voiture qui venait d'arriver sur l'avenue Clarence. Une portière s'ouvrit, il y eut des révérences et des saluts.

— Ils sont de Scotland Yard, c'est sûr, dit Weedon, très perspicace.

— Scotland Yard… pour *Elmer* ? demanda la chef Braddock sur un ton incrédule.

— S'il nous arrivait quelque chose à nous, Scotland Yard se déplacerait-il ? se plaignit Susie de façon compréhensible, sans obtenir de réponse.

3

L'arrivée du Dr Ponsonby eut pour principal effet de disperser momentanément le groupe à la fenêtre. Nous nous mîmes en ligne face à lui pendant sa harangue.

— Il y a eu une tragédie près de l'endroit où nous nous trouvons. Ah… Je ne veux pas dire très *près*, et je ne veux pas parler non plus d'une *grande* tragédie… J'imagine que vous disposez déjà tous de certaines informations, n'est-ce pas… Simplement, il s'agit encore d'un ivrogne assassiné sur une plage. C'est triste, certes, pas la chose la plus triste du monde, mais… Notre devoir, laissez-moi vous dire… Notre devoir en tant que responsables de Clarendon House… Je suppose que vous le savez… Notre devoir suprême est de rassurer les résidents et de nous occuper de subvenir à leurs nouveaux besoins éventuels… suite aux événements.

De quels nouveaux besoins s'agissait-il ? Je constatai que, dans presque tous les cas, il s'agissait de jumelles de théâtre. Il y avait ceux qui en possédaient déjà, comme Lord Alfred C. – je ne donne pas de noms pour des raisons évidentes –, de jolies jumelles. D'autres, comme sir Leslie A., en exigèrent immédiatement. Dans un cas, le résident en question ne faisait confiance qu'à son regard, et il y eut les malheureux de l'aile est qui demandèrent à se pencher aux fenêtres de l'aile opposée pour mieux voir – étant donné ce qu'ils payaient, ils considéraient qu'ils avaient pleinement droit au balcon. Bien sûr, Ponsonby refusa l'idée qu'ils pénètrent dans la chambre d'autres résidents.

Quoi qu'il en soit, grâce à cela, la matinée fut animée et agréable. Voire salutaire : de nombreux résidents réticents à sortir se promener manifestèrent des désirs de plein air juste à ce moment-là, en particulier sur la plage, plus précisément là où se pressait le public. D'autres se contentaient de la distance. Tous étaient contents.

À une seule exception.

Lorsque j'entrai dans la chambre de M. X, ce dernier était assis dans son fauteuil et il avait fini de prendre le petit-déjeuner, mais les rideaux étaient toujours tirés. Je faillis trébucher sur la cuvette de ses ablutions matinales, qu'il effectuait seul. Il me parut incroyable qu'une personne aussi curieuse et fouineuse que lui ne jouisse pas du spectacle.

— Quelqu'un a été tué sur la plage cette nuit, dis-je. La police est venue et même Scotland Yard depuis Londres. Vous ne voulez pas voir ?

Et j'ouvris les rideaux.

— Pourriez-vous les refermer, s'il vous plaît, mademoiselle McCarey ? – Il avait l'air tendu, aucun rapport avec son humeur de la veille au soir.

— Mais vous ne voulez pas voir ? Vous avez le meilleur poste d'observation de tout Clarendon.

— J'ai déjà répondu à votre question par la mienne, mademoiselle.

Je poussai un profond soupir et refermai les rideaux.

— Tant pis, restez à profiter de votre maudite obscurité sans vous laisser distraire par quelque chose qui mérite davantage la peine que… que de jouer de votre “violon”.

— Maintenant que vous en parlez, c'est précisément ce que je me propose de faire, rétorqua-t-il immédiatement. Aujourd'hui je ne déjeunerai pas, alors prévenez en cuisine, et je vous prie également de faire en sorte que je ne sois pas dérangé.

Je le laissai agiter les bras stupidement dans l'air sombre et je fermai la porte.

4

Ils finirent par emporter le cadavre dans l'après-midi, pauvre homme, sur un brancard et recouvert d'un drap, mais je ratai le transfert car à ce moment je faisais manger Lord Alfred C., qui avait besoin d'aide en raison de son âge avancé. En réalité, cette tâche incombait à Susie Trench, mais, en raison des circonstances particulières de ce jour insolite et comme j'étais la dernière arrivée, j'acceptai que Susie reste à la fenêtre du palier. Lorsque Lord Alfred eut terminé, je desservis sans attendre la domestique. Dans le vestibule, la chef Braddock m'aperçut et me confia de nouvelles tâches afin de compenser l'absence de mes compagnes penchées à la fenêtre. Nous en étions là quand la porte d'entrée s'ouvrit et elle était là, terrifiante, Hettie Walters, dont le regard immense me rappela pour la première fois de ma vie que j'avais vu une vache mettre bas, je le dis pour que vous vous en fassiez une idée et sans offense.

— Je… l'ai… vu… murmura-t-elle, glacée.

Il ne s'écoula pas longtemps avant que le petit groupe installé à la fenêtre ne se transforme en celui de Hettie. Cette journée n'allait décidément pas être ennuyeuse. La pauvre femme n'était plus qu'une paire d'yeux, blanche comme sa coiffe. Son visage me fit si peur que je me mis à trembler. Tout cela était indubitablement beaucoup plus que *scandaleux*.

— E… El… mer… – Entre deux hoquets. – E… El… mer… !

Nous l'entourions et nous regardions comme pour nous jeter notre propre peur avec les yeux. Le seul homme présent, excepté le petit jeune Jimmy Piggot, qui, comme tel, était autorisé à avoir aussi peur qu'une femme, était M. Weedon, il prit donc la situation en main. Calmer Hettie. Mais ce rôle ne lui convenait pas, de toute évidence : c'était un célibataire, me disait-on, dont la vie semblait faite de chiffres et de bilans – et de théâtre clandestin, rien d'étonnant –, peu doué pour les rapports humains.

— Dites-nous ce que vous avez vu, mademoiselle Walters, insistait-il, sans brusquerie mais avec obstination. Dites ce que vous avez vu, allons, ne nous laissez pas comme ça. Après, pleurez si vous le souhaitez. Allez, allez. Parlez.

Plusieurs d'entre nous le remplacèrent sur-le-champ, comme lorsque les hommes veulent se montrer courageux avant l'accouchement, mais finissent par nous déléguer la tâche à nous les femmes. À plusieurs, nous calmâmes Hettie en la serrant contre nous. Comme si – cette horrible comparaison me vient à l'esprit – nous étions en train d'essayer, doucement mais avec constance, de presser une sorte de vessie afin de faire sortir la dernière goutte de son contenu.

— J'étais là… quand ils l'ont… emmené, dit enfin la bonne dame. Je ne voyais rien, je ne pouvais pas passer au milieu des gens… Il y avait aussi des enfants, des mendiants. Je ne voyais rien… C'est tellement horrible de ne rien voir… Mon cœur battait très fort quand j'ai entendu un… un policier dire quelque chose. – Elle imitait le policier en question, comme en transe : “C'est l'œuvre d'un fou ! Ne regardez pas ! Ne regardez pas, les enfants !…” Ils arrivaient dans un véhicule de la morgue, avec des brancards, sur la Clarence Esplanade… Quelqu'un a dit : “Allez, allez !” Et les gens ont reculé pendant qu'ils le… le… – Elle fit le geste avec ses bras grassouillets.

— Ils l'emmenaient, l'aida la chef Braddock.

— Oui… Ils l'emmenaient… alors j'ai vu… Il avait… Oh, mon Dieu !

À cet instant précis, elle se remit à pleurer. Nous l'étreignîmes un peu plus fort.

— Hettie…

— Allons…

— Il avait… les… les… ouyouyouyouyouille-*houuuuuuuu*… – C'était inutile. La pauvre Hettie finit par bomber la poitrine et sourit dans la splendeur de sa douleur. – Je pleure et je ris à la fois ! Je ne sais pas pourquoi ça m'arrive à moi ! Quand je vois des *choses*… je pleure et je ris !

On frappa à la porte à cet instant saisissant. Nous étions toutes tellement horrifiées que je suis sûre que nous éprouvions un certain plaisir *défendu*. Ce plaisir devant certains spectacles dont nous ne voulons pas nous souvenir mais que nous n'oublions jamais.

M. Weedon, de nouveau choisi par la majorité féminine, alla ouvrir et laissa la place à la nouvelle horreur. Celle-ci fit son entrée en trombe, de façon martiale. Nous regardions toutes comme ébahies cet uniforme et cette cape qui s'agitait sur son passage. Derrière, d'autres policiers. Escortés par Weedon, ils se dirigèrent vers le bureau de Ponsonby et, très vite, le cortège auquel s'était joint Ponsonby, qui demanda à la chef de convoquer tout le monde immédiatement, revint. Comme "tout le personnel" était déjà là, excepté Mme Murray, qui faisait généralement la sieste, il ne fallut pas attendre très longtemps.

Cuisinière, femme de ménage, infirmières et jardiniers se rassemblèrent autour de Ponsonby, qui manifestait des émotions contrastées. Il était évident qu'il lui plaisait d'être le nouveau centre de l'attention, mais même s'il se sentait digne, il était à la fois inquiet et nerveux, et distrait. Il nous regardait alternativement comme s'il cherchait le visage parfait : ces traits qui lui offriraient enfin une seule réponse pour tous ses sentiments. Il souriait comme quelqu'un qui rêve de célébrité, mais déplore les moyens d'y parvenir.

— Mesdames et messieurs de Clarendon House : en raison du… du crime perpétré sur la plage cette nuit, que vous avez appris ou devriez déjà tous avoir appris…, je ne dis pas que vous *deviez* mais que vous *devriez*…, ces agents de l'autorité me… m'annoncent que nous allons recevoir la visite de… d'un inspecteur de Scotland Yard. – Les agents de l'autorité étaient de la police locale. Ponsonby s'éclaircit la voix avant de poursuivre : L'inspecteur en question s'apprête à interroger le personnel de notre résidence, en particulier ceux qui ont passé la nuit ici. De sorte que… par rapport au respect que nous devons à la justice, je vous prie de rester à sa disposition.

À ce moment de ce long discours, les murmures avaient commencé à s'amplifier. Nous nous retirions ou nous rajoutions à la liste des personnes à interroger qui avaient dormi ou non à Clarendon, et même, dans le premier cas, certains alléguaient ne pas avoir quitté leur chambre – comme nous – et réclamaient l'aide des autres comme témoins d'une telle circonstance. Témoins qui, ah, n'existaient pas, car ils n'avaient pas quitté leurs chambres eux non plus.

Ponsonby et Weedon, très contents d'avoir dormi dans leurs chambres respectives, essayaient d'imposer le calme. Clarendon était en ébullition.

— Cela ressemble à un… tu sais… un… me dit Susie.

Comme toujours, elle laissait aux autres la tâche pénible de prononcer l'imprononçable.

— On dirait un théâtre clandestin *scandaleux*, fis-je, et nous nous couvrîmes la bouche.

S

Les hommes de Scotland Yard arrivèrent sensiblement plus tard que prévu. C'était comme s'ils voulaient nous rendre nerveux par cette attente. La femme de ménage dut reculer devant les deux agents, l'un en civil, l'autre en uniforme. Le premier était très maigre et tout petit, avec une moustache frisée, pointue, et des yeux comme j'en avais rarement vu, d'une clarté majestueuse et d'une fixité surnaturelle, où les pupilles ressemblaient à deux têtes d'épingle. Il portait un chapeau en feutre sur ses oreilles très volumineuses. Il était vêtu d'un imperméable et d'un costume usé, les mains dans les poches du premier. Mais il consistait surtout en ce regard dévasté, nerveux. On aurait dit que sa moustache était formée de piques fichées dans la lèvre et que l'expression qui en résultait montrait le courage avec lequel il résistait à la douleur. La loi est arrivée, semblait-il dire.

Les infirmières, Ponsonby et Weedon, les reçurent en rang. Ponsonby s'avança et tendit la main au petit homme.

Ce dernier ne la lui serra pas.

— Je suis l'inspecteur Augustus Merton, de Scotland Yard. Sergent Jameson.

Le sergent, en uniforme comme je l'ai dit, semblait avoir été fabriqué avec les rebuts des matériaux qui avaient servi à construire Merton : grand, obèse, sympathique, souriant au-dessus de la jugulaire du casque, qui formait un second double menton sur le premier, moustache semblable à un chat rondouillard et paisible, à la différence de celle de l'inspecteur, crépue et agressive.

— Nous sommes à votre disposition, monsieur, dit Ponsonby, révérencieux.

— Merci. Je ne vous retiendrai pas longtemps, docteur. Nous avons besoin d'une pièce à notre disposition.

— Vous pouvez utiliser mon bureau, messieurs.

Les infirmières formèrent une file d'attente et il fut décidé de me laisser la dernière place car j'étais nouvelle. Les collègues qui avaient été interrogées nous encourageaient : "Ce n'est rien, tu verras", murmuraient-elles. Mais quand mon tour arriva, mes jambes tremblaient.

— Entrez, dit Ponsonby.

Merton, les mains encore dans les poches, le chapeau encore sur la tête et assis dans le fauteuil de Ponsonby, parlait. Le sergent Jameson prenait des notes dans un petit carnet en faisant ployer une chaise sous son poids tandis que Ponsonby et Weedon, assis sur des chaises près de la fenêtre, semblaient constituer le public.

— Non, non, je ne suis guère brillant, disait Merton, ne vous trompez pas, docteur. Mais… – Il fit une pause impulsant à ce "mais" une énergie soudaine.

— Il y a toujours un "mais", murmura Jameson, pacifique.

— Mais, dans ce métier, messieurs, les choses ne dépendent pas tant de l'intelligence que de la patience. Les nuances et les détails d'un crime forment une tapisserie complexe, et il faut ôter couche après couche, en nettoyant tout avec une grande délicatesse, jusqu'à laisser le fait… là, primitif, pur, sans obstacles.

— Aussi vrai que j'ai une mère, acquiesça le sergent.

Peut-être par pure coïncidence, ils me regardèrent tous les deux, ce qui me fit rougir.

— Asseyez-vous, mademoiselle… dit Jameson, et il consulta ses notes. McCarey ?

Par chance, ce fut lui qui mena l'interrogatoire. Jameson posa les questions et nota mes réponses – qui se bornèrent à préciser que je m'étais couchée à telle heure, après avoir accompli telles tâches, et je n'avais rien vu sur la plage –, tandis que

Merton posait sur moi ce regard terrible qui semblait avoir absorbé comme des éponges toute la saleté délictueuse du monde qu'il ne nous est pas donné de contempler, à nous le commun des mortels, pour l'essorer ensuite consciencieusement. Ses yeux étaient comme des puits qui menaient à ce souterrain sans fond auquel appartenaient des éléments tels que le cadavre d'Elmer Hutchins sur la plage – dont je ne connaissais pas encore les horribles détails, même si mon ignorance allait bientôt être réparée –, et Merton, propriétaire de ces puits, semblait me prévenir, pour mon bien, de ne pas beaucoup regarder, ou dans le cas contraire de le faire sous mon entière responsabilité.

Lorsque j'indiquai que le résident dont je m'occupais se trouvait dans l'aile ouest du premier étage, Merton m'interrompit.

— Il semble que ce soit le meilleur endroit pour voir quelque chose. Pas vrai, Jameson ?

— Aussi vrai que la mort de mon père, inspecteur.

— Nous aurons besoin d'interroger les résidents de cette aile, docteur.

Dit comme ça, cela n'avait l'air de rien, mais Ponsonby eut une sorte de spasme. Comme à son habitude, diverses émotions se mêlaient en lui : sens du devoir envers la justice, de l'honneur envers ses résidents. Il se leva pour parler.

— Ah, à Clarendon nous collaborons avec la loi, inspecteur Morton – "Merton", corrigea l'intéressé. Oui, excusez-moi, mais… nous avons aussi des patients… et des familles à respecter. Je ne veux pas dire que ce respect soit supérieur à celui que mérite la loi… Je vous demande juste de… ah… prendre en compte les caractéristiques spéciales de notre résidence, où la discrétion est…

Merton se leva lui aussi, impatient.

— Je comprends, docteur Ponsonby. Mais…

— Il y a toujours un "mais", précisa avec délectation son assistant, en se levant également.

— Mais Scotland Yard est synonyme de discrétion, monsieur.

— Je n'en doute pas. – Et Ponsonby se tourna vers moi en clignant des yeux. – Auriez-vous l'amabilité de… guider monsieur l'inspecteur… dans les chambres de nos résidences du premier étage, aile ouest ? Ils ont déjà dû dîner. Cela ne les dérangera guère.

Je le soupçonnai de ne pas m'avoir choisie uniquement parce que je me trouvais à ses côtés. J'étais la novice, donc la moins au fait de la vie et des petits secrets des résidents. Avec moi, Ponsonby s'assurait une discrétion supplémentaire.

6

J'éprouve une terreur naturelle envers la police, presque semblable à celle que j'éprouve devant les malfaiteurs, car avec ces derniers, on peut toujours recourir à la police. Autrement dit : face au mal, il me reste encore la consolation que le bien me défende, mais qui peut me défendre du bien ?

On comprendra donc que, pendant que je les précédais dans l'escalier, talonnée par le maigre inspecteur aux grandes oreilles, je me sois sentie de plus en plus nerveuse. Un homicide était un homicide. C'était sérieux, réel. Ce n'était même pas un théâtre clandestin, où cela soulage de se dire : je suis le public. Certes, je n'étais pas liée, même de loin, à cet assassinat, mais je me trouvais *à l'intérieur* de cette affaire, avec la police, participant sans aucune possibilité d'exclusion.

Au début, il n'y eut guère de surprises. Le rituel fut le même pour tous. Nous nous arrêtions à la porte, je donnais le nom du résident, indiquais ses particularités, frappais et entrais. Le reste, c'était Merton qui s'en chargeait. Et ce fut un échec fracassant, avant tout parce que Merton décida d'ignorer que les personnes interrogées étaient des malades. Enfin, il ne l'ignorait pas, mais il le comprenait de la façon la plus erronée possible. Pour lui, c'étaient des êtres qui, en raison de leur faible capacité de raisonnement, ne possédaient pas une dignité suffisante. Il les traitait d'"aliénés" même en leur présence, comme si la folie équivalait à la surdité : "Et cet aliéné, qu'est-ce qu'il a à nous dire ?", toujours les mains dans les poches de son pardessus. Certains étaient vraiment sourds, comme Lord Alfred C., un octogénaire qui utilisait un cornet acoustique et vivait dans un monde de soulèvements de cipayes*, parfaitement étranger aux événements les plus récents. À la question de Merton sur ce qui s'était passé la nuit précédente, il répondit par ces feintes des malades tels que lui que je connaissais bien : "N'êtes-vous pas le major Briggs, de la 4e brigade de lanciers ? Si ce n'est pas le cas, excusez-moi de vous le dire, vous avez un frère jumeau en Inde, mon ami… À votre place, je me renseignerais auprès de ma famille." Je ne décrirai pas le regard dont Merton le foudroya sous son chapeau de feutre. Et il y avait M. Conrad H., un vieillard lucide mais obsédé par les espions et la surveillance, qui pour chaque question qu'on lui posait en renvoyait deux ou trois, frénétiques, comme un adversaire endiablé au tennis : "Pourquoi voulez-vous le savoir ? Je peux voir vos lettres de créance ? Rappelez-moi votre nom." Quant à sir Leslie A… Que dire de sir Leslie ! Il était jeune, portait des couleurs théâtrales et l'éclat de son regard semblait refléter d'innombrables nuits *scandaleuses* dans l'East End à la lueur des bougies, parmi le souffle d'innombrables femmes, la fumée d'opium et des spectacles *interdits*. Susie m'avait murmuré que sa maladie était de cette sorte que, à Clarendon House, personne n'aurait mentionnée, même à Merton. La seule chose qui préservait manifestement la belle Jane Wimpole de subir ses excès quand elle entrait pour s'occuper de lui, d'après ce que m'avoua Susie également, était que sir Leslie les aimait beaucoup plus dodues, donc ni la chef Braddock ni Hettie Walters ne franchissaient le seuil de cette pièce, même par hasard.

Mis à part ces caractéristiques douteuses, sir Leslie semblait somnoler en permanence dans une immense baignoire de champagne.

— Oh, la police, la police… dit-il quand Merton entra. Entrez, entrez, oh, la police, la police bénie. Ma douce amie la police… Non, je ne me suis pas rendu dans un théâtre clandestin…

* Militaires indiens.

Merton procéda à un bref interrogatoire – infructueux – et il s'enfuit presque de la pièce. Les commentaires qu'il échangea avec son subalterne, sans se soucier de ma présence, me firent rougir. Il était vrai que sir Leslie inspirait de la répugnance à certaines personnes, mais qui pouvait en juger ? Cette supériorité accompagnée d'insultes comme "vicieux" ou "porc" me déplut.

Il restait une dernière porte.

Ne me demandez pas pourquoi je l'ai fait. Je n'en étais pas sûre moi-même.

Peut-être parce qu'il s'agissait de mon résident et la simple possibilité que Merton lui applique les mêmes épithètes, voire pire, me mettait mal à l'aise. Merton, les mains dans les poches et le chapeau toujours calé sur ses immenses oreilles, consumé lui-même par une moustache qui semblait le torturer, me semblait froid et inhumain comme une prison. M. X pouvait être lui aussi froid et inhumain, mais il y avait en lui une sensibilité spirituelle qui suscitait ma pitié. Je me plantai devant eux et parlai en baissant la tête.

— Excusez-moi, mais ce dernier résident ne vous sera d'aucune utilité, messieurs. Il vit en permanence dans l'obscurité, rideaux fermés, et il ne bouge pas de son fauteuil… Il n'a rien, même pas de nom… On l'appelle "M. X"… Je vous assure qu'il n'a rien vu…

Alors Merton fit quelque chose dont le souvenir m'ébranle encore aujourd'hui.

Il s'approcha de moi, avec sa petite taille.

— Mademoiselle…

— McCarey, monsieur, murmurai-je, au bord des larmes.

— C'est nous qui décidons, mademoiselle McCarey. Et maintenant, ouvrez cette maudite porte et mettez-vous sur le côté, comme une femme que vous êtes, et une infirmière.

— Oui, monsieur. – En tournant la poignée de porte, j'insistai : La pièce est dans l'obscurité, elle a les rideaux tirés et vous ne le verrez pas parce qu'il est assis dans le fauteuil…

J'ouvris.

La pièce était éclairée par plusieurs lampes. Les rideaux ouverts. Et M. X se trouvait debout devant la fenêtre.

7

Nous restâmes tous immobiles. Sans se retourner, M. X commença à parler :

— Bien sûr, mademoiselle McCarey, je vois que vous m'amenez de la visite. Bienvenue, messieurs. Je regrette que l'inconfort de mes appartements ne soit pas à la hauteur des circonstances.

Les policiers et moi restâmes immobiles un instant devant la porte.

— Qu'est-ce que c'est ? demanda Merton.

— Il s'appelle M. X, répétai-je. Il est… spécial.

Le temps pour nous d'entrer et que je ferme la porte, M. X avait regagné son fauteuil. Merton s'avança lentement, comme s'il n'était pas sûr de ce qu'il allait trouver. Mais en arrivant et en voyant qui il devait affronter, ses traits se détendirent. Cette expression, que j'avais si souvent surprise chez les visiteurs de l'asile quand ils observaient un malade dont l'apparence anormale les plaçait, eux, à un niveau supérieur – comme si ce qui était "normal" était un mérite, davantage qu'un hasard –, me répugnait vraiment. Je n'en détestai que davantage Merton.

— Alors comme ça… "particulier". Bon, au moins, vos yeux sont *particuliers*…

— Le gauche larmoie, monsieur, répliquai-je, plus irritée que son œil.

— Ne parlez que lorsqu'on vous interroge, mademoiselle.

Je me mordis la lèvre, mais le ton hautain de l'autorité m'humiliait toujours.

— Avec ou sans larmoiement, étant donné la taille de l'autre, je pense que vous avez dû voir beaucoup de choses. – Merton regarda son assistant, qui sourit pour lui. – Mais…

— Il y a toujours un "mais", dit le sergent, comme s'il chassait des papillons.

— Mais ce n'est pas ce qu'on *peut* voir, c'est ce qu'on *voit*. Et ce dont on se souvient.

— Une très grande vérité, plus que ma propre vie, dit Jameson.

— Alors, monsieur “particulier”… – Merton se courba devant le fauteuil et il me sembla que, à sa façon grassouillette, Jameson l’imitait derrière, avec son carnet de notes. – Nous voulons savoir si vous avez vu ou entendu quelque chose de bizarre la nuit dernière.

— Non, monsieur l’inspecteur, dit rapidement la voix dans le fauteuil, je n’ai rien vu ni entendu de bizarre entre minuit et cinq heures.

— Entre… ? – Merton fronça les sourcils. – Comment savez-vous que ce sont les heures… ?

— Je ne le savais pas, monsieur l’inspecteur, maintenant si, merci beaucoup. Je pensais que pour le pauvre M. Hutchins il s’agissait d’une dispute, comme pour les deux affaires précédentes.

— Quelles affaires ? Il n’y a que celle d’Edwin Noggs…

— Oh, alors celle d’Edwin Noggs et celle de Hutchins sont liées.

— Comment le sav… ?

— Je ne le savais pas, je ne faisais que le soupçonner, maintenant je le sais, merci beaucoup. D’après mon hypothèse, les deux morts pouvaient être reliées, car si on avait appelé Scotland Yard à cause d’un vagabond, c’est parce qu’il présentait les quatre mêmes blessures que l’autre…

— Quelles quatre bless… ?

— Trois, alors : deux au ventre et une à la gorge.

— Un instant, comment sav… ?

— Je ne le savais pas, maintenant si, merci beaucoup, monsieur l’inspecteur : vous avez très bien questionné toutes mes réponses. Vous pouvez partir. Je vous supplie de ne pas faire de bruit en sortant.

Il avait parlé si vite qu’il m’avait rappelé les prestidigitateurs dans les théâtres. Le visage de Merton ressemblait à celui de l’homme qui allait avec confiance dans la rue et pense soudain être suivi.

— Qui êtes-vous, monsieur ? demanda-t-il, rouge de colère, et il montra enfin ses deux mains (petites, incongrues) en forme de poings.

— M. X n’a pas de nom, dis-je. Sa famille est…

— C'est la deuxième fois que vous m'interrompez, idiote ! – Merton tourna tout son corps vers moi, le visage osseux et rougeaud, et tira sur sa moustache comme pour essayer de m'en décocher toutes les pointes. – Taisez-vous une bonne fois pour toutes !

J'allais m'excuser lorsque la voix dans le fauteuil se fit entendre de nouveau.

— Oh, monsieur l'inspecteur, n'allez pas croire que Mlle McCarey est comme ces actrices et ces petits acteurs des arènes que vous fréquentez dans l'East End, des gamins ou des jeunes filles qui s'affrontent dans des combats artistiques dont le plus grand intérêt est le peu de vêtements que portent les participants, que le public insulte à plaisir…

— Comment sav… ? demanda Merton pour la énième fois, en louchant.

— Mais il est compréhensible que les clandestins constituent votre unique exutoire depuis des années, d'où la crise matrimoniale par laquelle vous passez, et pourtant, je parierais que le problème dont vous croyez souffrir est plus dans votre tête et dans la terreur de la contagion que dans une baisse de votre virilité. J'imagine que c'est la raison pour laquelle vous gardez les mains dans vos poches. Tout cela m'incite à vous donner deux conseils : parlez-en avec madame votre épouse afin de reconstruire votre relation, et traitez avec le plus grand respect Mlle McCarey, mon infirmière particulière. Bonsoir.

8

Je me souviens encore du silence.

M. X créait ce genre de silences, comme une araignée tissant sa toile crée des tapisseries très légères mais mortelles.

Et Merton. Si un homme pouvait fondre debout comme un cierge, il serait l'exemple qui me viendrait toute ma vie à l'esprit.

Je n'avais jamais vu un être plus transformé, plus décomposé. Toute sa dureté minérale d'individu de petite taille à moustache en pointe maintenant transformée en boue attendant d'être remodelée. Même sa moustache semblait s'incliner, comme si elle avait tiré une partie de sa force de la contraction des mâchoires qui, déboîtées, battaient maintenant dans le vide, et ne constituait plus qu'un vague souvenir sur son visage. Mais c'étaient les yeux, des points en morse jadis furieux, qui avaient subi le changement le plus important, car soudain ils semblaient avoir remonté le fil de sa vie entière. Et je le dis parce que son regard me rappela celui d'un enfant qui contemplait un père autoritaire ou des compagnons moqueurs. Dans ses paupières s'accumulaient des larmes indécises. Il ne prêta même pas attention au sergent Jameson, quand ce dernier, peut-être mal à l'aise devant l'absence de "mais", demanda :

— Je note ça, inspecteur ?

Il me sembla que Merton allait s'effondrer et je m'approchai immédiatement.

— S'il vous plaît, ne pleurez pas sur le tapis, lui murmurai-je.

Merton me regarda comme depuis un autre monde et se dirigea vers la porte. Je le vis hésiter avant de saisir la poignée de sa propre main soignée, mais il semblait considérer que ce qu'il laissait derrière lui était pire que de se salir. Quand il disparut, le sergent le suivit lentement, comme s'il hésitait sur son utilité en étant seul.

Je comprenais le sentiment d'horreur de Merton. Je contemplai la silhouette immobile dans le fauteuil. Elle ne me regardait pas, ses yeux bicolores fixaient la fenêtre à travers laquelle la lumière du soir diminuait sur la mer.

— Tout ce que vous avez dit… c'était vrai ?

— Un projectile fourré à la vérité, le reste en plomb pur, mais j'ai visé juste.

— Comment avez-vous… comment avez-vous pu… ?

— Je n'ai pas le temps de vous parler des évidences. Il est urgent que vous répondiez immédiatement à une question : vous m'accordez votre *confiance* absolue ? Répondez.

Je restai glacée, mais pas à cause de cette demande.

C'était parce que pour la première fois, pour la toute première fois depuis que je l'avais rencontré, ce petit homme inamovible semblait nerveux.

PROGRAMME

SOUTH PARADE. ARÈNES

(Ce programme doit être rendu à la sortie de la salle)

Petits anges qui combattent pour le plaisir du spectateur ! Paul tombe, Kevin se lève, Peter fait une pirouette, Danny montre ses charmes... ! Notre œuvre possède une morale : c'est le quotidien des enfants qui se battent pour la nourriture, pour un toit ou une chose aussi inaccessible que l'amitié... ! Oh, les délices des corps nubiles enlacés dans leurs combats prodigieux, magistralement chorégraphiés ! Ne vous rendez pas, pas avant que l'adversaire ne tombe, ou que vous, notre très estimé client, n'applaudissiez à la fin et ne demandiez une pause ! Lutins de la beauté, Cupidons sans arc, mais avec des flèches qui rendent amoureux instantanément !
Ce soir :
PAUL... Paul Thompson, brun, douze ans.
PETER... Peter Corcoran, blond, treize ans.
KEVIN... Kevin Calloway, roux, douze ans.
DAN... Danny Waters, blond, douze ans.

Seulement dans l'arène de South Parade, de une heure à trois heures du matin !

AVOIR CONFIANCE

1

Dans la chambre, il y avait trois lampes allumées : une sur une petite table et une près du lit, sans compter celle qui était toujours posée sur le manteau de cheminée. Des pans de clarté s'accrochaient toujours à la fenêtre. Suffisamment de lumière pour observer mon résident sans obstacles. Assis dans son fauteuil, raide, en robe de chambre, pyjama, pantoufles. Ses sourcils minces se haussaient. Il avait la bouche entrouverte.

Je le regardais comme vous auriez pu le faire après une telle demande, je suppose.

— Avoir confiance en vous ?

— Vous m'avez entendu, alors répondez, s'il vous plaît.

Je pris peur :

— Qu'allez-vous faire ?

— Si vous avez confiance en moi, je n'ai pas besoin de répondre à ça, et pas plus si vous n'avez pas confiance

Ses grands yeux bicolores me regardèrent, quoique vides d'expression. Il était prêt, je le crus du moins, à affronter n'importe quelle réponse.

— Je ne peux pas avoir confiance aussi vite que vous me le demandez ! fis-je.

— Alors je vous prierais de sortir immédiatement et de veiller à ce qu'on ne me dérange pas, y compris l'inspecteur Merton, au cas où il ait envie de revenir (j'en doute, mais je ne l'exclus pas non plus), sinon je m'en plaindrai à ma famille par écrit, dites-le au Dr Ponsonby et partez.

Son mépris et son indifférence étaient tels que je fis demi-tour et me dirigeai vers la porte. Mais je réfléchis. Je ne pouvais pas le laisser seul après cette demande.

— C'est d'abord à vous d'avoir confiance en moi ! dis-je, retournant vers le fauteuil. Si ce que vous comptez faire est acceptable, je serai de votre côté ! Sinon, je devrai aviser ! Mais n'exigez pas que je vous remette ce que vous ne semblez pas capable de me donner !

Je soutins son regard bleu et rouge. Ses lèvres fines s'incurvèrent en une moue.

— Je vous ai défendue devant les policiers et cela ne vous semble pas être une marque de confiance ?

— Personne ne vous a demandé de le faire ! Je suis votre infirmière, pas votre amie ! J'aurai confiance en vous autant que vous me le permettrez !

J'avais l'impression de livrer un bras de fer.

— Vous êtes…

— Têtue, je sais. Mais je ne partirai pas avant…

— Eh bien ouvrez la fenêtre.

— … que vous me prouviez… Qu'avez-vous dit ?

L'impatience le fit parler plus vite, si possible.

— Mademoiselle McCarey, vous voulez échanger la confiance contre la confiance et je l'accepte, alors ouvrez cette fenêtre le plus vite possible en tenant compte auparavant de notre ami commun, le Loquet Meurtrier.

Je reconnus que ses règles étaient justes, et que ce qu'il me demandait était paradoxalement ce que j'avais vainement tenté de lui faire accepter depuis mon arrivée à Clarendon.

Ouvrir cette maudite fenêtre.

Je me retournai vers les rectangles poussiéreux qui dévoilaient le bleu foncé de l'autre côté. J'étais maintenant habile dans la manipulation de cet horrible loquet.

— Bon, et maintenant… dis-je, caressée par la brise marine du soir.

Alors je m'arrêtai.

Je jure que, si j'avais été cardiaque, cette histoire n'aurait jamais été écrite.

Car deux mains se levèrent en l'air, à l'extérieur, et s'accrochèrent à la rambarde.

Je dois dire, au cas où j'en aie présenté jusqu'à présent une autre image dans cette chronique, que, pour moi, le monde avait toujours eu un aspect normal, même s'il n'était pas entièrement heureux : travail – beaucoup –, repos – peu –, marches, patience, bureaucratie, petites joies, immenses tristesses et quelques rêves – toujours en relation avec le soleil, parce que son absence, lever ou coucher me fait rêver. Je ne crois pas commettre un péché d'orgueil en affirmant que c'est le monde de nombreuses autres personnes. Jusqu'alors, j'obtenais l'extraordinaire dans les théâtres, et les rares exceptions – le papillon qui, voyez-vous, vint se poser juste sur ma main d'enfant, la vieille dame qui me remercia de mes soins juste avant de mourir, la première fois où Robert Milgrew m'embrassa – avaient été fugaces et uniques. Mais il était clair que le monde de M. X était différent. Il n'était pas seulement différent du mien, mais de toute autre personne ordinaire. Quelques heures après notre rencontre, il connaissait déjà tous mes secrets ; le jour suivant, je commençais à connaître les siens.

Je restai immobile en les regardant entrer, déconcertée. Aucun ne gêna le passage des autres. Ils se hissèrent avec agilité en sautant à l'intérieur, en ordre, comme s'ils se faisaient des politesses devant une porte. Puis ils se tinrent tranquilles, en nous observant de leurs yeux grands ouverts, battant des paupières face au fauteuil.

Je crois que nous les avons tous vus un jour, et en même temps nous ne les voyons jamais. Les enfants dont la vie se nourrit dans toute sa cruauté – qui fourmillent à Portsmouth tout autant que dans les rues de Londres –, en haillons, sales, le regard fixe et anxieux. Les gens ne tournent pas la tête sur leur passage lorsqu'ils vont en bandes bruyantes, mais ils les contemplent avec avidité sur les scènes, officielles ou clandestines. Ce sont des sortes d'êtres imaginaires pour ce type de sociétés qui croient que l'enfant réel est celui en costume de marin qui joue avec sa baguette et son cerceau sous le regard vigilant de l'institutrice. Il m'a toujours semblé que c'était le contraire : chaque fois que je vois un enfant vivant dans la rue, cent enfants bien vêtus et en bonne santé se détachent de moi comme le sucre des Gens-Sucre.

Devant moi, trois exemples extraordinaires. Le plus petit ne devait pas avoir plus de dix ans, un enfant mignon au visage couvert de taches de rousseur et de suie, aux cheveux roux en bataille. Le plus grand, à ses côtés, aux cheveux couleur paille, présentait toute la tranquillité et la résignation qui semblaient manquer au premier, les yeux baissés avec une tristesse qu'il semblait générer. Le troisième, blond et sale, était le plus beau, et ni les larmes – car il pleurait dans un silence attendrissant – ni la crasse ni les égratignures aux bras et aux jambes – qui me firent penser qu'il gagnait sa vie dans une arène – n'altéraient sa beauté.

L'espace d'un instant, il ne se produisit rien de plus. Ils me regardaient, moi aussi, et je n'aurais su affirmer qui était le plus surpris ou terrorisé. Six jambes maigres terminées par de petits pieds crasseux face au maigre dictateur dans son fauteuil, qui brisa la glace en parlant.

— Ne restez pas immobiles devant la fenêtre, je vous l'ai déjà dit, approchez un peu plus vers le lit. On ne doit pas vous voir de l'extérieur. Mademoiselle McCarey, merci d'éteindre toutes les lampes sauf une et de placer une chaise contre la porte.

Je m'efforçai d'obéir, même s'il m'apparaissait très clairement que, en agissant ainsi, je devenais complice de ce que pouvait tramer mon résident, mais il ne me vint rien d'autre à l'esprit.

M. X sembla lire dans mes pensées, car il ajouta :

— Ne vous faites aucun souci, mademoiselle McCarey, je vous expliquerai plus tard la présence ici de mes trois amis, mais pour l'instant, permettez-moi d'abuser encore un peu de votre bonté et, en guise de présentation rapide, ce rouquin remuant est surnommé la Mouche, il bourdonne beaucoup et parle trop. – Cela sembla réjouir le garçon et son grand copain, qui sourit et lui donna une bourrade. – Son ami, je l'appelle Toile d'Araignée, parce qu'il ne bouge pas et perçoit jusqu'aux moindres détails. Le troisième a lui aussi un surnom, mais je préfère l'appeler par son nom, Danny Waters, et en ce qui concerne l'infirmière McCarey, elle est parfaitement digne de confiance.

Les sourires révélant des dents manquantes qu'ils m'adressèrent auraient inspiré pitié à Hérode. Je tentai de leur en renvoyer un "parfaitement digne de confiance", mais j'étais loin d'être dans cet état d'esprit. La présence de ces gamins enfreignait toutes les règles de Clarendon et, si on les découvrait, je perdrais très certainement mon emploi.

— Approche, la Mouche, qu'avez-vous pour moi ? demanda M. X.

Le rouquin semblait avoir attendu ce grand moment toute sa vie.

— On a découvert un autre mort sur la plage, monsieur ! Il picolait ! Il s'appelait Hutches, le Bègue le connaissait !

— Hutchins, corrigea très sérieusement Toile d'Araignée.

Le troisième enfant inclina son petit visage et ses pleurs montèrent dans des sanglots terrifiants. Son joli visage vira au grenat, se fripa. Il s'entoura de ses bras comme une chose faible qui craindrait d'être arrachée par la bourrasque.

— Le Bègue aimait beaucoup Hutches ! dit la Mouche sur un ton amusé, mais dépourvu de cruauté.

Chez ces pauvres anges, la douleur d'une perte était une anecdote de plus dans la vie quotidienne. Malgré cela, l'espace d'un instant personne ne parla tandis que ces pleurs s'écoulaient comme si toute la tristesse en émanait. Jusqu'à ce que M. X intervienne.

— Bon, c'est anecdotique.

Cela me laissa sans voix. Je m'approchai des enfants, qui commencèrent par reculer, habitués qu'ils étaient à garder leurs distances avec les adultes. Mais à travers son rideau de larmes rougies, le pauvre Danny accepta mes bras. Je l'enveloppai dedans et sentis sa robuste anatomie de gamin des *arènes*, mais maintenant il frémissait comme un enfant beaucoup plus faible.

Le consolant toujours, je lançai à M. X un regard de reproche.

— N'avez-vous pas un minimum d'humanité ? – Je n'obtins pas de réponse. – Tu veux un peu d'eau ? demandai-je à l'enfant tout en dégageant les boucles poisseuses de son beau visage. Allez, je vais t'en donner un… Et quelque chose à manger, peut-être.

Le plateau contenant les restes du dîner était toujours là, devant la cheminée, car les interrogatoires de la police avaient retardé le travail des domestiques. Je n'eus pas besoin d'étendre mon offre et ils s'approchèrent tous les trois. Je remplis un verre à plusieurs reprises car, après que Danny en eut bu deux avec avidité, la Mouche et Toile d'Araignée l'imitèrent et ne laissèrent pas une miette de nourriture : ils mâchaient les os et les restes de légumes, léchaient les plats. Il fallait les voir.

J'éprouvai une peine infinie en constatant que, après les verres d'eau, Danny ne voulait pratiquement rien manger.

— Le Bègue veut être acteur et Hutch l'y encourageait, dit la Mouche en engloutissant la nourriture.

— Il lui disait qu'il parlait bien s'il ne pensait pas qu'il allait le faire mal, dit Toile d'Araignée.

— Et c'est vrai ! Dis quelque chose, le Bègue ! – Le garçon fixait le sol. La Mouche baissa le ton. – Pour l'instant, il ne fait que des arènes, mais il veut être acteur-acteur…

— Je regrette, Danny, dit M. X. de façon inattendue, sans emphase, et il poursuivit : Vous allez devoir m'en dire plus si vous voulez une récompense, car je suppose que vous avez pu le voir avant que la police ne l'emmène.

— Hou, oui, monsieur… cr… hum… il est resté ici presque toute la matinée ! – La Mouche croquait une carotte.

— Combien de blessures importantes avait-il, Toile d'Araignée ?

— Trois, monsieur, répondit le grand sur un ton presque scientifique. Deux au ventre, une à la gorge.

— Effectivement, comme Noggs, fit M. X.

— Oui, monsieur, à peu près… Avec une… différence.

Comme ce détail replongea Danny dans ses sanglots passionnés, je décidai d'intervenir et de me joindre aux données techniques.

— Mais les gens disent que pour Noggs, c'était une rixe avec un Homme-Sucre qui…

— Oh, mademoiselle McCarey, m'interrompit doucement M. X, la vérité n'est jamais démocratique, elle ne dépend pas du nombre de personnes qui croient en elle, c'est plutôt le contraire : elle est réservée à la minorité attentive et sélective, la politique est donc un échec absolu. Je propose de raconter à Mlle McCarey les merveilleux détails des deux crimes : la Mouche…

— Je peux me passer d'une si merveilleuse histoire, dis-je.

Mais rien ne semblait plaire davantage en ce monde à la turbulente Mouche que de raconter des horreurs. À l'aide des questions de M. X. et des nuances qu'ajoutait Toile d'Araignée, il déroula un récit terrifiant. Je ne crois pas l'oublier un jour, je vous le résumerai donc tel que je l'ai entendu.

Une semaine plus tôt, des pêcheurs qui se rendaient sur le quai de South Parade trouvèrent un ballot de vêtements sur la plage, du côté des baraquements de l'est. En le piétinant, ils découvrirent des yeux fixes et une bouche remplie de sable. Deux entailles sur le ventre, verticales, qui, seules, n'auraient peut-être pas réussi à mettre un terme à sa vie immédiatement. Mais il avait également été égorgé. C'était Edwin Noggs, et tout le monde se rappelait ses bagarres avec son ancien ami Gary Hiscock, l'ex-prisonnier, qui l'accusait d'avoir divulgué son passé pour le priver de ses rôles au théâtre Charity, et qui travaillait maintenant nu et recouvert de sucre en tant qu'Homme-Sucre. On l'avait arrêté quelques heures plus tard. La théorie de la police voulait évidemment que Gary fût allé plus loin dans cette dernière rixe.

Précisément une semaine plus tard, cependant, le corps volumineux d'Elmer Hutchins s'effondra sur le sol et, avec lui, cette fragile hypothèse. Parce que Hutchins présentait lui aussi deux blessures au ventre, verticales, et un égorgement final. Une telle coïncidence n'aurait peut-être pas suffi à elle seule à faire venir Scotland Yard, mais les autres détails – ceux que la pauvre Hettie avait été incapable de formuler – auraient été plus que suffisants.

Parce que – c'est terrifiant, je préviens d'éventuels lecteurs pusillanimes, mais je l'écris tel que je l'ai entendu de la bouche de ces enfants – quelqu'un avait sorti les intestins à travers les blessures du ventre de M. Hutchins et, en tirant dessus, les avait attachés comme une corde tendue autour du cou, même si on ignorait encore si c'était avant ou après l'avoir égorgé, de même que le mobile de l'assassin pour se livrer à une telle atrocité. Cet acharnement disproportionné trahissait un acte se situant en dehors de toute logique, compassion, ou même sentiment humain.

Ce fut précisément cette description féroce qui poussa Danny Waters à reprendre la démonstration de sa terrible douleur. Cette fois, il la traduisit en paroles, lestées du défaut décrit par son surnom.

— Mon-on-monsieur Hut-Hutchins é-é-était b-b-bon… !

— Tu n'as pas besoin de M. Hutchins pour être ce que tu veux, Danny, dit M. X.

— Oui, pour être acteur ! insista la Mouche. Oui !, oui ! Le Bègue veut être acteur-acteur, mais seulement dans des clandés ! – Il imita les combats dans les arènes. – À poil !

— Tais-toi donc, lui reprocha le sérieux et digne Toile d'Araignée.

Danny se bornait à baisser la tête.

Je ne pouvais même pas imaginer la vie de ce garçon dans les théâtres clandestins, se frayant un passage comme guerrier nu dans les petites arènes, ou travesti, ou tout autre rôle parmi les façons innombrables du théâtre d'utiliser les enfants sans défense. Je le voyais sur des scènes de petite taille comme lui, dans la pénombre des couleurs que les amateurs de théâtre invoquaient, rendue floue par la fumée et assourdissante. Mais ces douloureuses fantaisies se heurtèrent au mur de glace qu'était M. X.

— Ne changeons pas de sujet, nous n'avons pas beaucoup de temps. Dites-moi, l'arme est apparue cette fois aussi ?

— Oui, oui, monsieur ! bondit la Mouche. Un policier l'a trouvée quand nous sommes arrivés ! Un couteau grand comme ça… ! Non, comme ça !

D'après les bras de la Mouche – et son ambition –, cela devait être un sabre, mais M. X ne s'attarda pas sur ces détails.

— À quelle distance du corps, diriez-vous ?

Une petite discussion s'ensuivit, essentiellement parce qu'aucun d'entre eux ne pouvait donner de chiffres et qu'ils cherchaient simplement des exemples. Ils finirent par se décider.

— Comme entre la carafe de là-bas et nous ! indiqua la Mouche.

— Je ne crois pas que le Dr Ponsonby aimerait vous entendre qualifier ses vases de "carafes", même si ce ne sont que des imitations en porcelaine de Chine, mais disons environ huit pas, ce qui fait de la moindre question sur le crime précédent une énigme : pourquoi laisse-t-il l'arme près des corps ?

Mais il manquait la révélation finale. La Mouche se chargea de la hurler.

— Un monsieur a tout vu ! Il s'appelle Tamoin ! C'est ce que disaient les flics !

— S-Spencer, corrigea Danny en reniflant.

— Il s'appelle Spencer, idiot, dit Toile d'Araignée. Ils disaient que c'était un "témoin".

Cette information sembla enfin impressionner le petit homme exigeant. Son regard bicolore fixa un instant un point dans le vide.

— Oh, et que faisait M. Spencer, peu importe son nom, sur la plage à cette heure, quelqu'un le sait-il ? – Les petites épaules se haussèrent presque en même temps. – Vous aimez les biscuits croustillants Merryweather, de la pâtisserie de Green Street ?

Cela provoqua une certaine exaltation. Qui ne les aimait pas ? me demandai-je. Ils étaient typiques d'ici, un commerce modeste qui existait déjà dans mon enfance et s'était développé à Londres. Ma mère les adorait. C'étaient des sortes de grandes pièces de monnaie faites de miel et de farine. M. X leva ses petites mains en l'air en brisant la jovialité.

— La prochaine fois, vous aurez une paire de boîtes de biscuits croustillants Merryweather, une paire, c'est-à-dire deux, précisa-t-il, peut-être pour la Mouche, ou les mouches, en plus de la récompense habituelle, si vous obtenez une information sur le dénommé Spencer, ce qu'il faisait sur la plage, ce qu'il a vu. Vous avez des contacts, servez-vous-en. Maintenant prenez vos affaires et déguerpissez.

Ils connaissaient leur métier : ils se dirigèrent vers la commode et, sans avoir besoin de parler, travaillèrent méthodiquement. Ils se saisirent du grand vase, le renversèrent sur le lit et les pennies et les biscuits – restes du thé de la veille, que je pensais avoir été dévorés avec délices par mon résident – disparurent en un clin d'œil. Quand ils coururent vers la fenêtre, ma recommandation de faire attention ne s'adressa qu'aux rideaux tremblants et aux branches d'arbres agitées.

— Ils sont habiles et discrets, autonomes, expliqua M. X tandis que j'essayais vainement de les retrouver dans le jardin sombre, rien de mieux pour ça qu'un enfant des rues.

— Mais comment avez-vous fait pour que..., et pour que... ? – Je fermai la fenêtre et tirai les rideaux ; il me semblait encore incroyable que personne ne les ait découverts.

— Les services du jeune Jimmy Piggot sont excellents, dit M. X, pas uniquement pour ce qui est de poster et distribuer le courrier des résidents. Il veut se marier et accepte des dessous-de-table. J'ajouterai que celle que vous remplacez, Mlle Harfield, a collaboré comme elle a pu, car elle insistait elle aussi pour ouvrir cette maudite fenêtre comme vous. Un soir, j'ai entendu ces va-nu-pieds jouer sur la plage, j'ai appelé Jimmy, je lui ai demandé de leur parler en me servant de la carotte de quelques pennies et des friandises que gagneraient par ordre d'arrivée les trois premiers qui monteraient dans ma chambre, c'est comme ça que j'ai connu la Mouche et Toile d'Araignée, qui ont été rejoints par Danny Waters.

— Mais vous les attendiez... Comment saviez-vous qu'ils allaient venir ?

— Nous avons établi quelques règles simples, répliqua-t-il d'un air las : quand j'ouvre les rideaux et que j'allume les lampes, ils peuvent monter. Ils lancent un caillou à ma fenêtre, comme ça je sais le moment exact où je peux ouvrir la fenêtre moi-même et coincer la porte avec la chaise. Aujourd'hui, ils ont lancé le caillou juste au moment où j'entendais les policiers dans le couloir. Je me suis planté à la fenêtre pour qu'ils me voient bien, en leur faisant signe de ne pas monter tout de suite. Ils ont attendu cachés sur les branches d'un arbre. C'est pour cela que j'étais pressé d'évincer notre ami Merton et d'ouvrir la fenêtre.

Maintenant je comprenais les "voix" que Bettie Harfield, qui m'avait précédée, avait cru entendre dans la chambre de M. X. La visite en cachette de ces chauves-souris !

— Mais quel genre d'informations attendez-vous d'eux ?

— Les enfants des rues ont les yeux et les oreilles partout. Particulièrement efficaces pour observer les détails d'un cadavre avant que les autorités n'emportent son corps.

Quelque chose ne me semblait pas logique. Je débarrassais la table du dîner et j'essayais d'effacer toute trace des gamins, quand je m'arrêtai et croisai les bras devant mon résident.

— Mais… Edwin Noggs a été assassiné la semaine dernière et Hutchins retrouvé aujourd'hui. Vous dites avoir parlé aux enfants il y a un *mois*… Comment pouviez-vous anticiper ces… assassinats ?

— Anticiper les coups est la seule façon de gagner, mademoiselle McCarey. – Cela m'a soudain rappelé les paroles de Mme Murray : *Il attend quelque chose*. – Maintenant, me permettriez-vous de m'adonner aux arabesques du violon, si ce n'est pas trop demander ? Ne vous souciez pas du laudanum ni de venir me coucher. Bonne nuit.

Je le laissai à son absurde pantomime, mais l'enviais en partie. Dans ma petite chambre, je n'avais pas de violon, irréel ou non : juste l'horreur racontée par les enfants et la possibilité d'un assassin à Portsmouth flottant dans les ténèbres de mes paupières.

3

Je me réveillai en proie à une sensation absurde : avais-je rêvé la visite secrète de quelques enfants ? Non : ils avaient *réellement* grimpé à un mur et à un arbre et pénétré dans la chambre de mon résident, l'un d'eux pleurait et était un enfant de l'arène.

Jusqu'alors, seuls mes patients vivaient l'absurdité de mon travail. M. X., lui, l'avait mêlée à ma propre vie. Cela me rendait nerveuse.

Le matin, en revanche, ne traduisait pas ma tension intérieure. Le soleil de l'aube contenait une brillante promesse qu'il ne tarda pas à tenir sur la plage, dotant les eaux d'un reflet précieux. Quand je m'approchais de la fenêtre du palier, je remarquais une activité comme je n'en voyais pas depuis que j'avais quitté Portsmouth. Cette sorte de frénésie qui ne peut exister qu'au bord de la mer. Hormis ceux qui fréquentaient assidûment la plage – dames avec des ombrelles se promenant sur le rivage, jupe à la cheville, enfants communiquant par des cris avec les mouettes, jeunes premiers oisifs portant un chapeau de paille, baigneuses enfermées dans les cabines de bain que les va-nu-pieds poussaient sur la rive pour que leurs occupantes puissent aller dans l'eau tout en préservant la décence –, on apercevait de petites représentations en plein air. Dans le secteur où l'on avait retrouvé Elmer Hutchins, désormais sans intérêt pour la police, des colporteurs étaient en pleine représentation. Ils jouaient une farce criminelle. J'eus l'impression que Hutchins était interprété par une grosse femme, mais il pouvait s'agir d'un déguisement fait de vêtements empilés. Un autre maniait un couteau étincelant. Les gens applaudissaient et déposaient des pièces de monnaie dans un chapeau. Et juste sur la rive, des acrobates sautaient comme des dauphins de terre au son de tambours et trompettes. En empruntant le petit bois de pins, on surprenait des danseurs en plein air. Des nappes de brouillard commençaient à envahir l'horizon. Et, depuis les fenêtres du couloir des résidents, une *troupe* avec ses cors et sa roulotte annonçait sur l'avenue Clarence ce qui semblait être un spectacle gothique à Terrance Hall, mais je ne voyais pas le titre de l'œuvre. Par intermittence, l'ombre d'un policier de garde apparaissait sans permettre d'effacer entièrement la tragédie, mais tout Portsmouth, du moins Southsea, retrouvait sa vitalité et son animation habituelles. J'aurais dû me douter que cela ne durerait pas.

Dans le couloir, je tombai sur Susie, qui venait de poser des emplâtres sur les ulcères de Lord Alfred.

— Quelle magnifique journée, Annie, eh… me dit-elle avec animation.

À cet instant, la chef Braddock sortit de la chambre de M. Conrad H. C'était une femme aigrie, mais je pariais qu'elle avait aussi un cœur.

— Quelle magnifique journée, mademoiselle Braddock, n'est-ce pas ? fis-je.

— Le docteur souhaite te voir, répliqua-t-elle sèchement.

Il était clair que cela n'allait pas durer.

4

J'y pensais, en donnant de petits coups sur la plaque de la porte de son bureau. *Les enfants. Ils les ont vus. Je suis renvoyée.* Ponsonby me reçut de dos, consultant un de ses textes. J'avais parfois l'impression qu'il ne lisait des livres scientifiques que lorsque nous arrivions, pour présenter une image appropriée. Mais ce n'était qu'une impression. Sur la table, éparpillés, d'autres volumes. Certains semblaient traiter du théâtre mental, une technique qui l'intéressait manifestement.

Malgré tout, le détail le plus surprenant ne se trouvait pas sur la table, mais devant la fenêtre : Mme Murray tricotait assise sur une chaise. Elle portait des binocles. Je savais qu'elle apparaissait à l'endroit où on l'attendait le moins. Elle était là puis elle n'y était plus. Elle habitait dans un réduit à côté des toilettes que nous partagions au grenier, mais parfois on la surprenait dans un bureau, ou dans la cuisine, occupée à sa tâche. Elle ne se faisait pas remarquer, mais elle observait.

Ponsonby hésita en me présentant.

— McCarey, lui rappelai-je.

— Nous nous connaissons, Ponsonby, dit la vieille dame.

Le médecin passa outre et entra rapidement dans le vif du sujet.

— Je voulais vous voir. Cet après-midi, l'ophtalmologue dont je vous ai parlé viendra.

— Parfait, monsieur. – Je me réjouis, bien sûr, mais j'attendis car le visage de Ponsonby ne semblait pas me réserver que cette nouvelle.

— Quand il l'aura examiné, je veux qu'il me remette son rapport personnellement.

— Oui, docteur.

— Ah… Dites-moi… – Et il feignit de se replonger dans ses lectures. – Hier, il s'est passé quelque chose quand la police a interrogé M. X ?

— Eh bien… – Je réfléchis rapidement. Je ne pouvais pas le raconter, ni le cacher entièrement. – Vous savez comment il est… Il s'est mis à… dire… des choses sur l'inspecteur.

Ponsonby claqua la langue et posa d'un coup le livre sur la table. Cette fois, il était vraiment irrité.

— C'est un goujat ! balbutia-t-il. L'inspecteur est redescendu, très nerveux… et… il m'a demandé tous les rapports que j'avais sur lui… Il n'y en a pas beaucoup, je crois vous l'avoir dit. Ah, je ne veux pas dire qu'il n'y ait rien, mais il n'y a pas grand-chose… Dans d'autres résidences, on n'a pas fait non plus d'études ni de diagnostics sur cet individu. L'inspecteur nous a dit que nous entendrions parler de lui. Qu'a pu lui dire ce butor ?

J'étais tellement surprise par ce changement – ce n'étaient plus des résidents "triés sur le volet", mais des "goujats" et des "butors" – que l'espace d'un instant je ne pus parler. Mme Murray observait la scène avec une immense langueur.

— Des choses intimes, murmurai-je.

— Vous pouvez me donner un exemple ?

— J'ai… préféré ne pas les entendre, docteur.

Il me regarda de la tête aux pieds, mais maintenant, de nouveau, j'*existais* pour lui.

— Ne l'écoutez pas. Vous m'avez compris ?

— Cet homme est un démon, je te l'ai déjà dit, Ponsonby, murmura Mme Murray.

— Quoi qu'il en soit, n'encouragez pas ses manies. Laissez-le seul.

— Oui, monsieur.

En fronçant les sourcils, Ponsonby sembla se concentrer sur un objet posé sur la table. Il pinçait les lèvres, comme je l'avais déjà vu faire à plusieurs reprises.

— Cela me déplaît. – Il avait parlé d'une façon si catégorique que je regardai la table. Mais il n'y avait rien dessus : c'était là le problème. Il virevoltait dans sa tête comme les aiguilles de Mme Murray. – Je vais vous raconter quelque chose. Quand M. X est arrivé à Clarendon, il y a deux mois, le directeur de la résidence précédente, à Oxford, m'a envoyé une lettre. Ah, il disait que le malade s'était… incrusté dans une enquête de police…

— Je vous en ai déjà parlé, remarqua Mme Murray sur ce ton des vieux qui, en parlant du passé, semblent prophétiser.

— Je ne dis pas que cela me semble grave, poursuivit Ponsonby, c'est un malade et…

— Cet homme n'est pas un malade ordinaire, Ponsonby, dit Mme Murray.

Une telle observation projeta Ponsonby dans le labyrinthe de ses confusions habituelles.

— Ah, non, non, oui…, mais non… Ici… Ici c'est un résident, madame Murray. Je voulais juste vous en parler, mademoiselle. – Il fit vers moi un geste du revers velu de sa main. – Je crains qu'il ne m'arrive la même chose. Ah, je ne veux pas dire exactement la même chose, mais une chose similaire… Il a l'idée maladive d'enquêter sur les *délits* en marge des autorités. Je ne peux pas… Nous ne pouvons pas tolérer ça à Clarendon. Tout ce qu'il pourra dire ou faire à ce sujet, tenez-m'en informé sur-le-champ. Sur-le-champ, insista-t-il. Tout doit passer par moi.

— Oui, docteur.

— Et distrayez-le. Ah… ne le laissez pas s'abandonner à ses idées morbides. Ai-je été suffisamment clair ? – Sa question comportait une part d'étonnement, comme si être "suffisamment clair" était un but qu'il n'atteignait jamais.

S

Ce qui me faisait le plus de mal était que Ponsonby avait raison.

Comment se faisait-il que moi, formée dans des lieux où l'on considérait les malades mentaux comme de simples malades qui devaient recevoir traitement et compassion, je me sois laissé berner par les illusions de ce patient ? Je regagnai sa tanière et le découvris dans l'obscurité. Pour changer il était assis face à la petite table, parfaitement visible, après avoir fait honneur à la collation de biscuits et de thé de midi – il était maigre mais doté d'un solide appétit. Dès qu'il me vit, il parla.

— Jimmy est-il déjà venu avec les boîtes de biscuits, mademoiselle McCarey ?

— Bonjour, monsieur, bougonnai-je.

— Nous devons être prêts à recevoir mes moineaux aujourd'hui, ils apporteront sans doute des informations importantes.

— L'ophtalmologue viendra aujourd'hui, dis-je sans m'arrêter, me dirigeant vers la fenêtre.

— Allez, je suppose qu'après je pourrai… Non, n'ouvrez pas les rideaux, alors.

— Il n'y aura pas d'"après". – J'ouvris les rideaux d'un seul coup.

— Ne faites pas ça ! entendis-je derrière moi. – Mes garçons peuvent croire…

Une sensation intermédiaire entre la colère et la fatigue m'envahit. Par la fenêtre, je voyais bouger la mer derrière l'ombre des arbres, les vagues, la lumière, les petits théâtres. Le tout palpitait.

— Habillez-vous, ordonnai-je.

— Pardon ?

Je me tournai vers la silhouette en robe de chambre et pantoufles, qui avait déjà regagné son fauteuil, une main sur l'autre. Il avait un air hésitant.

— Habillez-vous. Je suppose que vous savez ce que cela signifie. Nos ancêtres ont commencé à le faire après le péché originel : pantalon, chemise, gilet, veste. N'oubliez pas les chaussures. Le chapeau ne sera pas utile, mais je ne vous l'interdirai pas. Je vous accorde dix minutes. J'attendrai dehors.

L'inquiétude dont il témoignait n'était pas exagérée, mais j'avais appris à reconnaître certains de ses infimes signes émotionnels et j'aurais pu jurer que, effectivement, il était très nerveux.

— Mais, mademoiselle McCarey, où allons-nous ? Je ne sors jamais d'ici !

Je m'arrêtai à mi-chemin, de mauvaise humeur.

— J'ai supporté le chapelet d'histoires sanguinaires que vous avez fait débiter à ces pauvres enfants en échange de nourriture. Ce sont vos manies, monsieur X, mais maintenant vous allez supporter les miennes. Je vous attends dehors. Si vous ne ressortez pas habillé d'ici dix minutes, je raconterai tout ce qui s'est passé hier au Dr Ponsonby, quitte à me faire renvoyer. Quelle que soit l'influence qu'exerce votre famille, vous serez probablement expulsé de Clarendon et vous finirez peut-être enfermé dans une cellule capitonnée. À votre place, je m'habillerais. Il vous reste neuf minutes.

Je sortis et fermai la porte.

Pour être entièrement juste avec lui, je dirai qu'il avait réussi à mettre au moins son pantalon et une chemise, et il essayait de boutonner cette dernière quand je revins. Il avait de nouveau tiré les rideaux, de sorte qu'il ressemblait à un fantôme sous un drap blanc. Je les rouvris, imperturbable.

— Très bien, répliqua-t-il, toutes les dames qui se promènent en ce moment sur la plage pourront ainsi jouir de mon intimité.

— Votre intimité n'intéresse personne. – Je l'observai, ses doigts fins et tremblants luttant encore avec les boutons du haut. – Depuis quand n'êtes-vous pas sorti dans la rue, monsieur X ? Ou plutôt, dans ce qui ressemble à une "rue", quand êtes-vous sorti pour la dernière fois, ou était-ce encore une forêt avec des chevaliers en armure ?

— Épargnez-moi au moins l'ironie, si vous ne voulez pas m'aider.

Je collaborai de mauvaise grâce pour lui passer le gilet et la veste, qui semblaient avoir vécu très à leur aise suspendus dans les ténèbres du placard et s'obstinaient maintenant à ne pas mener à bien leur mission de vêtements. Ignorant l'entêtement mutuel des habits et de leur propriétaire, je refermai sur son cou chétif le col de chemise amidonné, boutonnai sa veste et me baissai pour lui faire chausser ses bottines à bout carré. C'était comme habiller un enfant.

— Je vous ai déjà dit que vous n'aviez pas besoin de chapeau.

— Je vous prie de m'accorder au moins ce caprice, murmura-t-il. Le petit chapeau était ridicule, il possédait une plume tyrolienne et s'ajustait à la calvitie au sommet de ce très haut front comme un alpiniste solitaire et peureux sur un sommet enneigé. Il tenait également une petite canne au pommeau de marbre.

— Oh, je vous en prie, vous croyez que nous allons à Buckingham ? Pressez-vous donc !

— La douceur ne compte pas parmi vos qualités, peut-être pas très nombreuses, mais généralement satisfaisantes, mademoiselle McCarey.

— C'est maintenant que vous le découvrez ? Vous n'êtes pas très perspicace. Allons, en route.

Cinq pinces froides m'entourèrent le bras par surprise. Il ne m'avait jamais touchée jusqu'alors. Sa force insoupçonnée me surprit.

— Je vous en prie, ne me laissez pas seul.

Dans sa voix pointait maintenant l'angoisse.

Il avait perdu tout son charme, ce "sorcier" des maisons de repos. Pauvres malades sans défense ! Je lui posai une main sur l'épaule et lui parlai avec douceur.

— Ne vous inquiétez pas. Je suis avec vous.

Nous sortîmes donc ainsi, lui me prenant le bras, la canne dans l'autre main, le visage pâle et les yeux bicolores grands ouverts regardant droit devant. Dans l'escalier, nous croisâmes Susie Trench qui montait avec une pile de draps pliés tels des livres immaculés et resta fascinée en reculant la tête pour nous observer.

— Où allez-vous, monsieur X ?

— Demandez à Mlle McCarey, s'il vous plaît.

— Faire une promenade, tranchai-je.

Dans le vestibule, je pris un châle pour moi. M. Weedon, qui donnait ses instructions à une domestique, ôta ses lunettes en nous voyant. Il eut la délicatesse ou l'indifférence de ne rien dire, mais il observa le passage de M. X comme s'il s'agissait d'une visite-surprise de l'archevêque de Canterbury. L'après-midi frais et ensoleillé me fit fermer les yeux à demi. Nous marchions en équilibre instable en faisant le tour vers la façade côté plage, et nous nous engageâmes sur le sable. J'éprouvai la coupable impression de promener un animal domestique.

6

La plage s'était vidée. Bien sûr, plus aucun baigneur. La farce criminelle était terminée depuis longtemps. Le soleil irradiait derrière nous et, en regardant dans cette direction, il fallait placer la main en visière pour apercevoir la forteresse de Southsea. Plusieurs jeunes filles se promenaient comme moi, au bras de messieurs, certaines très jeunes, avec des voiles de *décence*. Mais on entendait encore la musique des orchestres et il y avait des gens du cirque sur le quai de South Parade. Les pans de la veste de M. X et mon châle se gonflèrent comme des voiles.

— Quel vacarme ! se plaignait mon résident. Que de bruit, que de théâtre ! Personne ne comprend qu'il existe une chose plus importante que le spectacle ? Tout le monde veut regarder les autres, pas soi-même. Écoutez cette musique qui provient du quai, par Jupiter, ces cris devant un acrobate, cette clameur ! Je crains de ne pas pouvoir la partager, croyez-moi, je veux retourner à mon obscurité et oublier le monde.

— Mon frère me répétait souvent une maxime des comédiens : "Ne crains pas le théâtre qu'on entend comme un coup de tonnerre ou qui éblouit comme un éclair, crains ce qui est obscur et silencieux."

— Trop poétique, estima M. X. Pourquoi a-t-il abandonné la profession d'acteur ?

Je ne lui ai pas demandé comment il savait qu'il avait voulu être acteur.

— Il n'a pas aimé le théâtre clandestin, répondis-je.

Les curieux regardaient mon résident, surtout en le voyant se promener à côté d'une infirmière, mais son apparence n'était pas voyante au point de le regarder à deux fois et ils s'en désintéressaient vite. Depuis le quai nous parvenaient des cris et des applaudissements.

— Je ne critique pas votre frère, ce plaisir, ce vacarme fastidieux, tout ce bruit et cette fureur… il convient de se demander pourquoi nous en avons besoin.

— Qu'y a-t-il de mal dans le plaisir ? demandai-je.

La réponse vint, sèche :

— Rien. *Voilà* ce qu'il y a de mal.

Au loin courait un garçonnet, peut-être une fillette. Il était nu, mais il portait une chose dorée au cou et à la cheville gauche qui l'identifiait comme le butin d'une chasse au trésor. Les trésors vont nus à l'air libre sans provoquer de *scandale*, car ce sont des trésors. Celui-ci courait, sans doute, parce qu'on l'avait trouvé. Quelle déception ! Maintenant il allait devoir se cacher dans un nouvel endroit déjà prévu jusqu'à ce qu'on le trouve à nouveau. La chasse au trésor était depuis l'enfance mon spectacle favori.

Malgré les plaintes de M. X, je me sentais de mieux en mieux tandis que mes bottines s'enfonçaient dans le sable et que mon visage était baigné par l'air humide et froid. J'aimais la mer, comme mon père. Je pensai à Robert, peut-être par association. Je ne voulais pas en cet instant paisible, mais je ne pus l'éviter. Je me demandai s'il viendrait me voir à Portsmouth, comme il l'avait annoncé dans son dernier message. Que ferais-je si cela se produisait ? Les questions se pressaient dans ma tête avec l'insistance dénuée d'intention des vagues et tournaient sans cesse comme les zigzags du pauvre trésor garçonnet-fillette nu comme un ver, auquel des baigneurs moqueurs barraient le chemin. Sur son dos menu et la rondeur de son postérieur, le soleil étincelait.

La petite silhouette s'était glissée entre ses ravisseurs et avait été perdue de vue quand la voix fluette de M. X m'interrompit.

— Au moins… ne pourrions-nous pas aller de l'autre côté, là où la police a trouvé le cadavre de Hutchins ?

Il avait parlé sur un ton presque suppliant. Je l'observai : une main sur son chapeau, l'autre me serrant encore, la canne coincée sous l'aisselle.

— S'il vous plaît, laissez en paix une bonne fois pour toutes les assassinats et les cadavres, lui demandai-je.

Cela sembla l'irriter. Il me lâcha rapidement le bras. Quand je me retournai, il appuyait en tremblant sur la canne son corps maigre en se balançant.

— Vous savez, mademoiselle McCarey ? Vous faites cela parce que vous avez pitié de moi : "Sortons, pour que vous puissiez voir le monde, profitez du soleil, pauvre homme", mais je n'ai pas besoin de votre compassion.

— Je n'ai pas pitié de vous.

— Et malgré tout, ma vie pourrait vous inspirer une certaine pitié. – Il fit une pause comme s'il réfléchissait à ce qu'il allait dire et je m'efforçai d'écouter attentivement. Alors il ajouta : Pourquoi laisse-t-il toujours le couteau à une certaine distance du cadavre ? C'est…

Je soupirai. Aucune force humaine ou paysage divin ne semblait pouvoir lui faire oublier ses idées morbides.

Des enfants bien vêtus, qui avaient chassé le trésor, se consacraient maintenant à se salir en faisant des pâtés de sable devant leurs nourrices indignées, et en courant à côté de M. X. Ils faillirent le pousser. Je m'empressai de le soutenir.

— Les risques du plein air, murmura-t-il, intimidé.

— Pourquoi votre vie pourrait-elle m'inspirer de la pitié ? demandai-je.

— Oh, parce que… Mais promettez-moi que nous rentrerons

dès que je vous l'aurai expliqué.

— Je ne peux pas vous le promettre.

— De quoi êtes-vous faite ? De pierre ?

— D'humanité. D'où êtes-vous ?

— Dites-moi ça, au moins, mademoiselle McCarey : les noms sont-ils si importants ? Je m'appelle X, je suis né à W et je mourrai à Z, et une rose aurait le même parfum, même si…

— Cela vous dérangerait-il de répondre une fois à l'une de mes questions ? m'exclamai-je.

Il sembla réfléchir. Nous recommencions à marcher ensemble, il s'accrochait à mon bras.

— Je viens d'une famille de la grande noblesse, dit-il, je n'exagère pas, ses décisions pèsent sur la politique de ce pays, mais, pour cette raison, ils ne pouvaient pas se permettre un enfant comme moi, qui, à un an, parlait trois langues : le français et l'allemand je les ai appris grâce à mes nourrices, puis je les ai oubliés, bien sûr. C'est-à-dire que je les ai rangés dans un coin. Ils sont là, si je veux en disposer, mais il est nécessaire de laisser de l'espace pour ce qui est important. Il m'arrive la même chose avec d'autres stupidités : géographie, histoire, géométrie, mathématiques… Je m'intéressais à des savoirs ennuyeux, car la discrète et profonde perception d'une ambiance me transmettait bien davantage de connaissances que de telles matières, sans parler des êtres humains. – Je l'observai : têtu et le visage rougi, presque content maintenant. L'air de la mer lui avait délié la langue. Il poursuivit comme pour lui-même : Il y a tant, tant à apprendre de la personne la plus insignifiante… Tant de profondeur où chercher des perles… Aucune science n'égale ce passe-temps, et quand je l'ai découvert, j'ai rangé le reste et m'y suis consacré exclusivement, de sorte que, à l'âge de trois ans, j'ai révélé à mes géniteurs tous les secrets des domestiques, depuis le premier majordome jusqu'au dernier garçon d'écurie, et ils m'ont écouté, émerveillés. Mais, à quatre ans, j'ai raconté à mes géniteurs tous les secrets de mes géniteurs, et ils n'étaient plus aussi émerveillés. Je ne les blâme pas.

— Moi si, dis-je, réprimant ma colère. Vous envoyer en maison de repos depuis l'enfance… Excusez-moi, cela me semble monstrueux.

— Oh, ils m'ont examiné avec des pincettes, comme un insecte venimeux aux belles couleurs, et enfermé dans une urne en verre après avoir écrit un X dans l'espace correspondant à mon nom, faute de classification. Je suis un individu difficile, les cent vingt infirmières qui vous ont précédée et les trente-quatre résidences où j'ai vécu peuvent en témoigner. Je m'y ennuyais prodigieusement… même à Oxford, ajouta-t-il.

Je me tus, mais tout cela semblait un peu étranger à mon concept de "famille".

Je repris la promenade en entraînant doucement M. X.

— Et vous n'avez pas revu vos parents ?

La question sembla l'amuser. Il s'arrêta devant la mer, qui avançait vers nous comme pour nous défier sur un sol poli et humide d'écume.

— Non, je ne les ai pas revus, je ne les ai jamais vus, mais ma famille est bizarre elle aussi. Je suis peut-être le plus bizarre, mais ils le sont tous, du moins ils l'étaient. – Il secoua ses bottines avec répugnance. – Bon sang, s'il y a une chose qui me dégoûte plus que le sable sec, c'est le sable humide… Est-il possible qu'il y ait des êtres humains qui viennent ici pour s'amuser… ? Et pourquoi les tue-t-il sur la plage… ?

Un détail m'avait semblé confus.

— Pourquoi dites-vous n'avoir jamais vu vos parents ?

Cette fois, je le sentis à bout de patience. Il agita la tête.

— Précisément pour que vous me posiez cette question stupide, répliqua-t-il. Mademoiselle McCarey, vous en avez terminé, avec votre pitié ? Je sais que vous êtes devenue infirmière pour vous apitoyer professionnellement sur les gens, et que vous cherchez à vous apitoyer sur eux pour qu'ils vous rendent un peu de pitié. Je vis dans une coquille de noix et je me sens le roi de l'univers, vous vivez dans le monde et vous vous sentez comme un petit ver dans une noix, ce qui me fatigue. Votre façon de vous considérer comme la femme la plus laide de la création, cette obsession à chercher un homme qui vous donne la permission d'être heureuse, ce qui vous fait dépendre d'un marin vulgaire et ivre qui passe son temps à vous maltraiter…

— Monsieur X…

— … que vous supportez parce que vous croyez que la douleur, l'abus et la solitude ont été inventés en votre nom, et, enfin, cette façon de vous accrocher désespérément à l'espoir de le racheter, car vous faites partie de ces femmes qui conditionnent leur bonheur à celui des hommes qui les entourent et attendent qu'ils leur disent "viens" parce qu'elles sont incapables de dire d'elles-mêmes "j'y vais", et finissent donc, tristes, abandonnées, avec des raisons plus que suffisantes pour obtenir la compassion tant recherchée. Je vais vous dire une chose : vous travaillez avec un tel acharnement afin de vous faire plaindre, que vous y êtes déjà parvenue à votre insu, ce qui me pousse à vous prendre en pitié. – Puis il ajouta : Il laisse le couteau près des victimes… Près… Pourquoi ?

7

Il continua à réfléchir à voix haute. Je ne l'entendis plus. Je restai à regarder la mer.

Et ce fut comme si la mer se collait à mes yeux. Humidité et sel.

"Tu es si vilaine quand tu pleures, ma fille", me disait ma mère. C'est vrai : tout mon visage se ride et mon long nez gonfle et devient rouge.

Tout ce qu'il m'avait dit était vrai. Je le sentais ainsi. VRAI. Mais personne ne m'avait même approché du visage ce morceau de fer chauffé à blanc comme l'avait fait M. X. C'était comme si, tout en me brûlant, il me cautérisait. Me donnait des forces, même, pour me retourner contre mon bourreau. C'était une chose étrange. Comme un miroir recouvert d'un drap que, soudain, quelqu'un soulève en l'écartant d'un coup.

M. X écarta sa main de mon bras avec une brusquerie similaire.

— Pouvons-nous rentrer, enfin ? J'ai accompli mon…

Sans lui répondre, je me penchai vers lui. Je lui ôtai une bottine, puis l'autre, et enfin, ses chaussettes, après une brève lutte. Il perdit l'équilibre et, pour ne pas tomber, il dut s'accrocher à ma coiffe, me l'arrachant. Nous devions offrir une image très amusante. Et pendant ce temps, il ne cessait de gesticuler, anxieux.

— Mais que faites-vous ? Laissez mes… ! Mademoiselle McCarey… !

Je n'arrêtai pas avant que ses petits pieds ne foulent timidement le sable. C'étaient des pieds normaux mais petits. Pas ceux d'un enfant ou d'un nain mais comme sculptés à l'échelle de pieds adultes.

— Rentrons, dis-je, me chargeant de la coiffe et de ses bottines.

— Pourquoi faites-vous ça ? gémit-il. C'est votre vengeance ?

— Mon père disait que, devant la mer et pour la respecter, il faut être pieds nus.

— Un homme sage, votre père – M. X pliait les orteils sur le sable –, dommage que vous vous entendiez aussi mal avec votre frère. Bien sûr, il est moins poétique que ne l'était votre père.

Je renonçai également à lui demander comment il le savait. Mon père n'avait jamais supporté qu'Andrew veuille être acteur, même si celui-ci avait changé d'avis. Mais je haussai les épaules et commençai le retour sans me soucier que M. X me suive ou non. Je m'arrêtai un instant pour ajuster ma coiffe. Pour cela, je posai les bottines sur le sable. Je me sentais bizarre. Pas heureuse, mais pas vraiment triste ni offensée non plus. Jusqu'alors, cette sorte de sensation ne m'avait été procurée que par des gifles : de mon père, de Robert. Cela faisait mal, mais permettait de voir et de considérer les choses autrement. Cette fois, c'était un peu pareil, mais en beaucoup plus profond.

Les mots de M. X n'avaient pas seulement frappé mon visage, ils avaient aussi atteint quelque chose en moi. Et la douleur avait créé des échos. J'entendis sa voix fluette m'appeler. En me retournant, je le vis tout désorienté, tapant du pied comme un canard, mais curieusement joyeux.

— Mademoiselle McCarey, ce que vous avez fait est vraiment… répréhensible… et votre cruauté, laissez-moi vous le dire, votre cruauté n'a pas de limites, bien que… vous ayez manqué votre objectif, car, je vous l'avoue, cette curieuse sensation de sable sous mes pieds…, je dois le reconnaître, est agréable et je découvre de nouvelles propriétés de mes orteils, que je ne soupçonnais même pas auparavant… alors, en résumé, vous m'avez rendu heureux…

— Je m'en réjouis, répondis-je sèchement. Je pris les bottines et continuai vers l'avenue, hors du sable.

— Oh, je vois que vous êtes fâchée – j'entendis sa voix se perdre avec le vent. J'oublie toujours que la vérité est tranchante… Mais je vais essayer de compenser, alors dites-moi ce que vous voulez, demandez-moi ce que vous voulez sur ma vie, si cela vous semble intéressant…

Je m'arrêtai de nouveau pour le laisser me rejoindre.

— Que s'est-il passé à Oxford ? demandai-je.

Il cilla à peine, comme s'il s'était attendu à la question.

— Oh, notre ami Merton s'est plaint au docteur, n'est-ce pas ?

— Quel est le rapport ?

— C'est l'unique raison plausible pour laquelle Ponsonby aurait pu vous raconter le peu qu'il sait sur ce qui s'est passé à Oxford.

— Vous l'avez mentionné vous-même il y a un instant, lui rappelai-je. Répondez. Vous l'avez promis.

— À Oxford, j'ai aidé un ami… Il avait de sérieux problèmes et la police n'était d'aucun secours, comme c'est souvent le cas, je vous donnerai les détails un autre jour.

— Y a-t-il un rapport avec les assassinats de mendiants ?

— Personne n'a suggéré qu'il y en avait un.

— Mais est-ce le cas ? insistai-je.

— J'ai promis de répondre à une seule question.

Cette argutie me fit pousser un soupir. Je me désintéressai de nos échanges. Nous arrivions à la limite de la plage. Sur l'avenue, on voyait toujours des publicités pour le spectacle gothique. Maintenant je pouvais lire le titre sur l'affiche que tenaient deux acteurs sur l'attelage : *La Maison des miroirs cachés.* Au Terrance. Ils sautaient, dansaient, jouaient de la corne. Je me retournai encore une fois. M. X s'approchait d'un pas chancelant. Il semblait vraiment jouir d'une chose nouvelle.

— Mais ce n'était pas ce que je vous proposais, mademoiselle McCarey ! s'exclama-t-il soudain. Mon intérêt à vous rendre heureuse est sincère, je vous assure, alors… laissons voler la fantaisie et voyez-moi comme un magicien ou un génie à la lampe… et réfléchissez… si vous pouviez faire d'un rêve une réalité, que voudriez-vous ? Je jure que je m'efforcerai de vous exaucer, dans la mesure de mes possibilités, qui sont multiples…

Cette sottise, si caractéristique d'un malade mental, parvint à m'attendrir. Je savais qu'il le faisait pour compenser les paroles humiliantes qu'il avait eues à mon encontre, mais je gardai le silence en le regardant. Une main sur son petit chapeau suisse, une autre sur sa canne, la bouche entrouverte comme si même ce petit exercice lui coûtait un gros effort. Je crois que je n'oublierai jamais son image en cet instant. Un homme étrange, quoique pas plus que n'importe quel autre. Excepté sur un point.

— Et vous me l'accorderez ? Un souhait ?

— Je vous le jure, affirma-t-il avec un sérieux absurde.

— Je souhaiterais que vous ayez un nom.

Il battit de nouveau des paupières avec cette lenteur d'yeux qui se régalent.

— Bien, murmura-t-il tout bas.

Nous nous tûmes. Lorsque nous fûmes parvenus sur l'avenue, je lui chaussai ses bottines et nous regagnâmes Clarendon.

M. Weedon nous attendait dans le vestibule, les pouces dans les poches de son gilet.

— Vous avez apprécié votre promenade, monsieur X ? Vous avez très bonne mine ! Votre ophtalmologue est arrivé… – Alors, du fond, s'avança un homme jeune au teint bronzé et au sourire éclatant. – Laissez-moi vous présenter le Dr Arthur Conan Doyle.

PORTSMOUTH

Gazette

NOTRE THÉÂTRE

La Maison des miroirs cachés, de S. Palmer. Gothique. Terrance Hall. Portsmouth

… de cette histoire : dans la demeure des Blackstone, tous les miroirs sont recouverts de suaires noirs de façon grotesque. Les habitants vivent dans un monde de costumes bizarres et de décors alambiqués (grand style de Mlle Grobscher !). Un jeune mendiant en haillons arrive… C'est lui qui ôte les suaires qui recouvrent les miroirs. Dès que cela se produit, les membres de la famille se transforment, de même que le monde qui les entoure. Les identités s'inversent et la nature même semble devenir folle. Une tempête s'approche, tout s'assombrit… Vous ressentirez une véritable peur devant ce qui va arriver maintenant !

T. Hermann

DEUXIÈME PARTIE

ENTRACTE

Moment pour commenter, pour nous interroger sur ce qui viendra... Tremblement subtil de rideaux...

M. C. Schmidt,
Le Théâtre européen (1811).

ENTRACTE

Un entracte est, par définition, l'interruption d'un rêve.

TREVOR M. TORLESS,
Le Théâtre de divertissement anglais (1867).

La beauté.

Le seul fait de la voir produit du désir.

Le désir est vorace, exalté et tout-puissant.

Mais, d'un seul geste, la petite silhouette sur la scène les adoucit.

Le vieux professeur s'étonne que ce geste – son buste se tourne de l'autre côté – ait suffi à dompter sa fureur soudaine.

Violoncelle et piano continuent, mélancoliques, l'interprétation de la valse que son ami le compositeur russe vient de lui envoyer en avant-première à l'approche d'une future collection.

Nostalgique et belle. Il l'étrenne maintenant avec une danseuse.

La figure sur la scène fait tourner la chaise – seul objet dans le décor bleu éclairé par des lampadaires à gaz – et, à califourchon, elle regarde le professeur avec une infinie mélancolie dans ses doux yeux bleus.

Un autre tour, maintenant latéral, et un geste habile des petites jambes pour masquer de la cuisse ce qui aurait été à la vue sinon, car elle ne porte rien sur elle pour le cacher.

Dans un autre mouvement, aussi doux que les ondes de la musique, à genoux sur le siège, la petite diablesse crée tout un monde de messages contradictoires.

Je te désire.

Je feins de te désirer.

J'ai peur que tu me touches.

Je feins d'avoir peur.

Dans une exactitude ineffable, l'exposition du premier thème s'achève et, comme un petit soleil couchant, le petit corps blanc aux boucles blondes s'incline.

Un homme est entré dans le petit théâtre et marche entre les fauteuils vides vers le vieux professeur, seul spectateur, assis au premier rang.

La deuxième partie est comme un oiseau qui prendrait son envol.

Le buste de la danseuse se dresse, son dos se courbe, elle ferme les yeux et se cache de nouveau immédiatement derrière son propre corps en faisant tourner le trône.

Cela arrive à ce moment.

La beauté.

Que peut-elle savoir. Que peut-elle savoir de la beauté qui provoque.

Le vieux professeur serre les dents.

Que peut-elle savoir de sa violence.

Tremblant de plaisir, il sent quelque chose qu'il ne peut définir.

Il est au-delà des sensations physiques, au-delà de l'extase de sa virilité soudain minérale, du sang qui frappe son cœur qui bat à tout rompre et soulève tout son organisme.

Au-delà de la pâleur.

Le vieux professeur se relève en pleine extase.

La petite, sachant ce qu'elle provoque, le contemple comme une embarcation fragile pourrait attendre l'arrivée d'un mur d'eau. Elle fait ce qu'on lui a appris : elle baisse la tête, cache son visage avec ses propres cheveux blonds, croise les bras sur sa poitrine lisse… pour se montrer ensuite de nouveau à elle-même, regardant l'homme d'un air provocant.

Dernières notes du violoncelle. Dernières du piano.

Piano et violoncelle, fillette et vieux professeur, tranquilles maintenant.

Elle fait le geste final : elle se lève de sa chaise les chevilles jointes et s'allonge sur le sol lentement comme une couleuvre, écarte les jambes, tend ses petits bras, appuie le visage contre le tapis.

Un bruit. Des paumes qui s'entrechoquent. De plus en plus.

Rien de tel que la beauté.

Excepté le pouvoir. C'est la sève de l'art véritable. Le pouvoir sur cette figure qui gît maintenant à plat ventre sur scène, les doigts enfantins des mains écartées, les paumes sur le sol…

— Hum.

Le vieux professeur pose un regard égaré sur l'homme qui l'interrompt. Le pouvoir sur cet homme jeune qui se racle la gorge terrorisé sans oser le regarder.

— Quoi ? demande le vieux professeur.

— Le cycliste est venu.

La main du vieux professeur se tend. Un papier. Il le prend et le dédouble. Ses gestes, après avoir lu et rangé le papier dans sa veste, sont décidés, énergiques. Il sort un mouchoir et essuie sa sueur.

Le théâtre qu'il vient de contempler l'a vidé de ses désirs, les pores ouverts, pleins, sécrétant une sueur qui se refroidit dans la solitude en bois de la petite salle.

— Je me félicite que tout aille bien.

— Juste un petit changement, semble-t-il, dit le jeune homme.

— Cela n'est pas vraiment très important, ajoute le professeur avec mépris.

Qu'est-ce qui peut être moins important qu'un changement dans quelque chose qui n'est qu'illusion, magie, déménagement permanent, déguisement ?, pense-t-il. Par définition, la beauté du corps, la beauté qu'il vient d'admirer et qui contient le secret des secrets, est transmutation incessante. Son unique solidité est son inconsistance, un reflet sur un lac.

Le vieux professeur observe la fillette immobile.

Cette raideur des muscles presque nouvellement constitués, cette sculpture tombée, cette chose créée pour les délices d'autrui et la douleur personnelle, cette impubère-impudique pureté. Obligée. Toujours. Abuser de son innocence ne peut même pas être comparé au plaisir du geste, pense-t-il.

— Mais je ne voulais pas vous déranger, monsieur, ajoute le jeune homme, tremblant.

— Pas de problème. Nous sommes à l'entracte.

Ils s'éloignent dans le couloir.

Sur scène, la fillette ne s'écarte pas d'un pouce de sa position à plat ventre. Les musiciens demeurent immobiles. Les lumières restent allumées.

L'ÉTRANGE CAS DU DR DOYLE ET DE M. X

1

Je ne pus m'en souvenir à cet instant mais beaucoup plus tard, pour des raisons évidentes.

Il y avait dans un célèbre conte pour enfants un chat qui devenait invisible et laissait son sourire flotter en l'air. Je ne me souviens pas de quel conte il s'agissait, ni de son auteur. Vous peut-être.

Imaginez maintenant ce sourire suspendu dans le vide et dessinez un visage autour. Je l'ai fait en voyant ce jeune homme. Un jeune premier, de toute évidence. Tel était Arthur Conan Doyle : une demi-lune blanche qui venait se coller à vos yeux, un chat magique.

Dès que j'eus raccompagné M. X à sa chambre après la promenade, je le laissai se déshabiller – il m'assura sur un ton mélancolique qu'il n'avait pas besoin de mon aide –, je repartis avec Doyle et en profitai pour l'informer sur les particularités de son patient : son absence de nom et sa manie de garder les rideaux tirés. Je ne parlai pas du violon ni de ses révélations sur la vie privée d'autrui car il me semblait qu'il aurait l'occasion de s'en rendre compte par lui-même, inutile de lui faire peur dès le début. Le jeune médecin ne s'en formalisa pas, il me dit qu'il comprenait parfaitement qu'il s'agissait d'un malade mental et qu'il ferait bon usage de mes remarques. À son tour, pendant que nous remontions le couloir jusqu'à la chambre de M. X, il me fit quelques confidences sur un ton bon enfant. Il était originaire d'Édimbourg, mais il avait déjà beaucoup voyagé, j'aurais pu en jurer, avec ce teint, cette allure décontractée. Il n'avait aucun problème à reconnaître qu'il n'était pas encore un spécialiste en ophtalmologie, malgré son expérience dans ce domaine, et qu'il n'écartait pas de le devenir.

— Quand on veut être connu, il ne faut rien négliger ! dit-il en riant. Plus encore après avoir ouvert un cabinet comme moi à Elm Grove ce mois-ci ! J'ai consacré tout mon temps libre à ma vie sociale dans les merveilleux théâtres de cette ville… Quant à votre patient, ne vous inquiétez pas. Je ne suis pas aliéniste, mais j'ai déjà soigné des malades mentaux.

C'était peut-être un débutant, mais sa prestance et la sympathie qu'il dégageait semblaient plus positives à M. X que l'indifférence dont faisait preuve Ponsonby. Je pensai que c'était le médecin idéal pour mon résident. Et j'y vis une confirmation lorsque, tandis que j'ouvrais les rideaux – il me semblait que tout mon combat à Clarendon avec cet homme pouvait en fait se résumer à les ouvrir et les fermer –, loin de l'accabler par des injonctions telles que "Ouvrez l'œil" ou "Regardez là", ou de se hâter de placer sous son nez les divers instruments de son métier – pinces, coton, flacons d'alcool, gaze –, il se borna à poser son chapeau et ses gants sur la petite table d'un geste las et à s'approcher de la fenêtre.

Tel que je le montre dans l'encadrement de cette fenêtre, je m'aperçois que, le dénommé Arthur Conan Doyle étant destiné à devenir un autre monsieur important de mon récit, je ferais bien de prendre mon temps pour le décrire. Il me vient à l'idée qu'il était presque l'opposé de M. X. Tout en énergie, activité, beauté apollinienne et sourires magnétiques. Il devait friser les trente ans, arborait une belle coupe de cheveux, avec des pattes et une moustache chevron, yeux d'un bleu très clair et teint reflétant – je crois avoir dit qu'il était "bronzé" – de longs séjours dans des pays méridionaux et de multiples voyages en bateau. La coupe de son costume gris était impeccable et son gilet à chaînette, la magnifique cravate et les pointes de son col de chemise étaient extrêmement soignés. Il n'avait peut-être pas encore beaucoup de vêtements, ils n'étaient pas très luxueux, mais il savait les choisir pour se présenter en société.

En observant par la fenêtre la plage en fin d'après-midi, il remarqua :

— La vue d'ici n'est pas mal, mais je vous avouerais, monsieur, que parfois j'aime moi aussi fermer les rideaux et jouir d'un peu d'intimité. Les paysages sont toujours là quand on a envie de les contempler. Ils sont comme des tableaux : il ne faut pas les regarder si on n'en a pas envie.

— Je suis d'accord, docteur, répondit laconiquement M. X. – Il n'y avait pas trace d'ironie dans sa voix, ce qui me parut être un triomphe de la part de Doyle. – Si nous pouvions les fermer dès maintenant…

— Avant, veuillez me permettre d'examiner un instant vos yeux, monsieur. – Alors seulement, le jeune homme approcha la chaise et s'assit à côté du fauteuil pour ne pas masquer la lumière qui parvenait de la fenêtre.

— C'est de naissance, docteur.

Mais Doyle se penchait déjà vers lui.

— Oh, alors vous devez avoir l'habitude qu'on vous examine. Ne bougez pas.

Ah, le Dr Doyle ! Il me rappela ma meilleure époque avec les spécialistes d'Asherton. En bon médecin, il était plus patient que le patient lui-même.

Il avait posé le pouce avec délicatesse sur la paupière inférieure pour en observer l'envers quand M. X détourna la tête.

— Excusez-moi. Cela me brûle…

— Je suis désolé, monsieur. Depuis quand ?

— Quelques semaines. L'eau tiède me soulage.

Je ne l'avais jamais entendu se plaindre de son œil. Je fus étonnée. Bien sûr, j'estimai que c'était une nouvelle réussite du grand Doyle – avec un peu de mérite de ma part : avec son habileté et ma ténacité, nous étions parvenus, eh oui !, à ce que l'imperturbable M. X admette la gêne qu'il ressentait. Et lorsque Doyle me demanda d'aller chercher de l'eau tiède, de la gaze et des pinces, je m'empressai de descendre à la cuisine avec un grand enthousiasme.

Le diable vous pousse parfois à accomplir votre devoir.

J'y pensai en attendant l'ébullition. Pourquoi se plaignait-il de son œil *maintenant* précisément ?

En proie à un mauvais pressentiment, je me procurai rapidement tout ce que Doyle m'avait demandé, le déposai sur un plateau et parcourus le chemin de retour où chaque pas ne faisait qu'accroître mes terribles prémonitions. Avait-il voulu m'éloigner afin de rester seul avec le jeune médecin ? Et dans quel but ? Il ne pouvait être autre que de lui dire quelque chose qu'il aurait capté en lui avec sa perspicacité si surnaturelle, et l'expulser ainsi pour toujours. Y parviendrait-il ? Je n'en doutais pas. S'il avait pu avec cette teigne d'inspecteur Merton, que ne ferait-il pas avec le jeune et tendre médecin ? Je courais presque dans le couloir, obsédée par la volonté d'arriver le plus vite possible afin d'éviter la catastrophe.

J'arrivai enfin à la dernière porte. Le silence régnait. Ce fut ce qui m'angoissa : bien sûr, M. X parlait doucement, mais Doyle avait une voix de stentor. Ne devrais-je pas l'entendre ? Et en y réfléchissant, immobile, le plateau dans les mains, j'entendis, sans aucun doute possible, la voix du docteur. Il prononçait mon nom.

— … Mlle McCarey ? fit-il, avec une nuance d'incrédulité.

Là, je confesse que je manquai à toutes les règles de bienséance et, au lieu de faire remarquer ma présence, je me penchai discrètement et tendis l'oreille. Je pus entendre la réplique de mon résident.

— Effectivement, docteur. Mlle McCarey ne doit pas le savoir.

Sans avoir le temps d'évaluer ce que j'avais entendu et de spéculer sur le reste, je décidai de ne pas différer davantage mon retour, j'eus le pas lourd et appelai. Le Dr Doyle m'ouvrit.

Mais il était différent.

Une émotion nouvelle le submergeait. Ses yeux scintillaient, il souriait distraitement. En manches de chemise, il tenait à la main un de ces appareils avec lesquels les ophtalmologues examinent les yeux, semblables à de grandes loupes noires à petites roues dentées et chiffrées, sans doute extrait de l'étui doublé de velours rouge béant sur le lit, mais à en juger par son aspect, il aurait pu être davantage un accoucheur venant d'offrir une vie au monde. J'en déduisis que le venin particulier de M. X coulait dans ses veines. M. X semblait avoir lui aussi savouré la liqueur pétillante de Doyle, et pendant que je feignais de ne m'apercevoir de rien et déposais le plateau sur le guéridon, je l'entendis parler avec enthousiasme.

— Bienvenue, mademoiselle McCarey, je vous dirai que j'ai eu une agréable conversation avec notre docteur qui vous a, je l'espère, apporté un peu de plaisir, cher docteur.

— Certainement ! s'exclama Doyle, déchaîné. M. X me… montrait… jusqu'où peuvent aller le raisonnement, le sens commun, tous ces ajouts qui apportent à notre cerveau la capacité d'être qui nous sommes… ! Je me reproche de ne pas vous avoir connu avant, monsieur.

— Je me reproche la même chose à votre sujet, docteur.

Moi, je me reprochais d'avoir été sotte au point de permettre à quelqu'un comme cet ingénu de Doyle de rester seul sous l'influence du tyran en fauteuil. Et jusqu'à un point que seules les paroles suivantes de M. X me permirent de constater.

— La coïncidence va vous amuser, mademoiselle, mais le docteur s'intéresse aussi aux événements criminels et il m'a confié… je ne crois pas être indiscret si j'en parle, docteur…

Doyle gesticula après avoir éclaté de rire.

— Absolument pas, monsieur ! Il ne manquerait plus que ça !

— … Il m'a confié que pendant son temps libre il écrit des romans policiers, et qu'il s'intéresse donc aux crimes, ce à quoi je lui ai répondu que j'avais senti en lui des dons littéraires…

— J'ignore comment vous avez deviné, vraiment ! s'émut Doyle.

— Vous n'avez pas un langage de médecin, docteur : vous aimez les mots, à quoi j'ajouterai les hésitations du jeune écrivain qui ignore encore s'il doit tout quitter pour suivre la voie qui le passionne. Je me suis permis de vous préciser que, au cas où vous vous verriez dans l'obligation de choisir entre ces deux professions, celle d'écrivain est l'option qui convient, car en tant que médecin vous améliorerez la vie de nombreuses personnes, mais comme écrivain vous les rendrez heureux, et rien, rien en ce monde ne nous importe plus que le bonheur.

Doyle semblait déjà heureux sans qu'aucun écrivain ou docteur ne puisse en rajouter. Son état ressemblait à celui d'une bouteille de liquide pétillant après avoir été secouée. Ses yeux débordaient d'exaltation. Il gesticula avec l'appareil ophtalmologique.

— M. X… est parvenu, j'ignore comment… à trouver dans mon pauvre intérieur… des lambeaux de ma passion pour l'écriture que, je le reconnais, je ne partage presque jamais, car il me semble que les choses que nous désirons vraiment sont rarement comprises par nos semblables… – Introduisez des gestes et des expressions à cette prose et vous aurez, à coup sûr, une impression de ce que le jeune homme transmettait à cet instant. – Eh oui, je dois admettre que sur ce long enchaînement de saisons qu'est ma carrière littéraire, je me trouve dans un printemps bouillonnant mais encore précoce… Ce qui est incroyable, c'est que ce monsieur ait perçu cela en moi. C'est une chose pour laquelle je n'ai pas de mots…

Je lui en fus presque reconnaissante, mais son patient les apporta.

— J'ai juste réagi à votre propre activité, docteur : vous vous êtes mis à étudier mon œil rougi avec cet engin, ce qui m'a permis de faire la même chose avec l'obscurité de vos pupilles. Ce fut un échange d'examens, comme celui de deux peintres expérimentés qui, se faisant face, tentent de capter chez l'autre une tonalité, une couleur, et ainsi, pendant que vous faisiez de moi, disons, une "étude en rouge", je vous renvoyais une "étude en noir".

— De belles phrases ! Permettez-moi de les consigner ! – Doyle avait pris un carnet de notes et, nerveux, il voulait écrire avec l'appareil de l'ophtalmologue, même s'il répara immédiatement son erreur et prit un crayon.

— Je vous en prie, docteur, mais avant tout, reprenons notre fructueux débat… Parce que vous me disiez que vous aviez suivi le cas des assassinats de mendiants dans les journaux locaux.

— *L'Œil de Portsmouth* et le *Portsmouth Journal* racontent pas mal de choses.

— À propos d'yeux… l'interrompis-je timidement. J'ai apporté tout ce que…

Doyle regarda le plateau comme s'il s'agissait d'objets archéologiques dont la fonction était actuellement inconnue.

— Oh, oui, j'ai déjà lavé l'œil de mon côté. Merci, je vais vous expliquer. – Et il s'adressa de nouveau à M. X : Bien sûr, depuis Elmer Hutchins, je sais moi aussi que nous avons affaire à un assassin particulier. Mais l'abandon de l'arme à côté des corps est une chose nouvelle pour moi. On n'en parle pas dans les journaux.

— Pas "à côté", docteur, permettez-moi de nuancer : "près".

Doyle mordilla le crayon tout en se rasseyant sur la chaise.

— Pouvez-vous m'expliquer l'importance de cette différence ?

Soudain, je compris ce qui arrivait. Une seconde avant que je ne quitte la pièce, c'étaient deux personnes qui venaient de se rencontrer. Une seconde après mon retour, c'étaient deux hommes partageant une passion.

Rien d'aussi agréable pour le caractère masculin. La personne qui écrit cela a pu le vérifier auprès d'hommes de diverses sortes et conditions : mon père, mon frère, Robert. Devant une femme, ils peuvent parler en étant affectés par une émotion, mais ils ne parlent de choses qui les émeuvent que devant d'autres hommes. Je me sentis comme si un courant d'air s'était levé et que j'avais été une feuille de papier. Nous n'étions plus trois personnes dans la pièce : il y avait eux deux et moi.

Quand je parle de "partager", je ne veux pas dire que leurs personnalités aient été semblables, voire similaires. Elles étaient plutôt opposées. Je le constatai peu à peu : M. X se cloîtrait, Doyle s'exaltait. M. X respectait scupuleusement les silences que Doyle se chargeait de remplir selon l'inspiration du moment. À la différence de mon résident, Doyle semblait tout savoir, et, tandis que le premier méprisait ce qu'il ignorait, le jeune médecin s'en souciait encore plus que de ce qu'il savait, et il réclamait des informations pour apprendre des choses nouvelles. En dernier lieu, venait l'humour, que M. X ne dispensait que sous forme de bile amère, alors que chez Doyle c'était du véritable champagne, joyeux, lumineux. Si M. X était un drame ponctué de longs mutismes, le Dr Doyle pouvait être comparé à une comédie musicale pleine de couleurs.

Malgré tout, en matière de mystères, on aurait dit des amis de toujours.

— Ignorons pour l'instant le mobile, docteur, peut-être la vengeance, ou la folie, toujours est-il qu'il commet chaque crime avec un couteau différent et il le laisse près du cadavre…

— Cela pourrait être une sorte de défi, argumenta Doyle, et il fit le geste de lancer quelque chose (il s'aperçut à temps qu'il tenait le crayon). "Arrêtez-moi si vous pouvez", vous ne croyez pas ?

— Mais pourquoi laisse-t-il les couteaux *près* des victimes et non *à côté* d'elles ?

— Je ne comprends pas bien la différence, excusez-moi.

— Toujours à quelques pas, non à côté.

Doyle médita en se lissant la moustache.

— Il ne veut pas qu'on les retrouve, mais il ne veut pas les emporter non plus…

— Mais, cher docteur, si c'est le cas, pourquoi ne les cache-t-il pas ? Il pourrait les enterrer dans le sable. Pourquoi les laisser *près et en évidence* ? C'est le plus grand de tous les mystères !

— Eh bien, il existe d'autres détails étranges. J'ai moi-même mis le doigt sur certains d'entre eux.

Il ne pouvait y avoir meilleur hameçon pour quelqu'un qui aurait voulu capturer M. X vivant. Il s'agita joyeusement sur son fauteuil.

— Peut-être les jours et les blessures, docteur ?

— Les jours ?

— Sept jours entre deux crimes, trois blessures graves, ni plus ni moins.

— Un hasard ?

— C'est le pseudonyme des causes inconnues, docteur.

Les coups frappés à la porte à ce moment-là, supposai-je, devaient résulter d'une cause inconnue, même si le résultat fut de me tourmenter, car lorsque je l'ouvris, le visage grenat du timide Jimmy Piggot portant une grosse valise apparut. Voyant qu'il y avait du monde, il fut intimidé et regarda autour de lui pour s'assurer que personne ne surveillait.

— Excusez-moi, mademoiselle McCarey… C'est la "correspondance" de M. X.

Je savais bien ce que c'était. Je reçus les boîtes de Merryweather dans un silence complice. L'échange se fit comme prévu et le pauvre Jimmy assura qu'il reviendrait chercher sa "récompense" plus tard afin de ne pas déranger et il disparut avec la valise vide. Je rangeai les boîtes dans le placard sans que les interlocuteurs n'interrompent leur discussion.

— Je le reconnais, monsieur, mais il y a un autre détail, encore plus étrange.

— Je brûle d'impatience, docteur.

— Le lieu. Imaginons Noggs : une girouette, un buveur de vie (pour ne pas dire ce qu'il buvait d'autre), acteur de troisième zone et, d'après la rumeur, trafiquant de jeunes enfants acteurs pour les amateurs de théâtre, que l'on pouvait effectivement trouver une nuit à l'auberge et une autre dans les bras de Bacchus ou sur les quais. Mais Elmer Hutchins ? Beaucoup le connaissaient à Portsmouth. Il avait ses habitudes. Il dormait toujours dans des endroits fixes. Que faisaient-ils tous deux sur la plage à cette heure ? Avaient-ils été amenés là par l'assassin ? S'étaient-ils rendus à leur insu à un rendez-vous avec la mort ?

— Je reconnais que le lieu constitue une énigme plutôt intéressante, docteur.

Je cessai de prêter attention à ce jeu de spadassins. Cela m'attristait de constater que le Dr Doyle semblait être, effectivement, le médecin *idéal* pour M. X.

Mais pas pour les raisons que j'espérais.

3

Le dîner les interrompit de nouveau, mais seulement pendant le court instant où la domestique déposa le plateau sur la petite table. Après les politesses de rigueur, M. X commença à manger avec appétit tout en continuant le débat. Je me consacrai à regarder le paysage par la fenêtre. J'aimais particulièrement ces heures du coucher du soleil en été, avec le ciel utilisant ses dernières cartouches pour allumer la mer. Depuis l'enfance, cette merveille me faisait rêver sans que j'aie besoin de théâtre. La plage, la plage, oui, pourquoi ? disaient les voix derrière moi.

À un moment donné, une autre voix intervint. C'était la mienne.

— Ils aimaient peut-être la plage la nuit.

— Pardon ? demanda M. X.

— Vous parliez de ce que faisaient les deux mendiants la nuit sur la plage. Peut-être aimaient-ils la mer à cette heure.

Le mépris sonna dans mon dos presque comme une bourrade.

— Mademoiselle McCarey, qui peut aimer la mer dans l'obscurité, je vous le demande…

J'allais répliquer “moi” quand je battis des paupières. J'avais vu bouger quelque chose dans le jardin sombre de la résidence, entouré par le mur et moucheté par les rares rectangles de lumière des fenêtres. C'était peut-être un oiseau, mais je n'en étais pas sûre. Je me dirigeai vers la lampe sur le manteau de cheminée pendant que Doyle et M. X réduisaient mon argument en miettes.

— Il semble peu probable, bien sûr, qu'ils soient venus pour admirer le paysage…

— Bien sûr que non, docteur, mais Mlle McCarey parle d'elle-même, car son obsession particulière consiste en l'air frais, le paysage et ouvrir la fenêtre…

J'étais en train d'allumer la lampe en essayant d'ignorer la causticité de M. X lorsque même ce dernier dut se taire. Le bruit, comme une forte piqûre, nous fit sursauter. CLAC. Le

Dr Doyle sursauta et je reculai, effrayée… jusqu'à ce que je comprenne quelle pouvait être son origine. Mais la réaction la plus intense fut celle de M. X. Il se redressa sur son siège et ses traits lisses se contractèrent en une grimace.

— N'ouvrez pas la fenêtre.

4

Je m'approchai de la vitre avec la lampe allumée et ce que je vis m'effraya. Une paire, non, deux, trois et même *quatre* paires de petites mains accrochées au muret. Et M. X prétendait les empêcher de passer ! Je le considérai comme un monstre : pour lui, ces bouches faméliques n'étaient que productrices d'informations. Des papiers qu'il feuilletait quand cela l'intéressait et qu'il pouvait parfaitement laisser de côté ou jeter à la corbeille.

— Allez ! m'exclamai-je en tirant sur le Loquet Meurtrier avec les précautions habituelles. Montez ! Entrez vite ! Mon Dieu, vous allez tomber !

Il est vrai que je n'attendais que les trois habituels. Effectivement, la Mouche, Toile d'Araignée et Danny Waters furent les premiers à sauter. Mais derrière eux il en venait d'autres. Sans s'aider entre eux, avec l'agilité aérienne des saltimbanques. Grands, petits, maigres, ronds, ils entraient et se plantaient derrière le trio de vétérans, qui semblaient mal à l'aise en leur présence, mais ne se décidaient pas à les expulser. Les Merryweather, me dis-je, ils doivent les sentir à distance. Je me rappelai la phrase inscrite entre des arabesques sur les boîtes “NOUS SOMMES HEUREUX PARCE QUE NOUS MANGEONS DES MERRYWEATHER”.

— Mais… qu'est-ce que c'est que tout ça ! – La pose impavide de M. X se transforma en spasme. – Combien êtes-vous… ? Qu'est-ce que vous croyez… ? La chaise, mademoiselle McCarey !

J'avais commencé à courir avant qu'il ne me le dise – profitant du fait que Doyle soit debout – et placé le dossier de la chaise contre la porte. Ce fut alors que je remarquai l'expression stupéfaite du docteur, que nous semblions tous avoir oublié. Je voulus lui fournir une explication.

— Ce sont… des amis de M. X.

— Eh bien, il est populaire.

Le sourire qui affleurait sur son visage me rassura. Un nouveau triomphe pour Doyle ! Le jeune homme commençait à admettre l'étrange vie de M. X sans pour autant la juger de quelque façon que ce soit. Et même, il l'appréciait.

Ce dernier, cependant, ne semblait rien apprécier en cet instant. Raide, accroché des deux mains à son fauteuil, comme s'il craignait qu'on ne le lui vole, il contractait le visage comme une idole diabolique d'une culture primitive. En vérité, le groupe de gamins augmentait à un rythme inquiétant. Danny Waters voulut empêcher les nouveaux de passer, mais ils le repoussèrent. Il y eut un vacarme auquel je tentai de mettre un terme. Je n'oublierai jamais l'émotion de l'enfant muet, sa supplique aux yeux larmoyants.

— Ils nous on-on-ont su-su-suivis, made-demmademoiselle ! Je ne-ne vou-voul… !

Je tentai de le calmer, mais le vacarme continuait – Toi ! Laisse-moi ! Partez ! Non ! –, et il ne me semblait pas possible de l'éteindre sans en provoquer un plus grand encore. Et encore, si on ne s'apercevait pas avant à Clarendon ou depuis l'extérieur de la montée de ces grandes souris en haillons le long des troncs, puisqu'il ne faisait pas encore entièrement nuit.

La solution vint de Doyle – une autre raison pour l'adorer : sa capacité d'adaptation à des situations nouvelles. Il se planta face à la horde d'enfants dans une pose militaire.

— Tout le monde dehors… ou j'appelle… la police !

Sa prestance et le fait évident qu'il s'agissait d'un monsieur inconnu – auquel aucun des petits envahisseurs ne s'attendait – donnèrent à son intervention la crédibilité nécessaire. Les nouveaux repartirent par où ils étaient venus en barrant le passage à ceux qui n'étaient pas encore montés. L'exode fut plus bruyant que l'arrivée sur la Terre promise. L'arbre maltraité ployait et ses branches craquaient. À la fin, j'entendis, horrifiée, la vénérable voix de Lord Alfred depuis la fenêtre de sa chambre criant qu'il y avait des cipayes dans le jardin. Je fermai la fenêtre, mais c'était déjà un désastre. Pis encore, la dispute entre la Mouche, Toile d'Araignée et Danny, s'accusant mutuellement de ce qui était arrivé. "C'est toi qui les as amenés !", "J'ai juste dit qu'ils pouvaient venir et attendre en bas… ! Je-je ne… !" Il suffit d'un sifflement de M. X.

— Dites-moi ce que vous avez une bonne fois pour toutes et priez le ciel pour que ce soit pertinent.

Pour la Mouche, tout était amusant. Il savait trouver des rires comme une baguette de sourcier l'eau dans la rocaille, mais il était trop exalté. Le Tamoin ! Le Tamoin ! Howard Spencer, corrigeait Toile d'Araignée. Danny Waters, pauvre garçon, voulait mettre son grain de sel lui aussi. Ils parlaient d'un certain Sweet Willy, d'un policier et d'une enfant actrice. M. X se joignit à la confusion avec des ordres semblables à des coups de fouet.

— Que faisait M. Spencer… ? Voulez-vous parler… ?

Je décidai d'intervenir.

Loin de moi l'idée de m'attribuer des mérites, mais seule une infirmière peut calmer les autres et elle-même au passage. Après avoir bataillé pour des vies qui s'éteignaient en quelques secondes avec du sang coulant à flots et vidant des corps comme un ivrogne des bouteilles, si je sais une chose, c'est ordonner et répartir l'angoisse pour ne pas l'affronter en bloc. Je me penchai donc vers les trois enfants.

— Voyons. M. X veut juste savoir ce que faisait M. Spencer cette nuit sur la plage. Réponds d'abord, Toile d'Araignée. Puis toi, Danny, et toi, la Mouche, ajoutez ce que vous pensez que Toile d'Araignée n'a pas dit…

J'entendis le commentaire de Doyle :

— Incroyable. – Premier des nombreux adjectifs marquant l'étonnement qu'il exprima dès lors en aparté. – Fascinant.

Cela marcha. L'ordre marche, en général. Je reconstituai rapidement l'histoire : Sweet Willy était un enfant acteur des travestis du théâtre clandestin, également ami avec un policier du commissariat de High Street – je ne voulus pas penser à la sorte d'"amitié" qui les unissait, je laisse cela à la conscience de chacun d'entre vous. À travers lui, ils avaient appris qu'un certain Howard Spencer – frère d'une enfant actrice appelée Sally qui travaillait au Charity, précisément avec Elmer Hutchins dans *Les Bohémiens du roi Léonte* – se trouvait la nuit sur la plage et avait "presque tout" vu.

À ce moment, ils se regardèrent en tentant de déterminer qui le dirait le premier. Résigné, Toile d'Araignée, murmura sur un ton grave :

— Spencer a dit à la police que Hutchins avait été tué par un fantôme.

S

La réaction que ces paroles ont pu engendrer, je l'ai oubliée, parce que j'entendis alors des voix dans le couloir. La chef Braddock, pensai-je. Lord Alfred et ses cipayes avaient dû l'alerter. Tout était perdu. Les gamins commencèrent à battre en retraite, "punis" par l'impitoyable M. X qui leur refusait les boîtes de gâteaux tant qu'ils ne seraient pas revenus avec d'autres informations. Cela m'indigna particulièrement. Tu es têtue comme une mule, aurait dit Robert.

Quand ils eurent disparu par la fenêtre, je courus vers l'armoire, pris les deux boîtes et les lançai dans l'obscurité. Des mains semblèrent pousser des arbres pour les attraper.

— Revenez en chercher quand vous voudrez ! chuchotai-je.

— Mademoiselle McCarey, commença la voix dans mon dos, cette conduite…

Les coups frappés à la porte nous pétrifièrent. Et là – raison de plus ! – le Dr Doyle, encore en manches de chemise et tenant l'appareil ophtalmologique, se dirigea vers l'entrée, débloqua la porte et affronta énergiquement le visage accusateur de la chef Braddock.

— Oui, madame, nous avons entendu le vacarme… Vous ne m'apprenez rien ! Des petits diables jouant sur la plage, près du mur… Les enfants ressemblent à de petits insectes, vous savez : ils vrombissent par-ci, par-là, ils gênent, mais, cela ne fait aucun doute, ce sont de merveilleuses preuves de vie… Ne vous inquiétez pas, ils ne sont pas passés par là…

Braddock semblait écouter ce texte avec ravissement. Après avoir promené son regard soupçonneux entre le fauteuil à oreilles et moi, elle se retint de continuer à poser des questions et s'en alla. Doyle était ravi – "extraordinaire", "admirable" –, mais pressé de s'en aller. Il était tard ! Il parlait tout en rangeant l'appareil dans son étui.

— Monsieur, vous rencontrer a été une expérience ! Voilà ce que je vais faire. Je crois que je pourrais en apprendre davantage sur le dénommé Spencer… J'ai des collègues qui travaillent avec la police… Je leur en parlerai. Cela devient intéressant ! C'était un véritable plaisir, monsieur. Vous êtes songeur…

Il semblait plutôt abattu, peut-être à cause de ma décision d'offrir à ces pauvres anges les boîtes de Merryweather. Sans emphase, comme s'il pensait à autre chose, il avança :

— Il manque une pièce dans cette affaire, cher docteur.

— Une pièce ? Quelle pièce ?

— De la sorte, qui, enchâssée dans l'anneau correspondant, le transforme en bague.

Le médecin estima la phrase et soudain j'entendis quelque chose : un petit rire.

Comme pris en faute, Doyle rougit.

— Excusez-moi, monsieur X, mais quand vous parlez ainsi… J'ai pensé tout l'après-midi que quand vous parlez… – Il s'arrêta, fit un geste vague. – C'est une broutille, sans aucune importance.

— Dites quand même, dites, docteur, j'adore les broutilles.

— Bien : quand vous parlez de la sorte… vous me rappelez… un *personnage* de mon invention… Je sais que ça a l'air bête. – Doyle rougit tout en réajustant sa veste. – C'est un détective. Je n'ai écrit que quelques pages, mais c'est très clair dans ma tête. Et vous me faites vraiment penser à lui ! Le hasard emprunte d'étranges chemins…

Cela ne fit absolument pas rire M. X.

— Docteur Doyle, vous savez bien que la réalité dépasse toujours la fiction.

— Bien sûr, mon ami, le brouillon de mon personnage est très flou. Vous êtes là, dans tout votre être : ce n'est pas de l'imagination, ce n'est pas du théâtre. C'est vous.

Nous nous congratulâmes, Doyle prescrivit un collyre – l'"inflammation" était "superficielle", dit-il, et il précisa : "Conjonctivale, non cornéenne" –, puis je l'accompagnai pour aller parler à Ponsonby et lui transmettre le rapport complet en privé. L'entretien fut bref. Quand je sortis de Clarendon avec Doyle, il faisait déjà nuit et le vent nous força à nous accrocher à nos chapeau et coiffe respectifs. Doyle était toujours émerveillé. Il me dévoila un sourire de grand enfant.

— C'est un patient unique. Une lumière. Que dis-je, un génie… "Une étude en rouge" et "une étude en noir" ! – Il riait. – Je n'ai jamais rencontré quelqu'un comme lui. Cette capacité à percevoir… Il pourrait s'agir d'un étrange syndrome cérébral. C'est un cas digne d'être étudié par des experts !

Je lui accordai un peu de délassement scientifique. Mais je n'oubliais pas un autre détail. Je m'arrêtai pour y réfléchir en le regardant dans les yeux : devais-je le lui demander ainsi, à brûle-pourpoint ? Je suis ainsi faite, voilà tout. Je ne sais pas être subtile, comme sont censées l'être les personnes de mon sexe – subtile, astucieuse –, je mens très mal et je dissimule encore plus mal, même si personne ne peut arriver à mon âge à Londres sans être un peu entraîné dans les deux domaines. J'optai donc pour un mélange de brutalité et de politesse.

— Vous avez autre chose à me dire, docteur ?

— Sur quoi ?

— Sur mon résident. Tout ce que je peux apprendre sur lui me concerne. Je suis son infirmière particulière.

"Oh", fit Doyle, et il resta songeur pendant si longtemps qu'une voiture à cheval – cocher et cheval bâillant à l'unisson – eut l'occasion de défiler lentement devant la grille. Une autre chose qui me parut évidente : il feignait très mal. Les commissures de ses lèvres faisaient des mouvements curieux et ses sourcils se haussaient pour lui donner l'air de vérifier dans sa mémoire, mais il était évident qu'il savait de quoi je parlais.

Les hommes, en général, nous croient stupides, mais les hommes jeunes se croient de surcroît très intelligents.

— Non. Rien dont je me souvienne. Contentez-vous de veiller sur lui, mademoiselle McCarey. Cet homme est en or.

Je le vis s'éloigner sur l'avenue, tenant encore son chapeau dans une main, la mallette dans l'autre.

Mlle McCarey ne doit pas le savoir.

J'eus beau me creuser la cervelle à la grille, et plus tard, seule dans ma chambre, je fus incapable ne fût-ce que d'imaginer de quoi il pouvait s'agir. Je ne savais pas non plus si je devais me soucier ou me réjouir de mon ignorance.

6

M. X m'inspirait un curieux sentiment. Je me demandais parfois si j'étais la seule, ou si cela pouvait être le cas de toute personne à peu près normale. Je souhaiterais que vous, qui lisez maintenant ces lignes, vous l'ayez connu et me donniez vos impressions ! Admettons que son cerveau fût un nid de pensées inaccessibles et d'une complexité extraordinaire, mais ses conduites ? Mon neveu, à cinq ans, aurait pu les imiter. Plaintes, reproches pour un rien, exigences, ridicule obsession pour les retards, la ponctualité des repas, les bruits les plus légers… Quelle infirmière n'éprouve pas parfois la sensation d'être la mère d'enfants capricieux sans être mère pour autant ? Moi, avec M. X, je me sentais mère de cinq enfants.

Des heures de violon invisible et muet.

Le collyre prescrit par Doyle arriva avant Doyle lui-même. Ce fut le deuxième jour que je versai sur cette pierre rougeoyante les premières gouttes. Il se montrait exténué, comme livré au sacrifice. Crucifié sur le fauteuil, regardant docilement vers le compte-gouttes.

— Tuez-moi, mademoiselle McCarey, faites ce que vous voudrez de moi.

— Pour l'instant, je vais vous verser ces gouttes dans l'œil, monsieur. Je vous prie de ne pas battre des paupières.

La perle se renversa dans ce monde de sang.

— Peu m'importent vos maudites gouttes, mademoiselle McCarey. – PLOC, deuxième.

— Elles devraient apaiser la sensation de *brûlure*, monsieur.

Ainsi, sur un ton délibéré, pour qu'il sache que je n'étais pas dupe. Que cela le brûle ou non, maintenant il allait devoir supporter les gouttes.

Je passai de la gaze sur la larme qui s'était formée en me demandant s'il y avait une autre façon de faire pleurer cet homme. Un oignon, peut-être ?

Il soliloquait pendant ce temps.

— Je suis plongé dans la confusion… Sept, trois… je ne me trompe pas, c'est l'intuition qui me le dit, mais l'intuition ne se trompe jamais, car les intuitions fausses ne sont pas des intuitions, mais des raisonnements erronés camouflés…

— Bien sûr, dis-je, lui prêtant à moitié attention et lui essuyant bien les yeux.

— L'intuition naturelle, spontanée, n'est jamais erronée, car elle provient d'un monde où les hommes ne savaient pas additionner deux plus deux, mais ils aimaient déjà, croyaient en les dieux et avaient des visions, de sorte que j'ai besoin de savoir ce que cet homme a vu sur la plage et pourquoi Doyle n'arrive pas…

Je fus tentée de répondre que Doyle était certainement un individu normal qui avait bien d'autres choses à faire que de rendre visite au résident d'une clinique psychiatrique privée, mais je fermai les lèvres comme il le faisait pour le collyre.

— Et ces avortons égoïstes que vous avez récompensés l'autre jour sans qu'ils l'aient vraiment mérité, qu'est-ce qui peut les attirer aujourd'hui ? Que Jimmy achète plus de Merryweather. C'est urgent parce que cela fera sept jours dans trois jours. Et trois blessures. Curieux nombre. Seul *L'Œil de Portsmouth*, celui qui offre le plus d'information, effectivement, le mentionne, mais…

Je m'arrêtai soudain. *Halte là.*

Quand cet homme lisait-il les journaux ? me demandais-je. Je n'en avais jamais vu un exemplaire dans sa chambre. Et où avais-je entendu que "*L'Œil de Portsmouth* est celui qui offre le plus d'information" ? Était-ce Doyle qui l'avait dit ? Non. C'était…

7

Réunion des infirmières du thé. Susie Trench parlant des assassinats :

— Si vous voulez tout savoir, c'est *L'Œil de Portsmouth* qui offre le plus d'information.

8

Je contournai le fauteuil pour regarder son visage de près. Inaltérable comme – presque – toujours. Souriait-il au-delà de ses commissures ?

— Je vous l'avouerai avant que vous ne me posiez la question, mademoiselle McCarey : j'envoie Jimmy Piggot en espion à la réunion de ce que vous appelez les “infirmières du thé”.

— Mon Dieu. – Cela me semblait inconcevable… – Et depuis quand ?

— Oh, longtemps, et n'allez pas imaginer des sottises, je vous en prie. – C'était juste ce que j'imaginais : un Jimmy caché dans l'obscurité sous une coiffe. – La faute en revient à Mme Gillespie…

— La cuisinière ?

— Connaissez-vous une autre Mme Gillespie ? La cuisinière, bien sûr : elle prépare des gâteaux délicieux, et Jimmy n'a pas eu de mal à la soudoyer pour en faire quelques-uns de plus pour lui, elle les lui laisse donc sur une assiette, il passe à la cuisine et à partir de là tout repose sur sa capacité auditive ainsi que sur la minceur de la porte de l'ancien séjour. J'ajoute que vous êtes bien meilleures que n'importe quel journal.

Je rougis. J'étais sur des charbons ardents. Je jure que jusqu'à présent je n'avais jamais été autant indignée contre lui. Je pouvais à peine balbutier. Comme si, alors que j'étais aux toilettes, il avait ouvert la porte. Une chose aussi… *indécente* !

— Vous *épiez*… nos… réunions ?

— Je ne fais que rapporter vos ragots, voler un voleur n'est pas voler, mademoiselle McCarey, les journaux que me résume ce bon Jimmy ne disent pas tout.

— Vous… Vous êtes… infâme !

— Non : l'infâme ne fait que m'*intéresser*.

— Vous… vous êtes… fou !

Enfin je l'avais dit. Comment avais-je fait ? Je l'ignore, ce n'était pas moi. Je n'en avais jamais parlé à personne, jamais de la vie, pas même aux sains d'esprit. Je me sentis mal. Cela ne sembla pas l'affecter : j'aperçus un léger sourire.

— Dites-moi quelque chose que je ne sache pas, mademoiselle McCarey.

— Je suis désolée.

— Non, c'est moi, qui suis désolé, je comprends votre mécontentement devant mon indiscrétion répréhensible, mais j'ai besoin de savoir, de savoir…

— Pourquoi ! lançai-je. Que voulez-vous *savoir* que vous ne sachiez déjà !

— Comment empêcher que, d'ici trois jours, n'apparaisse un autre mendiant assassiné sur les plages de Portsmouth présentant trois blessures graves… – Il me regarda avec une tranquillité bleue et rouge. – Parce que, même si ce ne sont que des mendiants, des "déchets sociaux", comme les appelle Mlle Braddock, il est inutile d'avancer leur mort pour autant ou de leur infliger davantage de souffrance.

— Que vous importent les mendiants !

— Ils ne m'importent en rien, je parlais de vous.

— De moi ?

— Vous avez bon cœur, vous devriez donc vous soucier davantage de ces pauvres gens que du délit consistant à épier votre réunion privée. Mais la morale provoque parfois ces jeux à double fond, c'est pour cela que je préfère la laisser à part. Qu'est-ce que la morale sinon une construction de l'homme immoral ? C'est vous, qui vous passionnez pour les travaux, moi, je m'intéresse plus à l'architecte.

Cela m'apaisait de me rappeler, après de vaillantes recherches, que je n'avais jamais dit de mal de lui au cours d'une réunion. Moi du moins. D'autres l'avaient fait, mais pas moi.

Pourtant, je me sentais toujours offensée. Je le quittai pour ne revenir qu'au retour de Doyle.

Le prétexte était l'examen de son œil, mais bon, il s'agissait d'un prétexte, cela devint clair dès que la porte se referma.

Il exultait au point qu'il ne feignit même pas de s'intéresser au problème oculaire. Genou à terre – comme pour déclarer son amour à une jeune fille –, à côté du fauteuil, encore coiffé de son chapeau.

— Mon ami, ah, mon ami… ! Les nouvelles que je vous offre seront du nectar et de l'ambroisie à votre oreille… !

— Cela me brûle, dit M. X, intentionnellement.

Doyle sembla confus jusqu'à ce qu'il me regarde et comprenne.

— Ah, non, non, cette fois Mlle McCarey reste ! Les nouveautés méritent plusieurs oreilles et un certain nombre de cerveaux. Donc, si vous le souhaitez, mademoiselle…

— Bien sûr, dis-je. J'adore *épier* ce que vous vous dites, vous savez ?

Dans le fauteuil, il y eut un silence. Doyle sourit, confus. Mais quand on est aussi désireux de partager des mystères que le jeune médecin, on n'hésite pas à ironiser.

— Préparez-vous à l'incroyable !

Je doutais qu'il existât une chose plus incroyable que ces deux hommes, mais cela m'amusa de rester en scène également près du fauteuil, comme pour accompagner M. X, que ma présence contrariait très certainement en raison de notre discussion du matin. Voyons s'il apprécie que je mette le nez dans ses affaires, pensais-je.

Doyle, conscient d'avoir gagné l'attention du public, croisa les bras dos à la fenêtre – rideaux tirés : M. X attendait impatiemment le retour de son petit trio. Il était élégant pour l'occasion : longue veste marron à gros boutons, gilet sombre et petite cravate avec une épingle sous les pointes d'un col d'une blancheur immaculée. Il avait posé son chapeau, ses gants et sa mallette sur la petite table et il souriait sous la moustache gominée. Ses yeux de chat princier nous regardaient alternativement, comme pour juger de l'effet que produirait son histoire. Image d'un monsieur qui peut – et souhaite – ensorceler.

— Les amis, si je m'étais douté que le destin nous offrirait un tel mystère, si j'avais ne serait-ce qu'envisagé une telle possibilité, je serais venu à Portsmouth un mois plus tôt rien que pour vous connaître tous les deux en ayant du temps. Eh non, vous ne vous trompiez pas, monsieur X, mais vous devez vous préparer à ouvrir une nouvelle porte dans ce sombre passage…

— Docteur Doyle, en tant qu'écrivain, vous n'ignorez pas que le prologue doit être bref.

Cela fit rire le médecin, qui chassa au passage ce qui pouvait être un grain de poussière sur sa manche.

— Mon cher ami, ne nous ôtez pas les mots à nous les écrivains, ou vous nous laisserez sans défense. Permettez-moi au moins de vous fournir une explication. Comme je crois l'avoir dit, je suis arrivé à Portsmouth le mois dernier et j'ai ouvert mon cabinet à Southsea. Je suis peut-être nouveau en ville, mais pas dans la vie. Je sais que, si je reste à Elm Grove en attendant que les patients pleuvent, j'ai plus de probabilités que ce soient les dettes. Je n'ai donc pas tardé à aller ici et là, errant, ma carte à la main, et rencontrant des gens. Je dois reconnaître que je ne suis pas un mauvais joueur d'échecs et que je me considère comme un amateur de théâtre éclairé, deux passions idéales afin de fréquenter des inconnus… Ensuite, tout consiste à ajouter des noms sur une liste sur laquelle je prends de plus la précaution de noter leur fonction, de même que les faveurs que nous nous devons mutuellement. Je n'ai donc eu aucun mal à retrouver le collègue dont je vous ai parlé l'autre jour, celui qui fait des expertises pour la police… Il avait lu la déclaration de M. Spencer. J'omettrai son nom, si vous me le permettez, et celui de tous ceux qui ont un lien avec ce hasard malhonnête, et je me concentrerai sur l'information.

— Naturellement, docteur.

— Une précision, monsieur X : vos petits amis sont extraordinaires, et l'idée de compter sur eux pour enquêter pour vous me semble stimulante. Mais en ce qui concerne leurs résultats… Serait-il trop sévère de les définir comme… disons, *irréguliers* ? C'est naturel, d'autre part. Ce sont des enfants et ils voient ce qu'ils voient. Pour commencer, le nom de notre témoin n'est pas Howard, mais Quentin : Howard est le nom du policier qui le gardait, et qui, à son tour, a tout raconté à l'autre policier ami avec Willy. Il est exact que Quentin Spencer soit le frère aîné de Sally, l'enfant actrice qui jouait dans la dernière comédie musicale où apparaissait Elmer Hutchins. Quentin gagne sa vie comme greffier sur le quai de la marine et il est exact aussi qu'il se trouvait sur la plage il y a quatre nuits, à proximité de l'endroit où était Hutchins. Mais…, avant de douter de la véracité de son récit, je vous indiquerai la présence d'un *autre* témoin. Un témoin du témoin. Comme les poupées russes. Et maintenant je vous invite à imaginer le jeune Quentin Spencer.

Doyle fit un geste vers un côté de la pièce et je vis Quentin Spencer.

Qui manque d'imagination au point de ne pas pouvoir imaginer quelqu'un ? Privés de théâtre comme nous le sommes pendant les heures de travail, quelle autre chose nous apporte une consolation ? Je me laisse facilement emporter par mes fantaisies. Et là se trouvait Quentin, oui, semblable à mon père – lui aussi greffier sur le quai de la marine –, moustache, binocles, manches d'employé de bureau et regard songeur. Comme le dit le Dr Doyle :

— Un travail qui lui permettait de gagner sa vie quitte à ne pas l'égayer à l'excès. Et, au milieu de cette toile grise, introduisez, je vous prie, la silhouette colorée d'une dame, en âge d'être mariée à l'un de ces nobles responsables de la marine qui abondent à Portsmouth, et assez jeune pour sembler désirable aux yeux d'un greffier de vingt-deux ans. Un jour, il pleut. L'un des si nombreux jours de l'hiver dernier…

Et elle entra avec son mari, dans le bureau du greffier. Leurs regards se croisèrent, une flamme surgit. C'était facile à imaginer. Un drame passionnant, même imaginaire… jusqu'à ce que j'entende la petite voix dans le fauteuil.

— Si vous le permettez, docteur, je souhaiterais en venir au crime…

Là, Doyle l'affronta. Comme je l'aimai alors ! Une main levée, l'index pointé, la voix ronflante.

— Pas avant d'avoir créé l'ambiance propice, monsieur ! Je sais que vous avez des longueurs d'avance sur nous, mais permettez aux simples mortels de comprendre les choses peu à peu. – Mon assentiment fut si intense que mes vertèbres craquèrent.

L'histoire de cet amour ardent et désespéré m'émouvait : ils ne se revirent pas avant une fête sociale au club des officiers du quai, cette sorte d'agapes où l'on invite aussi des subalternes et du personnel civil. Eh oui : voyez-la entrer au bras de son époux distrait ! La musique devrait le refléter… Quentin la regarde et elle se sent regardée. Paroles enflammées prononcées avec prudence quand le mari s'égare davantage et bavarde avec ses collègues en laissant sa femme seule. Je n'ai pas pu vous oublier depuis l'autre jour. Et elle, peut-être : Moi non plus, "comme une flèche renvoyée à l'arc qui l'a décochée", dit Doyle textuellement, je le notai ensuite. Oh, je vous en prie ! Oh, béni soit Dieu ! Comment ne pas la comprendre et, en même temps, lui faire des reproches et la plaindre ? Et enfin…, une lèvre tremblante s'approchant d'une oreille de nacre : un rendez-vous secret. Mon Dieu ! L'oreille rougit comme si le rose des lèvres la teintait. Un rendez-vous secret, sur la plage, la nuit !

— Pour résumer, grommela M. X : Spencer était sur la plage à minuit ce soir-là pour y retrouver l'épouse d'un responsable de la marine, cela cadre.

Il me sembla ahurissant que cette pierre dépourvue de sentiments détruise une histoire passionnante. Même Doyle rougit et agita la tête.

— Si un jour vous décidez de raconter votre vie, monsieur X, laissez-moi l'écrire. Mais on peut le résumer ainsi, effectivement.

— Cela explique l'heure et le lieu, ils devaient être cachés, mais pas très loin sur la plage, non seulement pour ne pas salir les atours de la dame, mais pour lui procurer une échappatoire facile vers l'avenue où devait l'attendre un attelage anonyme, ce qui indique que ni l'assassin ni la victime ne pouvaient les apercevoir facilement depuis la plage. Mais la plage, à la différence du petit bois, ne jouit pas de la même protection.

— Une nouvelle fois, vous ne vous trompez pas, monsieur. Je peux continuer ? Merci. Imaginez la scène ! Tous deux entre les arbres, inaugurant un péché nouveau pour eux, mais si vieux pour l'humanité ! La lune brasillant sur… !

— Et qu'ont-ils vu ? demanda M. X.

— Tout, répondit sèchement Doyle.

— Tout ? L'assassinat de Hutchins ? Son assassin ?

— C'était le résumé, monsieur. N'est-ce pas ce que vous aimez ? Ils étaient là, ils ont tout vu. Si vous en voulez davantage, permettez-moi de le raconter à ma façon.

Doyle me fit un clin d'œil. Ce fut délicieux, mais plus encore de voir le despote baisser la tête, ce front immense, et soupirer, humilié. Un à zéro, docteur Doyle !

La lune brasillait sur la mer, oui ! Et c'était important ! Parce que sous la faible lumière – celle du croissant –, elle – toujours plus attentive que lui, bien sûr – put observer du coin de l'œil un mouvement. Nous ne sommes pas seuls, dirait-elle en serrant le bras de Quentin, aïe, mon Dieu, en y enfonçant ses ongles. Alarmé, Quentin regarderait également en direction de la plage. Mais il reconnut immédiatement la silhouette chancelante : effectivement, Sally, sa sœur, travaille avec lui au Charity, elle comme pirate, les vêtements déchirés et scandaleux d'une fillette dans une comédie musicale ; lui comme grand pirate, borgne, avec des bottes… C'est Elmer, ce bon vieil ivrogne d'Elmer Hutchins ! Et sa démarche hésitante indique à Spencer qu'il vient de se consacrer à son passe-temps favori, il tient même la bouteille à la main. Cela a certainement rassuré l'ami Quentin ! Ce n'est que ce vieil ivrogne, tu ne dois pas avoir peur. Elle est rassurée, lui aussi. Ils le sont tous deux assez pour retrouver la maîtrise de leurs nerfs. Et soudain… Quand ? Quand fut-ce quand ? À quel instant d'un quand éternel de passions peut-on affirmer qu'il y a eu quelque chose, qu'on a perçu quelque chose ? – Nouveau soupir de M. X.

Toujours est-il que Quentin et sa partenaire ont soudain froid. Quelle différence avec la chaleur de tout à l'heure ! Et quelque chose de plus. Lui : une ombre. Elle : un rire. Le cœur serré. Je m'accrochai à ma chasuble parce que je suffoquais de peur. J'ai toujours eu peur de tout ce qui a trait aux esprits. Ils regardent en direction de la plage et ils ne voient plus Hutchins, mais… qu'est-ce que c'est que cette masse dans l'ombre sur le sable ? Ils se séparent ici même. Il n'est pas prudent de la raccompagner. Elle s'en va et il s'approche. Au début, il croit que Hutchins se trouve dans les bras de Morphée, ou de Bacchus, mais alors il voit du sang, les yeux ouverts et épouvantés, les tripes à l'air, tendues, autour du cou de la victime. Il est épouvanté. Il n'a rien vu, il a *tout* vu ! Une chose qui ne peut être humaine, *invisible*, a commis une atrocité ! Il court au commissariat comme un bon citoyen.

Et ici, la fin.

L'horreur se transforme grâce au Dr Doyle. L'amour triomphe. Quentin dénonce l'horrible crime, mais il *refuse*… Nous devons le répéter ! Il *refuse* de dénoncer sa maîtresse. Avec la police – Merton, moustache hérissée – nous ne pouvons qu'imaginer le mauvais moment. Il est sauvé de peu parce que, dans le cas d'Edwin Noggs, il a un alibi, il jouait aux cartes avec ses comparses cette nuit-là, sans argent pour aller au théâtre. Ainsi donc, soit quelqu'un a tué Noggs et un autre Hutchins, soit Quentin dit la vérité. Ce sont ses collègues, précisément, qui ont trahi la dame et Quentin, en voulant le sauver ! Les larmes coulèrent de mes yeux lorsque Doyle poursuivit.

Inutile de préciser que le *scandale* avait pris forme, grotesque et réel.

— Je suis désolé pour la dame, dit Doyle peiné. Dans quel bourbier ces Roméo et Juliette nerveux se sont-ils fourrés. Bien sûr, le couple a déjà fait ses valises et quittera Portsmouth dès que possible. Le divorce sera pour plus tard.

— Et M. Quentin Spencer ? demanda M. X.

— Il a été arrêté, mais elle lui a fourni un bon alibi. C'est une question de jours avant qu'on ne le relâche. Ce qui est peut-être une erreur. – Doyle alluma sa pipe.

— Espérons, pour son bien, qu'il ne sera pas relâché d'ici trois jours.

— Trois… ? Quoi… ?

M. X bomba le torse sous son peignoir.

— Pour moi, cela ne fait aucun doute : d'ici trois jours, il y aura un autre mendiant mort.

— Toujours la symétrie, n'est-ce pas, monsieur X ? – Doyle souriait en tirant de jouissives bouffées de sa pipe. – C'est ce qui vous plaît.

— Ce n'est pas que cela me plaise, c'est la façon dont fonctionnent les choses : sept jours, six blessures au total, deux mendiants, et maintenant : quatorze jours, neuf blessures, trois mendiants…

Doyle, inspiré, prit une voix grave de baryton dégageant une fumée odorante.

— *Tiger, tiger, burning bright… Quelle main, quel œil immortels ont-ils tracé ton effroyable symétrie ?* Mais ils ont sorti les intestins de Hutchins… Et ce rire d'outre-terre, le froid…

— Des distractions.

— Quoi ?

— Notre tigre, pour employer votre métaphore, docteur, est un chat joueur, il veut distraire et désigne un endroit pour que nous regardions dans cette direction, mais les choses doivent être nettoyées avant d'être reliées, sept jours, trois blessures, deux mendiants, c'est évident.

Doyle se lissait la moustache.

— L'avantage de votre théorie, monsieur X, c'est que nous avons juste besoin d'attendre pour la vérifier.

9

Attendre.

Pour les êtres humains ordinaires, cela demande un certain effort.

Imaginez un être tel que M. X *en train d'attendre.*

Mme Murray avait dit : *Il attend quelque chose.* Mais maintenant il était *impatient.*

D'après ce que j'ai dit de lui il vous est peut-être sympathique ou non, mais vous n'avez pas idée de ce que c'était que d'affronter cet individu quand il était impatient. Je commençai à comprendre en partie les êtres dépourvus de sentiments qui s'étaient débarrassés de lui à l'âge de quatre ans. Je sais que je suis cruelle, mais qu'ai-je à gagner si ici aussi, dans cette chronique supposée de ce qui s'est passé en cet extraordinaire et terrible été de 1882 à Portsmouth, avec toute sa tragédie, je dissimule les faits ? Et voilà le fait principal de cette période : M. X était insupportable quand il attendait.

Il passa deux jours à répondre par monosyllabes – pas sur le meilleur ton –, et à jouer de son absurde violon. Il exigea davantage de laudanum, de solitude, moins de rideaux ouverts.

Quand je lui demandais comment il allait, il me laissait une seule occasion par jour : s'il m'arrivait de répéter la question au bout de quelques heures, il me lançait un : "Bien, merci !", comme un aboiement. Je comprenais en partie son problème : il était tellement seul ! Dieu sait quelle sorte de refuge lui offrait son cerveau, si prodigieux fût-il. Sa folie, comme une valeur en Bourse, montait ou descendait devant mes yeux selon son attitude.

Peut-être était-il fou, peut-être était-ce un génie, peut-être simplement un être bizarre.

Doyle semblait le connaître, mais il avait de nouveau disparu.

Et, assez mal à l'aise, je retrouvai un après-midi les infirmières du thé. Étant donné tout ce que je savais, je faisais très attention à ce que je disais.

La chef Braddock, qui m'adressait des regards soupçonneux, lança la conversation sur les enfants mendiants.

— Il n'y en a jamais eu autant, ils jouent près du mur tous les matins… Je me demande ce qui les attire.

— Il faudrait appeler… Eh bien… – Susie Trench (qui vivait dans un monde régi par l'ordre et l'autorité) laissait, comme toujours, un vide évocateur.

— La police, oui, accepta Braddock. J'y ai pensé moi aussi. Je vais parler au docteur.

— Moi, ils me font de la peine, dit Nellie Worrington.

— Moi, en général, j'éprouve de la compassion pour les mendiants, enfants ou adultes, déclara Jane Wimpole, réfugiée sous sa visière de bienséance.

— C'est pour cela qu'il faut être reconnaissants de ce qu'ils font au Charity, convint Nellie Worrington. Les représentations de bienfaisance sont une grande idée.

— Le Charity nous permet simplement de nous laver le visage sans nous regarder dans la glace ! grommela Mme Murray, tapie dans son coin sombre. Passez-moi les petits gâteaux.

— Je pense que c'est une grande idée, malgré tout. Je ne peux jamais acheter de billets pour ces représentations, bien sûr, mais l'argent de ceux qui peuvent est distribué aux plus miséreux…

— Je ne te le fais pas dire, Nellie. "Nous sommes heureux parce que nous mangeons des Merryweather", précisa Susie Trench, et elle eut un petit rire. C'est l'entreprise qui sponsorise !

— Une grande idée, dit Nellie.

— Surtout pour l'entreprise, murmura Braddock.

— Ils perdent de l'argent, mademoiselle Braddock.

— Comme tu es naïve, Nellie.

— Je supporte mieux les mendiants que toi, protesta cette dernière.

— Il y a quelqu'un qui les supporte encore moins bien, dit Mme Murray, piochant largement dans son assiette de petits gâteaux. Et je crains qu'il n'y en ait bientôt un autre sur la plage…

— Le ciel nous en préserve ! – Le peu que je voyais de Jane Wimpole sembla pâlir.

— Je continue à penser que ce sont des batailles d'ivrognes, insista Braddock, et son visage se crispa avec mépris. Mon père les détestait. Il avait peur de devenir comme eux… Il nous a appris à les craindre, mes frères et moi. "On ne peut rien attendre d'autre des ratés", disait-il. Il détestait la pauvreté. Comme une maladie. Mais c'était la seule maladie avec un coupable, disait-il.

Nous restâmes muettes. Ses traits crispés s'adoucissaient à la lumière de la lampe à gaz. Susie nous débarrassa de ce moment amer :

— Vous croyez vraiment que quelqu'un… vous savez… est… en train de… les mendiants ?

— C'est évident, Susie Trench, dit Mme Murray.

— On dit que M. X est très nerveux à cause de ces morts, laissa tomber la chef.

— Bien sûr, Annie. – Susie me sourit. – Comment ça va… avec lui ?

Puis ce fut mon tour et je haussai soudain la voix.

— M. X, tu dis ? C'est le type le plus *sot, capricieux et arrogant* que j'aie jamais connu, sans compter qu'il se mêle toujours de ce qui ne le regarde pas !

Elles me regardèrent soudain en silence. Même Mme Murray s'arrêta de manger et laissa sa bouche pendre au-dessus du saladier. Puis il y eut de petits rires déconcertés.

— Inutile de crier pour le préciser, Anne, me reprocha la chef.

— Tu en as assez, hein ? disait Jane Wimpole.

— Mais Annie est en fer ! se réjouissait Nellie Worrington. On voit qu'elle résiste !

Nous ne parlâmes guère davantage. Nellie était triste : elle avait des places gratuites pour la séance de la compagnie Coppelius du Charity, obtenues par tirage au sort grâce à l'achat de plusieurs boîtes de gâteaux Merryweather, mais avec qui irait-elle ? C'était la demi-journée de congé de Jane Wimpole et elle la prit. Mais la représentation n'était pas très morale. Aurait-elle la permission ? La chef Braddock eut un sourire énigmatique : le docteur décidera.

Ce soir-là, satisfaite, tout en préparant le lit de M. X, je guettais une réaction. Elle tarda, mais je finis par entendre sa petite voix.

— Comment s'est passée la réunion des infirmières du thé cet après-midi, mademoiselle McCarey ? Je me sentais paresseux et j'ai décidé de ne pas envoyer Jimmy…

Je lui lâchai un : "Bien, merci !", comme un aboiement.

Il était peut-être fou, mais diaboliquement astucieux.

PROGRAMME

Compagnie Coppelius

Théâtre Charity, St Mary's

La compagnie italienne Coppelius
est arrivée à notre cher Portsmouth il y a quatre ans
avec le maître Salvatore Pettirosso,
et elle a décidé de rester… Sans doute,
pour notre bénéfice et celui des nombreux
nécessiteux de notre ville !
Parce que, avec ces nouvelles représentations
de bienfaisance, l'argent récolté atterrit
à l'auberge de St Mary's…
Et tout cela grâce au soutien d'hommes remarquables
tels que sir George Erpinghal, sans l'effort duquel
cela ne serait pas possible !
Merci, sir George ! Les biscuits Merryweather
présentent ce spectacle !
"NOUS SOMMES HEUREUX PARCE QUE NOUS MANGEONS
DES MERRYWEATHER !"

INTERMÈDE PUBLICITAIRE :

"NOUS SOMMES HEUREUX PARCE QUE NOUS MANGEONS DES MERRYWEATHER !"

Sir George Erpinghal s'est enfermé à clé dans son bureau et il regarde du coin de l'œil la pendule de table.

Il sourit devant son absurde inquiétude : la nuit précédente, il a rêvé qu'aujourd'hui, quand minuit sonnerait, il mourrait. Quelle stupidité.

La pendule est une véritable Henri Marc en écaille de tortue pourvue d'un carillon, cadeau de ses trois filles pour ses cinquante ans. La sphère centrale s'ouvre entre des feuilles dorées, un véritable filigrane. D'après les aiguilles précises, il reste six minutes avant minuit.

Sir George ignore pourquoi ce rêve absurde l'inquiète et, enfreignant ses habitudes routinières, il a donné congé aux domestiques et fermé son luxueux bureau de la maison familiale près de Cavendish Square, à Londres. C'est ici que nous le trouvons, dans son bureau luxueux, espérant absurdement que les luxueuses aiguilles marquent l'heure fatale.

Quel idiot. Je suis nerveux. Et on le sait, c'est quand on se dit à soi-même qu'on ne veut pas regarder une chose, qu'on la regarde le plus. On se dit qu'il ne va rien vous arriver et on commence alors à ressentir une sueur froide qui vous enveloppe la peau. On veut penser à autre chose et la pensée est un ballon d'hélium qui vole de lui-même vers la terre de ce qu'on ne veut pas penser.

Pourquoi ne pas le reconnaître, George ? Tu es superstitieux. C'est ce que lui dirait sa femme si elle était dans ce bureau, et s'il lui avait raconté ce qui lui arrive. Mais Lady Suzanne dort un étage plus bas, ignorante et paisible, tandis que sir George est assis à son bureau en robe de chambre et pantoufles, les pattes blanches encadrant un visage durci par les frustrations et la calvitie, les petites lunettes sur le pont du nez comme s'il allait examiner un bilan ou signer une reconnaissance de dette. Mais il se contente d'attendre, un peu surpris de lui-même.

Oui, je le suis. Mais dites-moi, mes petits anges, quel entrepreneur de ce pays n'est-il pas un peu superstitieux ? En quoi croyons-nous, à part en Dieu, Sa Gracieuse Majesté et l'indubitable destin glorieux de ce trône des rois, cette île de sceptres ? Nous avons à peu près tous besoin de quelque chose à quoi nous accrocher, les lignes de la main, un avenir, des cartes de gitane, un oracle. Mis à part le théâtre, auquel nous nous rendons tous. Dites-moi sinon, mes petits anges.

Il te reste cinq minutes, George.

Il observe la grande affiche encadrée au mur au-dessus de la cheminée : la publicité la plus connue des biscuits Merryweather, une guirlande tendue d'un bout à l'autre soutenant au centre un biscuit flanqué de deux visages d'enfants joufflus. Et sous la guirlande, des lettres prolongées par des spirales harmonieuses :

NOUS SOMMES HEUREUX PARCE QUE
NOUS MANGEONS DES MERRYWEATHER !

Les enfants le regardent de leurs grands yeux bleus au-dessus de leurs joues rebondies. Superstitieux ? Je vous en prie, bien sûr. Sir George est parfois parvenu à imaginer que les "petits anges", comme il les appelle, approuvent ses décisions commerciales. Il les regarde et, même s'il ne les entend jamais, il peut les imaginer. George. Nous allons te donner. Une nouvelle.

Moins d'un an plus tôt encore, les petits anges et lui dégustaient avec bonheur des Merryweather. George fréquentait les parieurs d'Ascot et se rendait dans des théâtres clandestins très onéreux qui, souvent, ne pouvaient reprendre la même actrice. Mais de mauvais investissements en Bourse et la concurrence impitoyable d'autres entreprises ont fissuré le Grand Biscuit sur lequel s'appuie la société achetée deux lustres auparavant par la famille Merryweather de Portsmouth.

Ne parlons pas de ce mot redouté.

Non, pas encore.

Ne parlons pas de "ruine". Non, George. On en est encore loin. Mon Dieu.

Deux minutes.

Cela pourrait arriver, ce n'est pas impossible. Ce ne serait pas le premier cas. Un nom connu d'une famille comme la tienne, que tu lis soudain sur la liste des personnes mises sous embargo de la London Gazette. *En Angleterre, la banqueroute est un délit. Il est interdit de ne pas avoir de chance – superstitieux ? –, il est interdit d'échouer. Beaucoup de gens ruinés vont en prison. Tu deviens un délinquant lépreux. Il tentera tout avant que cela n'arrive !*

Tout, vous m'entendez, mes petits anges ? Tout.

Tic-tac.

Les pertes commencent à être préoccupantes – sir George capture une goutte de sueur avec son mouchoir –, mais rien qui ne puisse être amélioré en redressant la barre. Les investissements ont été mauvais, on ne peut rien y faire (maintenant je suis mieux secondé, mes petits anges). Et il lui reste encore d'autres possibilités avant de plonger dans l'abîme : vendre l'entreprise, vendre cette maison de Cavendish Square et aller vivre dans la maison familiale, plus modeste et ancienne, située dans les environs de Portsmouth (ce qui signifie, bien sûr, être discrètement ruiné, lentement, cesser de figurer parmi les invités des fêtes, cesser d'être sir George pour devenir "cet Erpinghal qui a dû tout vendre", et même s'il n'ira pas en prison pour défaut de paiement, son nom sera effacé de la liste dorée des hommes illustres, et George Erpinghal, self-made-man, échelon par échelon, depuis ses origines villageoises, retournera vers l'oubli dans les pires années, les dernières, l'hiver de son déplaisir) et, enfin, vendre… Vendre, même…

Une minute. Une minute avant que ne sonnent les maudites cloches et qu'il puisse aller dormir tranquillement. Et s'il meurt ? Eh bien qu'il aille au diable.

Il ne va rien se passer.

Ce n'était qu'un rêve. Un cauchemar d'ivrogne en calèche.

Et il croit en connaître la raison : cette nuit-là, il avait dîné dans un club très privé de Bishopgate avec des acteurs des théâtres clandestins. Sir George est le célèbre mécène de compagnies artistiques – qui en doute ? –, voyez comme il a contribué à ce que la compagnie Coppelius du Charity de Portsmouth donne des représentations de bienfaisance, et cela lui a ouvert les portes des théâtres clandestins. En particulier, de ceux qui achètent et vendent des acteurs.

Et cette nuit à Bishopgate, il a voulu savoir, l'air de rien, combien on lui donnerait pour vendre une de ses filles.

Il va TOUT *essayer, mes petits anges. Il vous vendra aussi si c'est nécessaire.*

Tout plutôt que de traîner son nom et celui de sa famille dans la boue.

C'était très, très désagréable. Les théâtres se disputaient les jeunes gens des familles ruinées. Il y avait de la demande, lui dit-on, d'étrangers qui payaient des fortunes pour voir les fillettes d'une famille de l'aristocratie anglaise ancienne, aujourd'hui ruinée, participer aux spectacles de marionnettistes, dans les arènes, burlesque, *vaudeville ou osés. Ou pire. Des spectacles* "One Day Only" *– ils disaient* ODO. *Sir George regretta d'avoir posé la question. Un amateur lui expliqua que, après un* ODO, *l'actrice n'était plus en état de travailler. Mais grâce à ce seul jour, il deviendrait riche s'il vendait, par exemple, la cadette – Wendy Erpinghal, douze ans –, qui ressemblait beaucoup à celle qui jouait en ce moment sur la scène du restaurant clandestin où sir George s'était rendu. L'amateur fit le calcul. Un* ODO *avec sa fille Wendy lui permettrait de surmonter cette mauvaise passe sans avoir besoin de rien d'autre. Il ne la reverrait pas, mais… il survient toujours des tragédies, et celle-ci, de surcroît, te rendra riche, George. Victoria, vingt-deux ans, le soulagerait moins longtemps de ses problèmes – même si ce serait plus facile avec elle : elle avait toujours voulu être actrice. La dernière option,*

Harriet, est plus compliquée : elle est mariée et elle lui a donné deux beaux petits-enfants. Un amateur avait insinué qu'un coup avec Harriet – petits-enfants inclus – serait même plus profitable qu'avec Wendy. Ce serait le jackpot. Il allait redevenir riche. La somme qu'il entendit flotta dans l'air noir du salon privé. Le supplice de Tantale, désirable mais impossible – oui, impossible, mes petits anges – à saisir.

Du moins pour l'instant.

Rien d'étonnant à ce que, après cette conversation – purement informative –, il rentre ivre à la maison et à des heures inhabituelles, après s'être endormi dans la calèche. Ce fut alors qu'il rêva – c'était compréhensible – d'une scène avec des rideaux noirs où une belle inconnue se déplaçait… comme si elle dansait. Et la voix qui – d'où venait-elle, de la scène ? – lui annonçait : "George, nous allons te donner une nouvelle : demain à minuit, au dernier son de cloche…" Le dernier, ou le premier ? Que lui a-t-elle dit ?

Ding.

Ils commencent.

Cela ne peut plus être le premier, ah, ah, mes petits anges.

La Henri Marc posée sur son bureau en acajou fait résonner ses clochettes musicales. Le premier, ou le dernier ? Il ne s'en souvient pas. Ce n'était qu'un rêve. Les petits anges semblent attendre eux aussi, avec leurs grands yeux. George. Nous allons te. Donner. Une nouvelle. Te. Nous allons. George. Te. Nous allons. Allons.

… Onze… Le dernier…

DING.

Le temps semble s'arrêter. Les battements de cœur. La respiration.

Jusqu'à ce que sir George finisse par tousser.

Et il émet un petit rire.

Il rit un bon moment, les yeux embués. Superstitieux ? Bien sûr ! Et crédule. Le rire améliore son humeur. Il respire profondément. Il se calme.

L'heure fatidique est passée. Pas aujourd'hui. Ce n'est pas le jour. Tous les doutes s'évanouissent. Bien sûr, reste la question de la ruine, mais même pour cela il doit y avoir une solution, n'est-ce pas, mes petits anges ? Il ne devra pas en venir à ces extrémités. Il ne vendrait jamais un de ses chers (enfants) biscuits. Il ne franchirait jamais cette limite.

Sir George, tu peux aller te coucher. L'heure est écoulée et il ne s'est rien passé.

Avec un sourire de satisfaction d'être resté en vie, sir George Erpinghal se lève. Les yeux grands ouverts des enfants de l'affiche le fixent, comme dans l'expectative. Leurs bouches rosées – il ne les vendra jamais, aucune d'entre elles – semblent pleines de dents. Comme si elles lui hurlaient, exaspérées : nous allons te donner une nouvelle, George :

NOUS SOMMES HEUREUX PARCE QUE TU ES MORT

ET TU NE LE SAIS PAS ENCORE !

ROBERT

1

Journée nuageuse ; pour ce qui était du reste, aucune différence avec les précédentes. Enfin si : lui. Parce que le M. X de ce jour-là était bien pire que les précédents. Quand j'entrai dans sa chambre le matin, la lumière m'éblouit.

Rideaux ouverts. Premier détail curieux.

Deuxième : lui-même. Il s'accrochait aux avant-bras usés du fauteuil, face aux rectangles de la fenêtre, qui l'enfermaient comme dans un échiquier aux cases blanches. Les sourcils froncés, les yeux plongés dans l'ombre. Il ne répondit ni à mon salut ni à mes questions polies sur son état. En revanche, il m'en posa une.

— Rien encore ?

— Pardon, monsieur ?

— Un cadavre.

Je me souvenais. Il s'était écoulé trois jours depuis la dernière visite de Doyle : c'était le matin prédit par M. X pour l'apparition d'une nouvelle victime. C'était pour cela qu'il avait ouvert les rideaux. Il attendait que ses gamins lui rapportent un mort.

Je lui répondis qu'il n'y avait rien de nouveau, ni de mort, en l'occurrence. Il replongea dans le silence, mais son état d'esprit empira au fil des heures. Il semblait somnoler, le menton enfoui dans la poitrine. Parfois sa respiration remontait en immenses soupirs qui faisaient frémir tout son corps. Cela me faisait de la peine, mais que dire à un homme tel que lui ?

“Ne vous inquiétez pas, un autre vagabond étripé ne va pas tarder à faire son apparition” ?

Les rares paroles qu’il m’adressa furent pour me demander – m’implorer – de faire venir Jimmy Piggot. Jimmy vint, Jimmy repartit. J’appris par la suite de M. X lui-même qu’il lui avait ordonné d’éplucher les journaux de l’après-midi. M. X me demandait toujours de le laisser seul avec Jimmy, mais il ne fallait guère être perspicace pour deviner les nouvelles, ou leur absence, quand le jeune greffier quitta la pièce.

— Rien, dit M. X quand j’entrai. Personne, ou si, un mort de tuberculose, un accident. Pas un seul mendiant.

Je lui fis remarquer qu’il pouvait apparaître le lendemain. Il m’interrompit avec sa façon de parler particulière, pour la première fois, légèrement ponctuée d’hésitations :

— Mademoiselle McCarey… – Il semblait rassembler sa patience quand il employait ce ton. – Sept jours, trois blessures, un mendiant… Quatorze jours, sept blessures… Il est évident que l’assassin veut que nous le sachions, c’est sa façon de nous parler, son message, son code. Je ne peux pas me tromper. Les choses possèdent une symétrie, même si nous ne savons pas laquelle ni pourquoi…

— Oui, excusez-moi, c’est absurde. La vie ne marche pas comme ça.

Était-ce la première fois que j’affrontais Sa Majesté l’Intelligence au Fauteuil ? Bon. Et alors. Je le vis tourner la tête comme un pantin.

— Pardon ?

— Dans cette vie, tout ne se résume pas à deux plus deux. Les personnes, par exemple, font des choses inattendues.

— Ou bien nous ignorons la cause de certaines choses que nous n’attendions pas.

J’arrêtai sa course folle vers le simple but de me laisser affronter le silence, comme à son habitude.

— Je dis juste que ce n’est peut-être pas comme vous le dites.

— Non, ce n’est pas ce que vous dites, vous dites que c’est absurde et que les choses ne fonctionnent pas comme ça. C’est moi qui dis que cela peut ne pas être comme vous le dites, mademoiselle McCarey. Si vous me permettez de vous donner un exemple : c'est comme quand nous nous piquons et retirons le bras. Cause et effet. Et si chacune de nos conduites est notre réponse particulière à des piqûres déterminées ?

C'était trop profond pour moi.

— Il me semble que vous compliquez tout à plaisir.

— C'est peut-être ma réponse à la piqûre.

— Non, c'est ce qui vous plaît. Cela pourrait être autre chose, monsieur, comme voir la mer la nuit.

— Mais j'aime celle-ci précisément, et j'imagine que vous en aimez de nombreuses autres et que vous ne savez pas pourquoi…

Il m'avait tendu un piège subtil dans lequel je ne me souciai pas de tomber.

— Oui, mais je peux changer d'avis. – Là, je fis une pause, car mon esprit avait déjà rejoint qui vous savez, mon vieux marin. – Certes, parfois… Parfois, nous voulons quelque chose, ou *quelqu'un*, sans raison et… Mais nous pouvons cesser de le vouloir.

— Vous croyez ?

Soudain je me fâchai. J'étais en train de ramasser la fiole de collyre et les verres utilisés pendant la nuit et je posai le tout sur la table.

— Je ne sais même pas pourquoi je discute avec vous ! Je sais qui je suis et ce que je suis, je sais ce que j'aime et pourquoi, et je sais que je peux changer les choses de moi-même quand je voudrai. Vous cherchez juste à m'égarer.

Il m'interrompit en retrouvant son sifflement rapide :

— Je cherche simplement à résoudre un mystère qui n'a peut-être rien à voir avec les mendiants, mais avec nous tous, chacun d'entre nous. Mais une chose est certaine…

— Vous allez me donner un exemple, annonçai-je. Vous n'avez pas aimé ma petite plaisanterie.

— Oui, vous permettez ? Merci. Une chose est certaine : tout ce qui semble être du désordre possède un ordre en dessous. Dans les histoires des tribus de l'Ouest américain, ce qui pour un cow-boy peut être un incendie, pour un Indien, ce sont des signaux de fumée. Il y a un langage occulte dans tout ce que nous faisons, je vous l'assure.

Je commençais à me sentir mal. S'il y avait un langage secret dans tout ce que nous faisions, le terme "stupide" revenait très fréquemment dans le mien, pensai-je. Et chez M. X, c'était probablement "folie".

Doyle apparut à cet instant avec ce sourire resplendissant, chapeau à la main.

— Je dérange ?

Ce fut comme de voir le soleil sortir d'entre les nuages. Il s'inclina révérencieusement devant moi – j'en rougis ! – et pressa affectueusement l'épaule de M. X. Mais il apportait les mêmes "mauvaises" nouvelles qui auraient paru bonnes à toute personne normale. Il les égrenait tout en inspectant d'un regard l'œil de son patient.

— Rien, nulle part. J'ai épluché *L'Œil de Portsmouth*, le *Portsmouth Journal*, le *Southsea Day*… – L'œil de Doyle face à celui de M. X. – Visites de Sa Majesté, un accident avec une calèche sur les quais, morts naturelles, le suicide d'un entrepreneur à Londres, un vol à la taverne de… Cet œil va plutôt mieux.

— Merci, docteur.

— Ne nous laissons pas abattre, monsieur X, il viendra peut-être demain.

— Peut-être.

Ah, alors… si c'était son cher Dr Doyle, alors c'était "peut-être". Entre eux, il y avait de petits secrets, de la confiance, des confessions. Moi, je n'étais bonne qu'à servir. Et à contester.

Je tentai – sans insister – de marquer mon mécontentement :

— Ne vous inquiétez pas, je suis sûre que ce mendiant poignardé que vous souhaitez tellement voir apparaître ne va pas tarder. Et pendant que vous attendez, je peux vous apporter du thé, docteur ?

Doyle se mit à rire tout en tirant sur les manches de son impeccable redingote.

— Il est vrai que nous qui nous passionnons pour les mystérieux criminels, nous ressemblons à des oiseaux de mauvais augure, mademoiselle McCarey. Merci pour le thé, mais j'ai d'autres patients à voir. Pour l'instant, la bonne nouvelle est que l'œil de M. X ne va pas plus mal, je dirais même qu'il va un peu mieux.

Je ne voyais pas de changement, mais je ne voulus pas le contredire. D'ailleurs, l'intéressé lui-même ne semblait pas se soucier de son œil. Maintenant il fermait les deux en parlant.

— Docteur Doyle, nous devons trouver un "quoi qu'il en soit".

— Un "quoi qu'il en soit" ?

— Que nous nous soyons trompés ou pas, "quoi qu'il en soit", que nous reste-t-il, docteur ?

— Deux morts en deux semaines. Deux mendiants.

— Précisément. Il faut donc les séparer, les identifier, les isoler, vérifier comment et pourquoi Noggs et Hutchins ont été choisis par notre criminel, ce qui les rendait égaux ou différents, ce qui provoquait la symétrie entre les deux, hormis leur condition de mendiants, car si cette semaine l'Assassin des Mendiants a interrompu son rythme, ce n'est pas par manque de matière première dans cette triste ville portuaire…

— Bien sûr que non, mon cher ami.

— Par conséquent, nous devons en savoir plus sur ces hommes.

Toujours fier devant la nouveauté, Doyle parla en se lissant la moustache.

— Eh bien, ma clientèle ne se compose pas précisément de gens défavorisés, mais certains ont vécu toute leur vie à Portsmouth et savent peut-être quelque chose au sujet de Hutchins. De surcroît, j'ai été invité à la soirée de bienfaisance du Charity de St Mary's ce vendredi, là on le connaissait bien. Je peux certainement obtenir des informations.

— Ce serait extraordinaire, docteur. Et maintenant, avec votre permission, j'ai besoin de solitude pour jouer du violon et réfléchir. Tirez le rideau, mademoiselle McCarey, aujourd'hui il n'y aura plus de nouvelles.

Même si Doyle partit tout aussi enchanté – "Je suis ravi de vous voir. À bientôt" –, en quittant la pièce il se retourna vers moi d'un air soucieux, pourtant si séduisant…

— De quel instrument a-t-il dit qu'il allait jouer ?

— Du violon. – J'esquissai le geste : Il bouge les bras comme ça.

— Oh.

— Oui.

Le jeune médecin sembla soupeser la nouvelle avec l'expression de qui découvre une tache sur une peinture à l'huile classique qui lui a par ailleurs toujours plu.

— J'ignorais que… Il le fait souvent ?

— C'est une manie. – Et je précisai : C'est un homme malade, vous savez.

— Oui, il est évident que son esprit présente… quelques trous.

— Oui, quelques-uns. – Et je pensai, sans le dire : "C'est pour cela qu'il est à Clarendon, docteur. Lord Alfred croit vivre à l'époque lointaine de la mutinerie de l'Inde, M. Harper soupçonne tout le monde, sir Leslie a la syphilis… et M. X croit jouer d'un violon irréel et se fâche si on ne retrouve pas des cadavres des mendiants toutes les fins de semaine, comme on attend des truffes après la pluie. Des trous ? Son cerveau est un gruyère." Mais je ne dis rien, parce que l'esprit de Doyle semblait inaltérable.

— Cependant, c'est un esprit très particulier… Je continue à lui faire confiance. Et vous ?

J'allais répondre… je ne sais quoi. Mais nous étions en train de descendre l'escalier et nous croisâmes à cet instant Jimmy Piggot, qui montait.

— On ne peut pas le déranger, Jimmy, le prévins-je.

— Je sais, je ne cherche pas M. X, mademoiselle McCarey. – Il me regarda rougissant, hésitant, et il porta la main à la poche de sa veste. – C'est pour vous.

— Pour moi ?

L'enveloppe avait été apportée par un jeune garçon. Elle portait mon nom. Je devins très nerveuse. Doyle et Jimmy s'excusèrent immédiatement en prétextant des obligations pour me laisser une intimité dont j'avais clairement besoin, même si j'en tremblais presque. Je rangeai l'enveloppe dans la poche de mon tablier et je la déchirai avec des doigts tremblants une fois dans ma chambre, assise sur mon lit, face au miroir embué. Je ferme les yeux et je me revois me regarder dans ce miroir après avoir lu la brève missive.

MA REINE DES MÈRS. JE SUI A PORTMOUT.
JE VEUX TE VOIRE JHEUDI.

LAISSE UN MESSAGE AU GAMIN DU MAGASIN
COTTEREL.

TON CAPITAINE JAMBE DE BOIS

Ce n'était pas son écriture, ça ne l'était jamais – je l'ai déjà dit –, mais ça venait de lui, car Robert avait une façon particulière de faire écrire aux autres ce qu'il m'aurait écrit s'il avait su. Ma première pensée consista à me demander comment il y était parvenu : *L'Ingrat* avait accosté à Londres et il était venu de là-bas ? Ou il mouillait à Portsmouth ? Il était là, manifestement. Mais je n'avais pas encore ma demi-journée de congé et, même si j'obtenais de la faire avancer, je ne savais pas si j'avais envie de voir Robert.

Enfin, je *croyais* le savoir : je n'en avais pas envie.

Voici le côté amusant de l'affaire. Parce que j'allais déchirer en mille morceaux le papier, taché de graisse par quelqu'un – le garçon de courses du magasin Cotterel ? Robert ? –, mais je le remis dans mon tablier. Je ne voulais rien devoir à personne, mais je sortis de ma chambre et demandai à Susie Trench d'échanger son congé du jeudi avec le mien du samedi en lui promettant d'effectuer des tâches supplémentaires telles que faire la toilette de Lord Alfred ou lui mettre des emplâtres pour soulager ses ulcères. Et quand la nuit tomba, je me dis : "Je ne vais pas lui répondre." Mais je m'assis sur mon lit avec du papier et de l'encre et je confirmai le rendez-vous en ajoutant le lieu et l'heure.

Tout cela, je l'ai fait comme si on m'avait piquée ?

Je l'ignore : j'ai juste décidé que nous méritions une deuxième chance.

Robert m'avait donné du bonheur, pour autant que j'aie pu en recevoir en ce monde. De l'amertume aussi, oui, mais découlant presque exclusivement de la bouteille. Je l'ai dit dans cette chronique, et je le réaffirmai ce soir-là : si je parvenais à vivre avec lui, je l'aiderais à ne plus boire. Je l'aiderais à être le Robert Milgrew plein d'idéal qui s'était enrôlé dans la marine pendant sa jeunesse. Et pour cela, il me fallait une maison où je pourrais m'occuper de lui, et quelques économies.

Je l'imaginais dans notre futur foyer, abstème, et moi qui veillerais durablement sur sa vie. Nous irions au théâtre, nous promènerions, peut-être pourrions-nous même faire un voyage. Nous serions très heureux, j'en étais sûre. C'était mon vœu le plus intime.

Le lendemain, je remis à Jimmy ma réponse pour le garçon de chez Cotterel. J'eus de nouveau recours à Susie, qui me recommanda des endroits discrets pour dîner sur le quai royal et, entre deux murmures adolescents, elle exigea un paiement : "Qui est-ce ? Oh, Annie, qui ? Annie, Annie, dis-moi." "Une ancienne connaissance", répondis-je. À mon air, cela aurait pu être un notaire qui allait me lire un testament. Eh bien, elle non plus, elle ne me disait pas avec qui elle sortait ! Je ne voulais pas y penser plus longtemps – je le fis –, ni même réfléchir à ce que j'allais porter – j'y réfléchis jusqu'à la nausée, avec les options suivantes : 1) emprunter une robe à Susie, ou peut-être à Jane (moins petite) ; 2) mettre celle que j'avais emportée dans mon départ précipité de Londres. Je finis par opter pour la robe mauve avec laquelle j'étais venue, que Robert connaissait déjà et dont il m'avait fait force compliments. Pourquoi celle-là précisément, oh mademoiselle "je-suis-qui-je-suis" McCarey ? Quelque chose m'entraînait, évidemment, quelque chose m'appelait vers lui, avec ou sans piqûre, quelque chose qui m'incitait à lui plaire, ne fût-ce que pour lui dire qu'on pouvait faire les choses autrement, qu'on pouvait trouver une solution à nous deux, parce que je l'aimais et que je rêvais de vivre avec lui.

Les jours passèrent à ces bêtises. Doyle ne revint pas et mon résident ne releva pas la tête de son assoupissement avec le menton enfoui, et aucun mendiant n'eut la délicatesse de se laisser assassiner par un fantôme nocturne au rire terrifiant. Le jeudi arriva, M. Weedon fut assez aimable pour m'avancer un demi-mois de salaire et, à l'heure du déjeuner, je passai voir M. X pour lui dire que j'allais m'absenter pour l'après-midi et que je passais le témoin à Susie Trench.

Mais je ne pus rien lui dire.

J'ouvris la porte sans frapper, au cas où il soit en train de violoniser en l'air, et soudain, comme la première fois, mon ombre se déplia comme un tapis vers le dossier de son fauteuil dans la chambre plongée dans l'obscurité. Je jure que j'allais lui dire quelque chose. Mes lèvres s'écartèrent. Ma langue soutenait les mots – je vous verrai demain, monsieur X, cet après-midi je suis en congé. Mais je renonçai en présence de ce fauteuil. Qu'allais-je lui dire ? Comme à ma mère, à Londres : "Mère, je dois sortir" ?

Pendant que je réfléchissais, j'entendis la voix. Immatérielle, flottant comme de la fumée :

— Méfiez-vous de lui, mademoiselle McCarey. Ce n'est pas un type recommandable.

Je ne répliquai pas et il se tut.

3

Vous le comprendrez peut-être, mais une fois prête, coiffée d'un petit chapeau, de gants et de la robe mauve, d'un châle discret par-dessus et à peu près poudrée, la première chose que j'ai faite – après l'au revoir, amuse-toi bien Annie, de mes compagnes – a été de contourner Clarendon jusqu'à la façade arrière, mes bottines propres s'enfonçant dans le sable. De là, je pouvais voir les fenêtres des résidents.

Toutes ouvertes, rideaux ouverts. Sauf une.

Je restai à observer cette exception.

Et cela me plut.

Je me sentis en quelque sorte réconfortée. D'accord, parfois je le détestais, comme lorsqu'il critiquait Robert ou me "conseillait" de le quitter. Mais voir cette unique fenêtre telle une paupière close parmi tant de regards ouverts et ordinaires me plaisait. Une exception pour une autre exception. Nous sommes peut-être tous exceptionnels, mais peu d'entre nous osent le montrer, ou peut-être n'y a-t-il partout qu'un rideau tiré entre deux dizaines ouverts.

"Quoi qu'il en soit", cela me plaît, pensai-je.

Je revins sur mes pas et m'engageai dans l'avenue Clarence disposée à affronter tout ce qui se présenterait. Avec courage. En pensant que je pouvais toujours revenir à mon rideau fermé.

4

— Voyez-vous ça. Ma reine des îles Vierges. Ma reine des mers.

Robert se pencha et baisa mes mains gantées.

Bon, il n'avait pas changé. Je n'attendais de toute façon aucun changement, très peu de temps s'était écoulé. Je l'aperçus à l'angle de Fratton Street où nous avions rendez-vous. C'était un bel après-midi, le vent de la mer émiettait les nuages dans un ciel par ailleurs d'un bleu ennuyeux. Il était là, sombre, au coin de la rue. Il se débrouillait toujours pour arriver avant moi aux rendez-vous – il n'est pas bon de faire attendre une dame, ma reine – et quand il me voyait, il ne bougeait pas. C'était à moi de m'approcher. La plupart du temps, je pouvais le voir sourire quand j'étais assez près. Une seule fois, je m'en souviens, il était sérieux. Mais cela, je ne pouvais le voir que de près, car de loin, avec sa casquette usée à grande visière et sa barbe, ses grimaces ne disaient rien.

Cette fois, il souriait. Il ouvrit ses grandes mains rougies comme s'il attendait une étreinte, mais je lui tendis les miennes – nous étions en public. Il les embrassa, je les écartai.

— Robert.

— Je suis si content de te voir.

— Ne restons pas à parler ici. Je connais un endroit où on peut aller dîner.

— J'ai pas un rond, ma petite.

Je me contentai de sourire. Il savait bien que je l'inviterais.

— Eh, vous me permettez de vous accompagner, madame ? – Son rire ressemblait à un ensemble de beaucoup d'autres. Parfois je le prenais pour de la toux. Ou peut-être commençait-il à rire et toussait-il par la suite. Mais il me frôla un bras et je frissonnai. – Bon, bon, bon, si tu ne veux pas parler, navigue, au moins, moussaillon… C'est toi qui tiens la barre.

Ce frisson m'avait fait penser – sentir – que ma décision était la bonne. Je ne dis rien, je gardais simplement un espoir : je travaillerai tant que je pourrai, je ferai des heures supplémentaires, j'économiserai. Nous vivrons ensemble. Et nous marchâmes. À Londres, nous le faisions très souvent. Lui, écartant les jambes en marin habitué à garder l'équilibre sur le pont. Lavé, pas vraiment propre, son "beau" *guernsey** ajusté autour du cou – je le connaissais, il avait été tricoté par une femme "que j'ai aimée avant toi" –, veste reprisée et pantalon lâche et sale avec des bottes basses. Un de ces hommes qui, vus de profil comme en ce moment où nous marchions ensemble, n'ont pas la même allure que vus de face. Le voir de profil brisait l'enchantement, et je me demandais pourquoi je l'aimais, désirais ce visage de raisin sec, presque malveillant, la rougeur lui irritant les joues. Il n'était pas beau de profil, non. De face non plus. Son nez bulbeux de buveur, la barbe qui dissimulait ses lèvres, ses yeux petits et amusés entre les rides. Bien sûr, pas comme le Dr Doyle, ni aussi merveilleusement jeune. Mais, pour des femmes comme moi, des hommes tels que Doyle étaient des étoiles filantes à regarder allongées dans l'herbe. Robert Milgrew n'était pas beau, il n'avait ni classe ni culture, mais ensuite il se retournait et me regardait.

Il me regardait – comme en ce moment – et je le voyais démuni.

* Chandail originaire de Guernesey.

Il avait besoin de moi, comme moi de lui, pour des raisons que j'ignorais.

Je n'étais rien, mais lui… pauvre homme. Comme je voulais veiller sur lui !

— Tu m'emmènes dans un endroit pour les riches ? demanda-t-il quand nous passâmes devant la gare.

— Non, ce n'est pas un endroit pour les riches, Robert.

— Eh. – Je voulus le regarder avant que sa grosse main ne touche mon menton, mais je n'en eus pas le temps. Il me fit tourner la tête avec une douceur étrange. – Qu'est-ce que tu as ?

— Allons nous asseoir et dîner, et parlons.

— Chhh. Qu'est-ce que. Tu. As. – Il me lâcha le menton, mais maintenant il était sérieux.

La barre, c'était lui qui la tenait, en fait.

— Cette ville me rappelle des souvenirs.

— Je t'avais dit de ne pas revenir.

— Oui, tu me l'as dit.

Le gros nuage passa. Dans les lieux publics, il était le plus réservé des deux. C'était moi qui menais la danse jusqu'à ce que nous nous retrouvions dans l'intimité – une ruelle, une chambre. Entouré de gens, Robert se sentait inquiet, comme coupable de quelque chose. Pas lâche. Si on l'agressait, il rendait les coups. Il se battrait contre un ours s'il le fallait. Mais les gens, les gens normaux, les regards innocents, pas ça. Il ne pouvait rien contre ça.

Je choisis des rues fréquentées pour arriver au South Star, dans le vieux Portsmouth, près du quai royal, qui par chance était ouvert et avait une table libre – merci, Susie. On nous en donna une près de la fenêtre mais il y en avait d'autres à proximité. Robert en voulait une sous l'escalier, comme en cachette, mais il l'accepta. À côté, des rideaux rouges ; dessus, une bougie comme un "mât", dit-il, dont la cire coulait sur une bouteille. Un serveur bedonnant nous recommanda des côtelettes fraîches. Robert ajouta une bouteille de vin – ben voyons, mais ici, il ne me la jettera pas à la tête. Nous nous observâmes par-dessus la flamme droite de la bougie. Mon cœur battait très vite. Il appréciait mon bonheur. Je savais que s'il voyait que j'étais contente, il deviendrait sérieux et vice-versa. Pour me prouver : je te donne toujours ce que tu n'as pas.

Cette fois, il ne sut comment réagir.

— Comment as-tu fait pour venir ? lui dis-je.

— J'ai pris quelques jours. – Il détourna la tête.

— Tu peux le faire ?

— Je l'ai fait, non ? Je t'ai apporté quelque chose.

Je ne vis même pas d'où il la sortait, je surveillais son visage, ses expressions. Une grosse main rougeaude avança sur la nappe. Quand elle s'écarta, il y avait une sorte de… quelque chose. Un médaillon, une pierre noire avec une ancre maladroitement gravée dessus. Je la pris, elle était lourde. "Jolie", lui dis-je. Elle était très laide. Curieusement, elle était si laide qu'elle commença à me paraître jolie. Mon deuxième compliment fut sincère :

— Elle est jolie, merci, Robert. – Le moins qu'on puisse en dire. Cette ancre si vilaine me faisait de la peine. J'ajoutai en la tenant dans la paume de ma main : C'est une ancre.

— Non, c'est une pierre avec une ancre gravée dessus. Ne plaisante pas.

— D'où vient-elle ?

— De Calais.

— Maintenant tu ne traverses que le Channel ? – Parfois il me parlait d'endroits exotiques. – Tu ne vas pas plus loin ?

Ses épaules se contractèrent.

— Regardez-la. Tu es déjà allée en France, petite maligne ?

— Non, jamais. – Je pris un air songeur, comprenant que je m'étais trompée. Je marchais sur des œufs. – Ce doit être… merveilleux. La France, je veux dire.

— C'est comme l'Angleterre. Tout est comme l'Angleterre.

Robert me parlait des mers du Sud quand je l'avais rencontré. Il me laissait bouche bée. Je savais qu'elles existaient quelque part – indubitablement, dans le Sud –, mais j'avais du mal à croire qu'un tel lieu existât sur terre. Un peu comme l'Inde, mais en plus beau et plus petit. Des îles qui brillaient, des mirages réels. Je n'avais vu pareille chose qu'au théâtre. Robert ne les avait pas revues non plus. Lui aussi, seulement au théâtre. Il me racontait sa vie par bribes, un jour un pan, un autre la suite, et je la reconstruisais. À quinze ans, il avait été accepté dans la marine royale, *HMS** *La Mouette de l'Aube.* D'après Robert, ils avaient navigué jusqu'à l'Eden où il n'y avait plus ni Adam ni Ève, mais il restait le serpent. Mousse pendant quatre ans, il s'était fait renvoyer pour une rixe sanglante due à la boisson. Depuis, même s'il avait travaillé sur des bateaux, il n'avait plus jamais posé le pied sur le pont d'un navire de la marine. Il était sur *L'Ingrat*, un cargo marchand mal en point, depuis que nous nous connaissions.

— De toute façon, je ne me sens pas bien sur le bateau. – Ils avaient apporté le vin et il but le premier verre avant de trinquer, comme si c'était de l'eau-de-vie. – Ils ont promu un idiot qui tremble comme une fille avant sa nuit de noces. Clark. Clark ! Second-maître navigateur timonier.

— Parle moins fort, s'il te plaît. – Le second-maître "Clark" avait fait tourner les têtes. Et le pire, c'était que je croyais me rappeler cette histoire. – Tu ne me l'as pas déjà racontée ?

— Clark… répéta-t-il en m'ignorant. Matelot, maintenant second-maître navigateur timonier. Mais comme on dit en mer : "Moi aussi, j'ai mon livre de prières."

— Ne t'inquiète pas pour ça. Sur *L'Ingrat*, ils vont bien finir par reconnaître ta valeur.

— Je ne m'inquiète pas. – Et il me regarda. – Tu es en forme. Tu as bonne mine. L'air marin.

Je souris en rangeant la pierre grossière dans mon sac. Alors je me rappelai ce qu'il m'avait fait la dernière fois. Je n'avais plus de marques autour du cou. Pas là.

— Tu ne devrais pas boire autant…

— À vos ordres, madame l'infirmière. – Il finit son verre avant de l'écarter d'un geste affecté. – Je peux arrêter de boire quand je veux, je peux boire si je veux. Tu le sais.

— C'est pour ça que je te le dis.

— Et c'est pour ça que je ne veux pas que tu me le dises. Je bois ou pas. C'est moi qui décide. Et je n'ai plus le temps.

— Pourquoi est-ce que tu dis ça ?

— J'ai vieilli.

* *Her Majesty's Ship.*

Il sourit, mais il avait l'air abattu. Je caressai – légèrement – sa main rêche.

— Tout le monde a vieilli. Tu es en pleine forme. Tu dois juste… tu dois essayer de ne pas boire autant. Et tu y arriveras petit à petit. Quand on vivra ensemble, je…

Il avait ôté sa casquette, qui était accrochée à la chaise, et sur son front on voyait la marque de la bande. Il y posa la main, en visière.

— Que vois-je ? Reproches à bâbord.

— Non, ce ne sont pas des reproches… Je sais que tu peux faire beaucoup de choses. Tout ce que tu décides.

— Bien sûr, ma reine des mers. Je te veux toi. – Et il s'agita : Dis, c'est vrai qu'il y a un fou en liberté qui tue des mendiants ?

— Tu peux parler moins fort, s'il te plaît ?

— Je l'ai lu dans les journaux, dit-il, comme pour expliquer son ton. Il les étripe sur la plage comme des porcs. Et toi qui voulais quitter Londres pour vivre dans ton petit village tranquille… ! – Il eut un rire silencieux.

— Non, ce n'est pas ça. Je ne voulais pas…

On nous apporta les côtelettes fumantes. Robert attaqua le plat d'un air soupçonneux, comme d'habitude. Il était comme un enfant qui savait qu'il ne pouvait pas se montrer trop impatient sinon on le lui ôterait pour avoir montré sa faim. Mais je l'avais vu dévorer dans l'intimité et je savais ce que cette nourriture chaude signifiait pour lui. Il s'y consacrait au point de ne plus parler. Il en arrêtait même provisoirement de boire.

C'était le bon moment pour le lui dire, pour qu'il comprenne.

Je touchai donc à peine à mon assiette, même si je faisais semblant. Je me mis à jouer avec un morceau. Je le coupais en deux. Je remuais la bouche. Je buvais une gorgée. Pourquoi me sentais-je si émue ? Mon Dieu, je ne voulais pas le quitter.

— Tu sais ? Je me sens très bien ici. Avec toi. – Je franchis une nouvelle étape : Et à Clarendon, j'ai trouvé le travail que je voulais, précisai-je.

Il me regardait après avoir regardé la viande, mais il consacrait beaucoup plus de temps à la viande. Moi, il me lançait des regards fuyants. Je lui parlai de mes merveilleuses compagnes, mon merveilleux médecin-chef – un *homme*, attention –, de mon aimable patient (un autre *homme*). Je retournai immédiatement à mes merveilleuses compagnes. Et au merveilleux *salaire*. Robert avait déjà rongé trois os de côtelettes et il grommela :

— Ce n'est pas la première fois que tu gagnes ça.

— Mais c'est un salaire *fixe*, tu imagines ? On pourra…

— Jusqu'à ce qu'ils te renvoient.

— Non, ils ne le feront pas, j'ai signé un contrat…

Il était en train de boire. Il faillit recracher la gorgée.

— Tu as… signé… quoi ?

La terre s'ouvrit sous mes pieds. Ça se passait toujours comme ça. Il me laissait parler, cédait du terrain, avant que je dise soudain : "J'ai rencontré un monsieur très sympathique", ou "J'ai décidé de quitter Londres". Alors, le piège.

À ce moment, la porte du local tinta.

Les parfums arrivèrent les premiers.

Envoûtant parfum frais aux effluves inconnus. Même Robert cessa de me regarder et il tourna la tête.

Un vrai spectacle : un homme corpulent était à la tête du défilé, favoris noirs, longue casaque rouge et gilet à reflets. Derrière, un individu dégingandé et sec, au visage émacié, portant un chapeau en forme de cône avec une bande violette et une absurde casaque noire. Fermant le bruyant cortège, une jeune fille que j'eus à peine le temps de regarder. Elle n'était pas anglaise, elle n'en avait pas l'air, et elle n'appartenait pas au monde ordinaire, le monde de la décence et des bonnes habitudes, des trottoirs et des châles. Je ne peux décrire ce qu'elle portait – un vêtement rouge –, mais je savais qu'aucune femme normale ne s'habille ainsi. Elle ne marchait pas, elle dansait sans musique. Les cheveux courts comme ceux d'aucune femme ne devraient l'être.

Il y eut un silence. Le patron arriva, révérencieux, il les salua en italien et ouvrit la porte d'un salon. Je pensai à la compagnie Coppelius, celle du Charity. Quand je la regardai de nouveau, la silhouette ondulante se fondait dans l'obscurité et la porte se refermait. Comme un feu d'artifice. Lumière, couleur, odeurs. Ce n'étaient pas des Anglais.

Comme figés sur un daguerréotype, les convives reprirent le cours de leur vie.

— Des théâtreux, fit Robert, précision inutile.

Je fixais mon assiette. Les gens de théâtre ne me dérangeaient pas, à Londres il y en avait partout, comme ceux-ci et des plus étranges, mais ils créaient une parenthèse, ils me laissaient seule à ma place. Ils venaient d'un autre monde, ils y retournaient. Mon frère aurait voulu être comme eux, mais il s'était ravisé. Quand je voyais des comédiens, il me venait en tête des souvenirs : Andy adolescent, le théâtre mental du Dr Corridge. Tout ce que nous n'étions pas, nous qui nous asseyons face à la scène. C'était une vision à la fois amère et douce qui me faisait penser que nous étions malgré tout, Robert et moi, chanceux et malchanceux. Être comédien était terrible, scandaleux, c'était se montrer aux yeux du monde, en faisant semblant ou non. Mais être dans le public vous donnait envie d'être comédien.

— On pourrait aller les voir, suggéra Robert. Tu sais où ils jouent ?

— Au Charity de St Mary's, je crois. Des représentations caritatives. Il y a une matinée.

Par chance, Robert avait oublié le contrat. Par malchance, il n'avait pas oublié ses propres idées.

— Oh, alors on ne pourra pas. On sera en route pour Londres. – Je l'observai, toute pâle. – Tu as déjà dégoté un riche Londonien à soigner, madame l'infirmière ? Si tu t'occupes bien de lui, peut-être qu'il te léguera quelque chose quand il claquera.

Je tentai de sourire. J'étais encore éblouie par la vision des histrions.

— Clarendon est une très bonne place, Robert, je t'ai déjà dit que…

— Tu quittes ce travail dès demain.

Comme ça, sans plus. Je pâlis.

S

Les comédiens avaient laissé tomber une pluie de paillettes brillantes sur leur passage.

Ou c'était ce qu'il me semblait soudain.

Elle s'était posée sur les épaules grises des messieurs. Elle ourlait les boucles coûteuses des dames et les petits chapeaux et voiles de *décence* des demoiselles séduisantes.

Elle brillait, criarde et rougeoyante, sur tout ce monde de convives et de conversations sur un ton courtois et respectable.

Elle s'était même collée à nous. Elle étincelait sur notre pauvre misère, notre petite misère d'êtres malheureux et ordinaires.

— Tu m'as tellement manqué… J'ai tellement besoin de toi… J'ai découvert que je n'étais rien sans toi. Juste un vieux navigateur sans bateau. – Je me tus avant de lui répondre qu'il avait un bateau. Je savais qu'il détestait *L'Ingrat*. – Sans toi, je suis vide, insista-t-il.

Les paillettes disparaissaient comme des braises mourantes en hiver. Elles nous avaient un peu éclairés de leur goût de fête. Maintenant nous étions là, tous les deux, et je me demandais combien des personnes telles que nous, les "spectateurs", le public du poulailler, doivent payer pour être heureuses.

Je frôlai ses doigts avec les miens, mais je ne sus que répondre.

— Nous allons rentrer à Londres et tout sera comme avant, ma reine des mers. Mieux qu'avant, car maintenant tu es seule. – Alors son visage craquelé se défit comme de l'argile. – Tu es ma dernière chance, ma petite. Je n'en ai pas d'autre. Tu es la dernière et la meilleure chose de ma vie.

Il marqua un silence.

C'était comme une invitation.

Je ne sus comment le remplir.

Je voyais dans ce silence une chambre plongée dans l'obscurité, un fauteuil à oreilles et des rideaux tirés.

— Robert… laisse-moi réfléchir. Je viens de commencer.

Il retira sa main. Comme si on l'avait piqué.

— Tu ne comprends pas ? Je suis venu pour toi. Ça ne me plaît pas pour toi, ma reine. Tu mérites mieux. Écoute : je sais bien que je t'ai fait du mal à Londres. – Il avait le regard brumeux et humide, comme s'il avait emmagasiné le brouillard de la capitale. – Après, je m'en suis beaucoup voulu… Mais c'est que… ça m'a mis en colère, que tu veuilles partir maintenant que, enfin, tu sais, tu es seule… Pour moi, c'est plus facile de te voir là-bas. – Je l'écoutais sans le regarder, sans manger. – Et ce taudis, qu'est-ce que c'est ? Une demi-journée de libre tous les quinze jours, c'est n'importe quoi. Quand est-ce qu'on se verrait ? On ne pourrait même pas aller au théâtre !

— On pourrait… – J'hésitai. "On pourrait essayer de ne pas se voir pendant un certain temps", voulais-je lui dire, mais je modifiai. – Je pourrais économiser, Robert, pour acheter une maison…

— Cette foutue maison ! – Il éclata. Il se retint. – Non, ma reine, dans cette ville de merde de pêcheurs, tu n'as rien à faire. Londres. C'est là que vit ton frère, le banquier, non ? Qu'il t'aide. Il connaît des riches qui ont la goutte, gras comme des moines. Infirmière particulière d'un de ces riches. Du temps libre. Tu loues quelque chose. Et quand je viendrai, j'aurai un endroit où amarrer…

— Je t'en prie, Robert… sur ce que tu as de plus cher au monde…

À travers la fenêtre, on voyait passer les gens. Ils nous regardaient dans l'encadrement des rideaux rouges, l'étoile de South Star sous l'arc du nom. Comme dans un théâtre miniature.

— Londres est très chère. – Je le regardai droit dans les yeux. Et il répliqua quelque chose, mais le regarder dans les yeux et sentir de nouveau ses mains me serrer le cou me donna une certaine force. Je poursuivis sans l'écouter : Ici, je gagne plus, et je crois vraiment que je dois…

— Qu'est-ce qui t'arrive, ma reine. Un médecin a-t-il conquis ton cœur ? Ou un taré ?

Quand j'entendis cela, je me déchaînai. Je parlai avec fureur.

— On ne peut pas vivre avec les quinze shillings par semaine que tu gagnes. On n'a jamais pu, tu le sais, et moi aussi. Je t'entretiens. – Qu'est-ce que je suis en train de dire, songeai-je, alarmée, qu'est-ce que je fais, mon Dieu, mais il était trop tard. – Je veux dire, ça n'est pas un problème, vraiment pas, Robert, je veux travailler… C'est-à-dire que je veux qu'on vive… qu'on soit… heureux… S'il te plaît, je te demande juste…

Je ne savais plus où j'allais ni où je voulais en venir. Pendant la pause, la fête s'installa commodément dans le salon. De là venaient la couleur – le rouge des comédiennes –, l'odeur, les paillettes. Robert était l'obscurité.

— Très bien. Alors paie, puisque tu es riche. – Je ne l'avais jamais vu retenir une telle colère. Rectification : si, je l'avais vu. – Allez, paie.

— Robert, laisse-moi quelques jours… – Il mit sa casquette et se leva. – Robert… !

— Je t'attends dehors.

En déposant les pièces de monnaie sur la note, je souhaitai une chose : être cette comédienne, cette jeune fille aux cheveux courts indécents, fille ou femme, je l'ignorais, mais je voulais être elle. Avoir du pouvoir sur quelqu'un qui me regarderait. Un pouvoir rouge. Mais quand je sortis et vis Robert au coin de la rue, figure sinistre sous la lumière du lampadaire déjà allumé, je me sentis seule et méprisable. Je savais que je devais payer encore plus cher. Il fit comme d'habitude : se mettre en marche pour que je le suive. Sans m'attendre. La récompense consistait à m'attendre. Cette fois je ne la méritais pas. Je pressai le pas, mais je n'arrivais pas à suivre ses grandes enjambées. Il allait sans but. Le bas de ma robe se couvrit de boue. Quand je l'appelai, Robert, Robert, Robert ! – la troisième fois avec angoisse –, il s'arrêta. C'était une ombre.

Je haletais quand je m'approchai enfin assez près pour voir son visage.

Il souriait. C'était pire.

D'une poussée, il me projeta contre le mur. Je sentis sa force puissante, pas moindre que le mur auquel je m'étais heurtée. Pas de douleur, non. Juste de la peur. Pas d'une blessure physique, mais de la solitude. C'était ça : de la peur qu'il s'en aille en me laissant seule.

— Demain. – Il me toucha la poitrine d'un doigt. – Tu as jusqu'à demain pour régler tes affaires avec cette résidence. Après-demain, tu pars avec moi. Tu as compris ?

— Oui, Robert.

— Ne me parle plus jamais comme ça. Jamais. Tu n'es pas au-dessus de moi. Nous sommes un seul être. – Il émit des hoquets. Des plaintes. Il sanglota. – Je t'aime, tu comprends ?

— Oui, Robert.

Il sembla se calmer.

— Rentrons à Londres ensemble. Ton frère y est. Il t'aidera. – Son doigt se transforma en cinq, en une main, en un murmure à mon oreille. – Personne ne te connaît comme moi, ma reine des mers. Je sais ce qu'il faut te donner. Je sais ce qu'il faut donner à ce corps. Je sais ce que tu veux.

Quand il me lâcha, il y eut un bruit comme pour déboucher une bouteille. Je respirai la bouche ouverte : des larmes y tombèrent. Je les avalerais ensuite, mes propres larmes. Son visage était gros comme la lune pendant une éclipse. Il empestait l'alcool.

— Je sais ce que tu aimes.

Il m'embrassa de nouveau, et je ne sus pas vraiment si j'aimais ça. Je ne savais rien. Conduite respectable. Irréprochable. C'était ce que j'avais signé.

Il finit par s'écarter.

— Tu es un ciel clair avec le vent en poupe. Viens, ma reine, faisons une promenade. On pourrait aller au théâtre clandestin.

6

Le Point était le lieu le plus à l'ouest du Vieux Portsmouth : ruelles truffées de bistrots, brumeuses en hiver, nauséabondes en été – et en hiver –, bordels, théâtres clandestins, les quais qui entouraient le tout, les quais des débarcadères, les plus anciens de la ville, d'où Portsmouth tenait sa personnalité, son importance. En se promenant entre ces immenses coques de bateaux, cordages goudronnés, sentant un mélange de fumée, de poisson avarié et d'huile, on avait la sensation que la ville vous disait : "Tu es là, enfin, là où je suis." Et tous les gens qui allaient et venaient le savaient. La raison d'être de Portsmouth. Le lieu marin par excellence, ce qui signifiait que c'était le lieu pour les femmes de marins. Pas pour celles qui, comme moi, attendaient le navigateur dans leurs maisons du port, mais pour celles qui pouvaient aller au bras d'un homme ou d'autres femmes comme elles. Les seules visites que je me souvenais d'avoir jamais faites au Point étaient comme celles d'un gnome au pays des géants. Une fillette qui tenait la main de son père, qui devait parfois se rendre sur les débarcadères pour son travail de greffier, et d'autres fois voulait simplement me montrer les bateaux. Mais ils étaient à la lumière du jour et même ainsi ils se gravaient dans ma mémoire avec des bribes d'horreur : visages défaits, membres amputés, Hommes-Sucre que je ne pouvais goûter, comédiens qui offraient à mon père du théâtre clandestin. J'aimais la mer, pas le quai, qui représentait la façon dont l'homme tendait la main à la première – qui ne la lui serrait jamais, mais se laissait juste toucher.

Je ne voulais pas aller au Point de nuit, mais que faire d'autre avec Robert ? Nous parcourûmes les embarcadères tandis qu'il regardait ces monstres se balancer sur les eaux d'un air fasciné, comme s'il n'était jamais monté dessus. Ensuite, après avoir passé la porte de St James, nous gagnâmes les ruelles. C'était un lieu dangereux, mais Robert aimait ces endroits parce qu'il pouvait regarder face à face d'autres hommes comme lui. Je remarquai d'ailleurs qu'il commençait à se détendre devant ces visages sombres, silhouettes à peine révélées. Il bavardait avec moi. Quand il serait vieux – beaucoup *plus* vieux –, il quitterait *L'Ingrat* et vivrait avec moi. Et je n'aurais pas à m'occuper de lui parce que, au fil des années, il avait appris à tout faire. Gros avantage. Il savait coudre, depuis l'enfance il maniait l'aiguille, c'était la première chose qu'on vous apprenait dans la marine, "Tu peux le croire, ma reine ? Tu peux le croire ?"

Et dans les rues les plus sombres et solitaires, il m'embrassait de nouveau.

Je pensai que je serais renvoyée si on apprenait à Clarendon qu'il était là, et alors ? N'avais-je pas déjà capitulé ? Robert se laissa séduire par les propositions, de maison en maison, de chambre en chambre, et il choisit *Alice et la Reine de cœur*, car la protagoniste n'était pas trop jeune et lui plaisait davantage. On me donna un voile à l'entrée, comme aux rares femmes qui se rendaient aux spectacles clandestins. La protagoniste dansait et racontait son histoire dans un tout petit décor qui imitait un royaume médiéval avec un château en arrière-plan. Je ne compris pas grand-chose. Il y avait une fanfare à la fin. Rideau. L'œuvre était *scandaleuse*, non par la nudité, mais en raison du texte, très grivois, avec des paroles grossières expulsées comme la sueur ou la salive du corps de l'adolescente. Mais cela servit à Robert pour ne rien faire d'autre cette nuit-là et pourtant, croire qu'il avait fait *beaucoup*.

Le retour fut épuisant, jusqu'à ce que nous arrivions enfin sur la Clarence Esplanade, où Robert estima qu'il pouvait me laisser seule.

— J'ai besoin d'argent. J'ai payé mon voyage pour venir te voir et j'ai d'autres frais.

— Oui, bien sûr. – J'ouvris mon sac pour en sortir ce qui me restait de mon salaire de Clarendon, après avoir payé le repas et le théâtre, mais il chercha lui-même et prit tout. Nous ne nous dîmes pas au revoir : il passerait me chercher dans l'après-midi et il partit, silencieux, à la dérive, imbibé d'alcool et de théâtre clandestin. Je fis demi-tour et poursuivis mon chemin sur l'avenue qui longeait la mer jusqu'au moment où j'aperçus Clarendon.

Il me sembla respirer pour la première fois.

Mais respirer était douloureux.

LES THÉÂTRES CLANDESTINS DE PORTSMOUTH

Alice et la Reine de cœur. Burlesque. Chambre clandestine South Point

Que dire de cette Alice, une poupée (Joan Silvestri, vingt ans) jetée par terre par une fillette avec laquelle personne ne veut jouer ? Ce qui déclenche bien sûr le rire parmi les messieurs, parce que, tandis qu'elle chante accompagnée par un accordéon, elle lance pièce par pièce sa fascinante garde-robe au public, et l'invitation à *jouer* est de plus en plus évidente ! Morale finale : seule la Reine de cœur (personnage qui n'apparaît jamais) maintient l'intérêt des enfants. Malgré tous ses attraits, la poupée Alice (collier, gants, coiffure stupéfiante, bottines) ne peut lutter contre l'amour. De sorte que la poupée apprend à briser les cœurs, et, désormais dépourvue de vêtements, elle chante une triste chanson d'amour…

R. Warchaski

UN PLAN DANGEREUX

1

Quand je regagnai ma chambre à Clarendon, à l'aube, je ne pus trouver le sommeil.

Je tremblais. Je ne savais pas si c'était à cause du froid, de la peur ou de l'amour.

Enfin, j'écartai l'amour. Ce ne devait pas vraiment être ce qu'on appelle de l'amour. C'était de la passion : une chose qu'on ressent dans tout le corps, rarement, presque toujours au théâtre. Quelque chose qui vous oblige et vous entraîne. Le spectacle clandestin s'était incrusté dans ma rétine et mes nerfs, et je sentais tout mon corps trembler comme si des mains invisibles me caressaient – je sais que ce que je dis est *scandaleux*. Je finis par tomber de sommeil et je me rappelle avoir rêvé d'un tunnel long et sombre, si étroit que je ne pouvais qu'avancer, il m'était impossible de faire demi-tour. Cela m'étouffait. Et le pire, le pire, c'est que je n'étais pas seule, même si je ne savais pas si ce qui m'accompagnait se trouvait devant ou derrière moi. La seule solution, la seule possible pour moi, était d'avancer.

Un rêve, en fin de compte. Mais au réveil, même sans lumière, c'était clair. Qui t'a désirée comme Robert ? Qui ? Qui t'a fait connaître le monde, ma reine ? Les mers du Sud, de l'Est et de l'Ouest ?

Une amère sensation de culpabilité m'écrasa quand j'ajustai mon uniforme, du genre que l'on ressent quand on ignore ce qu'on a fait pour ça. Cette faute est impardonnable. Il faut te livrer et expier. Je me livre, je me livre, pensai-je en déambulant dans les couloirs silencieux et tranquilles de Clarendon, recouverts de tapis.

Je partirais. Je parlerais à Weedon et au Dr Ponsonby. J'allais démissionner, rentrer à Londres, avec Robert. Je serais heureuse, après tout. Je n'aurais pas de problème, car d'autres infirmières de M. X avaient également démissionné. Je pouvais même l'imputer à…

Mais non. M. X n'était pas responsable et je ne devais pas m'en servir comme excuse. En fait, m'occuper de ce curieux individu pendant presque deux semaines était la seule chose que je regretterais de perdre. Lui, ses crimes sur des mendiants, son violon. Je décidai de lui réserver mes premiers adieux.

La pièce était plongée dans l'obscurité, comme toujours.

Je fermai la porte et parlai en regardant le dossier du fauteuil.

— Bonjour, monsieur X, c'est encore moi. Je suis sûre que je ne vous ai pas manqué, hier. Je dois dire que c'est réciproque. J'ai passé douze heures sans parler de cadavres lardés de coups de couteau, ce qui est appréciable… – Mais la plaisanterie me resta dans la gorge. Le moment était sérieux. Digne. Son silence obstiné semblait l'exiger. – Même si je ne sais pas pourquoi je vous parle… Vous, avec vos pouvoirs, vous savez déjà tout, n'est-ce pas ? Alors, pourquoi… Nous pourrions rester ici pendant des heures, vous me diriez que je suis le genre de femme qui… attend que quelqu'un lui dise "viens" parce qu'elle ne peut pas dire "j'y vais"… vous aviez raison. On vient de me le répéter et… Non, vous ne comprendriez pas. Vous ne faites que découvrir des choses, mais vous ne les comprenez pas. Et cela ne vous dérange pas de ne pas comprendre. La piqûre : appelez-la ainsi. Je pars, monsieur. Je quitte Clarendon. Mais je dois vous dire que… le fait de vous avoir connu… – J'étais émue. Je ne m'y attendais pas. Mais c'était vrai, et je poursuivis : Vous avoir connu a été pour moi… Vous êtes étrange, oui, mais… digne de… – la gorge, les yeux, l'âme me piquaient. Le genre de chose qu'on ne peut pas gratter. – Excusez-moi…, pourquoi ne me répondez-vous pas… ?

Soudain je frissonnai.

Tout ce silence. "Il lui est arrivé quelque chose", pensai-je, terrifiée.

— Monsieur X ? demandai-je, angoissée, essuyant mes larmes en m'approchant.

Il devait être là : robe de chambre, pantoufles placées l'une à côté de l'autre, une main sur l'autre.

Mais il n'y avait personne. Monument à l'Infirmière Déconcertée.

Je l'imaginai dans des endroits ridicules : caché dans l'armoire, accroché au plafond, tapi sous le lit. Dans les toilettes des patients, au fond ? Peut-être, même si ce serait contraire à toutes ses habitudes, car il s'y rendait très tôt tous les matins. Il lui est arrivé *quelque chose*…

J'ignore pourquoi j'ai eu l'idée d'ouvrir le rideau et de regarder en direction de la plage.

Cet homme est fou, pensai-je.

Mais bien sûr : c'était de cela qu'il s'agissait.

Je le compris en quittant Clarendon à toute vitesse et en contournant le bâtiment. Il était fou et j'étais son infirmière. Tout reposait là-dessus, c'était mon monde – pendant que j'enfonçais, heureuse, mes bottines dans le sable –, ça l'était depuis Asherton – pendant que je saluais avec le bras –, je soignais les fous parce qu'ils avaient besoin de mes soins. Des fous qui fermaient les rideaux le matin et sortaient à des heures inhabituelles accompagnés d'autres un peu moins fous, mais fous eux aussi.

Doyle répondit à mon salut et M. X attendit que je m'approche afin de lancer ses syllabes rapides, qui ne renonçaient pas à la douceur même devant le bruit de la mer.

— Soyez la bienvenue, mademoiselle McCarey, je vous prie d'excuser le Dr Doyle d'avoir emprunté une partie de vos attributions, mais, dans le fond, tout ceci est de votre faute, mademoiselle, ajouta le petit homme, ce qui fit sourire Doyle.

— De ma faute ?

— Oui, parce que me faire marcher pieds nus sur le sable l'autre jour m'a révélé un monde de sensations extraordinaires. Et, quand le docteur m'a rendu visite très tôt ce matin avec des nouvelles juteuses, j'ai demandé à recommencer… Nous avons toutefois respecté le règlement, puisque le docteur a demandé la permission à Mlle Susan Trench avant de sortir se promener avec moi. Ne me disputez pas, je vous en prie.

— D'accord, répondis-je, feignant de réfléchir. Vous lui donnez de mauvaises habitudes, docteur Doyle.

— Ce n'était pas un problème pour moi. – En se découvrant, Doyle faillit se cogner la tête avec ses chaussures.

Je ne pus m'empêcher de sourire. Ils étaient debout sur le sable, près du rivage. Comme un père et son fils. Doyle, donnant le bras à M. X. et tenant ses bottines de l'autre main. M. X, pieds nus, tenant son petit chapeau. Deux pèlerins soumis au va-et-vient du vent, souriant comme des collégiens. Béni soit le Dr Doyle. Mais je pris un air sévère.

— Monsieur X, je me réjouis que la sauvage expérience de marcher pieds nus sur le sable vous ait autant plu, mais c'est assez pour aujourd'hui. Vous êtes sûr qu'il ne vous a pas donné trop de travail avec ses caprices, docteur ?

— Au contraire, la compagnie de M. X est toujours une récompense…

— Sans comparaison avec vos nouvelles, docteur, répliqua l'intéressé.

— Oh, je vous en prie… Mes modestes nouvelles, si intéressantes qu'elles vous paraissent, n'ont malheureusement pas été la moitié de ce que…

Je les laissai ainsi un instant. Comme deux savants faisant assaut de politesse.

Moi, même pas une élève, écoutant sans écouter. La plage me remplissait tout entière, me donnait des forces, de la volonté. Les vagues, puissantes mais sans menace, me cherchaient, faisaient un pas pour que j'en fasse un autre, comme pour jouer, comme pour me tenter. Les mouettes le célébraient en criant. Aussi joyeux et lumineux que sombre et triste la nuit précédente. Ou était-ce pour retourner voir mon résident et vérifier qu'il allait bien ?

— Je ne veux pas vous interrompre, messieurs, mais je crois que nous devons rentrer… dis-je enfin.

— Mademoiselle McCarey, vous êtes comme un mal de dos : quoi qu'on fasse, ou comment, il gêne toujours.

— Monsieur X ! protesta Doyle. – Je n'y accordai pas d'importance, presque amusée.

— Je suis habituée à ses grossièretés, docteur, ne vous inquiétez pas.

M. X tirait par le bras Doyle, qui semblait à son tour tirer sur le mien de façon invisible. Quel caractère, semblaient dire les sourcils haussés de Doyle quand il me regarda.

Et il était de nouveau là, vous pouvez le croire ? – de retour dans la chambre – rideaux tirés – nimbée de mystère, Doyle carnet à la main. Devrais-je ajouter qu'il était très séduisant ? Pourquoi pas ? Le papier est un miroir qui permet la honte intime. Il était toujours séduisant, mais il ajoutait chaque jour une touche personnelle, une plume supplémentaire à l'aile multicolore : un costume marron avec une montre de gousset à la chaîne dorée, des moustaches tellement gominées que je crus que les pointes allaient me piquer… Moi, spectatrice distraite de l'histoire sans me rappeler qu'une heure plus tôt j'avais voulu partir. Je suis ainsi, je l'ai toujours été, une vraie girouette.

— Tous ces jours, j'étais comme quelqu'un qui guette une proie. Nous avons Noggs et Hutchins… M. X voulait savoir ce qu'ils partageaient. Question à multiples facettes, comme un bon diamant. La misère et la boisson, oui. Mais, en même temps, rien.

— Et vos conclusions… fit l'homme du fauteuil, de nouveau en robe de chambre et en pantoufles.

— Permettez-moi, monsieur X, de placer Mlle McCarey sur la bonne voie afin de pouvoir la guider. Je me suis rendu à l'auberge de St Mary's, j'ai parlé au directeur, à quelques compagnons des victimes. Noggs, jeune, bagarreur, menuisier de son métier, était un acteur de troisième rang et marchand reconnu d'enfants acteurs dans les théâtres clandestins. Il avait donc de l'argent, à la différence de Hutchins, et passait ses nuits entre rixes, bouteilles et femmes dans les rues avoisinant les quais. Beaucoup de gens le détestaient, pas uniquement Gary Hiscock : Edith Kendall, l'actrice du mélodrame du Victory, *La Dévouée Lucy*, se plaignait que, dans une scène, Noggs lui donne de vrais coups de fouet… C'était un type cruel, bien sûr : il avait révélé le passé carcéral de Hiscock pour obtenir ses rôles, le forçant à travailler comme Homme-Sucre. Bien sûr, quand Noggs fut assassiné, Hiscock se retrouva immédiatement en prison, et on interrogea même l'actrice qui le détestait !

— En toute logique, mais je suppose que la mort de Hutchins a dissipé les doutes, du moins ceux concernant M. Hiscock, dit M. X.

Doyle acquiesça et gesticula en désignant des lieux dans la pièce.

— Certes. Mais plaçons Noggs ici. Et Hutchins de ce côté.

Je les ai vus. Je n'avais jamais vu Hutchins, mais il était là, et avec beaucoup plus d'intensité que tout le théâtre clandestin de la nuit, qui ne laissait rien à l'imagination : barbe fournie, regard bienveillant quoique ivre, guenilles flottantes.

— Une âme candide, poursuivit Doyle, maître de cérémonie de ce théâtre. Rien de plus opposé à Noggs ! De cette sorte de pauvres gens pas très intelligents, mais avec un grand corps et un grand cœur. Il était docker, mais avait perdu son travail à cause du vice. À St Mary's, on l'avait adopté. Il se consacrait à défaire de la corde pour la vendre comme de l'étoupe. Il disait que cela l'avait éloigné de la boisson, mais, hélas, il avait rechuté depuis quelques années. Il s'était de nouveau éloigné de ce démon, grâce à un métier : acteur dans des représentations pour enfants du Charity. Les enfants l'adoraient. Il était maladroit, mais cela l'amusait. Il chantait bien. Le démon avait manifestement eu le dernier mot : il continuait à boire en cachette, parce que la nuit où Spencer le vit il était ivre, comme il avait déjà…

— Que buvait-il ? demanda doucement M. X.

— Pardon ?

Doyle n'aimait pas les interruptions, mais celle-ci le déconcerta. Il était comique de le voir regarder l'homme au fauteuil les sourcils froncés.

— Je vous demande ce que buvait Hutchins, docteur.

— Ce qu'il buvait ?

— Oui, cher docteur, que buvait M. Hutchins ?

— Cela a-t-il de l'importance ?

— C'est transcendantal.

— Je suppose que… gin, rhum… – Doyle me lança un regard indécis. – Quelle importance cela peut-il avoir, monsieur X ?

— Je l'ai déjà dit.

— Je vais essayer… de le vérifier.

— Faites-le, je vous en prie.

C'était tellement charmant de voir Doyle déconcerté ! Pourtant, il y avait en lui un homme du monde qui pouvait supporter cette gêne sans pour autant en ressentir une blessure définitive. Sa honte n'était pas celle de Jimmy Piggot : en lui tout était message, posture. Doyle ne se dérobait pas devant son propre embarras, mais à la différence de M. X, dont la peau d'ivoire, presque translucide, ne semblait pas contenir de sang – il présentait tous les signes de l'inconfort devant la joie de personnes (des femmes) telles que moi. Il me fit de nouveau un clin d'œil complice : "Si le génie le dit, ce doit être vrai."

Et il tourna une page du carnet.

— J'ai parlé des apparences. Noggs et Hutchins, Hutchins et Noggs. Vous voyez, mademoiselle McCarey ?

— Il ne peut y avoir deux personnes plus dissemblables, en convins-je.

— Très bien, mais maintenant nous allons faire en sorte d'éliminer les apparences et de conserver les ressemblances. Partageaient-ils l'auberge ? Non. – Il fit le geste et le mot fut barré en l'air. – Hutchins était plus en contact avec le monde du théâtre que Noggs. Partageaient-ils des amis ? Des ennemis ? Non et non ! L'âge ? La ressemblance physique ? Non ! La boisson ? Oui !

— Mais il est intéressant de savoir ce que buvait Hutchins, insista la voix dans le fauteuil.

— D'accord. Laissons la boisson de côté. Que nous reste-t-il ?

La question semblait s'adresser à moi. Je le sus soudain.

— Noggs était *acteur*... Hutchins *jouait* au Charity...

— *Voilà*. – Doyle ouvrit les bras. – Vous devriez être leader des suffragettes.

— Mais Noggs n'avait pas joué au Charity, répliquai-je.

— Il était menuisier. Il aidait pour les décors. Et un jour il est apparu dans une pièce de la compagnie Coppelius, comme figurant.

Carnet de notes. Doyle tourna une autre page. Il y avait à gauche une colonne de noms et à droite une autre avec des chiffres en ordre serré.

— Le Charity n'appartient pas au refuge, même s'il fait presque toujours jouer des nécessiteux. Ils leur versent quelques pennies et la recette va à des œuvres caritatives. Il est dirigé depuis des années par un Italien installé ici, Salvatore Pettirosso. – Là, c'était mon tour : Oh, oui, je crois l'avoir vu, dis-je, et je racontai l'entrée de ce trio d'extravagants comédiens au restaurant sans donner de détails sur ma soirée. Quand je décrivis le type à la casaque rouge, Doyle acquiesça. – Lui, c'est Pettirosso. Les autres sont peut-être son assistant, un Hongrois, je crois, et une danseuse de la compagnie. J'aime leurs mises en scène. Mais voilà le plus curieux. J'ai vérifié la programmation du Charity. Ils donnent des représentations de bienfaisance depuis deux mois. Deux d'entre elles coïncident avec la veille des jours où les cadavres de Noggs et Hutchins ont été retrouvés. Et ils ont tous les deux joué dans ces pièces !

— Tout se recoupe ! applaudis-je.

Je fus la seule.

— Modestement intéressant, dit M. X, l'ensemble est tape-à-l'œil, mais les détails insuffisants.

Doyle semblait abattu, mais moi, sa fidèle adoratrice, je l'encourageai par des questions.

— Vous croyez possible que quelqu'un du théâtre soit... ?

— Bref, j'estime intéressant d'assister demain à la représentation et de jeter un coup d'œil. Toute la noblesse de Portsmouth doit s'installer d'un côté et les plus nécessiteux de l'autre. C'est un bon endroit pour réunir des gens. Je me présenterai à Pettirosso et à ses acteurs... – Il lissa les longues pointes de sa moustache. – Mais… L'invitation est pour deux personnes. Je connais des dames qui accepteraient, même si… – et je n'oublierai jamais quand ses yeux se posèrent sur moi – … une seule connaît la véritable raison pour laquelle j'y vais.

— J'irai avec vous, dis-je sans réfléchir. Ce sera un honneur, docteur.

— L'honneur sera entièrement mien, mademoiselle.

Dans ce nuage de bonheur, la voix de M. X, pourtant douce, fut presque un coup de tonnerre.

— Non, non, ça ne se discute pas. Mlle McCarey n'ira pas. Nous n'avons aucune preuve, docteur, aucune, et votre présence demain est même inutile…

— Puis-je savoir pourquoi, monsieur ? s'enquit Doyle, un peu contrarié.

— Excepté pour vérifier ce que buvait M. Hutchins, ce qui est fondamental, aller au théâtre ne servira à rien, sans parler du fait que, si vous avez raison et que quelqu'un de la compagnie est impliqué, le plan pourrait s'avérer dangereux pour Mlle McCarey…

— Là, j'admets que vous avez raison, dit Doyle. Je n'ai pas eu le temps d'y songer.

— Oh ! je vous suis très reconnaissante de vous inquiéter pour moi, messieurs, mais je dois dire que, après quasiment deux semaines à Clarendon à m'occuper de vous, monsieur X, la perspective de risquer d'être assassinée ne me semble plus si atroce.

Doyle s'efforçait de ne pas rire. Mon résident, en revanche, était sérieux.

— S'il vous plaît, mademoiselle McCarey…

— J'irai, j'irai. Même si je vais avoir besoin de la permission du Dr Ponsonby…

— Je peux aider, dit Doyle.

Je me sentais de plus en plus heureuse. Cette aventure était tout ce dont j'avais besoin. Et l'air sérieux de M. X était si *excitant* ! Serait-il jaloux ? s'interrogea une partie de moi – la pire. Je rectifiai immédiatement : non, c'est sa propre obsession maladive.

— Je vais essayer de me faire remplacer par une collègue… Je crois que je peux le lui demander…

Je commençais à faire des projets ! Et le fait d'être vue en compagnie de quelqu'un comme Doyle dans un théâtre public ? Comment le prendrait-on, à Clarendon ? Que diraient de moi les infirmières du thé ? Mais ne venais-je pas de me promener sous l'enfer rouge et noir du Point cette nuit ? Il me semblait avoir conservé sur la peau l'air poisseux des quais et dans le regard les ombres menaçantes. La solution était simple : je le dirais moi-même ! Le Dr Arthur Doyle était un nouveau venu à Portsmouth, on l'avait invité au théâtre et il m'y emmenait par pure politesse. Les ragots perdent de leur force s'ils ne sont plus originaux ! J'étais si contente que je souris presque méchamment quand la voix de M. X se fit suppliante.

— Mademoiselle McCarey, tenter de l'acheter me semble méprisable…

Ce ton nouveau me fit m'approcher du fauteuil. Pâle et rigide comme une sculpture de marbre, la main fouillant dans la poche de sa robe de chambre.

— Pour vous.

Il me tendit un bout de papier plié. Je regardai Doyle, qui était sans doute au courant de l'affaire parce qu'il avait maintenant un curieux sourire. J'aimais les surprises, mais celle-ci, quelle qu'elle fût, dépassait toute possibilité que j'aurais pu envisager. Était-ce le *petit secret* qu'ils partageaient ? Je dépliai le papier et le lus, déconcertée.

— C'est… C'est la prescription du collyre du Dr Doyle… dis-je sans comprendre.

— Lisez le nom du patient, demanda M. X.

Je fronçai les sourcils. En haut, Doyle avait écrit "à administrer à M. X", mais quelqu'un avait rayé le X et écrit un autre nom d'une calligraphie soignée – l'écriture ressemblait à celle de Doyle – comme si la décision avait été prise avec une certaine timidité. Un prénom avec le nom correspondant. Ils étaient curieux.

Doyle souriait toujours.

— Qui est "Sher… Sherlock Holmes" ? demandai-je sans rien comprendre.

— C'est le… nom du détective que j'ai inventé, répondit Doyle. Celui dont j'avais dit qu'il ressemblait à M. X. Je le lui ai dit ce matin et… Eh bien, il lui a plu. Il m'a demandé la permission de l'utiliser en privé seulement avec vous. Il est certain qu'à moi aussi l'idée me plaît… – Il se gratta la tête. – J'ai même pensé ces jours-ci que Holmes pourrait travailler avec un médecin… – Il se désigna lui-même. – Et avoir… je ne sais pas… peut-être une gouvernante. – Il me désigna moi, comme si c'était un jeu. Nous échangeâmes un sourire.

M. X restait sérieux, toutefois. Je me tournai vers lui, l'air sérieux moi aussi.

— Que signifie tout cela, monsieur X ?

— C'est ce que vous vouliez, mademoiselle McCarey.

— Ce que je voulais ?

— L'après-midi sur la plage, vous vous souvenez ?, quand j'ai promis de vous accorder ce que vous voudriez. Vous m'avez demandé un prénom. Le voici.

Je restai absorbée, le papier à la main.

Son prénom, pensai-je.

Personne ne m'avait jamais fait un tel cadeau. J'avais du mal à respirer. Je regardai la figure immobile dans le fauteuil, une main sur l'autre, en robe de chambre et en pantoufles. Un pantin, m'avait-il semblé la première fois. Mais maintenant je le trouvais différent. Une étrange chaleur m'envahit.

— Merci. Merci, monsieur X, répondis-je.

— “M. Sherlock Holmes”, corrigea-t-il avec un certain orgueil.

— Oh, je ne vous appellerai jamais de ce nom ridicule ! – Et en percevant l'effet involontaire produit chez Doyle, j'ajoutai : Oh, excusez-moi…

— Non, ne vous inquiétez pas, fit Doyle. Moi non plus, je ne l'aime pas tellement. Peut-être l'appellerai-je… Heribert LeCoq ? Les noms français sont à la mode…

Je rangeai le papier en veillant à ce que ma voix ne trahisse pas ma joie.

— Alors demain, docteur… À quelle heure ?

3

Sherlock Holmes.

Le même jour, après la visite de Doyle et pendant l'heure du déjeuner des patients, je m'enfermai dans ma chambre en y réfléchissant.

Le nom ne me plaisait toujours pas, mais ce n'était pas le nom, c'était son *cadeau*. Dans mon sac, j'avais l'autre. Je fouillai dedans et l'en sortis. Solide, ferme, sombre, lourd. L'ancre gravée. Je la tins dans la main en pensant : *Sherlock Holmes*.

Un cadeau m'enfonçait, l'autre me faisait flotter.

J'avais demandé à Jimmy du papier et une plume. Je m'assis sur le lit avec les deux éléments, laissai la pierre d'un côté et me mis à écrire.

Cher Robert,

Avant tout, je te demande pardon de t'avoir parlé ainsi hier soir. Je suis seule à mon nouveau travail et cela me rend nerveuse. Mais je te prie, au nom de notre amour, de me laisser quelques jours pour me décider. Juste ça. Quelques jours. Si tu pouvais rester le temps que je me décide, ce serait pour moi un grand bonheur. Je veux juste que nous soyons heureux. C'est ce que j'ai toujours...

Parvenue à ce point, je ne sus qu'ajouter d'autre. Je tremblais.

Je pris la pierre dans la paume de ma main et la contemplai. Elle était lourde, oui, mais c'était une ancre. Les ancres vous retiennent lorsque tout tremble autour de vous.

4

De mon lit, je pouvais voir mon visage dans le miroir embué. Mon visage et ma main tenant la lettre que je venais d'écrire à celui qui avait été mon compagnon ces quatre dernières années.

Je me demandai si mes traits trahissaient le changement. Étais-je plus heureuse ? Avais-je plus de rides ? Quatre ans depuis que je l'avais vu pour la première fois. Un an auparavant, mon père était décédé, et mon frère et moi nous étions rendus à Portsmouth pour l'enterrer et ramener ma mère à Londres après avoir vendu la maison familiale, comme nous le ferions ensuite avec notre mère. La vie avec ma mère était – je dois dire – une sorte de gare où attendre l'arrivée du train de la tragédie. Je me levais tous les jours en disant : Aujourd'hui, ce sera aujourd'hui. L'absence de mon père l'avait laissée excédée du monde, tyrannique. Mais, mon frère étant marié et père de famille, je ne pouvais pas lui demander de la prendre en charge ni de m'apporter une aide financière, j'acceptai donc le premier travail venu. Le plus facile était de s'occuper de vieux qui avaient des économies. À l'époque, je travaillais pour un certain M. Grossborough. Il était petit et jaune, et son sourire révélait des dents pointues. Sa calvitie n'était pas totale et des mèches de cheveux sortaient ici et là comme sur une tête de mort. Il avait acquis une certaine fortune en louant des entrepôts sur les quais, mais vivait très chichement dans l'East End. Il sortait peu, était veuf, diabétique, avait des ulcères aux pieds et aimait qu'on s'occupe de lui à la maison. Parfois, un testicule s'enflammait à un point ridicule et il adorait que je m'agenouille devant lui avec dévouement pour lui appliquer des compresses chaudes dessus. Pendant ce temps, il me parlait. Je me rappelle encore son haleine fétide.

— Applique-toi, laideron, je crains que ce ne soit la seule fois de ta vie où tu toucheras les parties d'un homme…

Voilà le genre de gentillesses qu'il me prodiguait. Mais je précise qu'il ne m'a jamais bernée. En m'engageant, il me dit qu'il m'achetait, "laideron", non pour m'aduler ni me traiter comme une personne, mais comme une chose. Il me paierait ce qui avait été convenu plus quelques pourboires, mais il se permettrait tous les commentaires qu'il voudrait sur ma personne. Il ne me toucherait jamais, il le dit aussi. J'acceptai. Parfois il me regardait et il se mettait à rire. Mon visage au nez "de sorcière", au menton fuyant et aux petits yeux l'amusait. Son rire était contagieux, je le reconnais : en le voyant rire à gorge déployée jusqu'à devenir rouge comme une tomate, il me venait à moi aussi de petits rires stupides, inévitables.

Mais je ne me sentais pas toujours d'humeur, et un jour où il m'avait particulièrement offensée, je lui dis que je ne le lui permettrais plus. Il gonfla avec mépris ses lèvres bleuâtres tout en fouillant dans sa poche.

— Tu veux partir ? Eh bien voilà la porte, laideron. Et ici… – Et il me jeta un souverain en or, un souverain ! sur le sol… – Si tu t'en vas, ne reviens pas. Si tu prends cet argent, tu acceptes tout. C'est équitable, non ?

Je choisis de partir !

Comme je l'écris bien, mais comme c'est FAUX.

L'héroïne d'un roman d'amour, pauvre mais digne, l'aurait peut-être fait. Mais je n'en étais pas une. J'étais de chair et d'os, je vivais à Londres, je m'occupais de ma mère, j'avais un loyer à payer et je courbai l'échine pendant que M. Grossborough était plié en quatre. Les pleurs m'enlaidirent encore plus. Je ne pleurais pas à cause des insultes, mais parce qu'il me semblait que la bassesse de ce vieillard consistait simplement à dire ce que beaucoup d'autres pensaient de moi.

Un jour où je sortais de chez lui, je m'arrêtai devant un spectacle de cirque. C'était une de ces petites compagnies itinérantes qui jouent près de la Tamise pour recevoir les rares pièces de monnaie du public, mais ces artistes étaient surprenants. Enfin, ils le sont tous aujourd'hui, mais ceux-ci l'étaient particulièrement : ils jouaient de la trompette courbe qui résonnait comme des mugissements tandis qu'un homme en caban trempé – M. Tempête – récitait le panneau accroché autour de son cou tout en secouant un grand bocal transparent rempli d'eau presque à ras bord monté sur un char. À l'intérieur du bocal, nageant la brasse, une pâle jeune fille, simplement habillée du mot *"Confiance"*, peint le long de sa cuisse gauche – je me rappelai la nouvelle récente du naufrage d'un bateau appelé ainsi en Amérique –, sans même de duvet là où nous les femmes en avons. Des enfants peints en blanc faisaient les éclairs : quand ils sautaient, des tambours imitaient les coups de tonnerre. M. Tempête dirigea sur moi ses paupières comme des yeux doubles et souffla en gonflant les joues.

— La *Confiance* a coulé ! En qui avoir confiance, maintenant ? chantait-il.

Il secouait le bocal et les enfants argentés sautaient de façon *indécente* et toutes les têtes regardaient la jeune fille comme magnétisées. Toutes sauf une.

Je me rappelle qu'il me dit bien après :

— J'ai vécu des tempêtes en haute mer et aucune n'était aussi stupide, crois-moi.

Robert Milgrew me plut à partir de cet instant précis : quand il me regarda. La *troupe* s'éloigna et il ôta sa casquette pour se présenter. Pour être honnête, il avait quelques verres dans le nez, mais il était courtois et son corps semblait taillé dans le roc. Nous commençâmes à parler de théâtre de rue, puis de théâtre en général et enfin de nous. Une chose me plut : il ne me mentit jamais en flattant mes attraits supposés. Il m'avait vue dans la vitrine et je lui avais plu, il n'avait pas besoin de m'aduler pour autant. C'était tout. Sa dernière femme venait de le quitter et cela le poussait à boire, me dit-il. Robert Milgrew, bien sûr que tu m'as plu. Tu étais le premier homme à vouloir me posséder pour ce que je pouvais valoir à tes yeux.

Nous commençâmes à nous donner rendez-vous avant ou après mon service. Il semblait avoir tout son temps : *L'Ingrat* ne partait pas encore. Et, disait-il, nous les marins, ma petite, on ne sert à rien sur la terre ferme. Quand je lui parlai de mon travail, Grossborough ne tarda pas à revenir sur le tapis. Robert tenta en vain de me persuader de le quitter. Il se fâcha quand je lui dis que oui, je le détestais et que non, je ne le quitterais pas. Je ne voulais pas, je voulais. Il me semblait odieux, mais c'était mon travail. Je n'étais pas infirmière pour être heureuse. Je soignais. Et si j'avais pu ne soigner que ceux qui le méritaient, je serais restée chez moi à faire de la couture.

Je lui disais tout cela, mais Robert gesticulait, furieux : “Lui, tu le quittes.”

Un jour, je travaillais l’après-midi et j’eus tellement de mal à me séparer de lui – il m’avait raccompagnée chez le vieux – que, au moment où nous nous disions au revoir, M. Grossborough apparut dans l’encadrement de la porte avec sa canne, ses pieds bandés, sa robe de chambre. Il me regardait, écumant de rage.

— Tu es encore là, idiote ? En plus d’être laide, tu es stupide ? C’est pour ça, que je te paie ? Tu es en retard ! Entre une bonne fois pour toutes !

Pendant que je m’excusais et entrais dans la maison, j’entendis Robert revenir sur ses pas et l’affronter. Il parla avec soin, presque comme si le sujet ne l’intéressait pas, mais moi, qui le connaissais lorsqu’il était très en colère, je tremblais.

— Je ne crois pas que mademoiselle ait mérité ces paroles. Je crois plutôt que vous devez les retirer et vous excuser.

— Et moi je crois que tu devrais te tirer, racaille ! Tu empestes l’alcool à dix mètres ! Tire-toi ou j’appelle la police !

Robert se calma d’un coup. Cela m’indiqua, terrifiée, que sa fureur était illimitée. “Comme les ouragans, ma reine, m’avait-il expliqué un jour : tranquilles au centre, un enfer à l’extérieur.” Il se contenta de redresser les épaules et de serrer les poings.

— Vous savez, monsieur, mademoiselle m’a beaucoup parlé de vous et je dois reconnaître que vous êtes presque comme je vous imaginais, mais elle a oublié un détail. Vous avez des oreilles de hamster… Vous savez comment on punit les gens comme vous, sur les bateaux ? Ni coups de fouet ou de bâton sur la plante des pieds, ni planches pour les jeter aux requins. On les pend par les oreilles. J’ai vu des types suspendus par les oreilles demander qu’on les tue. Pas des gringalets comme vous, des gens de mer. J’ai vu ce qui leur arrivait. Au début, ils ont peur de les perdre, mais le temps passe et… Bon, ils ont encore plus peur que ces lambeaux presque déchirés continuent à résister. Ils deviennent fous en s’agitant pour se libérer, oui monsieur, et plus ils bougent, plus ils hurlent, ou ils rient, rendus fous par la douleur. À en juger par ce que je vois, vous ne tiendriez pas deux heures… Si je ne vous les coupe pas avant.

— Monsieur… ! murmura M. Grossborough à travers ses lèvres bleuâtres.

— Je n'en suis pas un, dit Robert. Mais elle, c'est une dame. Payez-lui ce que vous lui devez et ajoutez un bon pourboire pour l'avoir offensée. – Et il se tourna vers moi, ignorant mes tentatives pour le calmer. – Tu ne travailles plus là.

Grossborough sauva sa dignité – et peut-être ses oreilles – en ajoutant sur un ton méprisant : "J'en trouverai tout de suite une autre bien meilleure !" Mais il paya. Pour tout.

L'ancre.

Pendant un certain temps, cela m'avait suffi. Cette force, cette sécurité. Maintenant, je n'en étais plus aussi sûre. Son irritabilité permanente, sa façon d'arriver et de repartir vite après m'avoir réclamé de l'argent, les milliers de fois où il m'avait juré d'arrêter de boire… Parfois, j'avais l'impression qu'il me mentait, qu'il taisait un secret qu'il aurait pu me confier le moment venu. Je n'étais plus aussi sûre de lui. Mais je ne pouvais pas l'abandonner non plus. Simplement, je ne pouvais pas lui faire de mal. Il avait presque plus besoin de moi que moi de lui.

Je cessai de me regarder dans la glace et les souvenirs s'arrêtèrent là. Je ne savais plus quoi écrire d'autre dans la lettre, je la pliai donc sans l'achever et la rangeai dans mon tablier.

J'avais besoin de voir l'homme qui m'avait fait l'autre cadeau.

S

Quand je frappai à sa porte, j'entendis un bruit. Étonnée, j'utilisai le petit heurtoir pour me faire mieux entendre. La chambre était dans l'obscurité et le fauteuil comme un grand mur abîmé.

Pourtant, il y avait autre chose. Je ne pouvais pas le définir. Une odeur nouvelle. Peut-être un mouvement rapide des ombres. Sa voix résonnait toutefois comme d'habitude.

— Entrez, mademoiselle McCarey. – Il n'avait pas besoin de me voir pour savoir qui c'était. – Comment allez-vous, par cette merveilleuse après-midi ?

— Merveilleusement bien, répondis-je en souriant, et je fermai la porte. Et vous monsieur X ?

— M. Holmes, je m'appelle Sherlock Holmes, fit-il remarquer.

— Comme vous voudrez, mais dites-moi comment vous allez, qui que vous soyez.

— Je suis le même qu'avant et je me sens aussi bien ou mal que ces derniers jours décevants ; la seule chose qui a changé, c'est mon nom, mademoiselle.

— Je vois. – Je haussai les épaules. – De toute façon, j'ai apprécié cette attention.

— C'est vous qui l'avez demandée.

— C'est pour cela que je l'apprécie.

— Très aimable de votre part.

C'était vrai. Quelle importance, s'il voulait s'appeler Holmes, Hamlet ou peu importe comment ? À Asherton, j'ai rencontré trois Napoléons, cinq Césars, douze Gladstones et un Charles Dickens – il y a beaucoup moins de fous lecteurs. C'était son cadeau, qui m'émouvait.

— Mais si vous croyez que vous pouvez m'acheter pour rester dans l'obscurité… Je vous empêche de jouer du violon ? – Je me dirigeai vers les rideaux.

— Non.

La brève réponse m'arrêta.

— Oh, alors vous pensiez aux assassinats.

— Non plus, mademoiselle McCarey, je conversais.

Je le regardai, renfrognée : dans sa posture habituelle, une main sur l'autre, les yeux bicolores ouverts. Une nouvelle marche dans la descente vers la folie, pensai-je.

— Oh, s'il vous plaît, monsieur X…

— Holmes, je vous en prie.

— Comme vous voudrez. Vous parliez à un être *invisible* ?

Il sourit immédiatement.

— Nous dialoguons tous avec un être invisible, mademoiselle McCarey, je crois que vous demandiez plutôt si je dialoguais avec quelqu'un d'*irréel*, et, même si la réponse pourrait aussi dépendre des circonstances et des définitions, bien sûr, dans ce cas, même les aliénistes les plus convaincus conviendraient que mon interlocuteur réunit toutes les caractéristiques qu'exige le monde des sains d'esprit pour cacheter de son tampon l'existence des choses... – J'allais lui dire que je ne comprenais rien quand il ajouta : Oh, allez. Sors.

J'entendis un bruit derrière moi. Je me retournai. Le rideau grossissait.

6

Ce fut un autre moment de la vie déraisonnable de M. X. Un autre.

Il existe – je l'ai constaté – des nœuds dans le cerveau, comme dans l'estomac. Parfois il nous en coûte d'avaler et parfois de penser, pour des motifs similaires : les choses s'emmêlent et le résultat est un embouteillage. Je vis grossir ce rideau et je ne sais même pas ce que j'imaginai.

Le Meurtrier.

Le Loquet prend forme.

Mais ma balance retourna tout de suite vers l'aiguille. Avant même qu'il n'ait terminé son salut.

— Bon-bon-bonjour ma-ma-mad...

7

Danny Waters avait le visage fendu d'un large sourire, mais ses yeux révélaient de la terreur. Je le revois ainsi, maintenant que j'écris.

Il souriait, et annonçait par ce sourire qu'il y avait un monde meilleur réservé à tous, même pour les enfants comme lui, mais pour l'instant, nous allions devoir nous contenter de vivre dans la vallée des ombres de son regard et laisser se cacher le soleil de certains sourires. Nous échangeâmes un “pardon”. Maintenant que j’y pense, ce fut une scène un peu comique, même si je l’ai décrite sous un jour inquiétant. Danny et ses guenilles, ses cheveux dorés sous la crasse, les griffures sur les jambes, les cernes de fatigue et de faim, mais surtout ce sourire qui disait : “C’est moi, mademoiselle McCarey, inutile d’avoir peur.”

Je compris que c’était lui que j’avais entendu s’esquiver quand j’avais frappé à la porte.

— Où… Où sont tes amis ? – Je portai une main à ma poitrine (nous le faisons toujours, comme par crainte que notre cœur ne s’en aille par là) et j’essayais encore de me calmer. Le pire était de voir que Danny semblait également avoir peur de ma peur.

— Ils ne sont pas venus, j’ai juste prévenu Danny, dit M. X.

— Le prévenir ? Maintenant vous les prévenez ?

— Dans les cas exceptionnels, je sais où le trouver. Jimmy Piggot n’a pas à aller bien loin pour parler aux gamins qui se battent dans les arènes et en convoquer un.

— Il a pris de gros risques en venant à cette heure. – Effectivement, l’après-midi apportait encore de la lumière. Je m’aperçus que la chaise n’était pas placée derrière la porte.

— Il est venu précisément à cette heure parce qu’il joue ce soir et… oui, merci, mademoiselle McCarey, vous faites bien de répéter notre petit stratagème avec la chaise, maintenant écoutons Danny, qui me parlait de son amitié avec Elmer Hutchins. Tu peux faire un résumé pour mademoiselle, Danny ?

J’émis une autre proposition.

— Tu veux boire un verre d’eau avant, Danny ? Manger quelque chose ?

— Mademoiselle McCarey, nous n’avons pas le temps de…

— S’il vous plaît, monsieur. – Pendant que je prenais le pauvre gamin dans mes bras et l’emmenais vers la petite table où se trouvait le plateau avec le thé de l’après-midi et les biscuits, je foudroyai M. X du regard. Malgré son intelligence, ne voyait-il pas que les yeux de son pauvre informateur allaient de lui au plateau et de celui-ci à moi, soumis à trois tentations dont l’intéressé lui-même ne nous expliquerait jamais la priorité ? – Mange tout ce que tu voudras, Danny. Et ici, tu as de l'eau et du thé.

M. X tomba dans son silence culpabilisant. Un silence très habile : Danny mangeait – pauvre petit –, buvait, mais de plus en plus vite, se sentant seul et mal à l'aise dans la pièce dépourvue de tout bruit. J'essayai cependant de servir de contrepoids en lui proposant encore à manger et à boire et en laissant de la place pour ses réponses sincères.

Il fut enfin prêt. Et quand il se planta devant nous et commença à raconter son histoire, je compris quelque chose au sujet de Danny Waters.

J'ai déjà parlé de sa beauté, mais il y avait autre chose, qui passait inaperçu quand la Mouche et Toile d'Araignée tournaient autour de lui, s'érigeant ainsi en protagonistes involontaires. Mais maintenant qu'il était seul, je sus que Danny était différent d'eux. Ses amis pouvaient être des enfants de la rue, et je ne veux pas dire que la vie de Danny fût meilleure, mais quand il prenait les rênes, comme en ce moment, et malgré son bégaiement, il devenait un centre d'attention unique et de choix.

Danny était un enfant acteur.

Son physique, son allure. Comment vous expliquer ? Si vous voyez des comédiens, et vous avez dû en voir, je pense, peu importe d'où vous venez et à quelle époque vous lirez cette stupide histoire – vous comprendrez. Danny n'était pas très grand, mais bien proportionné. Et même sa propre crasse ne semblait qu'un déguisement comme tant d'autres qu'utilisent les comédiens, pas seulement sur scène. Il semblait à la fois fragile et fort, souffreteux et en bonne santé, émotif et froid. Volontaire, surtout. Quand on le laissait faire – à peu près – on s'apercevait que cette volonté s'ouvrait sous chaque syllabe brisée, et sa silhouette, l'harmonie de ses bras, jambes, gestes, s'imprimait sur votre rétine. La première fois que je l'ai vu, j'avais cru en déduire qu'il combattait dans les arènes à cause des "griffures sur les jambes", mais, oh, cette impression était bien sotte et hâtive ! Quel enfant des rues n'en a pas ! Ce que j'avais perçu, en fait, était précisément le contraire : sa supériorité devant toute blessure physique, son immense armure de beauté sous l'abri de ces cheveux blonds. Son art.

Danny était comédien. Il ne pouvait s'en empêcher. Ils savent se montrer. Plaire. Et malgré tout, le drame qu'il racontait était accablant.

L'histoire apparut, je la vis défiler par à-coups devant mes yeux comme quelqu'un qui attend calmement le passage d'un cortège de vieux chevaux.

Il avait rencontré Hutchins au Charity, mais ses rôles se limitaient à faire de la figuration. Il dut donc gagner sa croûte comme tant d'autres dans le théâtre clandestin, presque toujours dans les arènes. Certes, ce n'était pas un travail aussi ignoble qu'on le croyait. Les combats dans les arènes ne sont pas réels, ils ont été répétés, ils sont "artistiques", beaucoup ressemblent à des danses mystérieuses dans lesquelles les corps de petits garçons et de petites filles ou adolescents, couverts de vêtements minuscules ou plus fréquemment nus, se montrent dans des positions et des gestes qui sont en définitive réservés à un certain public, excitants à contempler, à cause du *scandale* que déclenchent ces proies, ce ballet de peaux entrelacées où, parfois, il y avait de véritables dommages par accident… ou par appât du gain.

Danny était acteur dans les arènes. Un monde qui, en coulisses, était beaucoup d'autres mondes et encore plus sombres. Parce que, quel enfant acteur dans les arènes n'a pas fait toutes sortes de choses ? Cependant, son rêve – mon Dieu, le rêve de ce pauvre enfant, pointant avec effort, comme le soleil en hiver, me rappelait tellement mon frère ! – était d'être acteur. De ceux de la comédie et de la tragédie, dit-il, et là il se produisit une sorte de miracle : la phrase sortit sans bégaiement, d'un trait, et en la disant il afficha les deux visages. Il eut un large sourire pour dire "comédie", tordit les commissures vers le bas pour "tragédie", et je pensai que c'était peut-être un truc pour égarer sa langue fuyante et parler ainsi avec normalité. Je ne me trompais pas. Immédiatement après avoir dit les deux mots, il émit une seule phrase longue et sans interruptions :

— MonsieurHutchinsm'aditquejepouvaisbienparlersijene pensaispastrop !

Hutchins le lui avait appris, oui.

Ce fut le pire jour de sa vie, et le meilleur. Cela se produisit pendant une répétition à laquelle ils participaient tous les deux. Grâce à son insistance, le garçon avait obtenu de Pettirosso un tout petit rôle de soubrette dans un spectacle pour enfants. Il avait juste à se diriger vers une porte à laquelle on frappait, ouvrir et dire : “Madame est sortie.” Seulement ça. Il pouvait le faire. Une phrase. Il la répétait si souvent les jours précédents, pendant les répétitions, qu'il s'endormit même en la prononçant. Madameestsortie…

Vint le moment redouté et pourtant si désiré. Pettirosso lui ordonna d'apparaître. Et Danny y alla : je l'imaginai se tenant tellement droit, tellement nerveux en parcourant la scène vers la fausse porte, observé par cinquante paires d'yeux avides qui attendaient certainement qu'il se trompe et une seule paire bienveillante qui ne l'avait jamais remarqué avant ce jour et l'encourageait maintenant en silence…

Danny parla. Mais il n'arriva pas à finir.

Ma-d-d-d-d-da-da-da-da-dame…

À ce stade, il aurait continué à prononcer une syllabe de cette phrase unique, éternelle, si Constantine, l'assistant de Pettirosso – qui, d'après la description que j'ai entendue, pouvait bien être l'homme au chapeau conique du restaurant –, n'avait interrompu le chapelet d'une terrible gifle. Danny, plus endolori à l'intérieur qu'à la joue, plus rouge de honte qu'à cause des coups, fuit la scène poursuivi par les éclats de rire des autres garçons et les malédictions de Pettirosso, et il n'aurait pas arrêté de courir jusqu'au centre de la Terre s'il en avait trouvé le chemin, s'il n'avait pas été retenu par une main gigantesque, un bras énorme et un gaillard à la barbe au sommet enneigé qui le regardait gentiment.

Elmer Hutchins lui avait dit de ne pas s'inquiéter. Il parlait bien, il devait juste le vouloir. Chercher ses astuces.

— Je t'ai vu là-haut, mon garçon, tu as l'étoffe d'un acteur à texte, crois-moi.

Elmer Hutchins lui dit que Jules César était bègue.

Elmer Hutchins lui dit que Napoléon était bègue.

Quand Danny avoua ne pas connaître ces noms, Elmer Hutchins lui dit que Sa Majesté était bègue. Cela intéressa un peu plus Danny, même s'il n'avait en réalité jamais entendu parler la reine, mais il n'avait jamais entendu non plus personne dire qu'elle était bègue. Et comment était-elle parvenue à surmonter ce défaut ? À force de volonté, d'après Elmer. En pensant à autre chose.

— Si tu ne penses pas que tu fais mal une chose, tu la feras bien. – Danny n'était pas convaincu, alors Elmer lui révéla son secret : Avant, j'étais idiot, Danny. On me disait : "Bois, Elmer", et je buvais. On me disait : "Encaisse, Elmer", et j'encaissais tant qu'il fallait. Alors je suis arrivé à l'auberge. Là, on m'a mis à la corde. Et c'est un travail si ennuyeux, mais si ennuyeux, que lorsque tu as passé la moitié de la journée à le faire, tu oublies même ton nom… C'est comme la vie, Danny, les jours passent, jusqu'à ce que tu dises : Mince alors, c'est la vie. C'est vivre. Moi, je n'ai pas oublié mon nom, mais j'ai oublié de penser que j'étais idiot. Depuis que je ne pense plus que je suis idiot, je suis devenu intelligent, Danny.

Pour Danny Waters, cela ressemblait à de la magie. Elmer lui apprit cela et à faire des grimaces afin d'oublier qu'il était bègue. Comédie. Tragédie. Et à se respecter lui-même et à ne jamais accepter, jamais, ce qui pouvait être entièrement contraire à lui. Les arènes n'étaient pas son but, mais elles ne comportaient rien de réel et il parvenait à apprécier de montrer ses mouvements grâce à la technique qu'il apprenait, même en feignant d'affronter un autre garçon de onze ans comme lui, en le saisissant et en tournant avec des gestes harmonieux. Mais il n'acceptait, par exemple, jamais de choses telles que les farces réalistes osées.

Il s'en jouait une dans un local de Landport avec une famille entière ruinée appelée Wesley, nous dit-il, intitulée *Restes familiaux*, qui était plus que du théâtre clandestin : c'était un spectacle interdit fait dans le dos de la loi – mais nous savons tous que les choses interdites se font et que, tant qu'elles restent secrètes, la loi ne s'en soucie pas. On avait proposé à Danny de faire des choses avec le monsieur ou la dame de la famille, juste pendant quelques minutes, des minutes qui lui permettraient de manger pendant des mois, mais il refusa. M. Hutchins aurait été fier de lui, dit-il, et les pleurs, maintenant, le gênèrent plus que le bégaiement. Ce n'était pas qu'il n'ait pas fait ces *choses*, ou pire, avant, mais chaque fois qu'il en refusait une, c'était comme s'il franchissait une étape supplémentaire de la longue carrière que Hutchins lui avait fait envisager vers sa propre dignité.

— Tu deviendras un grand acteur, Danny, je t'assure, lui dit-il. Un jour. Je ne le verrai pas…

— Comédie ! Tragédie ! interrompit Danny immédiatement. SimonsieurHutchinsvousleverrez !

— Eh bien peut-être que oui, disait Hutchins, riant avec lui, parce que je ne manquerais pas ce jour pour tout le trésor royal… Où que je sois, je serai là, Danny, applaudissant au premier rang.

— Et moi, je vous verrai, monsieur Hutchins…

Il dit ces derniers mots sans bégayer et sans tour de passe-passe, dans une transformation rapide qui attendrit Hutchins, sans doute, comme moi. Mais alors tout s'écroula en lui et le souvenir de son ami lui fit plisser le front.

— Et… et… et… mainte… maintenant… !

— Laissez-le partir ! dis-je, angoissée, à M. X en prenant l'enfant dans mes bras. Il a dit tout ce que vous vouliez !

— Au contraire, il n'a rien dit, mademoiselle McCarey, ce n'était qu'un préambule émotionnel, inutile pour moi, parce que la seule chose qui m'intéresse est de savoir ce que buvait M. Hutch…

8

Ce fut alors que…

Oui. Ce fut alors.

Le cri nous paralysa un instant.

Il résonna dans toute la pièce, assourdissant :

— Mais taisez-vous !

Le cri, c'était moi qui l'avais poussé.

Je ne suis pas une comédienne, comme vous le savez, c'est pour cela que je ne crie jamais, et les rares fois où je le fais, je le fais mal. Danny, par exemple, sanglotait et il était effrayé, dans toute sa beauté bouleversante. Mais moi, je laissai sortir un croassement. Une chose impossible à recommencer et inimitable, qui brisa tout, l'harmonie, la littérature, la beauté de la scène. Et ce fut – j'en rougis, mais en même temps cela me fait plaisir de le dire – *indécent* et *scandaleux*.

Pire encore, car, lorsque je crie – rarement, jamais jusqu'alors contre un homme, presque toujours contre ma mère –, j'ai la mauvaise habitude de m'expliquer. C'est comme déchirer un tableau et tirer sur le morceau.

— Je ne peux pas supporter ça ! Vous et vos obsessions ! Je ne peux pas ! Je ne peux pas… !

Je m'écartai en tremblant. Après un bref silence, la voix du fauteuil revint.

— Très bien, Danny, tu m'écoutes… ? Danny, ne t'inquiète pas de la présence de Mlle McCarey, c'est une femme, tu les découvriras… Dis-moi, tu m'écoutes ?

— Ou-ou-oui, mon-monsieur.

— Mets toute ton attention à répondre à cette question, quand as-tu vu Elmer Hutchins en vie pour la dernière fois ?

— D-deux se-se-semaines, mon-monsieur.

— Et que buvait-il à l'époque ? Que buvait Elmer Hutchins ?

La question transforma les beaux yeux de Danny Waters en deux cercles aussi parfaits que sa bouche étonnée.

— Que… buv… ?

— Oui. Ce qu'il buvait. De l'eau-de-vie ? Du rhum ? Du vin ? De la bière ?

Le gamin tentait de se maîtriser pour répondre à une question aussi absurde, inconcevable. Comment lui faire comprendre que cet individu n'était pas raisonnable ? Son bégaiement le rattrapa au milieu du voyage et les syllabes capturées ne bougèrent pas.

— "Comédie, tragédie", Danny, dit ce tyran avant que je puisse intervenir. "Comédie, tragédie", s'il te plaît, Danny, allez.

Danny ajusta les grimaces aux paroles.

— Comédie ! Tragédie ! Rienmonsieurilnebuvaitpasilavaitarrêtêdeboire.

— Rien ?

— Rien ! – Et Danny évita le bégaiement en créant le "rien" avec de grands gestes.

— C'est très *important*, Danny, insista l'obsédé. Rien ?

— Ri... ri... rien !

Danny l'avait connu déjà sobre. Il n'avait plus jamais bu. Le garçon le jurait.

À cet instant, j'étais appuyée sur un côté du fauteuil et je pus apercevoir le changement qui se produisit chez M. X, presque imperceptible : une toux légère. Je m'occupais de lui depuis deux semaines et, le croirez-vous, je ne l'avais jamais entendu tousser, ni, à ce que j'en savais, éternuer, ronfler ou produire un autre bruit avec son corps autre que ses paroles douceâtres. Je fus presque effrayée.

— Danny, merci, tu as été d'une grande aide... teuh... Mlle McCarey aura l'amabilité de vider le contenu du vase et de te le donner, il y a des biscuits et de l'argent... teuh... je veux vous voir ici dans deux jours s'il y a un nouveau cadavre.

Quand je fermai la fenêtre, il faisait déjà nuit. Ce fut peut-être en raison de la lumière de la lampe sur la console, mais le visage de M. X ressemblait à un masque de cire.

9

Je lui présentai mes excuses pour le cri. Il éluda.

— Ne vous inquiétez pas, mademoiselle McCarey, c'était compréhensible, étant donné votre grande émotivité. – Et il toussa de nouveau.

— Vous vous sentez mal ?

— Non. Teuh. Ça m'arrive quand je résous un problème ardu...

— Vous prenez froid quand vous réfléchissez ?

— Non, au contraire, vous comprenez toujours les choses à l'envers, je prends froid quand j'arrête un peu de penser parce que j'ai résolu un problème confus auquel j'ai pensé des jours et des nuits. La tension de mon corps disparaît et cela me rend faible et sans défense devant tout désagrément.

— Et vous avez résolu quelque chose ?

— Oui, comme vous voyez. Maintenant, me permettez-vous de continuer à tousser un peu plus ? Merci.

Je me sentais coupable devant ma saute d'humeur inutile. Je lui avais crié dessus comme sur un être sain d'esprit, mais c'était en quelque sorte aussi injuste et cruel que sa faute présumée. Supérieur ou inférieur, ce qui était certain, c'était que cet individu dans son éternel fauteuil avait été coulé dans un moule peu utilisé par ses congénères. Mme Murray ne l'avait-elle pas dit ? Elle avait tellement raison !

Il était spécial. Petit. Têtu. Spécial.

— Je regrette de vous avoir crié dessus, répétai-je.

— Je sais. Teuh, teuh.

La réponse me laissa toute seule. Je regardai la fenêtre que je venais de refermer, par laquelle s'était envolé notre petit acteur. La mer, maintenant sombre, au loin. Plusieurs bateaux qui semblaient fermer l'horizon. Tout était beau et laid.

Tant d'années, pensai-je, tant d'années de vie pour parvenir à la conclusion que, effectivement, mon frère aîné si lucide avait raison : les occasions étaient passées et il ne restait plus qu'à se réjouir de la bonne ou mauvaise récolte qui nous était échue, parce que nous n'allions pas pouvoir semer de nouveau. Cette assurance, cette certitude aussi ferme que la mer. Robert était ma vie, mauvaise ou bonne, je le comprenais soudain : son ancre, pas l'autre cadeau, ce nom illusoire, le mirage du monsieur en fauteuil. Et rien ne nous permet d'éluder la vie ni de l'échanger pour une autre. Je l'avais laissé y entrer – c'était l'erreur : choisir –, de la même façon que mon frère Andrew s'était fermé la porte au nez pour devenir acteur. Et maintenant nous faisions les comptes. Et avec ça – c'était dicté ainsi depuis les siècles des siècles –, nous devions vivre avec *ça*. Parce que nous n'avions rien de mieux, même si nous pouvions toujours, toujours, avoir pire.

— Et pourtant, vous pouvez changer.

— Je ne crois pas, dis-je.

À ce moment, je m'aperçus qu'il parlait à quelqu'un d'autre que moi.

Je me retournai au moment où M. X disait :

— Si vous ne le croyez pas, vous ne pourrez pas.

Et il se plongea dans la toux.

Je ne lui demandai pas comment il l'avait appris. Je ne le lui demandais plus. En revanche, cette toux soudaine m'inquiétait.

— Si vous permettez, vous avez peut-être de la fièvre. – Je posai une main sur son immense front, mais il n'était pas très chaud. Je sortis ma montre d'infirmière attachée par une chaînette, ainsi que les instruments contenus dans mon tablier et je cherchai son mince poignet gauche. Pendant un moment, mon index chercha en vain, comme un nouvel invité qui parcourrait avec précaution la maison inconnue, mais je finis par trouver quelque chose qui semblait battre sous la pulpe du doigt. Le picotement du doux oiseau de la vie. Juste sous la pulpe. Je devais seulement attendre quinze secondes et multiplier par quatre pour calculer ses pulsations. Elles étaient fortes.

— Vous avez soif ? demandai-je.

— Vous allez prendre la bonne décision.

— Pardon ?

Ses yeux bicolores ne me regardaient pas. *Soixante-huit.*

— Le problème est que vous vous êtes laissé influencer par l'opinion des autres toute votre vie, mademoiselle McCarey.

Soixante-douze.

— Mais… laissez-moi vous dire ceci…, je ne vois aucun inconvénient à ce que vous trouviez quelqu'un qui vous aime vraiment et comme vous le méritez, parce que vous êtes belle…

Soixante-quinze. Quatre-vingts.

— … belle et courageuse, quoique pas heureuse… – Maintenant il me regardait, rouge et bleu. – … mais juste parce que vous n'avez pas voulu l'être, mademoiselle McCarey.

Quatre-vingts… Ce fut alors que je m'aperçus, abasourdie, que le pouls que je sentais sous la pulpe de mon index était le mien. Sous ce marteau impérieux résonnait à peine le sien, comme un cours souterrain, très lent, presque absent.

Cet homme semblait ne pas avoir de vie, peut-être pour l'avoir cédée à celui qui était avec lui.

Je laissai sa petite main pendre en l'air, ne sachant que dire.

— Ne vous inquiétez de rien, dit M. X, et il cessa de me regarder, mon refroidissement n'est pas si alarmant, c'est le résultat physique de la découverte de la vérité, chose toujours coûteuse mais valant bien certains inconvénients, et, par rapport à ce que je vous ai dit, c'est une partie de cette vérité, car je crois vous avoir prévenue que ce mystère des mendiants nous concerne tous, et vous aussi. Alors ne tirez pas de conclusions hâtives, mademoiselle McCarey, car sans doute, en tant que femme, vous imaginant dans une scène romantique, vous devez réclamer une conclusion… Mais dire que vous êtes belle et courageuse, ce n'est que faire remarquer des évidences objectives.

Il se tut enfin, après plusieurs attaques venant de sa trachée. Je ne m'étais aperçue de rien, encore plongée dans la confusion, tenant stupidement ma montre inutile, parce qu'elle l'ignorait, mais le temps n'existait plus. Mais comme toujours, les dernières à s'en apercevoir sont les montres.

Belle.

— Je… vais vous… vous apporter une infusion mentholée, monsieur X, dis-je.

— Holmes… teuh, corrigea-t-il.

Avant de sortir, je l'entendis de nouveau.

— Attention au théâtre… Teuh… Vous serez en danger.

Il se tut. Quand je revins avec son infusion, il jouait du violon.

PROGRAMME

RESTES FAMILIAUX.
SPECTACLE RÉALISTE OSÉ.

THÉÂTRE DE CHAMBRE CLANDESTIN DE LANDPORT, PORTSMOUTH
(Ce programme sera rendu à la sortie du théâtre.)

La famille W : trois filles, un garçon, la mère, le père. Danses ! Pitreries ! Farces ! Trois demoiselles, un jeune homme, les propriétaires de la maison ! Les parents, majordome et femme de chambre, seront masqués et attentifs aux commandes de boissons du public. Les enfants les plus jeunes les assisteront, en tenue d'Adam et Ève. Les deux sœurs aînées feront des jeux du cirque, des acrobaties, des concours d'endurance, de lutte et des épreuves équestres, en collants de danseuses au début, même si nous pouvons assurer que bien avant la fin du spectacle, elles arboreront la même tenue que celle de leurs petits frère et sœur ou de notre première mère au paradis. Huit heures et deux entractes avec la famille W ! Qui restera debout après le jeu de la chaise ? Qui prendra le thé avec la maîtresse de maison ou transformera la Fille Aînée en petit cheval ? Véritable famille ! Pédigrée vérifié !
Vous croyez bien vous connaître ? Vous ne vous connaîtrez pas tant que vous ne vous regarderez pas dans notre miroir !

Restes familiaux, le spectacle réaliste de l'année !

MONSIEUR : blond, grand… Quarante-deux ans.
DAME : rousse, les yeux verts… Trente-neuf ans.
FILLE AÎNÉE : blonde, mince… Vingt ans.
FILLE DU MILIEU : rousse, les yeux verts… Quinze ans.
FILLE CADETTE : blonde, mince… Dix ans.
FILS : blond, les yeux bleus… Cinq ans.
BOURREAUX, SECRÉTAIRES, ASSISTANTS.

CRIME IMMINENT

1

Le lendemain matin, j'allai voir Nellie Worrington. C'était la plus à même de me remplacer l'après-midi, suffisamment aguerrie pour affronter les caprices de M. X. Nellie – je crois l'avoir dit – était grande, élancée, très sérieuse. Pour moi, elle représentait un pont entre le mur infranchissable qu'incarnait la chef Braddock et la jovialité de Susie et Jane. Une femme équilibrée, avec de l'expérience vis-à-vis des malades physiques et mentaux, formée à notre grand Royal Portsmouth Hospital. Nellie réagit comme je l'espérais : elle ne voyait aucun inconvénient à me remplacer, mais pour ce qui était de la pièce et de la compagnie du docteur, étranger à Clarendon, elle devrait en référer à la chef. Braddock était occupée, de sorte que je lui laissai un mot et regagnai ma chambre avant de véritablement commencer la journée. Je sortis la lettre de Robert de mon tablier et la déchirai. Je pris une feuille de papier.

Cher Robert,

J'ai besoin de quelques jours pour tout préparer. Quelques jours, jusqu'à la fin de la semaine, peut-être plus... Tu comprendras sûrement...

Je m'arrêtai. Je la relus, la déchirai et ajoutai les petits morceaux au tas précédent, comme des flocons de neige sale. Ils formèrent une pyramide sur le tabouret qui servait de table de nuit, à côté de la pierre à l'ancre. Je n'ai pas un gros menton, je l'ai dit, mais je le dressai comme je pus, en serrant les dents. Troisième feuille :

Robert,

J'ai besoin de quelques jours pour réfléchir. C'est une décision très importante pour moi et je veux en être sûre. Si tu ne peux pas m'attendre, rentre à Londres.

Là, c'était mieux. Plus décidé. Je relus et ajoutai :

Et si tu crois que ma décision doit forcément consister à t'obéir, alors je dois te dire, avec beaucoup de peine, que notre histoire est . Je garderai en mémoire les bons moments. Merci pour tout.

Annie

J'attendis en hésitant dans l'espace blanc derrière le “est”. La pointe trempée dans l'encre au-dessus de ce vide, comme si je m'apprêtais à signer une sentence. Un contrat solide avec un nouvel avenir. Alors je fis glisser ma plume et écrivis le dernier mot. Celui-là oui. C'était celui-là. Tout serait terminé. Pourquoi les choses ont-elles une fin ? Elles en ont toutes une. Nous naissons en nous croyant immortels, et regarde. Toute chose petite ou grande porte le mot “fin” écrit dessus. Robert Milgrew m'avait beaucoup donné – des coups, du bonheur, selon le moment –, mais, quoi qu'il en soit, le puits était tari.

Était-ce depuis qu'il m'avait jeté cette bouteille à Londres ? Quand il avait voulu m'étrangler ? Ou à Portsmouth, deux jours plus tôt, quand il avait insisté pour que je quitte mon travail ? Je le savais, cela n'avait pas d'importance. Les choses arrivent et, en arrivant, elles tombent dans le sac des rêves. Elles y restent, et, en regardant dans ce sac, il vaut mieux ne voir que le bonheur.

Je rangeais la feuille quand on frappa à la porte. C'étaient les yeux bleus grands ouverts de Susie Trench. Sa voix, plus mordante que d'habitude :

— Annnieee ! Tu ne m'avais rien-en-en-en dit ! C'est lui ? C'est lui ?

Je savais ce que cela signifiait. C'était Susie qui ne disait jamais rien. Elle avait une rare capacité à nous faire tout raconter sans lâcher un mot. Son truc, c'étaient ses phrases inachevées : "Alors tu vas… ? Je crois que… je te comprends… Je crois que… tu s-sais…" Et nous mordions toutes à l'hameçon, au moins une fois, en remplissant les espaces.

Cette fois, je ne voulus pas tomber dans ce piège innocent.

— Tu veux parler de… ? demandai-je.

Son propre traitement ne lui fit pas de bien.

— De… lui.

— Lui…

— Le Dr Doyle ! dit-elle dans un murmure retentissant, cédant enfin du terrain.

Je la détrompai : Doyle avait deux billets pour le Charity dans l'après-midi et il m'avait exceptionnellement demandé de l'accompagner. Bien sûr, en raison des visites que j'effectuais auprès de M. X, il avait fini par m'accorder une certaine confiance. Qu'est-ce que cela avait de mal ? Rien ! s'empressa de répondre Susie en m'accompagnant pour descendre l'escalier. Ce qu'il y avait, c'était que… je savais déjà…

Ce que "je savais déjà" m'attendait les bras grassouillets croisés au pied de l'escalier de service.

— On m'a parlé de ton projet, Anne. Rien à objecter au changement avant ton prochain congé. Quant à la pièce et à la compagnie masculine, j'ignore comment tu as pu croire que j'allais te donner la permission.

Il était difficile de lire sur le visage de la chef Braddock si elle souriait ou était indignée. J'ai déjà dit que ses traits étaient compressés au centre d'un visage charnu où le bonheur, l'amertume, la moquerie et l'irritation cohabitaient sans problème. Il n'en allait pas de même avec ses intentions quand elle nous ordonnait ou nous défendait quelque chose. En l'occurrence, elle était sincèrement *scandalisée*. Je me demandai si son refus portait davantage sur le genre de pièce ou sur la compagnie masculine. Et dans ce dernier cas… était-ce de la jalousie ?

Je ne veux pas dire de mal de Mary Braddock, mais j'avais déjà surpris chez elle de petits regards d'adoration envers le jeune Doyle.

Il y avait pourtant un détail qu'elle ignorait elle-même.

— Mademoiselle Braddock, vous voulez bien me laisser en parler au Dr Ponsonby ? C'est tout ce que je vous demande.

Elle me regarda en plissant les yeux – ce qui constituait chez elle un regard cruel –, mais elle ajouta qu'elle n'y voyait pas d'inconvénient. Sur un ton suffisant, comme si une fillette du collège demandait à une autre la permission de raconter ce qui était interdit au professeur le plus sévère.

Je l'accompagnai dans le couloir de l'administration et je ne m'arrêtai que pour remettre l'enveloppe destinée à Robert à Jimmy Piggot qui la donnerait au garçon de courses de chez Cotterel. Je jure que ce fut un soulagement : comme si cette lettre emportait avec elle mes derniers souvenirs, doutes, hésitations. Ponsonby – grâce à Dieu – avait déjà été dûment informé par Doyle, comme celui-ci m'avait dit qu'il le ferait, ce que, comme je l'imaginais, la chef ignorait totalement.

— Ah, il s'agit d'une œuvre caritative, fit Ponsonby derrière son bureau. Je ne vois aucun problème pour que vous y assistiez, mademoiselle. À titre exceptionnel, mais le Dr Doyle est de bonne compagnie. Au fait, ils s'entendent bien, M. X et lui… D'après ce que je me suis laissé dire.

— C'est exact, docteur, acquiesçai-je, sur un ton animé, mais prudent.

Braddock me regardait – ou je devinais qu'elle le faisait –, sérieuse, silencieuse.

— Quels goûts partagent-ils ?

Ponsonby attendit la réponse, le visage crispé, comme toujours lorsque la stabilité du pilier qui soutenait Clarendon en dépendait. Je n'envisageai pas un seul instant la possibilité de lui dire la vérité – qu'ils enquêtaient sur les meurtres des mendiants. De toute sorte, dis-je. La curiosité scientifique, répondis-je. Cela lui plut.

— Je prédis un grand avenir à cet homme, Doyle… Ah, je ne veux pas dire que j'en sois sûr, mais c'est probable… C'est un monsieur bien élevé, rigoureux, un grand professionnel. Cela me plaît. – Dans son regard, je détectai qu'il le reliait en grande partie à moi, ce qui lui fit ajouter : Profitez du théâtre, mademoiselle.

À la sortie, Braddock s'approcha de moi.

— Je veux te voir ici tout de suite après la représentation, Annie, dit-elle. Rappelle-toi que ce n'est pas ton jour de congé.

Ce n'était pas une mauvaise femme, je l'ai déjà dit : elle était seule, enveloppée dans son propre monde isolé, et c'était une bonne gardienne de Clarendon.

Tout était parfait !

Sauf *lui*. Comme une épine dans la patte du lion.

Je m'attendais à ce qu'il me conseille de nouveau de ne pas y aller. Il ne le fit pas. Je pensais qu'il allait au moins me parler de ce qu'il m'avait dit la veille.

Belle.

Non plus. Il resta plongé dans la pénombre mélancolique de sa chambre et de ses coups d'archet irréels. Au moins, il ne toussait plus.

Pourtant, j'étais heureuse. Tout allait du mieux possible. Je montai dans ma chambre, certaine d'avoir enfin quelque chose à raconter à… Enfin, à mes neveux quand je serais vieille. Ou qui sait, à un petit-fils ? Trop tard pour les miens, peut-être, mais des beaux-enfants ? Bien sûr ! Et pourquoi le miroir de ma chambre n'était-il pas recouvert de buée ? Il brillait tout entier, de façon magique… Bon, je reconnais qu'il ne brillait pas. Mais il est vrai que je me voyais plus nettement, je distinguais mieux les recoins que je ne voulais jamais regarder sur mon visage, maintenant très soignés. J'empruntai un petit chapeau à Susie Trench : il était assorti à ma modeste robe. Et tout cela, tu le faisais, Annie, parce que tu allais sortir au théâtre en compagnie d'un homme séduisant, même si c'était pour une mission d'investigation ? Non : tu le faisais, Annie, admets-le, parce qu'un malade de petite taille à grosse tête, mais pourvu de dons indéniables pour connaître les personnes, t'avait dit avec sincérité qu'il te voyait – que tu *étais* – belle et courageuse.

Je me trouvai, oui, on peut le dire, assez bien.

Belle.

— Il est là… ! Annie ! Il est déjà là… ! Il est venu ! En bas… !

Les petits cris retenus de Susie me précédèrent. J'étais tellement fière, comme si j'allais me marier ! Plus fière que Hettie Walters elle-même, épiant –houuuu ! – depuis l'escalier des résidents tandis que moi, tenant ma jupe et avec Nellie, Susie et Jane pour cortège, je descendais par l'escalier de service. Hettie pleurait et riait, comme lorsqu'elle avait vu le cadavre de Hutchins. Je crus distinguer du coin de l'œil le visage rond, pâle et ridé de la chef Braddock dans le couloir des bureaux. J'eus de la peine pour elle.

Le vestibule de Clarendon était plus éclairé – ça, c'est vrai – avec Doyle, ponctuel comme toujours, brandissant un haut-de-forme, avec une jaquette bleu marine de prince charmant et même une canne. Il me fit une longue révérence et, comme s'il n'y avait pas assez d'émotions, il me fit également des compliments sur mon allure.

— Permettez-moi de vous dire que vous êtes très belle.

Poli plutôt que profond, contrairement à M. X. Une autre sorte de douceur.

Nous partîmes mais pas tout à fait en ce qui me concernait. Mon esprit restait là, dans cette pièce plongée dans la pénombre, voyant ses grands yeux, différents, semblables, me regarder et me voir.

Belle.

— Vous allez souvent au théâtre, mademoiselle McCarey ? demanda Doyle.

Je répondis quelque chose comme “pas souvent, mais de temps en temps”. Nous allions sur Fratton Road, dans une parade de poussière et de voitures, de couples lents, de jeunes filles en tenue convenable et voile de *décence*, ouvriers couverts de suie, enfants pieds nus et commerçants en long tablier sur le pas de leur porte qui ne voulaient pas manquer le spectacle. Je m’en souviens comme d’une soirée magnifique, avec de la brise et des nuages. Je serrais le bras du jeune médecin, qui se laissait emporter par l’élan de son propre sujet.

— Le théâtre, c’est l’autre monde, ma chère demoiselle. Et dans notre Grande-Bretagne, nous en avons autant besoin que des rêves. Regardez autour de vous. Observez le va-et-vient des gens, travailleurs courageux, officiers de marine, camelots, petites parties d’un tout, ouvrières de la ruche sociale. Pudibonds le jour et rêveurs la nuit. Que souhaitons-nous ? Qu’y a-t-il derrière ces visages apparemment sincères ? Et une question encore plus intéressante : où allons-nous ?

— Au théâtre, répondis-je, par plaisanterie.

Elle fut bien reçue. Le docteur n’était pas M. X !

— Certes. – Son rire cristallin. – Mais je posais la question en général.

— Je sais, c’était stupide, excusez-moi.

— Les plaisanteries stupides sont le propre de personnes intelligentes. – Je rougis. Mon “merci” poli fut balayé d’un geste. Je me demandai si une fée m’aurait bénie pour la soirée. Tant de compliments ces derniers jours ! – Je parlais de l’avenir, mademoiselle McCarey. Vous êtes optimiste ?

— Oui. Je crois que nous vivons mieux que jamais… Nous connaissons beaucoup de choses… Tout est si beau : les villes, la campagne… L’avenir sera lumineux…

— C’est possible. Mais moi, malheureusement, je fais un peu moins confiance à nos acquis.

— C’est curieux, docteur, pour un scientifique.

— Précisément. Voyez cette époque avec mes yeux, mademoiselle McCarey. Que faisons-nous ? Nous sommes habillés de la tête aux pieds même pour nous laver, mais au théâtre, nous ôtons tout…

— Pas nous, corrigeai-je, *scandalisée*. Les comédiens.

— Ah, mais que sont les "comédiens" ? Nous les appelons ainsi, mais que sont-ils ?

— Des gens qui… se consacrent au théâtre, dis-je, mais le docteur faisait un signe de tête négatif.

— Non, mademoiselle McCarey. Nous-mêmes, utilisés par les autres ! – Et il se mit à énumérer : Drame, comédie, comédies musicales, *burlesques**, mélodrames, opérettes, arlequinades, magie, *tableaux vivants***, jeux d'échecs et de dames vivants, jeux du cirque, chasses au trésor, arènes, farces réalistes… Vous ne comprenez pas ?

Pensant à Danny Waters, je le regardai.

— Quoi, docteur ?

— Nous avons confiné la brutalité, l'horreur, le désir, l'*indécence* et le *scandale* en somme, dans les théâtres, où les moins puissants s'humilient pour que nous supportions la vie… Mais un jour… Ah, mademoiselle McCarey… ! Un jour le théâtre sortira de son enfermement. Un jour ce Béhémoth*** antique, plein de vices et d'une lascivité que nous avons créés, sortira en soufflant par les narines à la recherche de victimes…

— Mon Dieu, vous me faites peur, murmurai-je avec sincérité. Mais son sourire magique étincela de nouveau.

— Ma chère demoiselle, loin de moi l'idée de vous inquiéter… Au contraire, c'est une bonne nouvelle. Parce que, quand cela arrivera, nous connaîtrons nos limites. C'est ce que nous ne savons pas encore ! Copernic a dit que nous étions le centre de l'univers. Le professeur Darwin, que nous étions un animal parmi les autres… Que nous reste-t-il ? À connaître notre intérieur. Croyez-moi si je vous le dis, mademoiselle McCarey :

* En français dans le texte.

** *Idem.*

*** Le Béhémoth est présenté dans le Livre de Job comme la Bête, la force animale que l'homme ne peut domestiquer.

au siècle qui approche, le théâtre sortira dans la rue avec toute sa violence. Ce sera spectaculaire. Terrible. Mais très, très révélateur.

— Je ne sais pas si je suis d'accord, docteur... Le théâtre devrait rester à sa place.

— Oh, bien sûr. – Il parlait d'un point de vue scientifique. – De toute façon, le théâtre, même clandestin, reste où il est. Et ne faites pas cette tête. Vous allez me dire que vous n'êtes jamais allée dans un théâtre clandestin ? Oh... excusez la question.

— Ne vous inquiétez pas. – Je souris. – J'y suis allée, mais cela ne m'a pas plu.

C'était faux, mais quelle femme instruite admettrait-elle le contraire devant un monsieur ?

— En ce cas, vous êtes une exception.

— J'en connais une autre, dis-je après réflexion.

Doyle, toujours vif, toujours observateur, se mit à rire immédiatement.

— Notre ami commun, oui ! Mais c'est une exception, comme vous dites. Unique en son genre. – Et après une pause, il ajouta : Je le rendrai plus humain.

— Pardon ?

— Mon détective. Sherlock Holmes. Mais vous n'aimiez pas ce nom...

— Si, il sonne bien, m'empressai-je de dire...

— Merci. Moi, M. X m'a servi d'inspiration. Mon personnage, je vous avoue, présentait une certaine ressemblance avec un professeur que j'ai eu pendant mes études de médecine, un grand observateur, le Dr John Bell. Mais M. X est exactement le genre de personnage qu'il me faut. Le violon, c'est extraordinaire. Les enfants de la rue qui l'aident... Qui aurait eu cette idée ! Je dois juste le rendre plus humain. Mais... Vous avez un problème ? J'ai dit quelque chose qui vous a déplu ?

— Non, absolument pas, docteur !

— Oh, allons, mademoiselle McCarey, je ne perçois pas autant de choses que notre "détective", mais je suis encore capable de voir comment vous avez réagi devant mes paroles il y a un instant.

Je me sentais mal de le lui cacher, mais je ne voulais pas le blesser non plus. Je méditai ma réponse.

— Je crois… je crois que M. X est *humain*, docteur.

— Que Dieu me préserve de dire le contraire ! Je voulais juste…

— Je sais ce que vous voulez dire, mais je crois sincèrement qu'il a un cœur, comme vous et moi, simplement il a eu une vie très difficile, isolée de tout, sans amour, sans compréhension… Il a dû se construire une forteresse pour résister.

Doyle me donna une petite tape sur le bras tout en souriant.

— Ma chère demoiselle, vous savez, par "plus humain", je voulais dire que mon personnage ne sera pas aussi passif. Je vais vous donner un exemple : le théâtre.

Retour au théâtre. Ça marchait toujours dans une conversation. Mais Doyle parlait si bien que je l'écoutai, satisfaite.

— Mademoiselle, nous sommes spectateurs ou acteurs. Dans la vie, il n'y a pas de place pour autre chose. Les spectateurs regardent, les acteurs font. Certains restent immobiles tandis que d'autres bougent. M. X semble faire partie des premiers, mais que regarde-t-il, là-bas, dans le noir ? C'est pour cela que je dis que mon personnage sera un peu plus… actif. Plus acteur.

Tout cela était trop profond pour moi. Habituellement, je n'aurais rien répliqué, mais quelque chose me revint soudain en mémoire.

— Il nous regarde nous.

Doyle s'arrêta au milieu d'un mot.

— Pardon ?

— M. X m'a dit un jour qu'il ne s'asseyait pas pour regarder la pièce, mais… pour nous voir nous, les autres. Nous sommes tous sa pièce.

Cela laissa Doyle admiratif et songeur. Ce fut alors que je le sentis…

Il m'avait semblé… Ce n'était qu'une sensation, en fait je n'avais rien vu. Ou pas directement. Mais, du coin de l'œil, à un carrefour en face du trottoir sur lequel nous allions, j'avais cru voir une ombre se retirer.

3

Ce fut comme si quelqu'un n'avait pas voulu être découvert quand je tournai la tête dans cette direction. Je regardai.

Calèches. Passants épars. Enfants courant dans tous les sens. Bien sûr, qu'on nous regardait. Qui ne regarde pas les autres et ne l'est pas à son tour, à Portsmouth ? J'avançais, au bras de ce jeune homme si fringant, tous deux nimbés de notre aura d'intimité. Il y avait des regards, et plus on les rendait, plus on en obtenait. Comme aurait dit Doyle : spectateurs ou acteurs.

Mais ce n'était pas ce que j'avais cru percevoir.

— Que se passe-t-il ? demanda Doyle, toujours attentif.

Je cherchai de nouveau, sans résultat. C'était peut-être le fruit de mon imagination !

— Non, ce n'est rien… dis-je. Je dois être un peu nerveuse.

— Moi aussi. Peut-être parce qu'elle se termine demain.

— Quoi ?

— La nouvelle semaine.

— Oh. – Je compris à quoi il faisait allusion et je frémis. – Mais la précédente il n'y…

— Certes, il n'y a pas eu de victime, mais demain, qui sait ? Non plus, j'espère. Malgré tout, même si je n'aime pas cette théorie de la symétrie de notre ami, l'assassin n'a peut-être pas pu commettre le crime précédent pour une raison quelconque, ce qui ne l'empêche pas de commettre le prochain.

— Vous pensez donc que c'est imminent.

— Je vous le dis : je fais confiance à M. X.

— Et que pensez-vous du… “fantôme” ?

Il me regarda d'un air presque moqueur.

— Je suis un médecin du XIXe siècle, mademoiselle McCarey. Les fantômes sont bons pour les contes. Ou le théâtre. Au fait, nous arrivons au Charity. Nous allons devoir être très vigilants. Noggs et Hutchins ont travaillé pour la compagnie Coppelius, c'est indubitable. Pendant l'entracte, nous nous présenterons à M. Pettirosso. Nous devons être attentifs à tout détail suspect…

Le fait qu'on nous suive, par exemple ?, pensai-je. Je regardai de nouveau, alarmée.

4

Pourquoi l'architecture des bâtiments associatifs et caritatifs est-elle toujours triste ? Comme si sa construction visait à imiter le malheur de ses occupants. Ou peut-être pour qu'ils ne se sentent pas enclins à envier ce qu'ils ne peuvent posséder. "Nous t'invitons, nous t'accueillons, nous te donnons un toit, de l'eau et de la nourriture, n'attends pas en plus une belle vue. Parce que ce n'est pas à toi, c'est un prêt, et pour toi ce sera toujours un palais en comparaison avec ta vie sans foyer", leur dit-on. Le bâtiment du refuge ne faisait pas exception : gris, avec de petites fenêtres et une cour pavée. En revanche, le Charity avait été rénové et ne semblait avoir aucun rapport avec la bienfaisance. Il se trouvait à deux pas, et sa façade pointue était ornée d'un panneau avec les signes du zodiaque. Nous nous incorporâmes à la file des bonnes gens de Portsmouth, essentiellement constituée d'uniformes de la marine. Les dames tentaient à mon avis d'imiter la mode londonienne ; les plus jeunes et les plus belles portaient les vêtements de *décence* typiques de la capitale. La police surveillait les vagabonds, fleuristes, femmes avec des bébés et des enfants qui tendaient leurs mains, mains ouvertes de toutes les tailles, certaines sans les cinq doigts habituels, d'autres en comptant même six, parfois juste des moignons. De la charité au Charity. L'autorité contrôlait le vacarme des demandes et des dons. Doyle sortit quelques pièces de monnaie. Les mains se refermèrent, une bouche s'ouvrit, reconnaissante.

L'affiche de la pièce, gigantesque, sur un lutrin à quatre pieds, barrait presque le passage. Je la regardai pendant que nous défilions.

Le théâtre

CHARITY DE ST MARY

présente la compagnie

COPPELIUS

dans

LA TERREUR DU THÉÂTRE

Burlesque historique et rituel de l'art du théâtre
(Mime, danse, musique, chansons)
SUIVIE DE LA GRANDE TRAGÉDIE :

JULES CÉSAR

De W. Shakespeare

Version de M. S. PETTIROSSO

En bas, une mention sur une affichette semblant avoir été collée au dernier moment : “En mémoire de sir George Erpinghal (1820-1882)”.

— Il est clair que nous n’allons pas nous ennuyer, dit Doyle.

Ce furent les derniers mots qu’il put m’adresser en privé.

Dans le vestibule, une femme d’âge moyen et un monsieur – des bénévoles, sans doute – échangeaient à une table des tickets d’entrée contre de l’argent sur présentation de l’invitation. Et là, je pus constater la renommée dont jouissait déjà le jeune docteur. Les responsables des entrées le connaissaient, et avec eux, au moins un tiers du public qui s’entassait devant la porte. “Docteur Doyle”, ou “Docteur”, ou “Eh, Doyle”, de toute part et, même si je ne sus jamais comment, le jeune médecin parvint à rendre chaque salut comme un politicien célèbre. Au début – c’était tout à son honneur – il tenta de me présenter. “Mon infirmière et assistante.” Mais bientôt les mains, les sourires et les mondanités l’empêchèrent de continuer. C’était mieux ainsi.

Rien de tel que la bienséance pour que les gens ordinaires passent inaperçus.

Je jetai de nouveau un coup d’œil derrière mon épaule. Le public arrivait toujours, mais je ne me sentais plus observée. Doyle ne m’oublia pas complètement. Sa main me saisit le bras. Nous traversions comme Moïse au milieu d’une mer ouverte de démonstrations de politesse.

— Vous êtes célèbre, lui murmurai-je.

— Par obligation.

La salle à laquelle nous accédâmes était plus petite que ne le laissait envisager toute cette foule. Public compact devant le rideau rouge sur une scène incurvée. Odeur de bois, de tabac rance et de gens de mer avec de longs favoris et des pipes recourbées. Je crois que nous fîmes lever la moitié de Portsmouth pour gagner nos places et Doyle ne coupa pas à de nouveaux saluts – M. Hammersmith, capitaine Trelawney – qui ressemblaient à une lutte. Celui qui se distinguait étant un curé catholique à la chevelure d’un blanc immaculé et à la soutane très noire qui agita son corps trapu en souriant de tout son visage rougeaud.

— Père Philipotts, quelle agréable surprise ! fit Doyle.

— Eh bien, pour moi aussi… – Ils se mirent à rire, mais le curé retrouva immédiatement son sérieux. – Le père Evans devait venir, mais il ne va pas mieux. Et quand j'ai décliné l'invitation en son nom, le Charity m'a répondu en m'invitant. Je ne pouvais pas refuser ! – Il retrouva sa jovialité, après cet instant de gravité. – Vous essayez encore de me gagner à votre cause, docteur ?

— Toujours, mon père !

— Je vous donnerai votre revanche en deux parties. Mardi, vers seize heures ?

— Avec plaisir. – Coincée entre deux hommes, je souris. Doyle n'eut pas d'autre solution que de me présenter. – Voici le père Charles Philipotts, une menace quand il a les blancs. Pas autant s'il a les noirs. – Ils se mirent à rire. Quand ils se soulevaient, les épais sourcils du père Philipotts ressemblaient à des écouvillons de coton.

— Nous sommes des adversaires impitoyables, mais juste aux échecs. Ensuite, nous pouvons prendre le thé et bavarder en amis. – On entendait des bruits derrière le rideau. Doyle prit congé :

— Je suis ravi que vous soyez venu. Je passerai mardi et je jetterai un coup d'œil au père Evans. Si vous voulez bien nous excuser…

Le curé nous laissa avancer, deux fauteuils nous attendaient la bouche ouverte. Nous nous y laissâmes tomber et la première pièce commença presque immédiatement.

S

Je dis cela parce que le rideau se leva, sans plus. Le lieu avait pour habitude de laisser la salle éclairée. Les lumières, d'autre part, fonctionnaient au gaz, ce n'étaient pas les arcs électriques déjà à la mode au Savoy ou au Haymarket de Londres. Semblables innovations n'étaient pas arrivées à Portsmouth, du moins pas au Charity. À cela s'ajoutait que le public n'arrêtait pas de parler à voix haute, même si cela se produisait également dans de nombreuses salles de la capitale. Deux types – des mendiants, oui, Doyle me donna un coup de coude – jouant du tambour – poum, poum, poum-poum-poum. D'autres – encore des mendiants – avec des trombones et des cornets – bouhhh, bouhhhh, bouhhhhh.

Le décor représentait l'intérieur d'un wagon de train. Très bien imité ! Le paysage défilait à travers la vitre ! Le public apprécia – ooooh, aaaah. Des compartiments des deux côtés, celui du centre éclairé. Des sièges sur lesquels ils étaient appuyés comme des pantins. Parmi eux, un gros homme. Je le reconnus immédiatement, même s'il portait une barbe noire, un chapeau et une redingote violets. C'était celui du restaurant, M. Pettirosso, avachi à côté de deux types vêtus de gris. Sur le côté de la valise posée sur le sol, très volumineuse, on lisait : "COMPAGNIE COPPELIUS".

M. Pettirosso était un bon mime : il s'étirait le ventre projeté en avant, laissant entendre "j'ai sommeil", "je m'endors". L'espace se remplissait de fumée. Le rêve de Pettirosso, le directeur de la compagnie ? Un flageolet remplaça les tambours et alors…

J'ignore si vous qui lisez ces lignes, vous êtes habitués aux surprises du théâtre. Là, il y en eut une bonne ! La valise s'ouvrit et des *personnes* en sortirent. C'était impossible, car l'intérieur, tout grand qu'il fût, n'aurait pu contenir qu'un enfant ou un nain ! Au début, du rouge sang. Puis des plumes et des voiles de la même couleur. Derrière, des silhouettes, fantasmagoriquement cernées par la fumée qui maintenant envahissait tout. Je m'accrochai, craintive, au bras du docteur ! Un homme et une femme très jeune. Lui, vêtu comme un étrange prêtre d'une tunique rouge, maquillé et portant une barbe lui aussi, mais, à sa physionomie, il me semblait qu'il pouvait être le cadavérique accompagnateur au chapeau conique de Pettirosso. Et elle… Je suppose que vous avez deviné. Difficile de savoir comment elle était habillée, si elle l'était. Des pièces de gaze ajustées sur un corps blanc aux gestes serpentins. Derrière eux, des arlequins qui me firent penser à un cirque. Nouvelles exclamations, nouveaux bras masculins pétris par des mains féminines.

La jeune fille ne dansait pas. Elle se tordait dans la fumée comme si l'espace était trop étroit pour elle. Vision hypnotique. Les tambours et les flûtes ne semblaient pas suivre la danse, ils avaient leur propre rythme. Une erreur, peut-être, mais qui contribuait au chaos.

J'avais peur. Le Dr Doyle appréciait le spectacle.

— Le théâtre… – Il avait allumé une pipe et croisait les jambes en tirant des bouffées jubilatoires. – Vous voyez ? Il est né en tant que rituel religieux et orgiaque… Après les mystères médiévaux, il revient à l'époque de la Renaissance… Il se développe dans notre pays. Ce doit être la reine Élisabeth… – On couronnait la jeune fille d'une perruque. Les danseurs entourèrent l'homme maigre, qui portait maintenant pourpoint et chausses noires et tenait un crâne à la main, ce qui fit rire le public, qui comprenait enfin quelque chose. – Shakespeare écrirait des œuvres basées sur ces danses et rituels immémoriaux…

Mais même Doyle dut se taire lorsque les tambours accélérèrent le rythme, et je me perdis dans l'agitation des couleurs. Le train avait disparu. Le décor était maintenant fantaisiste, avec un sol en dalles rouges et blanches ! La jeune fille portait un boa en plumes rouges assorties et tournait tandis que, transformés en messieurs de notre époque, les figurants de la compagnie sautaient sur leurs sièges ; à travers les vitres, le paysage, maintenant démoniaque, défilait frénétiquement. Flageolets et tambours jouaient à fond. Un chœur s'époumona :

Le monde est une scène,
hommes, femmes,
tous n'y sont que des acteurs,
ils vont et viennent en coulisse,
c'est LA TERREUR DU THÉÂTRE *!*

Le chœur masqua la danseuse : des plumes rouges volaient comme si le cercle d'hommes les lui arrachait. Mais quand ils s'arrêtèrent enfin et s'écartèrent, ce qu'il y avait au milieu du cercle était l'homme dissimulé derrière un masque diabolique : son maigre compagnon. Le chœur reprit, tonitruant.

En même temps, le faux wagon sembla s'arrêter. Le paysage cessa son tour sans fin. Pétarade assourdissante pendant laquelle un danseur glissa et un mendiant au tambour fit un bond apeuré, provoquant des rires nerveux. Sur la vitre, le panneau de "PORTSMOUTH". Il reste les acteurs du début, Pettirosso se réveille. Comme si le train était arrivé, avec sa folie barbare, dans la ville, comme la compagnie Coppelius et Pettirosso des années plus tôt.

Le rideau tomba.

— Curieux, estima Doyle. C'est l'histoire de la compagnie, sa traversée jusqu'à Portsmouth, mais aussi l'histoire du théâtre jusqu'à notre époque… Très bizarre. Cela vous a plu ? me demanda-t-il pendant que nous applaudissions.

— Je ne saurais pas vous dire.

J'étais ébranlée, oui, mais que penser de tout cela ? Je n'étais pas très forte en matière d'avis sur l'art. Doyle, en revanche, semblait heureux. Il me proposa de l'accompagner. Le père Philipotts défilait lui aussi en agitant la tête.

— Incroyable. Fantastique. Grandiose. Mais je n'ai rien compris.

Doyle lui offrit son rire cristallin et à moi son bras.

— Venez. Nous allons découvrir les entrailles du monstre.

Il me conduisit vers une petite porte latérale qui donnait sur les coulisses. Je n'y étais jamais allée ! C'était un vaste espace sombre avec une odeur de bois et de fer habité par des poulies, des échafaudages, des tours et des armatures. On entendait leurs bruits caractéristiques, mais il y en avait aussi de plus étranges. Par exemple, des pleurs de bébé. Une grande femme en allaitait un assise dans la pénombre. Il y avait des mendiants, certains estropiés, qui se donnaient du mal pour remplacer la bande du paysage du wagon par un autre décor. Je serrai le bras de Doyle, qui semblait amusé. Moi, pas du tout. La magie peut être terrible, mais merveilleuse, aussi. Le trucage, en revanche, est simplement terrible. Pour moi, c'était comme de découvrir que les rares bonheurs de la vie, vus de dos, possèdent des cordes, poulies et planches qui soutiennent un mur factice.

Nous repérâmes Pettirosso d'emblée. Il ne portait plus la barbe et avait revêtu sa casaque rouge cramoisi ; une danseuse l'accompagnait, mais elle s'éloigna à notre arrivée. "Bravo, maître", dit Doyle en nous présentant. Pettirosso bomba le torse. Il avait les yeux enfouis sous de grandes poches de chair, mais derrière ces doubles paupières, son regard était pénétrant. Imberbe, il semblait étranger au monde et aux choses, mais, en même temps, plus réel. Je constatai que la sensation inquiétante que l'on éprouvait en regardant la scène depuis les coulisses concernait également les personnes. Je tendis une main tremblante. Il eut un geste inattendu : il posa sa main sur la mienne en la recouvrant entièrement et l'enferma avec l'autre. Il avait de grosses mains, presque spongieuses.

— Alors vous êtes infirmière… – Il murmurait sur un ton grave, comme celui d'un trombone. Son anglais, étrange, mais correct. – Merveilleux. La douleur humaine. La compassion. Notre première pièce vous a-t-elle plu ?

— Oui, m'empressai-je de dire, la main droite captive. Tant qu'il la garderait en otage, je répondrais oui à tout ce qu'il voudrait.

Il finit par la lâcher, sans cesser de me regarder. Je n'avais jamais vu d'aussi près un acteur aguerri ! Mon frère, qui avait demandé des autographes à Macready et à Henry Irving, m'assurait que c'était une autre sorte de personnes. Ils avaient fait un pas vers l'inconnu, me disait-il, et ne ressemblaient à aucun autre être humain.

Il me sembla qu'il exagérait. Pettirosso était, simplement, un homme robuste.

— Nous sommes une petite compagnie, mais ici, nous avons trouvé notre nid, expliquait-il. Au début, on prenait le train.

— Le train ? demandai-je.

— En tant que comédiens ambulants, vous voulez dire, précisa Doyle.

C'était bien ça. Le train, d'où le décor de la pièce que nous avions vue. Une histoire, dit Pettirosso, qui était à la fois celle de sa compagnie vagabonde et celle de l'"art sacré", comme il l'appelait, toujours en mouvement d'un endroit à l'autre. C'était ce qu'ils avaient préféré en Angleterre : le train. Nous aimons ce pays parce que ce sont de nombreux pays, dit-il, je crois. Et au Charity, ils donnaient du travail aux nécessiteux. Tout le monde en bénéficiait !

— Comme ces pauvres Hutchins et Noggs ? précisa Doyle, haussant un sourcil.

L'éventail de la grande expressivité de Pettirosso, déployé en d'infinies harmonies de tristesse et de souvenir.

— Oui, pauvres gens. Qui a pu être aussi cruel avec eux ?

— C'est ce que tout Portsmouth se demande, dit Doyle.

— Pourvu qu'ils attrapent ce misérable qui *les* a fait ça. – Son anglais n'était pas parfait, mais très expressif, et ses mains se refermèrent en deux gros poings.

Il nous conduisit à travers le désordre, moi à gauche, Doyle à droite, et nous descendîmes au sous-sol où il nous montra comment ils faisaient sortir des personnes de la valise moyennant une plateforme qui montait et descendait avec des poulies. Fascinant ! Mais ce lieu était irrespirable et je fus contente de regagner le premier étage. Alors quelque chose attira mon attention : une petite pièce en bois qui ressortait du mur. La porte s'ouvrit sur quelqu'un qui semblait avoir aussi peur que moi. Il s'agissait de l'assistant et acteur à l'aspect cadavérique, celui au chapeau conique. Le Hongrois, songeai-je. Sa raideur, son regard de braise éteinte et sa grimace me demandèrent : Qu'est-ce qu'elle fait ici, celle-là ? Il ferma rapidement la porte. Mais la jeune fille sortit derrière lui. L'homme lui dit quelque chose, elle me regarda et ferma brusquement la porte. Elle avait eu un problème. Et, quand j'eus mieux observé l'homme maigre, lui aussi, à un degré moindre toutefois.

Pettirosso les appela. "Constantine", dit-il. Ils s'approchèrent tous les deux.

— Le Dr Arthur Doyle et son infirmière et assistante, Mlle Anne McCarey. Eux, ce sont Constantine et Abigail. – Il mentionna des noms, mais je ne les retins pas, et je doute que j'aurais pu les prononcer à ce moment. – Ils sont originaires d'Europe centrale.

J'étais si étonnée que j'eus du mal à acquiescer de la tête.

Sur la scène, un prince de la mort et une danseuse de rituels interdits. Au restaurant aussi ils semblaient magnétiques, tentateurs.

Mais maintenant, devant moi, si près que je pouvais les toucher…

… c'étaient un garçon maigre et…

… une fille si jeune et maigrichonne, aux cheveux courts, qui aurait pu être une ouvrière phtisique dans une usine textile et que je n'aurais pas remarquée. Lui, un jeune garçon au teint un peu pâle, mais avec de l'acné. Où étaient "l'homme au chapeau conique" et "la danseuse en rouge" ?

Ce n'était pas possible.

— Vous avez un problème, mademoiselle McCarey… ? – Pettirosso haussa un sourcil.

— Je… ne les imaginais pas ainsi.

Il y eut un rire général auquel, à ma grande honte, Doyle se joignit.

— C'est la première fois qu'elle rencontre des comédiens en dehors de la scène, dit Doyle en guise d'excuse.

— Oh, je comprends. – Et Pettirosso traduisit pour les deux jeunes gens dans une langue incompréhensible et ceux-ci se remirent à rire. – Le théâtre nous transforme, *madamina*.

Chez elle, la transformation allait au-delà de tout ce que je pouvais comprendre. Ces cheveux courts ne semblaient maintenant plus si… si étranges. Ses courbes ondulantes quand elle marchait se remarquaient à peine sur le corps menu moulé dans une robe blanche simple, sans détails anatomiques évidents, qui faisait penser qu'elle n'avait pas plus de treize ans. Et pourtant, plus intrigant encore, j'y pensai par la suite, comment devinai-je qu'*elle était* sans aucun doute la jeune fille du restaurant et des danses ? Le regard qui, comme celui de Pettirosso ou Constantine, restait fixe, brillant au fond ?

— Excusez-moi, murmurai-je, j'ai l'impression d'avoir vu des fantômes.

— Vous en avez vu, dit Doyle. Ce qu'il y avait sur la scène, c'étaient des spectres créés par vous. – Pettirosso et ses compagnons écoutaient et acquiesçaient. – Les gens pensent, à tort, que voir le truc ou connaître le comédien sans maquillage tranquillisent la conscience, et c'est tout le contraire. Savoir que le mystère dépend de doubles fonds ou de personnes ordinaires nous perturbe au-delà du supportable, car cela nous démontre que tout objet et toute personne portent le théâtre en eux. Qu'il suffit d'une statue peinte ou d'un geste pour… pour que le miracle surgisse.

Au milieu des assentiments et des commentaires sur l'avis de Doyle, je désignai la petite porte par laquelle étaient sortis Constantine et Abigail.

— Qu'y a-t-il à l'intérieur ? demandai-je sur un ton dégagé.

— La représentation reprend, je le sens, répondit Pettirosso, pressé, ne semblant pas m'avoir entendue. – Il me prit la main. – Des mains d'infirmière. Sage-femme ?

— Infirmière dans un asile, lançai-je.

— Oh. – Et il me lâcha.

Pendant que nous sortions, je regardai derrière moi : l'assistant maigre nous observait.

La pièce suivante fut plus longue, plus fébrile, plus compréhensible. César avait une barbe, mais je ne vis aucune raison pour qu'il n'en eût pas une. Le chœur d'acteurs l'entoura à un moment donné en brandissant des couteaux. À chaque coup, un roulement de tambour. Instinctivement, je dus offrir mes mains tremblantes au bras ferme de Doyle. *Sept jours, six blessures, deux mendiants* : c'était là ce que répétait ma mémoire quand la figure barbue tomba, la toge transpercée.

Je connaissais la fin. César meurt, Brutus et Cassius également, pas ce petit malin d'Antoine.

De retour à la résidence, je respirai profondément la nuit marine. Je me sentais mal et j'avais besoin de marcher. Nos pas résonnaient dans la rue déserte. Et le clic-clac de la canne de Doyle, qui restait préoccupé en me voyant préoccupée.

— Nous, qui connaissons la véritable terreur du théâtre de la vie, l'hôpital ! Pourquoi serions-nous même inquiets dans ce monde de lumières à gaz et de déguisements ? demanda-t-il.

— Que pouvait-il y avoir derrière cette porte ? demandai-je comme pour moi-même.

— Quelle porte ?

Je racontai à Doyle l'apparition de l'homme maigre et de la petite, et leur étrange hâte à refermer cette porte en me voyant.

— Les toilettes pour hommes ! – Doyle rit seul de sa plaisanterie. – Excusez mon humour inapproprié : certainement un théâtre clandestin.

— Y a-t-il des salles clandestines au Charity ?

— Il y en a partout. Nous, les Anglais, nous en avons davantage besoin que les autres. Mais si vous voulez, je vais enquêter plus avant sur celle-ci. C'est certainement grâce à elle qu'ils obtiennent les bénéfices que ne leur rapporte pas le Charity. Toujours est-il que je n'ai pas décelé d'inquiétude chez Pettirosso quand j'ai mentionné les noms de Noggs et Hutchins…

J'écoutais à demi l'exposé du docteur, car je me retournai pour regarder les ruelles solitaires. La sensation que quelqu'un nous suivait revint en force.

Une ombre. Un bruit. Je l'attribuai au spectacle que nous avions vu… Et elle se dissipa quand nous parvînmes à la zone éclairée de la Clarence Esplanade : d'un côté, la sombre forteresse, de l'autre, le quai, et au milieu, les toits hollandais de Clarendon. Doyle eut la gentillesse de m'accompagner jusque-là. Nous nous séparâmes à la grille en nous disant au revoir – "Une soirée inoubliable. Vous êtes très gentil, docteur" – et je le vis traverser l'avenue et se perdre sur Victory Road.

La nuit était fraîche et humide, la mer mugissait comme si elle concentrait ses forces pour une attaque. Mais je ne pouvais pas encore aller me coucher. Toutes ces émotions réunies et le théâtre pour épilogue… Parce que vous vous rappellerez que c'était le jour où j'avais quitté Robert Milgrew pour toujours – à ce stade il devait avoir lu ma lettre – et, au cas où cela n'aurait pas suffi, j'avais assisté à un spectacle de Coppelius et découvert une porte dissimulée et mystérieuse et rencontré les acteurs désincarnés des spectres de la scène. Toutes ces émotions réunies !

Et la dernière, mais non des moindres… !

Belle.

C'était ce qu'il m'avait dit ? Je voulais me rappeler les termes exacts, comme dans mon enfance, lorsque, la bouche vide, je savourais encore un biscuit Merryweather afin de capturer la poussière finale de la gourmandise perdue.

6

Je fis ce qui était devenu une habitude chez moi. Je contournai le mur de Clarendon, gagnai la plage, enfonçai mes chaussures dans le sable. La mer, de nuit, comme une bête sombre festonnée de blanc. Il faisait presque froid, mais c'était la nature, compensant l'atmosphère brumeuse et bourdonnante du théâtre. Je regardai la façade arrière.

Fenêtres ouvertes, pas toutes. Mais la seule dont les rideaux étaient tirés était celle-là. La seule paupière fermée.

Pure politesse, Annie.

Non, ce n'était pas un homme habitué aux politesses. Il me *voyait* ainsi. L'infirmière était étonnée : ses petits yeux ne devaient pas être si petits, après tout. Son menton fuyant était un menton fuyant, oui, mais l'ensemble pouvait être agréable. Et pleurer ne m'enlaidissait pas : pleurer attristait qui m'appréciait.

Je n'étais pas ce qu'on m'avait appris à être, ce que d'autres avaient toujours dit que j'étais. Nous ne sommes jamais ça.

En deux semaines à Clarendon, ma vie avait changé. J'avais accompagné un jeune homme séduisant et élégant au théâtre, et un autre homme très intelligent – fou –, avec des problèmes mentaux, oui, mais le *plus* intelligent de tous – fou –, m'avait complimentée sur mon allure. Et je collaborais à des enquêtes criminelles, ne l'oublions pas.

C'était la nuit. On pouvait supposer que, si le cycle se poursuivait, cette nuit-là, il y aurait un nouveau cadavre.

Je me retournai et aperçus l'endroit d'où Quentin Spencer et son amour immoral, cachés, étaient censés avoir vu Hutchins ivre, entendu et ressenti des choses étranges. Il était assombri par les arbres et une lune presque pleine ourlait les cimes d'argent. Un sentier comme un miroir posé sur la terre y menait.

Tout cela m'intriguait. Qui – ou quoi – l'avait assassiné sans presque laisser d'autres traces qu'un rire et un léger froid, et avait jeté le couteau près du corps ? Comment était-il possible que ni Spencer ni sa dame n'aient rien vu ?

Cela semblait surnaturel, effectivement.

Je m'approchai en relevant le bas de ma jupe. Je me rappelai la position du cadavre, tel que je l'avais aperçu depuis Clarendon : il devait être là-bas. Un coin solitaire à cette heure. Comment l'assassin aurait-il imaginé qu'il y avait deux témoins à proximité, entre les arbres ? Mais même eux n'avaient rien vu : Hutchins vivant, Hutchins mort. Pourquoi ? Comment était-ce possible ? C'était un truc, un double fond. Et le pauvre M. X – dont la seule obsession était de se faire appeler Sherlock Holmes et de vérifier "ce que Hutchins buvait" (mon Dieu !) – n'évoquait même pas une telle possibilité. Comme s'il croyait à de véritables fantômes. Mais ce devait être un truc.

Une chose qui, vue de près, serait aussi incompréhensible que Constantine et Abigail. Le secret devait être une chose commune et ordinaire, mais quoi ?

J'étais possédée par la soif d'enquête de M. X – ou de Sherlock Holmes !

Je m'introduisis dans le petit groupe d'arbres proches de l'avenue. Bon endroit pour se cacher. D'où je voyais la plage obstruée par les troncs. L'assassin se cachait dans…

L'un des troncs situés à ma gauche bougea.

Mon cœur fit un bond.

Il n'y avait rien, juste des arbres paisibles, des aiguilles de pin. Entre elles, la masse du bâtiment de Clarendon, au loin.

Mais je ne me sentais pas tranquille. Essayez d'aller dans un endroit sombre et manifestement inhabité, et vous verrez que le simple fait d'*évoquer* la possibilité d'une présence peut se transformer en pure terreur. Soudain, les arbres cessent d'être des arbres. Comme Constantine et Abigail : des choses qui, de loin, semblaient différentes. Les arbres n'étaient que des acteurs en scène. Maintenant ils s'en allaient. Ils bougeaient. Ils ôtaient leur déguisement au milieu des craquements. Ce n'étaient plus des arbres mais d'autres choses…

Je revins sur mes pas en me disant : Je suis nerveuse.

Juste ça.

Clarendon se trouvait à deux cents yards environ. Il était facile d'arriver là.

J'allais couper par l'avenue au lieu de marcher sur le sable. Sur l'avenue, il y avait plus de lumière. Lorsque je changeai de cap, quelque chose se jeta sur moi, et, sous l'horrible force de la poussée, me renversa sur le dos. Grâce à Dieu, il n'y avait pas d'arbre au milieu pour me frapper à la nuque. De sorte que je ne trouvai que du sable mou et des buissons, mais quand je sus ce qui arrivait, il était trop tard.

7

Là-haut, à une distance infinie, les jambes écartées, il attendit que je me relève.

— Finissons-en, dit-il, la voix râpeuse. Prends ta valise. On part maintenant.

Il soufflait encore plus fort que d'habitude, encore plus que lorsque nous étions dans l'intimité, mais je soupçonnai que cela venait de la fougueuse chaudière à alcool qui le brûlait de l'intérieur. On aurait dit que son larynx était grillé.

Je regardai autour de moi en me relevant, tenant le petit chapeau de Susie. Nous étions seuls. Personne ne nous verrait, personne ne viendrait, personne ne m'entendrait crier. Robert et son vieux *guernsey*, son visage brillant de la gloire infernale de l'eau-de-vie. Lucifer des ivrognes. Il grimaçait – toujours quand il était possédé par l'alcool et me regardait de ses yeux en amande, révélant ses lèvres au milieu de sa barbe. Comme s'il m'avait dit : Vois comme je peux être horrible.

Il saisit ma robe à la poitrine et cette fois je criai. Un CRRRCCCHHH de la mer emporta mon cri pendant qu'il me poussait contre un tronc.

— Je ne pouvais pas le croire… ton message… Toi, ma… ma reine des mers. – Il hoqueta. – Je n'ai pas pu croire… ce que… Puis j'ai deviné. Ce n'était pas toi. C'est meuheuheuhssieur. Élégant. Jeune. C'est lui. C'est pour ça que tu veux rester. Que tu me piétines.

Je pensai : la sensation d'être suivis. Il s'était posté à Clarendon – qu'il connaissait bien – et il m'avait vue sortir avec

Doyle. Il avait dû passer tout l'après-midi à nous suivre et à ramasser du charbon pour la grande chaudière. Ses hoquets le soulevaient presque de terre et ils me soulevaient aussi, attachée à lui par sa main sur ma poitrine.

— Et vois comme je suis, moi, en revanche, ma reine… hic… Je te pardonne. Tout. Maintenant, va chercher tes affaires.

— Tu m'as… tu m'as suivie ? – Question évidente pour une réponse évidente. Et son haleine me donna la nausée.

— Bien sûr, que je t'ai suivie, traînée ! J'étais venu à Clarendon pour te voir ! Et qu'est-ce que je découvre à la sortie ? Toi, au bras de ce type ! Tu as gravi les échelons ! Les *échelons* ! Pas mal, hein ? Du matelot de deuxième classe au timonier de deuxième classe. Ce pauvre vieux schnock de Robert Milgrew ne fait pas le poids devant le petit mousse Arthur *Connor* Doyle ! – Il ne se souciait pas de son erreur, je ne la corrigeai pas. – Ah… Je te surprends ? Tu croyais que je ne saurais pas qui avait mon amour à son bras ? En mer, on dit : "Moi aussi, j'ai mon livre de prières", ma reine. C'était facile ! Tout Portsmouth connaît ce type !

— C'est juste un ami…

— Un ami avec qui tu es allée au théâtre après m'avoir dit : tire-toi, Robert !

— Ne crie pas.

— Quoi ?

— Ne crie pas. – Mais ça, pensai-je, c'était stupide. – Ou fais-le. Crie. Oh, mon Dieu…

— Je ne crierai pas. Va chercher tes affaires. Si tu ne ressors pas d'ici…

— Non.

Le grand calme – l'œil du cyclone – le posséda. Ses épaules semblaient baisser les voiles.

— Excusez-moi, madame l'infirmière. Pouvez-vous répéter ce que vous avez dit ?

Il s'approcha. La puanteur qu'il dégageait me donnait mal à la tête. J'avais peur de lui, bien sûr. La seule chose qui avait changé était le rapport de cause à effet que je sentais entre cette peur et mes décisions. La peur et Robert, cela n'impliquait plus de l'obéissance.

— Je t'en prie…

— Voilà qui est mieux, ma reine. "Je. T'en. Prie." Continue.

— Je ne veux pas quitter ce travail… On peut en parler un autre jour…

— Allons, le petit mousse a gagné ton cœur.

— Non, non, ce n'est pas… !

Je m'arrêtai à mi-chemin. L'horreur de savoir qu'il connaissait, peut-être de façon indirecte, l'existence de M. X, m'empêcha de continuer. En fait, j'improvisai. Nous sommes tous de grands acteurs, quand la situation l'exige ! Je le regardai droit dans les yeux.

— Oui, il est *plus beau* que toi !

Je ne voulais pas impliquer Doyle, qui n'était pas responsable, mais ma terreur glacée faisait tout glisser dangereusement vers M. X. Et ce nom, je ne pouvais pas le prononcer – non, NON – devant Robert. S'il apprenait quelque chose sur ce pauvre être décharné et immobile dans son fauteuil, il le tuerait rien qu'avec ses cris. Je ne pouvais pas.

Je laissai sa jalousie le consumer. À cette distance, j'entendis presque le craquement de la combustion.

Calme. Regard tranquille. Petit sourire.

— Le jeune premier, hein ? Un petit docteur qui vient d'arriver à Portsmouth. Tu crois qu'il éprouve quelque chose pour toi, ma reine ? Un type avec cette position, si jeune et séduisant ? Tu crois qu'une vieille infirmière avec ta gueule peut l'intéresser ? Il t'utilise pour découvrir la ville ! Descends de ton nuage, infirmière McCarey, je te rends même service !

Pour pleurer, que cela m'enlaidisse ou pas, je pleurais. Mais pas à cause des insultes. Je les méritais peut-être ! Avec sa vérité, il ne m'insultait pas. Avec mon mensonge, moi, peut-être que si. Certes, chacun placé sur un plateau de la balance, j'étais la plus coupable. Et il ne m'avait jamais inspiré davantage de compassion qu'en cet instant. Je me sentais vraiment comme une traînée. Et je connaissais ma façon d'expier.

Il n'y avait pratiquement pas d'espace entre l'arbre et lui, mais je m'agenouillai comme je pus. Je tirai sur les jambes de son pantalon. Ses demi-bottes sales, auxquelles mon front se heurtait.

— Robert ! Robert, laisse-moi rester ! Je reviendrai vers toi ! Déchire ma lettre ! Je suis désolée ! Laisse-moi rester et viens me voir quand tu voudras ! Mais… je ne… je ne vais pas partir… Non… Non… NON ! – La douleur, ce long monologue. Adressé à ses bottes. En essayant de satisfaire sa dignité de façon indigne. Une façon comme une autre d'être lâche et de me protéger. – Pas ça ! Mais si tu me laisses rester… !

Il pouvait me donner un coup de pied, cela n'aurait pas été la première fois. Mon espoir : que mes pleurs, d'une certaine façon, pénètrent son brouillard.

Il prit son temps pour me répondre. Quand il parla – je ne pouvais pas le voir, la tête toujours appuyée contre ses bottes –, il se montra maladroit, comme si finalement, dépouillé de sa colère, il laissait apparaître l'ivresse avec ses oreilles d'âne.

— Alors… tu v-veux rester… Eh b… bien, reste ! Après… – Il n'arriva pas à dire “tout”. Il s'écarta de moi, en chancelant. – Reste ici, dans ton trou merdique… Ça oui, quand je viendrai, quand je viendrai, ma reine… tu me consacreras du temps… – Il éructa. – Il me faut de l'argent pou-pour le retour… Je n'ai pas un rond…

Je levai la tête. Je le regardai.

Agenouillée, couverte de sable, entre les arbres, sous l'ombre du vieux pirate.

Jambe de bois.

Je le regardai comme une chose inconnue. Une sorte de scène biblique, une révélation, un cadeau à observer avec attention.

— Allez, idiote, relève-toi. – Il s'appuyait contre un tronc. – Et reste avec ton… jeune premier.

Ce grand savoir que je reçus soudain, cette langue de feu, me fit me dresser comme un arbre de plus. En le regardant.

— Tu ne m'as jamais aimée…

Comme si je le voyais pour la première fois.

— Qu'est-ce qui t'arrive, maintenant ?

— Ça t'est égal, que je reste ou que je m'en aille. Ce n'est pas ça qui compte, pour toi. Ce que tu veux, ce que tu as toujours voulu, c'est que je t'*entretienne*.

Il me regarda avec un léger dégoût et un léger intérêt. Il n'avait pas l'esprit clair pour inventer des excuses, alors il ne les inventa pas.

— Allons... Qu'est-ce que tu racontes, maintenant ? Tu ne voulais pas rester ? Je te le *permets* ! Reste !

— Toutes ces années...

— Reste ! Je te le permets !

— Sors de ma vie, Robert.

La mer fut un instant notre respiration. Il s'agita comme pour répondre, mais je ne lui en laissai pas le temps.

— Sors de ma vie et ne reviens pas.

La brume qui l'entravait s'écarta suffisamment pour lui montrer que mon air sérieux était un chemin étroit à sens unique.

— Tu es folle... Tu es complètement fr...

Il s'approcha.

— Sors de ma vie ! hurlai-je. Mais ce ne fut pas le cri, ce furent les mots que je retranscris. *MAINTENANT.*

SORS

Et je le poussai.

DE

Moi-même.

MA

Je n'avais jamais posé la main sur un homme autrement que pour le soigner ou lui faire plaisir.

VIE.

Jamais, que Dieu me pardonne.

Leur faire plaisir. Les soigner.

J'imaginais que je ne pourrais jamais surpasser la force de Robert. C'était un roc. Autant essayer de déplacer une statue de marbre grandeur nature, pensais-je.

Mais je me trompais.

Il se trouve que ma poussée le fit reculer de plusieurs pas et faillit le renverser.

Ce n'était pas une question de force, du moins pas de force physique, dont il se vantait. C'était une question de volonté.

Ça, je pouvais m'en vanter moi aussi.

8

Bien sûr, la réponse ne tarda pas. J'avais eu le courage de parler, mais… Les conséquences me tombèrent dessus. Le choc de mon dos contre l'arbre me fit vibrer, lui avec moi, de façon presque comique, et je crus qu'il m'avait brisé les vertèbres. Le petit chapeau de Susie s'envola. Mais je n'éprouvais encore ni peur ni douleur. Pas encore. Nous nous retrouvâmes face à face. Il soufflait des vapeurs de bière aigre et j'y mettais le feu.

— Me pousser ? Moi ? Bon sang… pour qui tu te prends ? grognait-il en souriant. Hein… ?

— Laisse-moi… ! – J'agitais les mains, mais c'était comme tenter d'attraper une mouche en plein vol.

Il me retint sans difficulté. De tout son poids appuyé contre moi. Sa langue, comme celle d'un énorme chien, glissa sur mon visage. En m'effaçant. Détachant ma beauté. J'étais *belle* et *courageuse*, mais la langue de Robert effaçait tout.

— Voyez la chatte furieuse ! Je sais ce que tu aimes, ma reine des mers… ! Je te le donne ? Je peux te donner ce que tu aimes… – Il se débattait avec ma jupe, la barbe sur ma bouche. – Je te le donne, je suis le seul qui te… !

Le coup le déplaça comme une balle, il roula même sur le sable.

— Laissez la demoiselle tranquille, ou la prochaine fois je ne prendrai pas autant de précautions.

Robert se palpait la tête, comme s'il était étonné d'en avoir une. Sa casquette s'était envolée sous la canne. Il la cherchait. Je ramassai mon petit chapeau.

— Vous allez bien ? – Doyle, qui continuait à brandir sa canne, me tendit la main et je l'acceptai, je le laissai me recueillir et me prendre dans ses bras, juste pour que Robert le voie, je voulais qu'il le voie. Il leva de nouveau sa canne, d'un air menaçant. – Eh, l'ivrogne, j'ignore qui vous êtes et je ne m'en soucie guère, mais si vous vous approchez encore de mademoiselle, vous le regretterez.

— Laissez-le, docteur, l'implorai-je.

Robert Milgrew, matelot de deuxième classe, lui fit face.

— Le petit docteur de la grande ville avec sa canne ! Allez, pose ta canne ! Ou alors tu n'es un homme qu'avec elle ?

Avec la fougue des hommes que l'on défie devant une femme, Doyle s'apprêtait à accepter quand je le pris dans mes bras.

— Je vous en prie, docteur Doyle, si vous m'appréciez un tant soit peu, laissez-le !

Nous changeâmes de cap, je m'accrochais à lui. Robert, derrière nous, enhardi par la retraite, mais sous la surveillance de Doyle, levait le poing.

— Tire-toi, espèce de lâche ! Je sais où tu habites, Arthur Doyle ! J'irai à ton cabinet ! Et on parlera d'égal à égal, docteur ! Cette femme est à moi ! Tu m'entends ?

Impossible de ne pas l'entendre. C'était probablement le cas de tout Southsea. Une fenêtre s'alluma à Clarendon, mais pas celle à la paupière fermée.

Robert et la mer, se faisant concurrence.

— Je t'aime, Annie !

BOUCHHHHHR, la mer.

— … aimeuheuheuh !!

BEUUUUUCCCCH.

— Annie ! Annie… !!

La mer gagna. Mon nom fondit dans les vagues comme le sel.

Quand je regardai de nouveau, il ne restait que la nuit.

— Par chance, je suis rentré par un autre chemin, expliqua Doyle à la grille de Clarendon. Cela m'a permis de voir ce type sortir d'un coin et vous suivre discrètement vers la plage. J'ai pris peur. Vous savez qu'aujourd'hui, théoriquement… c'est la nuit du…

— Oui, je sais.

— Je me suis approché prudemment. Je vous ai entendus vous disputer. Vous sembliez le connaître. Je ne voulais pas m'immiscer, mais je l'ai vu vous agresser et… Qui était ce type, pour l'amour de Dieu ? Que veut-il ?

Un ami, répondis-je. Plus maintenant. Il en avait été un. Un marin. Il était venu de Londres, mais il ne reviendrait plus m'importuner. J'en étais sûre.

— Avec des amis comme ça… dit M. Doyle. Cette fois, je ne partirai pas avant de vous avoir raccompagnée à l'intérieur de la résidence.

Cela me fit sourire.

La mer répétait mon nom dans l'obscurité de ma chambre pendant que je pleurais.

Mais je finis par ne plus l'entendre et je m'endormis. En paix.

Ignorante de l'horreur qui s'approchait.

L'OEIL DE PORTSMOUTH

CHRONIQUE THÉÂTRALE

La Terreur du théâtre* et *Jules César

Burlesque et grande tragédie
Compagnie Coppelius, directeur S. Pettirosso.
Théâtre Charity, St Mary's, Portsmouth

Mystérieuse et terrible fable que la première pièce ! Le décor est un wagon de train : la compagnie voyage pour arriver dans notre ville et pendant le trajet son directeur (M. Pettirosso lui-même) fait un rêve où s'entremêle l'histoire du rituel orphique et musical du théâtre... Des danses tentatrices, visions magiques... ! Le *Jules César* s'est également révélé innovant. César semble réclamer sa propre immolation... ! Grande compagnie Coppelius ! Merci au très regretté sir George Erpinghal, son principal mécène... ! Le suicide de ce grand homme a laissé une trace profonde dans notre ville... Les enfants nécessiteux lui en seront reconnaissants... !

Edmund Hammersmith

BURLESQUE POUR DANNY WATERS

Le burlesque est une illusion de sentiment : on croit qu'il va y avoir des rires, et on découvre de la douleur…

T. Robertson,
Théâtre des variétés en Grande-Bretagne (1856).

L'enfant nécessiteux Danny Waters est heureux.

L'heure est enfin venue.

Il va pouvoir prouver au monde qu'il est un bon acteur. Peu importent nos manques, ils peuvent toujours être compensés par l'énergie et la volonté.

Le rideau n'est pas encore levé, au-delà le silence, mais Danny sait qu'un public attentif et réceptif l'attend. Il s'est préparé à cet instant.

Pourquoi tout ce qui est grand, décisif dans nos vies, dépend-il de quelques secondes fortuites ?, se demanderait Danny s'il pouvait exprimer par de tels mots ce qu'il se demande en cet instant. Renommée ou échec, lignes disparates qui partent d'un seul point. Il se trouve maintenant sur ce point. Se rongeant les ongles.

Enfin, mentalement. Il ne veut pas vraiment, ce n'est pas digne d'un acteur, ni même d'un combattant artistique dans une arène.

Il reste debout face au rideau sombre. De l'autre côté, le public.

L'heure est venue, Danny Waters !

Il a froid. Un fourmillement qui s'étend de ses pieds nus à son ventre, comme une paralysie. Son bon ami Elmer, Elmer Hutchins, lui disait que la nervosité n'est rien si on arrête d'y penser. Pour Elmer, c'était tellement simple, d'arrêter de penser ! Si seulement son ami pouvait être là, avec lui, et lui montrer comment se maîtriser.

Il a peur, oui.

On lui a dit que c'était l'épreuve DÉCISIVE, *Danny, tu ne peux pas échouer.*

Elle commence à minuit précis, avec les sons de cloche.

Tu ne peux pas échouer, lui a-t-on dit, parce que tu n'auras pas d'autre occasion. Le public manque de patience. Il faut faire quelque chose, et vite. Ensuite, en coulisse, il pleurera un peu pour son ami Elmer, qui lui a promis d'être au premier rang pendant sa nuit de triomphe, mais qui ne pourra malheureusement pas tenir sa promesse.

Parce qu'il est mort.

Maintenant Danny ne veut plus se souvenir.

De son immense corps jeté dans l'arène. Des détails qu'il a dû retenir pour les raconter à cet étrange "M. X". N'y pensons plus.

Elmer l'avait tellement aidé ! Avant de le connaître, Danny était le Bègue, et ne montait sur les scènes clandestines que pour "lutter" contre d'autres qui ne parlaient pas non plus. Et les luttes, il ne le sait que trop bien, ne sont pas aussi inoffensives que le pensent certains. On essuie des coups, même s'ils sont pratiqués comme s'il s'agissait d'une danse. Non pas que cela le dérange. Si seulement cela ne consistait qu'en quelques bleus ou à quitter la scène sans vêtements. Mais être acteur, ce n'est pas cela. Elmer le lui avait dit. Il pouvait maîtriser ses défauts et être un acteur de comédie – grimace de rire – ou tragédie – grimace de douleur. Il n'avait pas de parents à qui montrer ses succès, mais il les montrerait à ses amis. Ses véritables amis croyaient en lui, et comment !

Bruits du rideau. Déjà ! Danny se prépare. Il n'entend pas les murmures du public. C'est une assistance concentrée, ou peut-être réduite. Sons de cloche. Trois… Deux… Un.

Le rideau disparaît. Il ne se lève pas. C'est comme s'il n'existait pas.

La salle est plus grande que ne le pensait Danny – TU NE PEUX PAS ÉCHOUER *–, aussi grande et sombre que la nuit sur la mer.*

Silence absolu.

Danny Waters est saisi d'effroi. Il ne peut pas bouger. Il n'y arrivera pas.

Mais alors il voit une chose inattendue.

Au premier rang, comme promis. La barbe un peu sale, le corps couvert de grosses taches rouges, les yeux blancs, mais avec un sourire figé et un air approbateur. En avant, mon garçon.

Son bon ami Elmer, l'encourageant, fidèle à sa promesse. Danny peut voir son cou, ouvert comme un autre sourire, où grouillent les vers.

— SI TU NE PENSES PAS QUE TU ES MORT, DANNY, TU NE L'ES PAS, *lui dit Elmer, et de sa bouche noire sort un caillot de choses horribles.*

Quelle joie, M. Hutchins ici ! Danny, c'est ton moment ! Danny, tu vas y arriver ! Comédie ! Tragédie !

Et Danny rit et commence la représentation.

SHERLOCK HOLMES DANS LE PALAIS DE VERRE

1

Je n'oublierai pas ce jour aussi longtemps que je vivrai.

Je me réveillai percluse de douleurs dans tout le corps, en particulier dans le dos, là où il m'avait projetée contre les troncs d'arbres. Et bien pire, une sensation presque nauséeuse de vide. Je me regardai dans le miroir comme si celui-ci me demandait : "Qu'est-ce que tu espérais, Annie ?"

Mais avais-je une seule fois espéré quelque chose de Robert ? Je voulus penser qu'un jour je l'avais attiré, rendu heureux, comme lui pour moi. Il y eut un moment, un jour, quelques jours au début. Et après ? Je suppose que c'était de ma faute. Combien de fois cela m'était-il arrivé ? Les hommes n'avaient pas besoin de dire : je t'aime, ma reine des mers, mais juste "viens", c'était comme ça. Et j'y allais.

Mais cette fois, ça n'avait pas marché.

J'entendais encore son "Annie !" déchirant mêlé à la houle.

J'étais moi-même surprise du peu d'importance de ce souvenir pour moi.

En bien ou en mal, le corps en piteux état et endolori, j'étais devenue une autre.

Je me souciais davantage des paroles que m'avait dites une autre personne.

J'entrai au moment où les petits-déjeuners avaient déjà été servis, mais son plateau, sur la petite table près du fauteuil, était intact. Avant même de le saluer, j'entendis sa voix.

— Vous avez très bien fait de rompre, ce n'était pas un individu digne de confiance.

— Bonjour. Vous n'avez pas d'appétit ? demandai-je, au lieu de poursuivre la conversation.

— Pourriez-vous ouvrir les rideaux, mademoiselle McCarey ?

Je m'exécutai, mais je ne voulus pas abandonner notre dialogue absurde.

— Il n'y avait aucun danger au théâtre, dis-je en clignant des yeux devant la lumière.

— Oui, le théâtre, pourriez-vous me faire un résumé ?

Il était manifestement nerveux. Il attendait les gamins, sans doute, mais sur son visage, maintenant dans la lumière, affleurait quelque chose de nouveau, une touche d'anxiété différente.

Je lui parlai de Pettirosso, de ses assistants, les jeunes Constantine et Abigail, et je pris mon temps pour évoquer la porte close. Cette dernière représentait mon but, en quelque sorte. Il y avait une porte close, vous savez ? J'insistai sur le fait que Constantine s'était inquiété quand j'avais regardé en direction de cette porte. Il m'écouta en silence. Le petit-déjeuner restait intact. Quand je fis une pause pour voir ce qu'il en pensait, il me dit :

— Ne vous occupez plus de cette porte, ce qui m'intéresse, ce sont les invités.

— Les invités ?

— Oui, je suppose que le docteur connaissait beaucoup de gens et vous avez dû être présentée à certains, dites-moi de qui vous vous souvenez.

De pas grand monde, et il connaissait un seul nom : M. Edmund Hammersmith, semblait-il, directeur du journal

L'Œil de Portsmouth. Il écrivait parfois des critiques de théâtre. L'anecdote du curé catholique joueur d'échecs, le père Philipotts, l'amusa également. Surtout, le fait que le curé invité à l'origine n'était pas lui, mais le père Evans, qui était malade. Dieu sait pourquoi, cela le fit même sourire !

— Ce mystère est si incroyable… Il apparaît de nouvelles serrures tous les jours, et je suis de plus en plus persuadé qu'une seule clé les ouvre.

— Je n'y comprends rien, déclarai-je. Mais, en parlant de serrures, je dirais que vous avez écarté trop tôt la… la porte close.

— Ne vous souciez plus de cette porte ni de ces jeunes étrangers, il me manque juste un nouveau crime, il est injuste que l'assassin ne me l'offre pas, cela ne lui coûterait pas grand-chose, un mendiant de plus, mon royaume pour un mendiant, et j'aurais quelque chose, quelque chose de solide, parce que, pour l'instant, la réalité est de l'eau et nous, des mains ouvertes…

— Finissez votre petit-déjeuner une bonne fois pour toutes, vous me rendez malade. On dirait un vautour.

Effectivement, en parlant, son grand nez aquilin planait comme un bec au-dessus du plateau contenant des œufs, du bacon et du thé fort. Il but une gorgée de ce dernier.

— Je n'ai pas faim, il faut d'abord que quelqu'un m'apporte une nouvelle, tout est correct s'il n'y a pas d'erreurs, excusez le truisme. Le tronc vous a-t-il fait très mal ?

Je cessai de me frotter le dos, mais je jure que je me trouvais derrière le fauteuil. Ses aptitudes ne cessaient de me surprendre.

— Répondez vous-même, vous qui savez tant de choses, répliquai-je grossièrement. – Je le regrettai immédiatement. – Je suis désolée. J'ai encore mal, mais ça passera. Comme le reste.

— Le reste ?

Je crus devoir préciser.

— Vous avez raison : je l'ai quitté.

— Qui ?

— Ce… Cet homme.

— Oh, ah, oui, j'en étais sûr.
— Vraiment ?
— Oui, vous êtes une femme intelligente, une terre fertile, le reste consiste à attendre. Tout est une question de patience.
— Appliquez-vous la maxime.
— Je ne suis pas impatient, je vis dans l'avenir des faits.
— Ma terre n'est pas assez fertile pour vous comprendre…
On entendit des pas.
— Voilà l'avenir des faits qui arrive, dit M. X.
Coups légers à la porte.
— Bien, dit M. X.
Jimmy Piggot n'était pas rougissant, cette fois, mais pâle comme un mort.
— On a découvert un nouveau mendiant. Au pied de la forteresse… Un homme jeune.
— Très bien. – M. X se frotta les mains.
La phrase suivante de Jimmy le surprit donc :
— Et un *autre* dans les baraquements de l'incendie… – Après une pause, sa voix devint un murmure : Cela va moins vous plaire, monsieur.

3

Les baraquements de l'incendie. C'était le nom qu'on leur donnait, parce qu'ils avaient brûlé dix ans plus tôt. À Portsmouth, nous ne nous sommes jamais distingués par une grande imagination pour les noms. Il s'agissait d'anciens hangars militaires, car tout ce qui est remarquable dans ma ville est soit naval soit militaire, toujours défensif, fortifié. Ils étaient restés abandonnés pendant des années et, comme ils ne servaient à rien, ceux qui avaient brûlé étaient restés sur place, noircis et abandonnés. Le bois n'avait pas été entièrement consumé en raison de l'humidité et c'était maintenant un lieu utilisé pour des chasses au trésor ou des jeux d'enfants. Une maison de fantômes.
Avec un fantôme à l'intérieur cette fois.

Danny Waters fut retrouvé par des enfants comme lui.

Et ce fut un pur hasard, car il gisait comme un résidu au fond d'une barrique utilisée par les vagabonds pour y poser des bouts de chandelle ou des lanternes. Je l'imaginais… Non, je ne pouvais pas. Je ne pouvais pas penser à lui, mais plutôt aux enfants qui s'étaient penchés sur cette barrique. Peut-être jouaient-ils à être les seigneurs d'un mystérieux château. L'un d'eux avait dû voir la barrique et il voulait s'en servir comme d'une table. Je vois leurs têtes regarder cette bouche noire sans dents, leurs têtes dressées et immobiles. Qui regardaient.

La police arriva, le public, toujours avide d'atrocité, et dans l'après-midi, la calèche transportant un irascible Merton et son paisible sergent Jameson.

Ce que deux oubliés de la fortune que l'on qualifiait d'ivrognes n'avaient pas réussi, le pauvre Danny y parvint tout seul.

Enfin célèbre, enfin un public, comme il en rêvait – mes larmes coulent pendant que j'écris ces lignes.

4

Portsmouth tout entier se mit sur le pied de guerre.

Les baraquements consumés par les flammes furent incendiés de nouveau. La colère de la ville s'était réunie là. Je ne pus m'empêcher de penser que les yeux qui pleuraient maintenant et les bouches qui s'ouvraient sur des cris pour réclamer justice appartenaient aux mêmes personnes qui avaient probablement ignoré Danny quand il tendait la main en quête de nourriture ou d'applaudissements. C'était comme si l'assassin avait tué une partie de nous tous.

La police défendit les spectacles en plein air. Une chasse au trésor avec une très jeune comédienne inexpérimentée – qui avait ôté sa robe rouge pour servir de trésor, mais elle l'avait laissée par erreur près de sa cachette dans les rochers de la forteresse – dut être annulée. Plusieurs camelots qui jouaient dans des farces criminelles furent arrêtés. L'histoire de Danny suscita une telle émotion que celle de David Taylor passa inaperçue. Taylor avait vingt-cinq ans et une jambe plus courte que l'autre, mais ses bras étaient très vigoureux et il avait travaillé comme machiniste au Charity. C'étaient précisément les plus matinaux des participants à la recherche de la fillette qui l'avaient découvert. Ils avaient aperçu une chose rouge dans les rochers, effectivement, mais ce n'était pas la robe de la novice. Tous les spectacles ne furent cependant pas interdits, et quelques compagnies s'empressèrent de pêcher dans la rivière agitée. Le Terrance connut un immense succès quand il reprit, ce même soir, le gothique *Assassinat en enfer*.

Même si cela n'avait pas encore été confirmé, d'après l'avis général de cet après-midi – Nellie et Hettie, dans mon cas –, il s'agissait du même assassin. Deux victimes en une seule nuit ! La nouvelle se répandit si vite que le Dr Ponsonby dut aller voir chaque résident dans sa chambre pour tenter de les calmer. Il prit également le temps de dire quelques mots au personnel. Je revois Susie Trench et Hettie Walters pleurer, Mme Gillespie s'évanouir à plusieurs reprises, Jane Wimpole et Nellie Worrington enlacées, Jimmy Piggot la tête basse. Même M. Weedon restait sérieux et silencieux et la chef Braddock haussait les sourcils.

Curieusement, je ne me rappelle pas le discours du Dr Ponsonby.

Mais surtout, je me rappelle M. X.

S

Le dîner avait déjà été servi quand je m'approchai de sa chambre. Un gémissement terrifiant parvenait de l'autre côté de la porte. Une sorte de lamentation aiguë, presque tranchante.

Je n'avais jamais entendu pleurer M. X. En réalité, je ne l'avais jamais entendu – ni vu – exprimer des émotions d'aucune sorte, si tant est que les petites toux, les exclamations à peine un ton plus haut que l'habituel ou les courbes des commissures des lèvres puissent être considérées comme telles. J'éprouvai un sentiment d'horreur. Voire de panique. Je savais que, au fond de son cœur, cette statue peinte éprouvait des sentiments, mais je ne m'attendais pas à ce que j'entendis.

J'ouvris sans frapper. Du moins j'essayai : un obstacle m'en empêchait.

— C'est Mlle McCarey, les enfants, dit froidement la voix dans le fauteuil. Qu'elle entre.

Toile d'Araignée écarta la chaise. L'air de la mer me parvint au visage. La fenêtre était ouverte. Les deux gamins sur le côté, près d'une des lampes allumées. Je replaçai la chaise contre la porte et tirai les rideaux. Cela me fait encore de la peine de me remémorer ces visages tremblants, à peine lavés par les larmes. C'était la Mouche qui pleurait le plus : les gémissements provenaient de lui. Je me reprochai en silence d'avoir envisagé qu'il puisse s'agir de ceux de mon résident. Quant à celui-ci, les consolait-il de quelque manière que ce fût ? Je ne vous critiquerai pas si vous croyez que la réponse à cette question est affirmative. Vous l'auriez tenté, moi aussi, toute personne normale, même anormale… Mais pas *lui*.

— Les blessures de Taylor… ? disait-il, comme s'il poursuivait un examen interrompu.

— Une seule au ventre, monsieur… et… celle au cou. Le couteau à vingt pas… dit Toile d'Araignée.

— Une seule, murmura notre homme, très bien, quant à Danny…

Toile d'Araignée baissa la tête. La Mouche continuait à pleurer à chaudes larmes.

— On n'a… pas voulu… aller le voir, le… Bègue, dit-il. Je le serrai dans mes bras.

— Peu importe, *L'Œil de Portsmouth* les détaille toutes, dit M. X : Danny en avait deux au ventre, en plus de celle à la gorge, curieuses variations…

— Je vous en supplie, voulez-vous bien vous taire ? fis-je en prenant l'enfant dans mes bras.

Mon résident m'ignora.

— Quand avez-vous vu Danny pour la dernière fois ?

— La nuit, peu avant minuit. – Toile d'Araignée était évidemment le seul à pouvoir répondre. La pauvre Mouche tremblait dans mes bras.

— Comment sais-tu que c'était "peu avant minuit" ?

— Parce qu'il nous a demandé l'heure. On était près de la gare où on a dormi et on l'a demandée à l'Innocent.

— L'Innocent ?

— C'est un gardien de la gare qui nous défend toujours quand ses collègues veulent nous battre parce qu'on dort là. Il dit : "Ce sont juste des enfants innocents." On l'appelle comme ça.

— Je comprends. Qu'a dit Danny quand il a su l'heure ?

— Il a dit qu'il avait quelque chose à faire et il est parti à toute vitesse.

— Qu'est-ce qu'il emportait avec lui ?

— Le sac avec ses affaires. Comme… comme s'il avait rendez-vous avec quelqu'un.

M. X acquiesça lentement, presque avec sévérité.

— Vous ne pouvez pas rester en ville, vous devez partir. – La Mouche me lâcha immédiatement le bras.

— Mais… Mais… ! On ne peut pas laisser seul le… Bèg… ! C'est notre ami !

— Danny est mort, idiot, dit Toile d'Araignée en donnant un coup de coude à son compagnon.

Trois voix indescriptibles. Trois tons différents, depuis le hiératisme de M. X jusqu'à l'angoisse de la Mouche. Celle de Toile d'Araignée reflétait un calme douloureux, humain.

— Vous devez partir, je vous donnerai de l'argent…

— On ne peut pas !

— Tais-toi, on va nous entendre !

— La Mouche. – L'enfant observa mon résident. – Danny n'est plus là et, en fait, je t'assure qu'il n'y était pas quand ils lui ont fait *ça*.

— Et pourquoi ils l'ont fait… s'il n'était pas là ? raisonna la Mouche.

— Parce que son corps, lui, était là, mais son esprit était parti ailleurs.

— Comment le savez-vous ? s'enquit l'enfant en frottant son nez sale.

— Parce que je le sais, arrête de t'inquiéter pour Danny, il n'a pas souffert.

— S'il était quelque part, il reviendrait, dit la Mouche, peu convaincu.

— Il ne peut pas, ils ont tué son corps, il ne peut pas revenir.

Après avoir réfléchi, le petit parla comme pour lui-même.

— Je peux lui prêter mon corps… on peut vivre à deux dedans.

Toile d'Araignée prit la parole en ignorant l'idée tirée par les cheveux de son ami.

— Pourquoi pensez-vous que… on doit se tirer, monsieur ?

— Il va y avoir une grande pagaille, la police va vouloir interroger tous les amis de Danny et ce ne sera pas agréable. À Londres, on exigera des résultats, la machine de la loi s'est mise en marche et elle renverse tout ce qu'elle trouve sur son passage.

— On pourrait aussi aller là où est le Bèg… Danny, suggéra la Mouche.

— Tais-toi, on se tire.

Mais la Mouche ne bougea pas. Maintenant, il ne pleurait plus. Je lui proposai à manger et à boire, en vain. Il avait l'air démuni et laissait à peine la main de Toile d'Araignée l'entraîner quand la voix dans le fauteuil dit :

— Eh, la Mouche, je vais jouer du violon pour toi.

La Mouche regarda son ami et ils attendirent tous deux en battant des paupières.

L'"interprétation" ne fut pas comme d'habitude. La mimique était toujours aussi mauvaise, avec des tremblements qui auraient semblé amusants s'il ne s'était pas agi d'un malade mental. Mais cette fois, il y eut une chose inédite : sans que son visage n'en fût altéré, M. X semblait faire des efforts, son grand front se couvrit de sueur, la veine sur la tempe était plus gonflée que jamais. Pour les enfants, le spectacle devait être terrible.

— Ça t'a plu ? demanda-t-il en baissant les bras.

L'enfant acquiesça, comme hypnotisé.

Je renversai moi-même le vase contenant l'argent que mon résident avait mis de côté. La Mouche observait un silence émerveillé. Son compagnon dut l'entraîner, mais il s'arrêta avant de sortir par la fenêtre quand M. X l'appela.

— Je vais détruire celui qui a fait ça, je vous le jure, dit-il.

Cela avait l'air d'une folie, mais Toile d'Araignée acquiesça très sérieusement, comme s'il le croyait.

— Comment avez-vous pu dire cela à ces pauvres garçons ? lui demandai-je après leur départ, pendant que j'ouvrais les rideaux. "Le détruire" ? – Il ne répondit pas. Il se vautra dans le fauteuil comme si le "violon" avait requis toutes ses forces. – En premier lieu, êtes-vous sûr que c'est le même assassin ? demandai-je.

— Oui, c'est le même, j'ignore si dans le cas de Danny l'arme est apparue, mais je parierais que oui.

— Et comment a-t-il fait pour commettre deux assassinats dans deux endroits opposés ?

— Il est très habile.

L'espace d'un instant, je ne sus que dire. Qui était capable d'une chose pareille ? Un véritable fantôme ? Pour moi, cela n'avait aucun rapport avec une haine irrationnelle des mendiants ou une vengeance personnelle. J'avais rencontré des assassins perturbés dans des cellules spéciales à l'asile d'Asherton et, même si je ne m'en étais pas occupée personnellement – c'était le travail des gardiens –, j'avais vu leurs mains comme des serres griffant le judas de leur cellule et leurs yeux exorbités, et appris leur histoire : actes sauvages, inimaginables, pour les raisons les plus absurdes. Mais leurs crimes étaient maladroits, ils laissaient des traces partout, quelqu'un les entendait ou les voyait, ils se trahissaient eux-mêmes. L'assassin de Portsmouth n'était pas de cet acabit. Il ne semblait pas terrestre. J'éprouvai une peur réelle.

J'allais le lui dire quand il se mit à parler. Sa voix était une sorte de colonne de fumée de pipe montant du fauteuil.

— À la résidence d'Oxford… murmura-t-il d'une voix atone, comme s'il commençait à s'endormir. Vous vous rappelez que je vous ai dit qu'un jour je vous donnerais les détails ? Bien. À Oxford, je n'ai pas autant fait de choses qu'on le suppose, mademoiselle McCarey, mais j'en ai obtenu beaucoup, dont l'une, non des moindres, est une certaine amitié avec une certaine personne qui avait des ennuis, un autre écrivain… J'éprouve des affinités avec eux, vous voyez. Mais dans ce cas, c'était lui qui posait le problème. Il n'a pas eu besoin d'alcool : il était si réservé que lorsqu'il décida de me faire confiance, cela a débordé. Presque tout était de plomb, mais parfois il tombait des perles et cela m'amusait de créer un collier. Alors j'ai appris l'existence de quelque chose que vous ne devez pas répéter si vous voulez rester en vie, en bonne santé physique et mentale. J'ai entendu parler des Dix.

— Les Dix ?

— Ne le répétez pas, m'admonesta-t-il d'un air sérieux.

— D'accord.

Qu'est-ce que c'était ? Une nouvelle folie ? Ça en avait l'air, mais je l'écoutai.

— C'était un homme d'une grande fantaisie, mais juste sur le papier. Je n'ai pas cru un seul instant que ce fût l'une de ses inventions. En fait, il ignorait lui-même leurs identités, mais il savait qu'aucune autorité de ce monde ne pouvait les arrêter. Parce que leur pouvoir était hors de portée de toute loi ou gouvernement.

— Quel est ce pouvoir ?

— Le théâtre.

Maintenant, j'étais vraiment sûre que M. X délirait.

— Oh, je vous en prie.

— L'écrivain dont je vous parle avait vu certaines choses qu'ils faisaient en lien avec le théâtre.

— Le théâtre n'est pas de la magie ni de la sorcellerie, monsieur X. Tout théâtre comporte un truc.

— Je ne parle pas de magie ni de sorcellerie, mademoiselle McCarey, mais d'un pouvoir spécifique face auquel il n'y a pas de défenses : le plaisir. Il est évident que le théâtre génère du plaisir, d'où le fait qu'il est la distraction préférée de notre monde. Mais… imaginez un instant qu'il génère un plaisir *infini*. Que ne pourrait-il obtenir ?

J'envisageai cette possibilité, sans parvenir à aucune conclusion. Cela me parut être l'idée typique d'un fou.

— Je ne peux pas imaginer, monsieur X…

— M. Holmes.

— Monsieur Holmes, le plaisir relève plutôt du diable que de Dieu. Et il n'est jamais infini. Vous… Enfin, vous ne le savez peut-être pas, mais croyez-moi. Il dure fort peu de temps.

— Il n'a pas besoin d'être infini. Le plaisir est dans notre esprit, mademoiselle McCarey, et celui qui le contrôle peut manipuler ce dernier.

— Vous parlez des mesméristes, des hypnotiseurs…

— Non, non, bien au contraire. Le pourquoi de la question repose là-dessus : les messieurs de ce groupe ne manipulent pas l'esprit pour contrôler les émotions… Ils manipulent les émotions pour contrôler l'esprit. C'est juste la direction inverse. Mais c'est dans cette direction que se cache ce qui est terrible. Mon ami ne le savait pas avec certitude, mais je suis sûr que certaines œuvres de théâtre génèrent tellement de plaisir qu'elles obligent les personnes qui les contemplent à réaliser des choses.

Un détail me revint soudain.

— Attendez un instant. Le Dr Corridge, avec qui j'ai travaillé à l'asile d'Asherton…

— Sir Owen Corridge, c'est de lui que vous parlez ?

— Oui, j'ai travaillé sous ses ordres.

— C'était l'aliéniste qui soignait mon ami, l'écrivain d'Oxford…, curieux, très curieux. Mais poursuivez, je vous en prie.

Après cette "curieuse" expression, il rassembla les index sur son menton, attentif.

— Le Dr Corridge nous disait qu'aucun théâtre mental ne peut… "manipuler la volonté de quiconque au point de l'obliger à faire des choses qui vont à l'encontre de ses principes". – J'avais parlé d'une traite : Il nous le répétait fréquemment.

— Possible. Mais le théâtre mental est une forme d'hypnotisme, mademoiselle McCarey. Comme je vous l'ai dit, ce que font ces individus, c'est autre chose. Toujours est-il que l'écrivain que j'ai aidé avait entendu par hasard une conversation sur un projet des Dix : et j'insiste encore une fois pour que vous ne le répétiez jamais. Ils avaient décidé d'envoyer quelqu'un "agir à Portsmouth" cet été. On l'appelait

“M. Y”. Mon ami l’écrivain ne savait rien de lui ni de ce qu’il comptait faire, mais j’ai supposé que, s’agissant des Dix, cela n’augurait rien de bon, et il suffisait d’imaginer des vols ou des assassinats… C’est pourquoi j’ai demandé mon transfert ici. Je me suis servi de ce bon Jimmy et des garçons… mais j’ai commis l’erreur de sous-estimer l’ennemi.

Je me rappelai la phrase de Mme Murray : *Il attend quelque chose.* C’était exact. Il l’attendait depuis le début.

Mais fallait-il le croire ? Il se dégageait toujours de toute cette histoire un relent de folie.

— Si vous saviez tout cela, pourquoi ne pas avoir alerté la police ?

— Ce n’est pas du ressort de la police, mademoiselle McCarey. Je ne crois pas que l’inspecteur Merton accorde beaucoup de crédit aux déclarations d’un écrivain nerveux…

— Et comment va votre ami, maintenant ?

— Bien, dans une certaine mesure, mais si je fais échouer les plans de M. Y…

“M. Y.” C’était même amusant. M. X, M. Y. Caractéristique d’un individu délirant. Comme d’habitude, mon résident sembla lire dans mes pensées.

— Mademoiselle McCarey, avant de juger, rappelez-vous le théâtre mental… Vous avez connu ça ?

— J’ai assisté à quelques séances.

— Vous pouvez m’en parler ?

— Je ne peux pas donner de noms ni aucun détail précis.

— Racontez-moi quand même tout ce que vous pourrez, je vous en prie.

En réalité, je n’oubliais jamais ces expériences, mais je ne comprenais pas sur quoi elles se basaient. Je racontai brièvement et avec une grande réticence, parce que je ne voulais pas m’en souvenir, la séance avec un veuf très mélancolique depuis la perte de sa femme. Il y avait un décor noir et un cercueil sur un podium avec un côté ouvert, de sorte qu’on pouvait observer qui gisait à l’intérieur, ce n’était autre que l’actrice recouverte d’un drap. Toujours des femmes très jeunes ou des enfants. Des corps non définis, agiles, presque toujours nus, dont les gestes et les voix pouvaient être façonnés, d’après

Corridge, d'où l'âge choisi. L'actrice feignait de "ressusciter", sortait du cercueil et effectuait une danse tout en récitant un texte spécialement écrit par un dramaturge du théâtre mental – je me rappelle que, lors de cette séance, c'était M. Peter Harville –, basé sur des extraits des lettres d'amour que la défunte envoyait au patient quand ils s'étaient rencontrés. La danse était choquante, voire aberrante à mon avis, et, s'il ne s'était agi d'une thérapie médicale, obscène même, mais c'était du théâtre mental, pas artistique. Le théâtre mental était considéré comme une technique médicale, aussi *indécente* ou *scandaleuse* que de dévêtir un patient pour l'opérer.

— Et le patient ? demanda M. X une fois mon récit achevé.

— Il va mieux. Il s'est réconcilié avec le souvenir de sa perte.

— Alors il est vrai qu'il existe un genre de théâtre qui manipule notre esprit…

— Mais il ne peut jamais être utilisé pour nous obliger à…

— C'est discutable, je l'ai dit, et cela dépend du degré de plaisir. N'avez-vous pas entendu dire "tout homme a un prix" ? Je vous assure que toute volonté également, à partir duquel même l'anachorète le plus acharné finit par céder à la tentation.

— Mais l'Assassin des Mendiants n'a rien à voir avec un spectacle, dis-je. Les cadavres apparaissent dans des lieux différents, toujours déserts, et ce témoin, Spencer… a dit qu'il n'y avait personne d'autre que Hutchins et cette présence qui riait…

— Comme je vous l'ai dit, tout dans ce mystère est magnifique, mais il ne me manque qu'une pièce pour le résoudre.

— De quoi parlez-vous ?

— De l'existence de ces deux semaines d'intervalle entre les derniers assassinats. C'est la clé finale. – Alors il ajouta une chose inconcevable : Je la *connais* déjà, mais j'ai besoin de la récupérer, alors je pars dès maintenant au palais de Verre.

6

Je crus ne pas avoir bien entendu, je m'alarmai.

— Vous ne pouvez pas sortir de Clarendon sans autorisation de…

— Je ne prétends pas sortir de Clarendon. Ni même de cette pièce.

— Mais… vous avez dit que vous partiez…

— Oui, je m'en vais. Cela ne prendra qu'un instant. Restez ou allez-vous-en.

Ses yeux bicolores ne m'avaient jamais semblé aussi dignes de compassion. Je m'approchai et parlai devant eux comme devant des fenêtres fermées, dans l'espoir que celui qui vivait à l'intérieur m'entende.

— Que voulez-vous dire, monsieur X ? Comment ça, vous allez à… ?

— Je suis Sherlock Holm…

— Appelez-vous comme vous voulez ! Jouez au policier si vous voulez… Mais, je vous en prie, ne mêlez pas vos fantaisies à… à ça… ! Je ne pourrai pas le supporter !

Il tordit les lèvres dans un de ses sourires minimalistes.

— Pourquoi craignez-vous à ce point que je puisse être fou, mademoiselle McCarey ? Vous avez été engagée pour vous occuper d'un fou.

— Je… ne crains pas…

— Calmez-vous. Le palais de Verre n'est en rien une hallucination. C'est le lieu où je garde tout : ce que je perçois, ce que je devine, les résidus que l'océan rejette sur ma modeste rive. Je ne peux pas travailler avec tout ça, alors je le range, et quand je veux récupérer quelque chose, il me suffit d'entrer et de le chercher.

— Entrer… où ?

— Dans le palais de Verre, où voulez-vous, répéta-t-il avec une patience obstinée. Je suis un camelot de la réalité, mademoiselle McCarey : je ramasse ce que je trouve en chemin, car tout peut servir. Au palais, aucune porte n'est assez opaque pour ne pas permettre le passage de quoi que ce soit, et la vie d'un adulte est suffisamment longue pour réunir une collection que le British Museum envierait.

— Depuis quand… faites-vous cela ?

— Depuis l'enfance, bien sûr. Quand j'ai décidé que j'en savais trop et que la plupart des gens ne voulaient pas savoir, parce que ça me dérangeait. C'est alors que j'ai joué du violon pour la première fois et sa musique m'a permis d'entrer dans le palais…

— Un instant… – Cela me faisait de la peine, mais je crus de mon devoir de le lui dire. – Votre musique… n'existe pas, monsieur… monsieur Holmes. Votre violon n'existe pas. – Il se tut. Les larmes roulaient sur mes joues pendant que je parlais. – Ce violon n'existe pas et vous ne jouez pas… Peut-être que personne ne vous l'a dit auparavant, parce que… on vous a laissé *seul*, vous ! Votre famille paie pour vos résidences et cela lui suffit ! Vos docteurs et infirmières vous supportent pour la même raison, mais jamais *personne* ne s'est soucié de vous ! Enfin, à part moi. – Je séchai mes larmes. – Je suis désolée.

— Pourquoi pleurez-vous ? demanda-t-il doucement.

— Excusez-moi. Je nettoierai le tapis après.

— Je ne vous ai pas demandé *sur quoi*, mais *pourquoi*.

— Je… J'étais émue.

— Pourquoi ?

Je respirai par le nez en me demandant où ce pauvre être prétendait maintenant en venir.

— Parce que je ne voulais pas vous blesser, monsieur Holmes, mais je sentais… Je devais vous le dire.

— Vous ne vouliez pas *me blesser* ?

— Non, parce que… vous êtes tout ce que j'ai, tout ce qui me reste ! – Je m'assis sur la chaise, troublée. L'ancre, pensai-je. Je ne l'ai plus. – Je ne peux pas supporter ces histoires de violons et de… "M. Y"… ! Vous ne pouvez pas… ! Vous devez voir la réalité !

— Vous me comprenez mal de nouveau, mademoiselle McCarey. Respirez profondément, calmez-vous et répondez à ça : vous dites que vous ne vouliez pas me blesser. Avec quoi ? Vous avez un couteau ?

Je le regardai, déconcertée.

— Pourquoi cette question maintenant ?

— Je vous la pose de nouveau : aviez-vous l'intention de me faire du mal avec quelque chose ?

— Non. Je voulais dire que je ne souhaitais pas vous blesser avec… mes paroles, répondis-je en hésitant.

— Vos paroles ! Oh ! – Il semblait étonné. – Vos paroles auraient-elles par hasard une pointe ou un tranchant ? On peut les toucher ? Elles peuvent être touchées ?

— Bien sûr que non, mais…

— Mais elles peuvent blesser, profondément.

— Oui, bien sûr. Mais ce ne sont pas des blessures réelles.

— Mais elles provoquent de la douleur.

— Une grande douleur, admis-je.

— Et parfois, la mort.

— Oui.

— De sorte qu'elles doivent être réelles, même si elles sont invisibles. Il peut se produire des blessures avec des choses qu'on ne peut voir ni toucher, ou de la musique avec un violon que personne ne voit. Nous pouvons nous émouvoir sans paroles, tuer sans assassins, voyager sans bouger de notre chaise… Vous, hier soir, vous avez souffert à cause de quelque chose que vous ne pouviez voir ni palper ni percevoir avec aucun autre sens, mais qui vous a fait plus mal que le coup contre les troncs. La réalité raconte toujours la même histoire, mais de mille façons différentes : je lis plus de réalité que vous, simplement. – Je restai à le regarder. Je ne sus que dire. – Je ne dispose pas de beaucoup de temps, poursuivit-il. Je vais partir, je vous demande de rester. Parfois, c'est douloureux pour moi, mais je dois aller à la recherche de quelque chose de très concret.

— Je vais rester. Je vais rester aussi longtemps que vous voudrez.

Il sourit et leva les bras.

Nous étions là, dans la semi-pénombre de la lampe allumée et des rideaux tirés, ses petites mains aux doigts fins jouant de son absurde violon.

— Vous l'entendez ? demanda-t-il à un moment donné.

— Non, avouai-je.

— Ça ne va pas tarder, la Mouche l'a entendue immédiatement.

J'en doutais, mais il ne s'écoula guère de temps avant qu'il ne relève la tête.

— Le palais de Verre… murmura-t-il. Oh, mademoiselle McCarey… Si vous pouviez le voir ! Jouir de toute sa splendeur… ! – Sa mimique n'était plus celle du violoniste, mais celle d'un chef d'orchestre. Il agitait les bras avec lenteur, comme pour marquer un rythme. C'était une authentique folie. Il regardait le plafond de ses yeux bicolores. – Il est si grand… Si… vaste… Vous avez le vertige ?

— Un peu, dis-je en toute sincérité.

— Ne vous inquiétez pas si vous ne le voyez pas. Il est en verre, et le verre ne se voit que lorsqu'il y a dessus des choses qui *ne sont* pas du verre… Mais le palais n'est *que* du verre.

J'acquiesçai entre deux sanglots, incapable de parler.

Il passa un temps indéterminé à agiter les bras et à regarder le plafond. Alors je le vis trembler comme en proie à une montée de fièvre.

— Cet escalier… Par ici ? Non, je ne veux pas monter par là…

Mon Dieu, je dois le trouver… pour Danny… murmura-t-il. Il parlait bas et sur un ton angoissé comme un enfant abandonné. Je compris que c'était ce qu'il avait toujours été, ce qu'il cachait sous ce mur de glace et de génie. M. X n'avait pas de nom parce qu'il était à peine né. C'était une créature sans amour, condamnée par l'humanité à une solitude infinie. Je me jetai à terre et appuyai la tête sur le fauteuil et les mains sur lui, tentant maladroitement de le rassurer, de lui dire que j'étais là, que je ne l'abandonnerais jamais. Il ne m'adressa pas la parole : il était comme endormi, mais il sursautait de temps en temps.

Je ne sus comment prier. Je finis donc par demander : *mon Dieu, soigne-le lui, ou soigne-nous tous !*

Ce fut dans cette position, étreignant son fauteuil, que me surprirent le Dr Ponsonby et Mary Braddock.

THÉÂTRE mental

Homme de cinquante ans. Nous l'appellerons G. Il ne trouvait pas de raison de vivre, il était plongé dans la boue profonde de la mélancolie. Pour G, la mort était une libération. Notre théâtre mental représenta pour lui la mort comme le contraire : une menace et une fin à son bonheur. La petite fenêtre fermée du sous-sol de sa vie s'ouvrit et la lumière entra dans ses ténèbres, le purifiant. Cependant, par malheur, la Parque encaissa son dû à peine un an plus tard : lorsque sa logeuse parvint à faire enfoncer la porte par la police, elle découvrit le corps de G se balançant au bout d'une corde… Nous le répétons : de la même façon que le théâtre mental ne peut empêcher dans tous les cas un destin fatal, il ne peut pas le forcer non plus. Penser que le théâtre mental peut obliger un être humain à faire quelque chose contre sa volonté est absurde.

Sir Owen Corridge,
Quelques précisions sur le théâtre mental (1870).

LA FAMILLE DE M. X

1

— Depuis quand M. X est-il ainsi ?

— Pardon, docteur ?

Nous étions face à face, séparés par le bureau supportant le crâne divisé en numéros, mais nous restions debout, Braddock comme troisième côté du triangle.

Du quadrilatère, devrais-je dire, car il fallait compter avec Mme Murray dans son coin près de la fenêtre, tricotant, tricotant et écoutant.

Et mangeant : elle tendait la main vers une assiette de biscuits de Mme Gillespie. Ce qui ne l'empêchait pas de suivre attentivement la conversation.

— Vous m'avez entendu. Je parle clairement. Ah, je ne dis pas que c'est toujours le cas, mais en ce moment si.

— Oui, docteur.

— Alors répondez. Depuis quand est-il ainsi ? Ne faites pas semblant d'ignorer ce que je vous demande, mademoiselle. L'autre jour, des gamins de la rue ont déjoué notre sécurité et pénétré dans l'enceinte. Et sir Leslie a entendu des pleurs d'enfants dans la chambre de M. X. Sir Leslie peut avoir bien des défauts, mais il n'entend pas de pleurs d'enfants sans une bonne raison. Enfin, Mlle Braddock, ici présente, affirme que, lorsque les enfants sont entrés à Clarendon, le Dr Doyle et vous étiez… nerveux.

— Elle plus que lui, docteur, précisa Braddock.

— Je t'ai prévenu, Ponsonby : cet homme est spécial, dit Mme Murray, et hop, un autre biscuit.

— S'il vous plaît, demanda le docteur, mais seule Braddock s'excusa.

Je me sentais étrangement sereine. Tête, cœur froids. S'ils devaient me renvoyer, qu'ils le fassent. Je savais que j'avais commis une faute et je savais que je n'avais commis aucune faute. Vous ne me comprenez peut-être pas, mais bon, je ne peux pas mieux dire.

Ponsonby m'observait sévèrement.

— Je vous demandais depuis quand il est ainsi : à parler avec les uns et les autres, éventuellement même avec des enfants des rues, avec la complicité de ce docteur et, pire encore, la vôtre.

— Je ne l'ai vu parler à aucun gamin des rues, docteur, mentis-je avec aplomb. J'ignore ce qu'il fait quand je ne suis pas là. Et le Dr Doyle n'est complice de rien, que je sache. – J'étais étonnée moi-même par le naturel avec lequel je l'embobinais. J'avais tellement changé ? C'était à cause de *lui* ?

— Et aujourd'hui ? Après la plainte de sir Leslie, Mlle Braddock m'a prévenu que vous étiez enfermée dans la chambre avec M. X. J'arrive, et que vois-je ? Que faisiez-vous là, près du canapé, avec… ? – Ici sa pensée se brouilla. Il cherchait en vain ses mots. – Je ne dis pas qu'il s'agissait d'une position inappropriée, mais…

— Je suis désolée, docteur… – Je ne savais que dire. – Il m'a semblé que le résident était nerveux. Je tentais de le calmer.

— Je n'ai pas fini. – En se redressant, Ponsonby réussit le miracle de diriger la pointe de son bouc vers moi. – M. Weedon se plaint sans cesse que son assistant, Jimmy, fait continuellement des commissions pour notre résident. Et, enfin, même si c'est moins important, coïncidant avec ces deux crimes lamentables, notre résident refuse de manger. Vous le saviez ?

— Pour la nourriture, oui. Je suppose que les nouvelles l'ont affecté…

— Affecté ? Nous le sommes tous, Portsmouth tout entier est affecté ! M. X a-t-il le privilège des affects ? Ou peut-être… ah… Peut-être s'agit-il de son obsession des délits ? – Si le bureau du Dr Ponsonby avait été une caverne, cette phrase aurait déclenché des échos. Je ne dis rien. Coupable ! me désignait ce silence, mais je le reconnaissais moi-même. – Il y pense encore ?

Je ne pus répondre. Braddock et Mme Murray le firent pour moi : “Bien sûr”, “Tu en doutais ?”.

— Laissez-moi un instant seul avec Mlle McCarey, décida mon médecin-chef, bombant le torse.

Braddock se déplaça sans bruit, comme toujours, comme si elle flottait avec son corps-bouée dans une mer invisible. Elle avait un tic. Il n'affectait que la paupière droite, mais faisait trembler tout son visage compressé. Elle le dirigea vers moi à ce moment pendant qu'elle défilait sous l'immense coiffe. Elle m'inspira de la compassion. Pauvre femme, pensai-je. Moi au moins, j'avais eu Robert, mais elle, qui avait-elle pu avoir ? Le Dr Doyle lui plaisait certainement, aussi s'était-elle arrangée pour que Ponsonby se présente dans la chambre. J'aurais souhaité lui dire que le jeune docteur était à peine poli avec moi et que son intention en m'accompagnant au théâtre était bien différente de ce qu'elle imaginait. Mais je ne lui reprochais pas sa jalousie. Elle était aussi seule que moi, enfermée dans une prison de chair qui la faisait souffrir.

Mme Murray sortit après, se cramponnant à l'assiette de biscuits comme à un gilet de sauvetage, nous adressant des regards réprobateurs.

Ponsonby attendit longtemps avant de reprendre la parole. Je pensai que même la porte avait dû oublier s'être refermée quand j'entendis de nouveau sa voix.

Ce qui était curieux, c'était que je m'attendais à un ton implacable, mais il commença doucement.

— Écoutez. Comme vous le savez, ou devriez le savoir, votre expérience dans un asile a lourdement fait pencher la balance en votre faveur pour vous engager, mademoiselle. – Il arrangea sa petite cravate et joua avec les boutons de son gilet. – Avec d'autres résidents nous n'avons pas ce genre de problèmes, mais M. X est… Eh bien, ah, un résident difficile. Et je dois reconnaître qu'avec vous il a changé… Ah… Je ne parle pas d'un changement profond ni vraiment souhaitable, mais d'un changement, si minime soit-il, et certainement plus souhaitable que le contraire. Il est plus actif, plus heureux. Il va à la plage. Tout cela me semble bien. Mais il reste quelques détails. Et je dois vous prévenir, mademoiselle…

— McCarey, précisai-je.

— McCarey. Je dois vous prévenir.

Et je le vis tendre la main vers un tiroir du bureau. J'ai pensé que le grand MOMENT était arrivé. Celui qui constituait le but, l'objectif de toutes ses circonlocutions. Il m'avait amenée là pour que je voie ça – mon renvoi, peut-être –, et *ça*, c'était un papier rectangulaire parfaitement plat et parfaitement blanc. Il semblait à la fois, et dans la mesure où un objet peut sembler ainsi, complètement innocent et très dangereux. Il le posa sur la table, à ma portée, comme ferait un joueur de cartes avec la carte gagnante, pendant qu'il parlait.

— La famille de M. X ne l'a pas entièrement oublié, dit-il. – Je regardai l'enveloppe puis lui sans comprendre. – Oui, je sais, reconnut-il, je vous ai dit qu'ils l'avaient placé dès l'enfance dans des résidences et qu'ils ne se souciaient plus de lui, mais ils s'en soucient. Surtout parce qu'ils le connaissent. Et maintenant ils veulent qu'il soit là, bénéficiant de nos soins. Et je souhaite qu'ils le veuillent toujours. Ah… La famille de M. X contribue de façon très généreuse à l'entretien de Clarendon, tout en exigeant certaines conditions. Pour moi, elles étaient claires quand M. X est arrivé ici, mais la visite de l'inspecteur l'autre jour et les nouvelles que j'ai reçues de la part de Mlle Braddock ont ravivé mes terreurs… L'inspecteur a même opté pour poser des questions directes, sans m'informer, à la famille de M. X, et cela, bien sûr, n'a guère plu à ces illustres personnalités. J'ai reçu cette lettre. Ah, elle ne contient rien de compromettant… Je ne veux pas dire absolument rien, je veux dire qu'elle ne contient aucun nom, mais des informations utiles. Je vous demande de la lire ici tout de suite, à voix haute, avec la plus grande attention.

Je sortis de l'enveloppe – les doigts tremblants – un papier plié en deux. En passant le doigt dessus, on remarquait d'étranges rugosités. En l'ouvrant, je compris pourquoi : le texte avait été écrit avec une de ces machines américaines que l'on commence à utiliser dans notre pays pour les documents officiels, mais auxquelles, en ce qui me concerne, je ne vois pas d'avenir – seul un Américain songerait à écrire avec une machine, où la belle calligraphie, la personnalité des paroles, les dessins des idées s'évaporent entièrement. Comment pouvait-on rédiger une lettre sur un être aimé avec une épouvantable machine ? Cela en disait long – et rien de bon – sur ces "illustres personnalités".

Mais le contenu était encore plus incroyable.

Je la lus comme on me l'avait demandé, à voix haute, regardant de temps en temps Ponsonby afin de m'assurer que ce n'était pas une vaste plaisanterie.

INSTRUCTIONS SUR LA FAÇON DE PROCÉDER AVEC M. X

(RÉSERVÉ AU PERSONNEL SPÉCIALISÉ)

Cette famille (désormais dénommée "MM. F") ayant pleinement conscience des désagréments impliqués par la conduite de M. X, ancien membre des MM. F, dans sa résidence actuelle (désormais dénommée "R"), MM. F. ont à cœur d'envoyer au personnel de R ces normes, qui serviront d'instructions (désormais dénommées "I") sur la façon de traiter M. X par rapport à ces désagréments. Les susdites seront appliquées sans faute à la R dès réception. Elles se composent des paragraphes suivants :

1°) M. X souffre d'une maladie mentale (désormais appelée "MM"). Il ne relève pas de la compétence de MM. F de déterminer de quelle sorte de MM souffre M. X, mais les susdits messieurs considèrent comme opportun que le personnel de R directement en contact avec M. X soit d'accord sur ce point des I, sans lequel les I suivantes seraient sans effet.

2°) L'une des obsessions (désormais appelées "O") de la MM de M. X consiste à vouloir donner son avis sur tout cas légal, mystère non résolu ou fait de type criminel (désormais appelé "FC") qui parvienne à sa connaissance ou apparaisse dans les quotidiens.

3°) On ne doit sous aucun prétexte encourager, motiver ou faire l'éloge des raisonnements, conclusions, suggestions ou découvertes apparentes que M. X peut réaliser en relation avec les FC, s'agissant d'une partie de ses O dues à sa MM.

4°) Le violon de M. X...

Là, je dus m'interrompre et regarder le Dr Ponsonby, qui restait droit comme un I, comme pour écouter l'hymne.

— Le... violon de M. X ? répétai-je, confuse.

— Poursuivez, dit Ponsonby.

4°) Le violon de M. X (désormais dénommé "V") sera traité avec soin et attention, sans brusquerie, en tant qu'objet très important et fragile. Même si MM. F savent parfaitement que le V est une autre O de la MM de M. X, ils connaissent également son effet bénéfique et apaisant sur le susdit monsieur de par son usage imaginaire.

5° et dernier) Conscients des O de la MM de M. X, MM. F souhaitent que ces I soient suivies à la R. Dans le cas contraire, les O dérivées d'un FC (à l'exception de V) entraîneront le transfert immédiat de M. X à une autre R, au détriment de tous.

(Sans signature.) THDPD M. X

Je cherchai le regard du Dr Ponsonby et nous clignâmes tous deux des yeux.

— Je n'ai pas compris ce dernier point, dis-je.

— "Tenir Hors De Portée De M. X", traduisit Ponsonby. Ils m'ont déjà écrit. Qu'en pensez-vous ?

— Je ne sais que vous dire… Je… Je vous donnerais une mention très bien.

Ponsonby ne sourit pas. Il se frotta les doigts comme pour dire "argent".

— Je reconnais qu'il leur manque… Ah… Certes, on regrette l'absence de tendresse, peut-être pas beaucoup, mais un peu. Même s'il faut tenir compte du fait que la famille de M. X est très occupée. Très. On pourrait dire que ce n'est pas une excuse, mais moi je crois que si, du moins assez pour ne pas entrer de plein fouet dans le monde émotionnel. Imaginez la souffrance que cela doit impliquer pour eux d'avoir un proche avec ces caractéristiques.

— Je comprends, docteur.

Ponsonby m'observait tout en m'ôtant la feuille des mains et en la pliant sans effort, car elle se plia presque toute seule et retourna avec la même éducation dans l'enveloppe parfaite. J'ignore ce qu'il vit dans mes yeux, mais je suis sûre que ce ne fut même pas la moitié de ce que j'éprouvais. Il se dirigea calmement vers la porte.

— Mademoiselle, quand je vous ai engagée, j'ai cru prendre l'une des meilleures décisions de ces dernières années pour Clarendon. Ne m'obligez pas à le regretter. Désormais, n'encouragez pas les obsessions de détective de M. X. – J'acquiesçai humblement et, au moment où je partais, il m'arrêta. – Ni aucun autre genre d'obsession.

— Oui, docteur.

Mais je dus réfréner ma colère pendant que je m'éloignais dans le couloir. Cette lettre m'avait fait changer, mais pas dans le sens qu'entendaient son ou ses rédacteurs, quels qu'ils fussent. Comment pouvait-on concevoir une telle famille ? Comment pouvait-on écrire un document si froid par rapport à un être aimé malade reclus depuis l'enfance dans des résidences ? Qui était ou qui étaient "MM. F", sinon des êtres cruels, calculateurs, absurdes, glacés ? J'eus envie de pleurer.

Pauvre M. X. Tous ses défauts me semblaient explicables, et presque logiques, après avoir lu cela. Quels que soient les objectifs de ce clan si dépourvu d'émotions, dont M. X avait enfermé les souvenirs sous clé dans son "palais de Verre", ils avaient réussi juste le contraire avec moi.

Maintenant j'étais décidée à l'aider à attraper l'Assassin des Mendiants.

Mais un élément insolite vint entraver mon plan le lendemain : M. X lui-même. La domestique qui lui avait apporté le petit-déjeuner m'avait prévenue : il traversait une de ces périodes de détachement et de solitude, rideaux tirés, visites interdites. Quand j'entrai, il avait le menton enfoui dans la poitrine et il ne m'adressa pas la parole. Ponsonby préféra respecter sa décision, comme il le faisait toujours envers les désirs plus ou moins recevables de ses patients.

Pourtant, je constatais une exception : Jimmy Piggot lui rendait visite. Plusieurs fois par jour.

Le Dr Doyle, qui était venu le matin, n'avait pu le voir.

— À moi non plus, il ne me parle pas, docteur, lui dis-je dans le vestibule. Et il a perdu l'appétit.

— Notre cher Sherlock… – Il sourit avec un soupir triste. – Il doit se sentir responsable de ce qui est arrivé à ce pauvre garçon…

— La dernière fois que je lui ai parlé, hier, il gardait l'espoir d'attraper le criminel…

— Mais il continue à enquêter ?

— Il ne fait plus rien. Il reste dans son fauteuil, ne veut voir personne.

L'exception était Jimmy, bien sûr, mais je ne savais pas à quoi étaient dues ses visites. Peut-être lui apportait-il des journaux ou des lettres, ou bien de l'argent de sa famille. Je m'étais proposé de le vérifier. Je m'étais également proposé autre chose et j'avais besoin de Doyle pour cela.

— Et il a une théorie ? s'enquit ce dernier.

J'aurais voulu lui raconter tout ce que M. X m'avait dit, mais je ne savais pas par où commencer. Et j'avais même honte de parler de cette histoire sur le théâtre du plaisir infini, qui me rappelait les thaumaturges, les “comédiens sorciers”, une fable créée pour effrayer les enfants, mais que mon pauvre résident, semblait-il, prenait au sérieux. Cela m'aurait fait de la peine que Doyle constate à quel point il était malade.

— Il en a trop. Il a parlé d'un autre malade, à Oxford, qui lui a raconté des choses sur une sorte de... de groupe, ou de secte. Une folie. Et il est toujours obsédé par le théâtre.

Doyle se massait le visage.

— Je vois. Il se peut que certaines choses soient le produit de sa folie, mais il ne fait pas de doute que le Charity est en quelque sorte associé aux victimes...

Soudain, je me rappelai quelque chose.

— Taylor travaillait comme machiniste et Danny a fait des essais au Charity !

— Coppelius et Pettirosso encore... – Doyle acquiesça et ses yeux bleus se mirent à briller.

— Toutes les victimes sont passées par là... C'est une réalité, docteur !

— Un assassin fou dans la compagnie Coppelius, mon Dieu, on dirait un article de journal... Mais sans preuves on ne peut pas aller voir la police. Et il reste quatre jours avant le... ou *les* suivants.

Je finis par oser. Je baissai la voix.

— Docteur, vous vous rappelez la porte fermée derrière la scène ?

Il s'en souvenait. Sa rapidité à me répondre fut surprenante.

— Oui, vous me l'avez montrée ! Probablement un théâtre clandestin, mademoiselle McCarey, je ne crois pas que cela ait un rapport. De nombreux théâtres possèdent en coulisse des salles où ils jouent de petits spectacles pour un public choisi. C'est ce qui les fait vivre, davantage que les œuvres classiques. Et leur permet de financer leurs grandes productions. Mais je ne crois pas qu'il y ait un rapport... – Il m'observa. – Quoique peut-être, l'un de leurs clients...

Je connaissais bien les théâtres clandestins, j'étais allée dans l'un d'eux avec Robert quelques jours plus tôt. Les spectacles étaient *indécents*, sortis du four infernal de l'imagination, mais cela n'était rien en comparaison d'un assassinat. Ils généraient du *plaisir*. Ce qui me rappela les idées fantaisistes de M. X : il existerait un théâtre capable de générer du plaisir au point d'obliger quelqu'un à faire quelque chose contre sa volonté ?

— Excusez la question, docteur… – Je rougis. – Pourriez-vous faire en sorte que je… ?

Doyle m'observa et finit par acquiescer. Cela me fit rougir davantage.

— Je sais ce que vous essayez de me proposer, mademoiselle McCarey. Je pourrais, oui. Mais je dois vous avertir que ce sont des spectacles inappropriés pour une femme…

Peu m'importait l'*indécence*. Je voulais savoir ce que cachait Coppelius.

— Je veux y aller, affirmai-je. Mais je dois demander l'autorisation au Dr Ponsonby.

— Le plus simple est que je lui parle. J'ai de l'influence, car certains patients que je traite sont de futurs candidats pour Clarendon.

Pendant que je prenais congé de Doyle, je vis Jimmy Piggot descendre l'escalier. Il entra dans le bureau et en ressortit en mettant son chapeau. Il nous salua au passage. Où allait-il ? Que manigançait-il avec mon résident ? Tu vas me donner du fil à retordre, pensai-je.

Quelque chose faillit me faire rire : d'une certaine façon, j'adoptais le rôle d'enquêtrice, celui que M. X semblait avoir abandonné.

3

Je coinçai Jimmy Piggot le lendemain. Je m'étais levée très tôt et je l'avais vu descendre de nouveau à toute vitesse. Il entra dans le bureau de son chef – à cette heure Weedon n'était pas encore arrivé – sans remarquer ma présence. Ma théorie était exacte : presque toutes les tâches de M. X, il les effectuait le plus tôt possible, afin que Weedon fût absent. Je m'approchai et penchai la tête dans l'encadrement de la porte. Reprenant son chapeau, sur le point de sortir. Il faillit en avoir un infarctus.

— S'il vous plaît et pour l'amour du ciel, mademoiselle McCarey ! Vous m'avez fait tellement peur… !

— Une autre commission pour l'homme au fauteuil, Jimmy ?

Il récupéra un papier et le rangea dans sa poche.

— J'ignore ce que vous voulez dire, mademoiselle.

— Je veux dire que, dernièrement, tu ne travailles que pour lui. Je suppose qu'il te paie mieux que Clarendon. À qui écrit-il ?

— S'il vous plaît, vous savez que M. X ne veut pas…

— Et tu sais que je suis son infirmière, Jimmy. M. X est un aliéné.

— Non, il ne…

— J'ignore ce qu'il a pu te mettre en tête, mais, si intelligent soit-il, il a besoin d'aide. Et pas précisément qu'on abonde dans son sens ! Dis-moi à qui il écrit.

Il me faisait presque de la peine. Jimmy, désespéré, fixait le sol.

— Je ne peux pas en parler…

— Moi si, répliquai-je. Je peux parler au Dr Ponsonby, par exemple. Des boîtes de biscuits et des messages. Je perdrai mon travail, mais je ne serai pas la seule.

— Mademoiselle McCarey, s'il vous plaît… ! Vous ne me ferez pas ça !

— Si tu me dis ce que je veux savoir, j'oublierai tout.

Sur le visage de Jimmy Piggot semblèrent lutter le bien et le mal, ou l'astuce et la maladresse, ou peut-être le sens commun et la stupidité. Toujours est-il qu'il opta pour la solution la plus pratique. Il souhaitait le dire, après tout.

— Il est fou, oui ! lança-t-il. Mais il me paie très bien pour des choses faciles ! Il me demande de lui lire les journaux… De vieux numéros de *L'Œil de Portsmouth*… Et maintenant il correspond avec un curé catholique du quartier de Gosport !

Des messages secrets écrits dans une sorte de code… Je n'y comprends rien ! S'il vous plaît, qu'il ne sache pas que je vous l'ai dit… !

Je ne m'attendais pas à ça. Quel curé… ? Alors je crus me souvenir.

— Le père Philipotts ?

— Lui-même. Vous le connaissez ? Un curé catholique de la paroisse de Gosport. En ce moment, il y a beaucoup de catholiques, avec l'inauguration de cette cathédrale…

Il parlait de la cathédrale papiste de Portsmouth. C'était un bel édifice et il y aurait une grande cérémonie pour son inauguration, prévue en août.

— Je crois l'avoir rencontré, dis-je. Quel genre de messages ?

— Seul le diable les comprend ! Je lui lis les réponses et il me dicte les siennes.

— Mais que disent-ils ?

— Je vous jure que je l'ignore. C'est son nom… et des lettres et des numéros.

— Son nom ?

— X. Certains messages comportent un X. Ce doit être son nom, je pense.

— Il y a aussi un "Y" ? demandai-je, mais Jimmy dit que non.

Il était évident que M. X avait complètement perdu la raison, mais, et le père Philipotts ? Pourquoi l'accompagnait-il dans cette folie ?

— Je vous en supplie, mademoiselle McCarey, implorait Jimmy. Il m'a fait jurer de ne pas le dire…

— Ne t'inquiète pas, Jimmy, je garderai le secret… si tu fais ce qu'il faut avec cette conversation.

Jimmy était comme je l'avais toujours été : de cette sorte d'êtres qui croyaient encore en les mots, en le fait que le monde tendait objectivement vers le bien, que la seule chose qui nous empêchait tous d'être amis de tous était que nous ne parlions pas assez entre nous. Il lui suffit de mon consentement et de ma promesse pour redevenir le Jimmy confiant et heureux. Mais j'étais soucieuse. Écrire ces messages à un curé qu'il ne connaissait pas, c'était porter ses absurdités hors des murs de

Clarendon. Et il y avait la lettre de son influente famille. Ses délires privés – les “Dix”, les “thaumaturges”, “M. Y.”, le violon – étaient une chose, mais la réalité en était une autre et elle pouvait fondre sur nous et nous saisir sans crier gare, y compris Jimmy, et peut-être aussi ce pauvre Dr Doyle, si ces délires sortaient de l'enceinte de Clarendon.

Peu importait ce qui m'arrivait, mais je ne voulais faire de tort à personne.

4

J'entrai ce matin-là dans sa chambre, m'attendant à y trouver la même ambiance morose que la veille, mais il me réservait une nouvelle surprise : il était de bonne humeur, et même plutôt joyeux. Les rideaux ouverts, sa voix douce habituelle.

— Oh, mademoiselle McCarey, ciel dégagé, hum, quelle visite providentielle, on tarde à me servir le petit-déjeuner, teuh, teuh… Il conviendrait de presser un peu Mme Gillespie, j'ai une faim de loup, vous feriez ça pour moi ? Je sais que vous le ferez, vous êtes la meilleure infirmière que j'aie jamais eue, teuh…

— Vous toussez un peu, dis-je. Vous avez découvert quelque chose ?

Il sourit sans répondre et toussa légèrement. Il avait sa canne à la main et faisait des moulinets en regardant en direction de la fenêtre. À quoi bon tout cela ? Je décidai de lui rabattre un peu son caquet.

— Le Dr Ponsonby a reçu une lettre de votre famille, dis-je. – Il y eut un silence derrière le fauteuil. Je poursuivis : L'inspecteur Merton s'est plaint à eux, semble-t-il. Et ils reprochent à Ponsonby que vous enquêtiez sur les assassinats des mendiants.

— Et vous, qu'en pensez-vous, mademoiselle McCarey ? dit-il enfin.

— Je vais être sincère, même si je ne veux pas vous offenser. Je pense que cette lettre n'est pas normale. Si votre famille est ainsi, je… Enfin, je vous comprends mieux qu'avant.

— Ah, je l'ai déjà dit : vous êtes merveilleuse… – Et il toussa.

— Mais cela ne veut pas dire…

— … que vous me croyez, interrompit M. X, bien sûr que non, ne les jugez pas trop sévèrement, ils n'ont pas eu le temps pour l'affection et n'ont pas su la produire, ce qui me plaît en partie, car ils laissent de côté les émotions et réduisent tout à des raisonnements et des conséquences logiques.

— Comme vous.

— Non, pas du tout, je me consacre à pressentir, je vous l'ai dit : avec des raisonnements et de la logique seuls, on ne peut rien comprendre, il faut y ajouter un peu de folie…

— Le Dr Ponsonby croit que vous en ajoutez trop, répliquai-je.

— Le Dr Ponsonby se soucie uniquement de la renommée de Clarendon, cela lui procure les clients dont il a besoin, mais il me supporte parce que ma famille paie, et bien.

— Et vous aide, en quelque sorte.

— Pour eux, cela ne suppose aucun effort… Leurs assignations mensuelles me permettent une vie oisive, qui est tout ce dont j'ai besoin. Enfin, et de vous. – Il fit une pause, toussa deux fois et posa sa canne sur un côté. – Ce monde est une obscurité complète, mais vous êtes l'une de ces rares et heureuses lumières.

Je feignis d'être insensible au compliment. En évitant, certes au prix d'un gros effort, d'être émue, je pensai que j'aurais pu dire la même chose de ce sujet. Fou, mais extrêmement perspicace. Froid, mais étrangement tendre. Un mélange mystérieux d'ingrédients uniques. J'eus la certitude que, si un jour quelqu'un – le Dr Doyle, par exemple – écrivait sur lui, l'appelait Sherlock Holmes ou autrement, il devrait accomplir une prouesse extraordinaire, digne d'un Shakespeare ou d'un Dickens. Qu'était M. X, en fait ? Fou ou sain d'esprit ? Froid ou sentimental ?

— Les deux, dit-il soudain.

Je frémis.

— Non, pas encore une fois… murmurai-je, incrédule. Vous ne pouvez pas savoir ce que je *pense*…

— Et je ne le sais pas, croyez-moi, mais vous êtes restée silencieuse un long moment, mademoiselle McCarey, et quand nous pensons longtemps à quelque chose, nous hésitons toujours entre deux options. La solution est presque toujours un mélange des deux. Les avis ne sont que des ingrédients destinés à fabriquer la vérité : loi de Holmes, pourrait-on dire. La vérité est toujours un mélange, et cela vaut aussi pour ce grand mystère.

— Vous avez progressé avec l'Assassin des Mendiants ? demandai-je.

— Assurément oui, mademoiselle McCarey, assurément oui, ce mystère est prodigieux, et notre assassin, un joueur astucieux et très habile, mais l'échec et mat est proche.

— Excusez-moi si je vous dis que je ne comprends rien.

— Si la raison ne vous sert pas, laissez-la de côté. J'ai besoin de me détendre, vous me donneriez mon violon, s'il vous plaît, mademoiselle McCarey ?

Il tendait en l'air ses petites mains aux doigts fins.

Il ne m'avait jamais demandé pareille chose, et j'ignore pourquoi je pensai que c'était précisément pour cela qu'il me le demandait maintenant : c'était une étape supplémentaire dans notre confiance mutuelle. Une sorte d'épreuve qui attendait des résultats, comme celle qu'il m'avait imposée la première fois où les enfants s'apprêtaient à entrer dans la chambre.

J'éprouvai un vertige en répondant.

— Où… Où est-il ?

— Sur la petite table.

Son ton semblait désigner un fait évident.

Sur la table, il n'y avait qu'un verre d'eau, bien sûr. Mais quand je me dirigeai vers elle, j'eus une pensée : feindre n'était – peut-être – nécessaire que lorsque je me retournerais vers lui – car j'étais de dos pour l'instant –, mais je décidai que ce serait comme un mensonge. Je manipulai donc l'air en tentant d'imaginer le bois verni, les cordes tendues, les ornements artisanaux. Cela me rappela un point de l'odieuse lettre familiale : traiter le violon avec soin. Fragile. Faisant mine de soutenir quelque chose, je me tournai vers lui.

— Il est très léger.

— C'est qu'il est de bonne qualité, merci, mademoiselle McCarey.

Mes mains s'approchèrent des siennes et ce fut comme si je lui transmettais ma folie.

— Je vais vous jouer quelque chose.

Il bougea un moment les bras comme d'habitude, dans cette parodie ridicule. Mais, en le regardant, je songeai que personne, jamais, n'avait joué une si belle chose pour moi. Jamais de ma vie. Ce qui était en même temps vrai et faux.

Je dirai que, lorsqu'il baissa les mains, il y eut un *silence*. Vous allez me prendre pour une folle, mais je jure que je sentis la différence avec le silence précédent. *Si la raison ne vous sert pas, laissez-la de côté.* Et en pleine crise spirituelle – ou de folie – comme je me trouvais, j'entendis de nouveau sa petite voix :

— N'oubliez pas de réclamer mon petit-déjeuner, teuh.

M. X avait peut-être raison, après tout, et la perfection se trouvait dans ce mélange confus des choses. Loi de Holmes.

S

Je ne lui dis rien, bien entendu. C'était mon plan. J'imaginai de toute façon qu'il le savait déjà, ou le pressentait, avec sa capacité surnaturelle à découvrir des choses chez les autres. Et si c'était le cas, il n'essaya pas de me décourager, ce que j'interprétai comme le signe qu'il souhaitait que j'enquête, maintenant que ses enfants espions ne pourraient plus le faire. Doyle avait parlé de son côté à Ponsonby et, comme il l'avait prédit, il ne tarda pas à obtenir son autorisation. Le problème vint d'une direction insoupçonnée : mes collègues. Nellie Worrington et Jane Wimpole avaient beaucoup de travail et ne voulaient pas s'occuper de M. X. Mon espoir reposait une nouvelle fois sur Susie Trench, mais c'était la demi-journée de congé de la chef, ce qui signifiait que Susie allait devoir s'occuper personnellement de toute la résidence. Impossible de le lui demander. Je le fis malgré tout, même si je reçus la réponse que j'attendais. Nous le déplorions toutes les deux – Susie était sincère, je le savais ; malgré tout, ma collègue ne renonça pas aux commérages.

— Il t'a redemandé de sortir… ? – Et quand j'eus confirmé : C'est du *sérieux*…

— Ce n'est pas ce que tu crois, je te le jure.

Elle émit son petit rire incrédule juste au moment où Braddock sortait de la chambre de Lord Alfred avec un plateau contenant de la gaze usagée, nous chassant comme des pigeons sur un rebord de fenêtre.

— Que se passe-t-il ici ? Vous tramez quelque chose ?

Mon cœur fit un bond et je fus incapable de bouger. Susie aussi. Je pensai qu'elle restait non seulement pour la chef mais aussi pour moi, pour me soutenir, mais il est vrai qu'elle obtint juste l'inverse, pauvre Susie, car en sa présence, je n'avais aucune envie de mentir. Il lui fut facile de me faire avouer que le Dr Doyle m'avait demandé de l'accompagner de nouveau au théâtre ce soir-là.

Après un bref silence, je la regardai. On lisait sur le visage de Braddock le mépris avec lequel elle semblait être née. Le tic le décomposait. Adieu ma permission, pensai-je.

— Tu nous excuses un moment, Susie ? demanda-t-elle. – Nous n'avions aucun endroit "privé" où parler, nous nous retirâmes donc sur le palier. – Tu crois que je suis contre toi depuis l'histoire avec Ponsonby, Annie.

Ce n'était pas une question, mais j'y répondis par un mensonge courtois.

— Non, non, absolument pas, mademoiselle Braddock.

— Tu as tes raisons de le penser, dit-elle comme si elle m'ignorait. Mais, que tu me croies ou non, je prends Clarendon House et mon travail très au sérieux. Et, même si d'un côté je pense que tu as fait du bien à M. X, d'un autre, je n'en suis pas aussi sûre. Tu t'es trop impliquée… Laisse-moi finir. C'est un individu très astucieux, il obtient ce qu'il veut des autres, assis dans son fauteuil… Quand tu crois avoir une nouvelle idée pour l'aider, elle vient de lui, en fait. Il te fait penser que ce sont tes idées, mais ce sont les siennes. C'est un démon.

— Mais il est malade, mademoiselle Braddock, répliquai-je doucement, en pensant : "Elle a raison, et si je ne l'admets pas, c'est par orgueil."

— Tu crois que je ne le sais pas ? Tu as peut-être de l'expérience dans les asiles, mais j'y ai passé plus d'années que toi. Il est fou. Et c'est pour cela que tu t'impliques trop. – Je m'implique trop ? Vis-à-vis de qui ? Doyle, ou mon résident ? Aujourd'hui ça me fait du mal de penser que ses paroles étaient sensées, mais, offusquée comme je l'étais, je sentais de la jalousie derrière tout ça. – Il vous utilise, Doyle et toi. Il utilise qui il veut. – Je la regardai d'un tel air qu'elle ajouta : Dis-moi que la visite au théâtre avec Doyle cet après-midi n'a rien à voir avec les assassinats. Jure-le-moi.

Je tournai la tête, balbutiai. Mon "pouvoir" à dire des mensonges semblait s'être évanoui. J'optai pour des demi-vérités.

— M. X sait des choses, mademoiselle Braddock. Fou ou non, il les… les devine.

— Je sais.

— Et le Dr Doyle se fie à ses intuitions…

Elle acquiesça lentement et en silence, depuis ses traits entassés dans son visage grassouillet. Mais je la vis autrement : je commençai à penser que son travail était sa vie, comme pour moi. S'il y avait de la jalousie, c'était comme un feu sous la terre. Il brûlait peut-être encore, mais personne ne pouvait le savoir. Elle l'avait elle-même caché depuis longtemps.

— Le docteur et M. X enquêtent sur l'assassinat de ce gamin, non ? – Elle plissa les yeux, décourageant le mensonge. J'acquiesçai. – Et qu'est-ce que tu as à voir dans tout ça, Anne ?

— Ils ont besoin de moi… Ils sont sur une piste et ils ont demandé mon aide.

En réalité, cela ne s'était pas passé comme ça. C'était moi qui avais demandé de l'aide à Doyle. Cela venait de moi – pas même de M. X –, une chose que je souhaitais faire à mon compte.

— Tu ne courras aucun danger ?

La question me surprit, je fus tout juste capable de faire un signe de dénégation de la tête.

Braddock observa la fenêtre du couloir. Ses traits contractés révélaient une émotion rare.

— Les vagabonds sont une chose, un enfant, une chose très différente, dit-elle. Mon père n'aimait pas les mendiants, pas même les enfants, mais, à mon avis, un enfant pauvre est, avant tout, un enfant. Celui qui a fait ça doit payer. Si tu crois que ta présence va aider d'une certaine façon, je reste.

Cette proposition inattendue me surprit.

— Non ! Votre congé... Vous deviez aller au théâtre, mademoiselle Braddock...

— Bah, c'était un mélodrame avec des marionnettes : *Le marin Pintopp s'en va pour toujours*, au Royal, mais je n'en ai pas très envie. Je n'ai jamais aimé le théâtre avec des personnes, mon père non plus, mais aujourd'hui, même les marionnettes ne m'aideraient pas. Je devais y aller avec une amie très pénible, cela m'évitera deux heures d'ennui... – Nous échangeâmes un sourire. – Aide Doyle, mais ne tombe pas dans les filets de M. X. Je me suis plainte au Dr Ponsonby, oui, et je recommencerai si je vois qu'il t'influence trop. Je ne veux pas qu'on te renvoie, Anne : je veux qu'on te donne un autre patient. Ce type est dangereux. Fais attention.

Elle me surprit tellement que son étreinte me parut ensuite presque naturelle. Je la vis s'éloigner de son pas lent, solitaire, silhouette ronde avec une cigarette allumée dessus.

Ce type est dangereux. J'y pensais quand vint l'heure de partir.

Je montai à sa chambre et lui indiquai sur le seuil que c'était mon après-midi de congé. Il ne répondit pas. Je pris cela pour un simple manque d'intérêt. J'aurais dû être contente qu'il ne s'immisce pas dans mes affaires, mais voyez comment je suis ! J'aurais aimé qu'il me dise la même chose que Mlle Braddock : fais attention.

Depuis que Robert était sorti de ma vie, j'avais besoin d'autres hommes, c'était certain.

À propos, où pouvait-il être ?, me demandai-je vaguement tandis que je sortais de Clarendon. Avait-il regagné *L'Ingrat* ? Était-il accoudé à son bastingage en haute mer, à maudire une infirmière de Portsmouth ?

Je lui souhaitai tout le bien possible, où qu'il fût.

revue MARIONNETTE

PORTSMOUTH, SOUTHSEA ET GOSPORT

Le marin Pintopp s'en va pour toujours. Mélodrame pour marionnettes (1882). Compagnie Harlequin. Théâtre de marionnettes Royal Portsmouth

S'inspirant de la légende du Hollandais Volant, l'esprit errant du marin Pintopp cherche sans trêve un amour pour se racheter. Dans tous les ports, il ne trouve que peur, aversion. Les gens s'enfuient, terrifiés, ou le chassent avec leurs fusils et leurs bâtons (ici les enfants rient devant le combat de marionnettes). À la fin, des yeux languides ont pitié de lui, des cheveux de ficelle. Pintoppida est très laide, mais très amusante. Pintopp tombe amoureux d'elle. Mais au dernier moment, quand sa fiancée l'attend à l'église, Pintopp prend une décision inattendue : ce qu'il a le plus aimé pendant sa recherche, c'était le chemin ! Son véritable amour est la mer. Et la mer l'aime également. Pintopp abandonne Pintoppida. La mer le reçoit en ouvrant ses flots. Fin… heureuse ?

G. H. Morrison

MÉLODRAME
POUR MARIONNETTES

Une marionnette est une poupée qui pense qu'elle est humaine.

B. V. Morris,
Théâtre britannique de marionnettes (1873).

Robert pense qu'il ne pourra pas l'oublier. Et pourquoi pas ? Oh, allons, il y en a eu d'autres, avant cette maudite infirmière, il y en aura d'autres après !

Il traverse la rue vers l'obscure auberge où il passe la nuit. Il va devoir partir. Pour où ? On verra bien : un marin tel que lui dispose du monde entier pour y vivre. Mais avant, il doit effectuer un petit travail. Facile. Ce sera même amusant.

Il est déjà vieux. Voilà à quoi il pense tout en soufflant dans l'escalier aux marches craquantes et étroites. Il n'est plus celui qu'il était. C'est de sa faute, bien sûr. Robert, vieux bouc, tu as donné tes meilleures années à cette salope. Enfin, pas toutes. Ce qui l'irrite le plus, c'est que maintenant elle semble penser par elle-même. Il l'avait déjà remarqué quand ils se sont disputés sur sa décision de venir à Portsmouth, mais maintenant c'est aussi clair qu'un horizon au calme plat. Que lui est-il arrivé ? Qui ou quoi l'a tellement changée ? Ce petit docteur médiocre ?

Ne pas savoir ce qui a pu la changer à ce point le torture. Il est toujours le même, Robert Milgrew ! Il a supporté des tempêtes sur mer et sur terre, et regardez-le, il est toujours là ! Mais maintenant… cette maudite femme – oui, maudite, pour laquelle il a perdu sa liberté –, cette créature égoïste qui l'a utilisé pour son propre bénéfice… Maintenant elle décide qu'elle peut se passer de ce vieil inutile de Robert ! Elle a son salaire, la garce, tu peux te tirer, Robert. N'est-il pas vrai qu'il a perdu et qu'il doit juste hisser les voiles, laisser le vent l'entraîner ?

Par chance, le bateau l'attend.

La chambre est plongée dans l'obscurité. Il se déplace dans le noir. Vastes, absolues ténèbres des océans sur cette petite île qu'est le bateau.

Quand il voyageait, bon sang, quand il voyageait, quand il était un vrai marin, bien avant de connaître cette femme pas même séduisante mais bienveillante, ça oui – c'était du moins ce qu'il pensait au début –, quand il était marin et que ses pieds se posaient sur la mer, quelqu'un lui avait dit : Qui a connu le sol de la mer ne peut plus fouler la terre avec bonheur, rappelle-toi toujours ça, moussaillon. Le sol de la mer. Comme flotter en l'air, les jambes qui se balancent. Robert, tu dois détester la terre ferme.

Tu sais la seule chose qui est comparable au sol de la mer, Robert ?

Deux choses : l'une consiste à boire jusqu'à en crever. Alors tu fouleras la mer même sur terre. Tout sol sera dès lors ton océan.

Tu ne veux pas boire ? Il te reste une autre possibilité.

En pensant à cela, il trébuche sur des chaussures.

— Oui, bon sang, Robert.

Il reconnaît la voix avant d'allumer la lumière. L'infirmière Anne McCarey est là, elle l'attend. Ses yeux sourient, ses lèvres le regardent. C'est un être étrange. On dirait qu'elle a changé – mais cela, Robert le savait déjà, il a pu le constater depuis qu'elle est à Portsmouth : elle a changé. Totalement.

— Qu'est-ce que tu fais ici ? demande-t-il, hésitant.

— J'ai découvert ton petit secret, tu sais. – Voix de sirène.

En fait, maintenant que la dernière étape de sa longue traversée sur ce bateau sombre est venue, il est bon de se l'avouer : "D'accord, je veux être sincère avec toi jusqu'à ce que la mort nous sépare. Je t'aime, Anne, mais je ne suis pas un homme qui puisse s'attacher – c'est amusant, précisément maintenant qu'elle veut larguer les amarres – à une seule femme. Je suis libre. Les marins sont libres. Sinon, c'est toi que je choisirais, je te le jure, crois-moi. Mais maintenant…", lui dit-il.

Musique de piano mélodramatique. Comme celles des théâtres de marionnettes, tu sais, Robert : avec des silences graves au milieu, des notes terribles comme des sons de cloches.

— Maintenant, je ne peux que choisir la liberté… – Accords graves. Coups de cloches funèbres. – Allons, dis-moi… Dis-moi comment avoir l'impression de flotter sans être sur un bateau et sans boire… Dis-le-moi, Annie…

Anne se dépouille alors de son masque. Là, dans l'obscurité de sa chambre.

*Bien sûr, qu'*ELLE A CHANGÉ*. Il est terrifié de la voir. Mais il éprouve du plaisir.*

— Je vais te dire l'autre façon de flotter, Robert, murmure cette chose qui ressemble à Annie, mais ce n'est pas elle ni rien que Robert puisse concevoir. Tu peux flotter comme les marionnettes, suspendu aux fils…

En l'entendant, Robert Milgrew sait qu'il a raison. Il monte sur le galion, pousse l'escabeau en bois du pied, lâche les amarres, débordant de bonheur.

Et, effectivement, ses pieds se balancent comme s'il flottait.

DERRIÈRE LA PORTE CLOSE

1

Je me rappelle la tristesse qui enveloppait tout Portsmouth quand je sortis. Le vent était froid comme la carte de visite de l'hiver. Les théâtres toujours pleins, mais les rues semblaient comme mortes, et les seules silhouettes qu'on surprenait ici et là étaient des policiers, sous les lampadaires que l'on commençait à allumer avec des perches, ou aux abords des pubs et des théâtres. La ville entière était une prison et nous nous regardions tous avec méfiance à travers les barreaux, sans savoir où se cachait le criminel, à qui il donnerait le coup suivant. Je ne veux même pas imaginer comment se sentaient les vagabonds, la cible apparente de cet individu impitoyable. À l'exception de quelques désespérés, la panique les avait arrachés des rues et ils préféraient s'entasser dans des lieux exigus plutôt que de devenir la prochaine victime de l'Assassin des Mendiants.

Le docteur devait passer me prendre à Clarendon, mais je sortis tôt et décidai d'aller à sa rencontre, voire chez lui. J'étais nerveuse. Savais-je où je mettais les pieds ? Cette porte pouvait dissimuler une piste menant aux assassinats, mais pouvait également se révéler mortelle ! Seul le fait de savoir qu'il s'agissait de ma propre enquête m'encourageait. Je ne le faisais pas par plaisir, mais par devoir. C'était du moins ce que je me disais.

Enfin, bon, et parce que les clandestins sont toujours une expérience *scandaleuse*.

Et qui n'aime pas ce qui est *scandaleux* ? Ne niez pas. Le plaisir, dirait M. X.

Je ne tardai pas à trouver le cabinet de la tranquille et noble Elm Grove. Un immeuble modeste, Bush Villas, deux étages, rien de tape-à-l'œil. La plaque sur la grille indiquait "Arthur C. Doyle, MD". La sonnette fit venir en vitesse le docteur qui était en train de mettre sa veste.

— Quelle surprise, mademoiselle McCarey !

— J'ai décidé de passer vous chercher. J'avais du temps.

— Et vous avez très bien fait. Excusez-moi de ne pas vous faire entrer, tout est sens dessus dessous.

— Vous n'avez pas encore fini d'emménager ?

— Si, mais… – Il sourit à sa façon féline en refermant la porte. – Je vous avoue que je ne passe pas beaucoup de temps au cabinet. Je vois plutôt mes patients à domicile, et ma clientèle n'est pas encore suffisante pour faire fonctionner ce local. Bon, nous y allons ?

Nous déambulâmes dans les ruelles quasi désertes. Nous échangeâmes des banalités, comme pour feindre un naturel que nous étions loin d'éprouver.

— Portsmouth ressemble à un cimetière, commentai-je.

— C'est compréhensible. La nouvelle est sortie dans les journaux de Londres. L'Assassin des Mendiants, le nouveau sujet de conversation à voix basse en société. Tout le monde se demande pourquoi un enfant. La conscience collective s'en est trouvée cruellement bouleversée. Les mendiants passaient inaperçus, mais un enfant…

Je songeai à l'effet produit sur la chef Braddock.

— C'est comme si ce démon voulait se faire prendre.

— Peut-être, estima Doyle, et le plus triste est que personne ne se souciait de ce même enfant quand il descendait dans l'arène pour se battre avec d'autres, qui sont toujours en vie et ne nous importent pas. Mais vous savez, sur scène, on admet beaucoup de choses qu'ensuite, en dehors, on réprouve comme *scandaleuses*. Au fait, me permettez-vous une question personnelle, mademoiselle McCarey ? – Je la lui permis. Il n'y avait pas beaucoup de choses que je ne lui aurais pas permises en cet instant. – Pourquoi voulez-vous aller dans un théâtre clandestin ?

— J'y suis déjà allée. – Je souris, mais je ne voulus pas mentionner Robert.

— Oh, sans doute, de nombreuses femmes y vont, mais pourquoi celui-ci, précisément ?

— Je veux vous aider à enquêter. Peut-être Coppelius a-t-il quelque chose à voir.

— Mais vous ne nous avez jamais vraiment écoutés. Qu'est-ce qui a changé ?

Je réfléchis. Savais-je moi-même, en réalité, pourquoi je le faisais ? Il me vint soudain une réponse et je ne désirais pas la dissimuler au docteur.

— Je crois que je le fais pour M. X. – Je le regardai du coin de l'œil. – Il est seul. Personne ne devrait être seul en ce monde, aliéné ou non.

— Je ne connais personne qui lui ressemble, c'est peut-être pour ça qu'il est seul, approuva Doyle.

— Il est malade, conclus-je, même si j'avais du mal à l'admettre.

Je ne mentionnai pas les étranges lettres à Philipotts ni son "palais de Verre", et je ne lui parlai pas non plus de ses théories sur des groupes secrets et malveillants, mais Doyle sembla me comprendre.

— C'est un cas intéressant pour un aliéniste, mais en même temps, un esprit brillant, un génie. Mon Sherlock Holmes a changé grâce à notre ami commun, indubitablement en bien. Je suis sûr que quand je le publierai, ce sera un succès. J'aimerais parler à sa famille… Est-il vrai qu'ils ont cessé toute relation avec lui ?

— Sa famille est horrible, excusez le terme. – Je fis une grimace en repensant à cette lettre inconcevable. – Je ne comprends pas comment on peut abandonner un enfant à son sort, si atteint soit-il. Je ne les connais pas, mais, d'après ce que j'ai pu apprendre d'eux, si nobles ou aristocrates croient-ils être, ils manquent de sentiments.

— Vous êtes une femme bienveillante, estima le jeune Doyle.

— Merci, mais j'ai fait du mal à d'autres personnes. Comme tout le monde, je suppose.

— Bien sûr. Personne ne peut jeter la première pierre. À propos…

— Dites-moi.

Doyle hésitait.

— Ce… monsieur de l'autre soir… Il a recommencé à vous importuner ?

J'eus un sourire rassurant envers le docteur rougissant.

— Non. Non, je n'ai pas eu de nouvelles. À cette heure, je pense qu'il est déjà à Londres. Merci pour votre aide, docteur.

— J'ai fait ce que n'importe quel gentleman aurait fait à ma place. Et, sans vouloir heurter vos sentiments, mademoiselle McCarey, cet individu… n'est pas pour vous.

— En partie, il est lui aussi malade et seul. Je ne lui souhaite aucun mal.

— Comme je le disais : vous êtes honnête. Mais nous voici arrivés.

Effectivement, nous étions sur St Mary's Road, avec l'église dans le fond et le refuge fermé. Mais quelle différence avec la soirée de Coppelius ! Il n'y avait personne dans la rue, juste un chien aboyant au loin, de ceux qui aboient toujours au loin pour indiquer aux humains à quel point tout est solitaire. La vapeur de ma respiration montait comme les battements de mon cœur quand nous traversâmes l'entrée maintenant déserte du Charity, que je crus fermé jusqu'à ce que Doyle ouvre la porte sans problème. Il y avait des affiches annonçant d'autres productions de Coppelius, mais le jeune médecin me conduisit directement à travers le vestibule jusqu'à la salle où était la scène. Toutes ces rangées de fauteuils avec un public invisible me saisirent d'effroi. Comme si on nous attendait. Comme si nous étions les acteurs.

— Ne vous inquiétez pas, me murmura Doyle. J'ai prévenu la compagnie. Ils savent que je viens avec vous.

J'aperçus la petite porte latérale entrouverte derrière les coulisses. Elle était flanquée de deux hommes. Deux inconnus, en ce qui me concernait, et je m'accrochai au bras de Doyle. Nous échangeâmes un regard, Doyle parla à l'un d'eux. Pendant ce temps, je détournai le regard de l'autre, qui me scrutait avec une lueur cynique dans les yeux.

L'homme s'écarta et son collègue l'imita. Ils nous saluèrent poliment.

Nous pénétrâmes dans le réduit : machines, cordes, poulies, échafaudages de haut en bas. Et la porte close, maintenant ouverte, d'où provenait une lueur. Cependant, elle ne donnait sur aucune salle sinistre, mais un escalier étroit qui descendait à la lumière des lampes à huile. Doyle me précéda. Nos chaussures faisaient craquer les marches de bois. Au pied de l'escalier, une nouvelle porte ouverte. Derrière, un taudis qui commença par me décevoir. Une odeur d'humidité, une dizaine de chaises incommodes, une petite scène, sans rideau et sans décor, comme l'intérieur d'une boîte à chaussures. À ma droite, au deuxième rang, un monsieur ; à ma gauche, au premier, un autre. Celui de droite était chauve ; celui de gauche grisonnant.

C'était tout.

Ils ne se retournèrent pas et ne s'adressèrent pas la parole tandis que nous nous installions sur deux chaises au dernier rang, sur la suggestion de Doyle. On aurait dit des pantins.

Je me rappelle le silence. Un silence absolu uniquement interrompu par le craquement des chaises. "Ne crains pas le théâtre qu'on entend comme un coup de tonnerre ou qui éblouit comme un éclair, disait mon frère, crains ce qui est obscur et silencieux."

Sous la curieuse lumière typique des théâtres clandestins – des lampes à acétylène qui permettaient de colorer le fond – se trouvait le petit rectangle, en attente, de la scène. Rien de plus. Les théâtres clandestins où nous nous étions rendus comptaient au moins un décor pour excuse. Ici, seulement un fond en carton sans dessins. "Vous vous sentez bien ?", chuchota Doyle. "Oui", dis-je. L'homme du premier rang bougea. Nous attendîmes un peu, mais il ne vint pas de nouveaux spectateurs, et je supposai que le spectacle ne devait pas être très bon. J'ignore pourquoi – peut-être à cause de ma nervosité –, je pensais toujours à Robert. Je l'imaginai apparaissant sur scène, de façon insoupçonnée, devant moi.

On alluma alors les projecteurs avec des écrans peints en bleu turquoise qui nimbèrent toute la scène d'un éclat irréel.

La jeune fille arriva par un côté.

Abigail, je me rappelais son prénom. Elle portait une robe plissée rose et des chaussures argentées. On aurait dit une fillette à une fête. Elle était beaucoup plus jeune que je ne le croyais, et son chignon renforçait encore cette impression.

Elle s'assit sur le sol. Sa façon de regarder, avec ses grands yeux bleus dans la lumière bleue, semblait tous nous inclure.

Un piano résonna.

Quelqu'un devait jouer dans une autre pièce. Les touches ne répondaient pas toutes aux doigts, mais la mélodie était simple, comme une berceuse. Pendant ce temps, la petite commença à ôter ses chaussures. Comme ça, sans chercher à faire joli, étirant une jambe maigre, puis l'autre. Puis elle se releva et nous tourna le dos. Sa robe remuait. Je savais qu'elle allait l'ôter et que dessous – ses gestes me l'avaient révélé – elle ne portait rien.

Elle fit demi-tour, tenant encore la robe contre son corps. C'était clairement une enfant. Douze ans tout au plus. Et elle dansait mal. S'il s'agissait toutefois de “danse”.

Ses mouvements ne suivaient à aucun moment le rythme de la musique. C'étaient comme des chapitres, il ne me vient pas d'autre comparaison à l'esprit : un geste, une pause, un autre. Elle agissait très calmement. Mais il n'y avait pas de calme sur son visage tendu, comme si elle faisait des efforts. Tout ce qu'elle faisait, le moindre geste ou pause, était très important.

En la voyant, je sentis mes joues brûler.

Subitement.

Je commençais à me sentir irritée, contre elle, contre le Dr Doyle – que je n'osais pas regarder –, contre Coppelius. On se payait notre tête. Un spectacle ? Lequel ? Une stupidité dénuée de sens, pour le plaisir des amateurs de corps nubiles !

Les lumières avaient changé, maintenant d'un rouge intense. Deux ou trois touches du piano étaient frappées – les mêmes – avec insistance.

La fillette, maintenant nue, enfilait des mitaines sur ses bras maigres. Elle leva la tête et me regarda. Quelle était cette plaisanterie ? Cela n'avait pas de sens. Je voulais m'en aller. J'avais envie de lui dire : ce n'est pas mauvais, mais tu ne représentes rien pour moi. Juste une fillette déshabillée, les cheveux blonds rassemblés en un chignon imparfait. Une fillette qui me regarde.

Une fois avec les mitaines, elle pivota jusqu'à nous tourner le dos.

Cela ne me sembla même pas *scandaleux*. Inutile de payer une entrée au théâtre clandestin pour voir ce genre de fillettes.

Ce fut quand elle s'étreignit elle-même et écarta ses jambes grêles de dos.

Ce fut alors qu'il me sembla que tout cela me plaisait. Ma colère était due à mon impatience de la voir faire ce qu'elle voudrait avec son corps sur cette scène aussi vide qu'elle, mais maintenant je constatais que c'était cet état d'impatience qui me plaisait.

Je sus avec une certitude suprême une chose me concernant. Je sus que, enfant, à l'âge de trois ans, j'aurais dû faire une chose que je n'avais pas faite. Le souvenir était précis.

J'avais une poupée de chiffon que mon père appelait un "ours". Ce n'en était pas un, aucune ressemblance, mais mon père l'avait confectionné en le rembourrant et en enfonçant des boutons noirs à la place des yeux. Je détestais cette poupée. Maintenant je le savais. Je la détestais. Pourtant, quand je jouais avec, surtout si mon père était à proximité, je tentais de surmonter cette haine – plutôt du dégoût – et de l'aimer. Mais, sans que je puisse l'éviter, mes jeux devenaient violents. Au lieu de la bercer ou de la protéger, je m'en servais pour la frapper contre le sol. Je constatai qu'elle était impossible à déchirer, ou presque. Cela me sembla une provocation, déchaîna ma fureur, tout en me plaisant de plus en plus. L'"ours" devint mon jouet préféré. Dans sa laideur absolue, dans son aspect effroyable de chose faite de chiffons avec des yeux en boutons, dans sa résistance à mes attaques frénétiques, je voyais un défi. Mon impatience à le détruire me plaisait, me semblait *scandaleuse*.

Je le conservai toute ma vie, je veillai sur lui, jusqu'à ce que, dans nos déménagements constants et avec la vente de la maison, je le perde pour toujours.

Maintenant je m'en souvenais, après tant d'années.
Mais maintenant je savais ce que je devais faire.
Mes mains se crispèrent comme des serres.

3

Je ne me vanterai pas d'avoir connu de nombreux plaisirs, mais rien de ce que j'avais connu avant – rien dans mon corps, dans mon sang, dans mon esprit – ne présentait une ressemblance, même lointaine, avec ce que j'éprouvai en "détruisant" ce maudit ours en imagination. Rêver que je le faisais. Avec mes petits ongles de trois ans, mais pas seule : le détruire devant mon père. Un œil – mon père me regardait –, un autre – il continuait ; un chiffon puis l'autre – mon père fronçait les sourcils ; lui ôter tout son être, le dénuder, jusqu'à l'accomplissement, jusqu'à l'informe, jusqu'à la profanation de tout ce que je croyais sacré.

Adieu, adieu, adieu. Sors de ma vie.

J'ai beau avoir honte de le reconnaître, je dirai que j'en avais l'eau à la bouche. Ce fut cette sorte de plaisir que nous n'associons à rien de concret, et dont nous recevons peut-être de très légères gouttes en nous étirant après une nuit passée à dormir dans une seule position ou à boire de l'eau après une période de soif. Juste de légères similitudes. Un plaisir de satiété.

La musique cessa.

La fillette, maintenant vêtue d'un ensemble bleu, me regardait assise sur la scène.

Elle haletait, c'était clair, mais gardait la bouche fermée. Puis elle se releva agilement. Elle sortit par une porte latérale. Je vis la ligne harmonieuse de son dos dans un décolleté prononcé. Puis plus rien.

Ce fut alors que j'entendis le chœur.

4

Elles ne disaient rien de compréhensible, mais c'étaient des voix humaines. Les nôtres.

Respiration. Quatre respirations, trois hommes et une femme : moi-même.

Il s'écoula un temps indéterminé sans que nous fassions autre chose que respirer. Quand je regardai de nouveau, les messieurs des rangées du devant n'étaient plus là. Encore un regard et Doyle et moi sortions par la porte. J'eus la vision fugitive du visage de Pettirosso dans l'obscurité, souriant, et, un peu plus près, la silhouette languide et émaciée de son très jeune collaborateur, M. Constantine. Je sortis prendre l'air de la nuit, consultai ma montre dans mon sac et compris, dans une première et subite étincelle de raison, que nous étions restés plus de trois heures dans cette pièce exiguë.

Plus de trois heures.

Je marchais à petits pas dans la rue déserte. Je regardais les étoiles, minuscules points diffus dans le ciel comme si on avait éclaboussé du papier noir avec de l'encre blanche. Doyle, à mes côtés, comme mon ombre, mais pas la bonne. Dans un silence total.

Je me sentais bien, je me sentais perdue.

Savoir que je me trouvais si désemparée et si bien me parut remarquable. Complètement abandonnée et solitaire et reconnaissante d'être ainsi et d'être ça.

Peu après, la sensation se dissipa. Elle eut un crépuscule léger, sans violence, se consuma comme les lampes à acétylène de la scène et elle s'en alla avant même que je puisse mettre un nom dessus ou la définir.

Quand nous aperçûmes Clarendon House, dans l'obscurité face à la mer, j'étais de nouveau moi, ou celle que j'avais toujours cru être. J'avais l'impression – certaine, par ailleurs – d'avoir été assise dans une chambre qui sentait la transpiration et le bois ancien à contempler une fillette blonde jolie mais pas vraiment belle, pendant des heures, sans la voir faire autre chose que se déshabiller entièrement. Et ne même pas pouvoir me rappeler quand elle avait ôté ses vêtements ni ce qu'elle en avait fait, ni quand elle s'était rhabillée avec une autre robe. Sans danse, sans paroles. Abigail habillée, Abigail nue. Le spectacle avait été si vulgaire que je ne pensais même pas pouvoir le transcender en le qualifiant d'"indécent".

Il me resta juste le souvenir de ce simple fait. La sensation avait disparu. À la place, une étrange ivresse, légèrement désagréable.

J'étais sûre d'une chose. Ou plutôt, de deux. Mais je n'en dis qu'une au docteur.

— Je crois que cela n'a rien à voir avec l'Assassin des Mendiants.

— Je le crois moi aussi, dit-il. Puis-je toutefois vous demander pourquoi ?

— Parce que… Parce que c'est du théâtre. Comme vous le diriez : un autre monde. Un spectacle. Bizarre, oui, mais un spectacle, après tout. Un mensonge.

Doyle acquiesça et sourit pendant un moment, comme si j'avais résumé en quelques mots ce qu'il avait toujours pensé.

— Cela m'a plu d'y aller avec vous, avoua-t-il.

— Et je vous remercie d'être venu avec moi.

La dernière chose à laquelle je pensai avant de m'endormir profondément fut l'autre chose que je n'avais pas voulu dire au Dr Conan Doyle.

C'était que jamais de ma vie je ne retournerais dans un théâtre clandestin.

Je n'avais pas été malheureuse ni très heureuse, mais ce n'était pas pour moi. Comme l'alcool. C'était bien d'avoir un peu la tête qui tourne par une nuit folle en compagnie d'un bel homme, mais le théâtre clandestin était trop bizarre. J'avais des goûts plus ordinaires.

S

À un moment donné, je dus m'endormir, car je rêvai d'une mélodie au violon. Elle n'était pas spécialement belle, mais complexe et étrange, exotique comme celle d'un tzigane, dissonante comme celle d'un néophyte. Curieusement, tout le reste était invisible : il n'y avait pas de violon, il n'y avait pas M. X, il n'y avait pas moi. Seule la mélodie existait. Alors une tête sortait d'un rideau : "Tout est théâtre, madame", disait-il.

C'était Pettirosso.

Et, derrière le rideau rouge, on entendit les hurlements d'un enfant.

"Théâtre !", répéta Pettirosso, mais maintenant c'était Robert qui le disait. Les cris derrière le rideau, assourdissants, étaient interrompus par des gargouillis, des sortes de bulles énormes qui éclataient, comme de la viande qu'on découpe… "THÉÂTRE !", s'exclamait Robert, et ses sourcils se haussaient à une hauteur impossible : ils soulevaient ses cheveux frisés et son front, comme deux cornes, et s'enroulaient sur eux-mêmes comme des vers noirs. Mais le pire sortait de sa bouche : une longue langue molle bulbeuse d'une blancheur répugnante – je la revois devant moi, j'en tremble encore en écrivant ces mots –, qui me faisait pourtant rester à la regarder avec une fixité absolue. La détestant. L'adorant.

Je me réveillai, en sueur, tremblant et entendant des coups forts et des voix à la porte.

— Anne ? Anne ? Ouvre ! – C'était Mary Braddock. – C'est… !

J'allai ouvrir en chemise de nuit et me retrouvai soudain devant un homme, debout à côté de ma compagne. Je le reconnus avant qu'il ait parlé.

— Mademoiselle McCarey ? Inspecteur Merton, de Scotland Yard, nous nous connaissons. Habillez-vous et suivez-moi. Vous êtes en état d'arrestation.

6

Mes ancêtres écossais étaient arrivés à Portsmouth dans le but d'émigrer en Amérique, me racontait mon père, mais nous étions de la branche des McCarey qui avaient décidé de rester sur une terre intermédiaire, sur le point de partir définitivement, mais sans rester entièrement. Mon frère et moi avions également émigré sans vraiment partir. Il semblait que les McCarey ne terminaient pas bien les choses. Nous appartenions toujours à cette petite société de travailleurs de la mer consciencieux, toits d'églises pointus, rangées de petites maisons à longues cheminées, quais et forteresses. Andy et moi étions de Portsmouth. Ou du moins l'avais-je été jusqu'à ce jour. Émigrants venant de partout, appartenant à un lieu qui était un lieu de passage, mais qui était au moins devenu nôtre.

Toutefois, en marchant sur le trottoir de Clarendon House escortée par l'inspecteur Merton et deux policiers en cette inoubliable matinée, j'appris soudain – encore trop horrifiée pour pleurer, trop abasourdie pour comprendre – que j'avais été chassée pour toujours de la ville. Quoi qu'il arrive.

Tout le personnel s'était rassemblé pour me condamner, le long de l'étroit sentier. Là se trouvait Weedon, battant des paupières et blafard, comme si son travail l'avait transformé en un papier de plus, plissant les yeux pour me regarder. Il n'avait pas voulu manquer le spectacle, quitte à délaisser ses rapports un instant. Derrière lui, le visage de Jimmy Piggot reflétait une frustration étonnée. Son expression : "Mais… vous ?" Un groupe de collègues s'entassait au bout de cet étroit chemin – qui me rappela tellement le rêve du tunnel où je pouvais juste avancer –, et, tout à leur honneur, je dois dire que Mary Braddock, Susie Trench et Nelly Worrington me regardaient avec diverses nuances de douleur et même de pitié. D'excitation, peut-être – je constituais maintenant leur théâtre –, mais je ne remarquai pas chez elles le mépris des passants qui contemplaient mon défilé d'ignominie, certains après avoir fait une halte dans leur promenade ou avec leurs bicyclettes. Il ne manquait même pas Mme Murray, avec son regard morne de poisson, la seule à ne pas sembler surprise. Et enfin, mais tout aussi important : le Dr Ponsonby au bout, à la grille. Solitaire, je veux penser qu'il était confus, mais avec un éclat acéré dans ses yeux noirs et un bouc tel un poignard dirigé sur moi.

Quelle sorte d'expression devais-je prendre pour tout arranger ? Existait-il une expression de ce genre, à arborer quand, dans un village terrorisé et vengeur, la police vous fait sortir de chez vous et vous emmène au commissariat ? J'avais envie de pleurer, mais je pensai que cela incitait à la cruauté. Et si je me montrais très tranquille, cela ne pouvait-il être un indice de culpabilité ? Que je regarde ou non les autres dans les yeux, cela m'éviterait-il d'être regardée et jugée par leurs regards ?

Je me rappelle qu'à la fin il ne me resta qu'un lieu où me réfugier.

Ce fut quand on me faisait monter dans la voiture qui attendait devant la porte, d'abord le sergent, puis moi qui relevais les pans de ma jupe, l'inspecteur en dernier. Je me souvins alors de la paupière fermée de Clarendon.

De cette façade on ne la voyait pas, mais je savais qu'elle était toujours là, derrière, et contenait la vision la plus belle de toutes, celle qui m'apportait le plus de sécurité.

— Vilaine ! Sorcière ! crièrent des gamins quand ils furent assurés de ma présence dans la voiture à cheval. Cela en encouragea d'autres et il y eut soudain un vacarme plus fort que celui des mouettes. Sorcière au long nez ! Meurtrière ! Vilaine sorcière !

Je ne souriais pas, mais je pensais à lui. Je ne pouvais expliquer la confiance incroyable que me procuraient ses yeux, le souvenir de sa petite main quand je pris son pouls et, surtout, ses paroles. *Belle et courageuse Anne.* Peut-être n'appartenais-je plus à Portsmouth, mais j'avais un autre lieu où habiter.

Là où il serait, là où il vivrait, dans son palais de Verre. Parce que nous n'appartenons pas aux lieux, mais aux personnes. Nos lieux bougent, s'étendent jusqu'où nous allons.

Ma voiture partit, emportant mon lieu en moi.

7

Le commissariat de Victoria Road était assiégé par des journalistes, carnet à la main. Ils criaient en dressant la tête et en appelant l'inspecteur, mais les hommes en uniforme les repoussaient pour nous frayer un passage. Le véhicule s'arrêta et j'éprouvai une chose que je ne pouvais expliquer : de la compassion pour tous ces gens. Que d'efforts, pensai-je, que de souffrance pour nous tous. Sur les visages, on lisait des questions, de l'anxiété, mais aussi de la peur et, de façon générale, de la fatigue. Je ne savais pas de quoi on m'accusait, et on me traitait sans égards : en me saisissant par les bras et en m'entraînant à l'intérieur du bâtiment, ignorant les cris – "Inspecteur, je suis de *L'Œil de Portsmouth*, inspecteur !" –, mais je ne pensais guère à moi-même et à mon destin. Parce que, à l'intérieur du commissariat bondé, tout changea pour moi. Je n'avais rien fait de mal, c'était du moins ce que je croyais, mais dans ce lieu fait de papiers, d'odeur d'encre, de dossiers moisis, de forte odeur de tabac et de transpiration, dominé par un portrait de Sa Majesté, je me sentis coupable.

La culpabilité, comme le décor, imprégnait tout.

On m'emmena presque en me soulevant de terre dans un bureau. La porte s'ouvrit, laissant le tumulte derrière nous, et Merton et le sergent m'entourèrent. Je sentis que c'était le point de non-retour. C'était la fin et ils n'avaient besoin pour cela que de ma collaboration. Des gens de la ville dans un village de pêcheurs et de marins incultes, ils voulaient regagner leurs maisons londoniennes et informer leurs chefs que l'affaire était résolue. Il n'y eut ni introduction ni pause. Personne ne m'offrit à boire. Ils étaient pressés.

Merton posa une feuille de papier sur la table, devant moi.

— Vous reconnaissez cette écriture ?

Elle était froissée, salie, mais je sus ce que c'était avant même de l'avoir lue.

Robert,

J'ai besoin de quelques jours pour réfléchir.
C'est une décision très importante pour moi
et je veux en être sûre. Si tu ne peux pas
m'attendre, rentre à Londres. Et si tu crois que
ma décision doit forcément consister à t'obéir,
alors je dois te dire, avec beaucoup de peine,
que notre histoire est terminée. Je garderai en
mémoire les bons moments. Merci pour tout.

Annie

— Vous reconnaissez cette écriture ? me redemanda Merton.

Ma bouche refusait de m'obéir. Sèche, désarmée. J'étais liquéfiée, excepté ce centre, cette grotte étroite. Le reste était en sueur.

— Je répète : vous reconnaissez cette écriture ? – Merton tapa sur le papier devant mes yeux et je sursautai.

oui.

— La réponse que je lui fournis ne mérite ni tiret ni majuscule.

— Eh bien, dites-nous à qui elle appartient, bon sang ! – Rires derrière.

c'est la mienne.

Maintenant il y avait davantage de gens derrière moi. Mais je ne pouvais plus penser clairement.

— À qui était-elle destinée ?

— Ro… Robert Milgrew, répondit une autre voix à travers mes lèvres desséchées.

— Quels étaient vos rapports avec M. Milgrew ?

Bonne question. Quels étaient mes rapports ? C'était mon ours en tissu aux yeux noirs, voulais-je dire, mais je l'ai détruit. Je crus que j'allais me faire dessus.

— C'est… c'était… mon… ami.

— "C'était." – Merton soupesa le mot en regardant sa propre moustache pointue, comme si elle l'embrochait. – Il ne l'est plus ? – Je fis un signe de tête négatif. – Très bien. *Mais*…

— Il y a toujours un mais ! s'exclama le sergent Jameson derrière, en prenant des notes.

— Mais cela… comment est-ce que cela se traduit, mademoiselle McCarey ? Vous étiez amants ?

Les questions de Merton semblaient tirer sur un cerf en fuite. Après seulement, en baissant la garde, elles laissaient place à des pauses pour vérification : s'il y avait du sang ou non, si l'animal boitait ou s'échappait indemne.

— Nous avons rompu il y a deux semaines, dis-je. Il est arrivé quelque chose à Robert… ?

Merton se pencha si près que je crus qu'il allait me frapper.

— Mademoiselle McCarey, vous nous laissez faire notre travail ?

— Excusez-moi.

— Quand avez-vous vu M. Milgrew pour la dernière fois ?

— Il y a presque une semaine, à… à la plage.

— La nuit où David Taylor et le jeune Danny Waters ont été assassinés ?

Je confirmai.

— Pourquoi étiez-vous à la plage à cette heure ? Vous êtes infirmière à Clarendon House…

— J'étais sortie prendre l'air… J'avais mal à la tête.

— Vous aviez mal à la tête après vous être rendue avec le Dr… – il relut un papier – … Doyle au théâtre ce soir-là ?

Inutile de dissimuler quoi que ce fût. Je confirmai de nouveau.

— Et avant la plage ? Quand vous êtes-vous vus ?

Il me sembla qu'ils le savaient déjà et attendaient juste de me voir tomber dans le piège du mensonge. La mention du restaurant me fit penser à Abigail. La fillette qui s'étreignait elle-même – son corps était une sorte de ligne centrale avec un volume de chair symétrique de chaque côté. Je ne voulais pas penser à elle, mais son image restait gravée en moi.

— Mais si vous ne vouliez pas le revoir, pourquoi l'avoir retrouvé sur la plage par la suite ?

Je racontai que Robert m'avait suivie ce soir-là quand j'étais sortie du théâtre.

— Vous vous êtes disputés ?

— Oui.

— À quel sujet ?

— Il voulait que je quitte mon travail à Clarendon.

— Pourquoi ?

— Pour aller vivre à Londres avec lui.

— Vous habitiez ensemble ?

— Non. Mais… il… a dit qu'il préférait Londres.

— Il allait vivre avec vous ?

— Non.

Merton avait une expression sournoise. Il croisa les bras.

— Alors vous alliez quitter votre travail ici pour aller vivre *seule* à Londres parce qu'il le voulait…

— Non. Je lui ai dit que je ne partirais pas.

— C'est pour cela que vous lui avez envoyé ce mot ? – Je confirmai. – Mais quel était le projet ? Vous vous aimiez, semble-t-il. Et il voulait que vous partiez à Londres…

— Il voulait que j'habite là-bas pour qu'on soit plus tranquilles quand… il viendrait me voir.

— Quand il viendrait vous voir. – Merton acquiesça. – Quel métier M. Milgrew exerçait-il ?

— Il est marin sur un navire marchand, *L'Ingrat*.

Merton avait ôté sa veste et maintenant il s'asseyait sur la table, choisissant un bord, pour ne pas donner l'impression d'être près de moi. Toujours les mains dans les poches. Après ma dernière réponse, il regarda le sergent. Son visage tranchant et rougeaud de fonctionnaire écrasé de travail n'était plus celui du Merton triomphant arrivé de Londres à Clarendon pour enquêter sur l'assassinat de Hutchins le vagabond. Il s'était durci. La responsabilité lui avait pétrifié les traits.

Jameson fit un geste ambigu. Merton me jeta de nouveau un regard.

— Comment le savez-vous ?

— Il… me le disait.

— Et que vous a-t-il dit d'autre ?

— Qu'il était venu à Portsmouth pour me voir.

— Pour vous voir, répéta Merton, comme si mes réponses manquaient de crédibilité.

— Oui.

— Vous savez dans quelle auberge il logeait ?

— Non.

— Vous a-t-il déjà parlé de sa vie de vagabond dans les rues de Londres ?

Je lui adressai un regard dérouté.

— Robert… ? Non, il…

— Vous lui reprochiez de ne pas avoir d'argent pour vivre ensemble, c'est exact ?

— Je…

La moustache de Merton grossit dans des proportions diaboliques quand il se pencha.

— C'est exact, mademoiselle McCarey ? Vous ne le méprisiez pas d'être un misérable ? D'habitude, les femmes détestent les hommes incapables de les entretenir…

— Je… ne… ne le méprisais pas.

— Mais quand il venait, il vous réclamait de l'argent.

Je sentis quelque chose. Comme lorsqu'on a la peau sensible et que quelqu'un vous frôle. Un éclair soudain. Je regardai Jameson, qui gonflait les joues en prenant des notes, observant l'inspecteur qu'il idolâtrait. Tout rouge. Comme un préambule dans l'air rempli de tension.

— Oui, répondis-je, au bord des larmes.

— Il était très en colère à Londres quand il a appris que vous vouliez venir ici. Il méprisait cette ville, pleine de vieux marins vagabonds qui lui rappelaient sa propre vie misérable… Mais vous, avec beaucoup de sens commun, l'esprit pratique comme toutes les personnes de votre sexe, vous le méprisiez de vivre dans la misère… – Je pleurais, incapable de dire quoi que ce fût. Merton me regarda encore un instant avant de lever la tête. Ce fut comme un signal convenu.

Les éclats de rire dans mon dos auraient dû me rassurer – personne ne pouvait être inculpé pour une faute grave devant de tels rires –, mais ils ne firent que m'inquiéter davantage.

— Je peux boire… un verre d'eau ? demandai-je dans ce vacarme.

Merton m'ignora.

— Les catins, au moins, se font payer pour recevoir des clients, ajouta-t-il à l'intention de ses hommes. Cette demoiselle le payait. Ce qui fait d'elle, en plus, une idiote.

Les éclats de rire grotesques dérivèrent en applaudissements. On aurait dit un théâtre bondé au moment où le rideau tombe. Et effectivement, Merton saluait.

— Une véritable idiote. Je l'ai su au premier regard. – Il ne me regarda pas en parlant, non par respect, mais parce que j'avais cessé de les intéresser.

8

Tout le commissariat l'ovationnait debout. Au loin, devant un cordon de policiers de Portsmouth entraînés à exercer la force, les journalistes criaient ou soulevaient leur chapeau. Mais la voix impérieuse de Merton s'imposa à tous, les deux mains ouvertes, paumes en avant, un orateur réclamant une pause.

— Messieurs, la ville de Portsmouth est EN SÉCURITÉ !

La joie se déchaîna de nouveau. "Le chemin fut ardu. Mais nous y sommes arrivés", semblaient-ils dire. L'exaltation contenue de Merton face à ceux de Portsmouth, qui l'adoraient toujours, il la retourna contre moi, provoquant une de ces pauses dans la fête où le plus ivre est le plus écouté.

— Quant à vous, par tous les démons, réveillez-vous, diantre ! Vous n'avez pas la beauté des trois Grâces, mais n'aggravez pas les choses par idiotie, en plus ! Allez, hors de ma vue !

Ils m'avaient déjà oubliée. Ce qui était logique car je n'étais – je n'avais été – qu'une source d'information. Mon rôle achevé, tous les regards, attentifs quelques instants plus tôt, se détournaient de moi et j'eus du mal à gagner la sortie. Un policier me donna un coup d'épaule pour passer et je lui touchai le bras.

— Excusez-moi, pouvez-vous me dire ce qui est arrivé à Robert Mil… ?

Il poursuivit son chemin. J'essayai avec un autre, rondouillard, qui me regarda comme si ma question l'outrageait et m'écarta sans ménagement. Il était important d'être vu par Merton à cet instant. Tout policier que Merton bénirait du regard pouvait, qui sait, être promu, peut-être muté à Londres le cas échéant. Je n'avais rien à voir là-dedans. Mais je voulais savoir ce qui était arrivé à Robert. Je ne l'aimais plus, mais son sort m'importait, parce que je l'avais aimé un jour, lui aussi, même si ce n'était qu'au début.

À la porte, les bras solides des agents peinaient à contenir l'assaut des bouches vociférantes, les moustaches crispées, la soif de nouvelles des journalistes affamés. Je me retrouvai devant eux et il se produisit une terrible inversion de fonctions : je posais les questions, ils répondaient.

— Quelqu'un peut-il me dire ce qui est arrivé à M. Milg… ?

— Qu'est-ce que ça fait, d'avoir été la maîtresse d'un assassin ? cria l'un d'eux. Soudain, l'épouvantable vérité commença à se frayer un chemin dans mon esprit, tel un rongeur noir.

— Vous saviez quelque chose ?! Vous étiez sa complice ?! Mademoiselle McCarey ?! Vous êtes vraiment INFIRMIÈRE ?! Vous aidez les criminels ?! Vous dites que non ?! Mais vous PLEUREZ ! Pourquoi pleurez-vous, mademoiselle McCarey ?! Pour l'Assassin des Mendiants ?! MADEMOISELLE MCCAREY ?!

9

Une manche.

Voilà ce que je vis.

Une manche d'uniforme se tendre comme une corde ou un filet, comme si elle avait la capacité d'expulser les voix et les personnes autour de moi. Elle m'entraînait. Elle me fit passer au milieu des carnets et des bouches ouvertes et assourdissantes.

— Laissez-la tranquille. Laissez-la tranquille ! Mademoiselle a été innocentée ! Laissez-la tranquille ! disait le propriétaire de cette manche.

Dans la rue, un attelage se matérialisa devant moi. La manche qui me soutenait me fit voir un visage. C'était un jeune policier, à la moustache blonde. Il me regardait avec le même mépris que les autres, mais sur son visage on lisait une certaine compréhension.

— Il s'est pendu cette nuit dans sa chambre à l'auberge Peacock, au Point… me dit-il rapidement, à contrecœur. Il a laissé une déclaration écrite de sa propre main avec votre lettre, avouant tous les assassinats. Il vivait à Londres, il travaillait comme journalier sur les quais, pas sur un bateau, c'était pour ça qu'il ne voulait pas que vous veniez ici. L'inspecteur pense qu'il a vécu dans la rue pendant des années, et que le fait que vous vouliez quitter Londres l'a rendu fou, lui donnant à penser que vous le détestiez pour sa pauvreté. Il est arrivé une semaine avant vous et il s'est mis à tuer ceux qui lui rappelaient ce qu'il avait été : des vagabonds. Rentrez chez vous et, la prochaine fois, choisissez mieux vos amis.

La manche me fit monter dans la voiture. La portière se referma.

J'avais un doute, un seul. S'il vous plaît, essayai-je de demander…

Une lettre *écrite de sa propre main* ? Robert était pratiquement analph…

10

Le cauchemar revint, à l'envers. Trottoir de Clarendon. Entrée dans le vestibule. Sans vouloir penser, comme si la mémoire avait elle aussi un dos et n'était pas capable de voir de quoi il s'éloigne. Avançant d'un pas chancelant, connaissant ma destination sans que personne ne me le précise et bien sûr longtemps avant que M. Weedon – je veux croire avec un peu de peine – ne m'annonçât que le Dr Ponsonby m'attendait dans son bureau.

Tout ce qui arriverait ne serait pas grand-chose, pensai-je. Tout serait peu pour moi au regard de ce qui était arrivé.

Cette fois, le Dr Ponsonby me proposa de m'asseoir.

Cette fois, le Dr Ponsonby se souvenait de mon nom.

Je ne pleurais plus. Je n'éprouvais plus rien, en réalité. Je me trouvais soumise à un chloroforme émotionnel, presque doux. Je voyais Ponsonby aller et venir – il ne s'assit pas –, flou lui aussi, indéfini, atténué par mon anesthésie. Je l'écoutais par intermittence.

— … pendant des années… C'est quelque chose que j'ai tenté de maintenir, mademoiselle McCarey, à tout prix ! Parce que nous dépendons de notre homme ! Ah, je ne dis pas que c'est tout ce que nous possédons à Clarendon, mais… ici, on n'ôte pas des verrues, on n'aide pas aux accouchements et on n'opère pas de vésicules ! Ceci est une résidence privée pour des pensionnaires aux nerfs fragiles, mais respectables, issus de familles nobles…

J'observai mes mains tandis qu'il parlait. C'était vrai. Je n'avais jamais assisté aucun chirurgien. Ma compassion et mon expérience ne s'étaient exercées qu'auprès des fous. Je n'avais accueilli dans mon cœur que des fous et des criminels. Je n'étais pas digne, je n'étais pas nécessaire. Les aliénés vivaient enfermés. M. X vivait enfermé. Pourquoi quelqu'un aurait-il eu besoin de moi ? Que faisais-je, en réalité ? M'apitoyer. Je n'étais que compassion. Et, comme l'avait dit M. X un jour, je ne m'apitoyais que pour recevoir un peu en retour. J'avais besoin de la pitié des autres.

— … ce que, je le répète, nous ne pouvons pas nous permettre, car notre réputation est en jeu. Vous allez donc faire vos bagages et vous partirez demain à la première heure. Sans toucher votre salaire. Et n'attendez aucune lettre de référence de ma part. En fait, si cela ne tenait qu'à moi, vous partiriez dès aujourd'hui, mais M. X…

Ce nom fut comme si on frappait à la porte. Je sortis de ma torpeur et regardai Ponsonby.

… a refusé que vous partiez aujourd'hui. Il veut que vous partiez demain.

— Quoi ? murmurai-je comme en rêve.

— Vous ne m'entendez pas ? M. X veut que vous partiez lui aussi, il ne souhaite pas avoir pour infirmière une femme de votre acabit. Mais ce sera pour demain. Vous n'êtes pas de Clarendon. Vous n'êtes pas infirmière. Vous n'avez aucun droit et je veillerai personnellement à ce que cela se sache dans le secteur médical de ce pays. – Je continuai à fixer mes mains, l'une et l'autre, appuyées dans mon giron. Je pensais à ces mots cruels : "M. X veut que vous partiez lui aussi." – On dirait que vous avez esquivé vos responsabilités pénales… J'ai parlé à l'inspecteur Merton ce matin. Il m'a dit que, même si c'était un interrogatoire de routine, il semblait presque prouvé que vous ignoriez ce que faisait ce sauvage… *Complex ignorantia !* C'était une chance pour vous, peut-être pas une très grande chance, mais une chance, car, dans le cas contraire, vous auriez atterri en prison ! Vous êtes sauvée devant la loi, oui. Mais, aux yeux des messieurs respectables, les dames dignes, la dignité même, vous avez été condamnée ! Il ne reste qu'à laver le nom de Clarendon. Maintenant, hors de ma vue. Demain à l'aube, je veux que vous ayez quitté cette maison. C'est tout.

Et je restai bêtement assise là, en sachant que le vent m'entraînerait à l'extérieur.

11

D'autres mains m'habillèrent, pas les miennes.

Elles apparurent devant moi, adroites, fatiguées de reproduire toujours les mêmes gestes. D'autres yeux me regardèrent dans le miroir. Là il y avait mon visage, mon nez volumineux, mon menton minuscule, quasi inexistant. Mes yeux trop rapprochés. Les mains étrangères me couronnèrent de la coiffe d'infirmière pour la dernière fois. C'était ce qu'on attendait de moi. Alors je commençai à me déplacer. Je quittai ma chambre, parcourus le couloir, traversai la cuisine où Mme Gillespie m'observa un instant, le vestibule par lequel Hettie Walters m'avait fait passer le premier jour, et où elle se trouvait maintenant pour me dire au revoir, souriant et pleurant à la fois.

J'étais devenue un *scandale*. Un malheur. Le malheur a son propre carrosse que tout le monde admire. J'allais à pas mesurés et lents. Les mains croisées sur le ventre, comme si j'avais reçu une blessure mortelle et me vidais de mon sang.

Je ne pouvais pas m'arrêter.

Je gravis l'escalier comme en flottant sur les marches. Mary Braddock descendait, et même elle ne m'adressa pas la parole. Dans le couloir, apparaissait M. Conrad H., mais il ferma la porte en me voyant. J'héritai de sa paranoïa : peut-être était-il au courant. Je continuai jusqu'à la dernière porte, l'ouvris. Et, enfin, je m'arrêtai.

12

Tout semblait pareil, et rien n'était pareil.

— Ayez confiance, mademoiselle McCarey, dit la voix depuis le fauteuil à oreilles.

Mais je ne fus pas émue.

— Vous aussi, répliquai-je. Je partirai demain à la première heure, monsieur, comme vous le souhaitez, ne vous inquiétez pas. Je peux vous demander pourquoi vous avez besoin de moi aujourd'hui ?

Je bafouillais, comme si j'avais bu l'eau infernale de ce démon qui avait été mon – *amant, Anne* – compagnon pendant des années. Mais même cela ne me faisait pas aussi mal que l'indifférence de M. X.

— Il y a une chose que je veux que vous fassiez, répliqua-t-il. Je vous expliquerai. Vous partirez demain.

Pour ne pas me remettre à pleurer, je m'écartai et feignis de vaquer à mes occupations.

Ça ne fait pas aussi mal, pensai-je. C'est douloureux, oui, mais pas à ce point, et si tu réfléchis, Annie, tu en concluras que c'est la décision la plus sensée que quiconque pourrait prendre à ton sujet, oui, même quelqu'un comme M. X dont tu as stupidement cru pendant un instant que ta compagnie pouvait l'intéresser et qu'il te comprenait mieux que toi-même. Mais tu es stigmatisée. Tu as donné asile et de l'argent à l'Assassin des Mendiants. Tu as offert ton corps et ton âme au diable. Même M. X ne peut l'admettre. Très sensé.

Il ne m'interrompit que pour me poser une question sur son habituel ton doux.

— C'était très dur, le passage au commissariat ce matin ?

— Un peu.

— Il devait y avoir des journalistes… ajouta-t-il, vaguement. *L'Œil de Portsmouth ?* A-t-il posé beaucoup de questions ? – Je répondis par l'affirmative aux deux questions (je me rappelais bien ce journaliste) et il répliqua comme pour lui-même : Bien sûr, maintenant ils manquent d'information…

Je ne compris pas ce qu'il voulait dire et nous ne nous adressâmes plus la parole.

13

Je ne pouvais pas continuer à travailler à côté de lui. Je trouvai un prétexte quelconque pour m'absenter et m'occuper d'autres résidents, qui par chance pensaient moins voire pas du tout, et ne connaissaient même pas la grande nouvelle de ma relation avec l'Assassin des Mendiants – qui devait à cet instant être dans la bouche de tous les vendeurs de journaux, à Londres aussi. Mais j'eus une impression étrange, qui se renforçait chaque fois que je retournais dans la chambre de M. X : celui-ci n'était pas dans son état habituel, je le sentis malgré mes sens embrouillés. Parfois, je l'entendais même fredonner une chansonnette que je ne reconnaissais pas. Il est content parce que demain je m'en vais, pensai-je, étourdie. Mon Dieu. C'était une chose si profonde et terrible que j'en tirai des forces pour résister, comme on extrait la putréfaction d'un puits. Pour me redresser et opposer de la résistance. Mon résident, quant à lui, ignorait ces insomnies. Il mangea très peu et se consacra à tracer des arabesques avec son violon irréel, jusqu'à ce que, peu après midi, de légers coups à la porte annoncent l'arrivée du Dr Doyle, qui passa d'abord la tête, souriant de toutes ses dents, puis le corps d'un petit saut.

— Bonjour à cette belle et agréable assemblée ! Comment allez-vous, mon cher jouvenceau ? Beaucoup mieux, je vois ! Encore plus de choses à fêter ! Mademoiselle McCarey...

Il portait une boîte sous le bras. Je reconnus le nom de l'une des meilleures marques de spiritueux de Portsmouth.

— On assure que c'est le meilleur champagne français d'importation... ! Vous ne dites rien, mes chers amis ? Je suppose que, même si ici les journaux sont bannis, vous vivez dans le monde... Au moins, je vous fais confiance, mademoiselle McCarey, car je sais que notre sagace Sherlock se trouve sur une étoile lointaine... Mon Dieu ! Pourquoi ces visages moroses ? Ils l'ont *attrapé* ! – Il ouvrit les bras en attendant une réaction, mais il interpréta mal notre silence. – Bon, disons que, effectivement, ça n'a pas été sans mal... Notre cher et maudit criminel nous a devancés et a gâché la fête de la justice. J'imagine qu'il se doutait de ce qui l'attendait. Parce que vous savez qu'on l'a retrouvé mort à l'auberge Peacock... – Hésitant entre nous deux, il choisit de me regarder. – Cela n'est pas encore sorti dans les journaux du soir, mais... on m'a dit que c'était... un... un marin de... Oh, mon Dieu... – Il pâlit. – *Lui ?* Quel idiot je fais... !

Sa joie se brisa à tel point que je m'empressai de lui sourire.

— Ne vous inquiétez pas. J'ai eu le temps de... de l'accepter, mentis-je.

Doyle avait les épaules basses, abattu. Il prit ma main entre les siennes.

— Oh, mon Dieu, mon Dieu... Oh, s'il vous plaît...

J'étais si contente de voir qu'il y avait quelqu'un, *quelqu'un*, un être humain, qui éprouvait vraiment de la compassion pour moi, quelqu'un qui ne souhaitait pas que je sorte de sa vie, ni aujourd'hui ni demain, que je m'effondrai. Les bras du docteur m'accueillirent.

— Mademoiselle McCarey... Anne... Mon Dieu, je suis tellement désolé...

— Il ne faut plus... Il ne faut plus avoir peur pour lui, murmurai-je dans les bras de Doyle. Il m'a... menti. Il m'a dit qu'il travaillait toujours sur un bateau, mais il était sans emploi depuis des années... C'était pour cela qu'il ne voulait pas que je parte de Londres... Là-bas, il vivait chichement avec ce que je lui donnais. Il ne m'aimait que pour obtenir de l'argent de ma part... Tout cela, j'aurais pu le lui pardonner... ! – Ma voix se brisa, j'eus moi-même honte de mes pleurs et cela me fit pleurer (et m'enlaidit). – Mais pas les crimes ! Malgré la haine qu'il éprouvait... envers la vie... envers moi... !

— Oh... mademoiselle McCarey, me consolait le bon docteur en me serrant fort.

— Pour ce qu'il a fait à Danny Waters, qu'il brûle en *enfer* ! m'exclamai-je, et je pus me livrer, enfin, à la rage, merveilleuse façon d'essuyer toutes les larmes, croyez-moi.

— Vous n'étiez pas responsable, dit doucement M. X.

Je me remis à pleurer, mais maintenant hors des bras de Doyle.

— Je l'ai été, pour ne pas vous avoir écoutée ! Vous m'aviez prévenue, vous m'aviez dit de me méfier de lui ! C'est la première chose que vous m'ayez dite ! – La fureur revint avec son feu desséchant. – Et de toute façon…, qu'est-ce que cela peut vous faire, que je sois responsable ou non !

Je m'effondrai dans des sanglots dépourvus de larmes. Mais maintenant je ne me lamentais plus sur ma relation avec Robert : c'était l'inconcevable froideur de l'homme que j'avais cru si spécial, si supérieur, qui me blessait à mort. Ma paupière fermée. Ma belle et courageuse… Stupide. Tombant dans les filets d'un fou après m'être laissé posséder par un autre. C'était moi.

Doyle me posa une main sur l'épaule et me parla comme Dieu depuis le ciel.

— Un patient a été le premier à me le raconter ce matin, il m'a dit que c'était un marin et je n'ai même pas pensé… Quel idiot ! – Je le rassurais, cela me faisait de la peine de voir sa joie juvénile défaite en pleine victoire. – Cet homme cruel… vous a menti pendant tout ce temps… Cela devait être terrible pour vous…

— Chacun de nous porte sa propre terreur sur le dos, dit M. X.

Doyle l'observa puis me lança un de ses regards de "génie cryptique".

— Bon, je vois que l'ambiance n'est pas au champagne, dit-il, mais je suis content quand même. Parce que nous nous sommes débarrassés d'une bête malade… Excusez-moi d'être direct, mademoiselle McCarey… – Je lui fis un signe pour lui indiquer que tout ce qu'il pouvait dire conviendrait. – Cet homme était fou, manifestement. Pour vous, c'est un soulagement, et pour Portsmouth, la fin d'un cauchemar… Surtout si l'on tient compte du fait qu'aujourd'hui, c'était le jour.

— Le jour ? demandai-je.

M. X intervint :

— Aujourd'hui, cela fait exactement une semaine que Danny Waters est mort.

La nouvelle m'ébranla. Je partageais en partie la joie de Doyle, mais la façon dont M. X avait dit ces mots m'inspira un étrange ressentiment. Il n'avait pas parlé sur un ton soulagé, mais d'un air implacable, comme une pendule qui aurait marqué le temps de façon ignominieuse.

— Moi aussi, je le pensais, reconnut le jeune médecin. Et c'est pour cela que je crois que nous avons quelque chose à fêter... Peut-être que vos théories... Nos théories sur le criminel n'étaient pas les bonnes, mais... Enfin, sans vous offenser, mon cher ami : Sherlock Holmes n'existe que dans mon imagination. Vous ne voulez pas porter un toast avec moi, monsieur X ?

— Je vous demanderai d'attendre, cher docteur Doyle, répondit-il.

— Pourquoi ?

— Parce que nous devons fêter ma victoire, mais plus tard. Elle n'est pas encore là.

— Je vous jure que je ne vous comprends pas.

— Il n'y a rien à comprendre. C'est tel que je le dis.

Je les écoutais, mais je regardais toujours par la fenêtre. Au loin, au-delà des arbres, la mer bougeait, grisâtre, intangible. Je me rappelai Robert criant qu'il m'aimait sur cette même plage. Robert et ses messages écrits par d'autres personnes. Mais le policier qui avait daigné m'expliquer ce qui était arrivé avait dit qu'il avait laissé une lettre "écrite de sa propre main". Il n'aurait jamais pu faire ça, encore moins en expliquant une chose si complexe. Cela ne lui ressemblait pas...

Je sentis un léger frémissement, comme si la froideur de la mer venait vers moi rien qu'en la regardant, telle une sorte de spectre.

Devais-je oser raconter ce détail ? N'allait-on pas croire que je tentais de défendre *in extremis* le souvenir de l'assassin, quand plus rien ni personne ne pouvait le faire ?

Mais je décidai que je ne me trouvais pas en présence de deux hommes ordinaires, je m'apprêtais donc à le dire, et j'avais déjà ouvert les lèvres quand on frappa de nouveaux coups à la porte. M. X sourit et sembla s'animer dans son fauteuil.

— C'est elle, si je ne me trompe pas !

— Qui ? demanda Doyle avec son habituelle naïveté.

— Ma victoire, bien sûr ! Elle est arrivée ! Auriez-vous la bonté d'aller ouvrir, docteur ?

Il y eut un instant de silence et de surprise absolus lorsque Doyle ouvrit. Alors la voix résonna, naturelle.

— Eh bien, eh bien… ! Je vous ai entendu de l'extérieur ! Alors vous croyez que vous allez gagner aujourd'hui, monsieur Holmes ? Permettez-moi d'en douter !

Je reconnus l'homme robuste aux cheveux blancs et en soutane noire boutonnée debout sur le seuil. C'était le père Philipotts.

juillet 1882

Feu de Saint-Elme

REVUE CATHOLIQUE DE PORTSMOUTH

L'ÉGLISE CATHOLIQUE DIT "NON" AUX THÉÂTRES CLANDESTINS !

Personne ne parle d'eux en public. MM. Dickens, Tennyson, Thackeray, ont-ils honte de s'y rendre ? Oh, inénarrable répugnance morale ! Oh dégénérescence d'un type insolite que ces planches foulées par des pieds nus parfois enfantins, ces folles perversions et tentations dénoncées à juste titre par notre cardinal Mgr John Henry Newman, anglican depuis toujours... ! Mais maintenant, avec la cathédrale de Saint-Jean Évangéliste, sainte demeure, qui sera consacrée et bénie en août, les catholiques anglais doivent, une fois de plus, réfléchir au diabolique ennemi... ! Une porte ordinaire, une ville ordinaire... Obscurité... Mot de passe... Un escalier qui conduit, presque toujours, à de toutes petites salles... D'autres, en revanche, sont énormes comme le Léviathan... Quelle rumeur sur ce qui s'y déroule pourrait-elle ne pas être exacte ? Des corps imberbes dansant ou luttant dans des spectacles démentiels ! Familles ruinées contraintes de s'humilier sur scène ! Qu'il soit clair que celui qui écrit cela n'est jamais allé les voir et ne connaît ces détails que pour les avoir entendus. Il n'irait jamais ! Et notre village de Portsmouth, qui vient de subir la terreur de l'Assassin des Mendiants, devrait suivre mon exemple ! Ce criminel de Robert Milgrew – que le Seigneur lui réserve le pire des puits de l'enfer – n'aimait-il pas les théâtres clandestins ? Ces théâtres dépravés ne sont-ils pas ceux qui l'ont rendu fou ? Seigneur, jusqu'à quand allons-nous supporter l'immoralité du théâtre... ?

Père Clifford Evans

LES DERNIERS COUPS

1

— Docteur Doyle, vous ici aussi ! Quelle surprise ! Soudain, Doyle et moi ne pouvions plus réagir. Mais le curé semblait à l'aise et, après avoir salué Doyle et fait un signe de tête dans ma direction, il jeta un coup d'œil au champagne et se mit à rire.

— Eh bien ! Du champagne français ! Célébration prématurée, monsieur... ! Vous devez être monsieur Sherlock Holmes...

— Ravi de vous rencontrer, mon père. – Contrairement à sa coutume ancestrale, M. X serra avec enthousiasme la grande main que le curé lui tendait. Doyle et moi étions ébahis. – Merci d'être venu.

— Enfin, monsieur, merci à vous et à votre ténacité. Aujourd'hui le sang va couler, monsieur Holmes, si Dieu n'y veille pas !

— Je ne vous le fais pas dire.

— Nous ferions mieux de nous y mettre tout de suite si je ne veux pas rater le dernier ferry. Le trajet depuis Gosport n'est pas une mince affaire. – Il avait apporté une petite valise et en sortait une boîte et un solide échiquier à damier blanc et noir. Il s'aperçut alors de notre silence confus. – Oh, mais je crains... M. Holmes ne vous a rien dit ?

— J'ignorais si vous alliez venir, expliqua M. X. J'ai dit à Jimmy de demander la permission au Dr Ponsonby et il me l'a accordée.

— Bon, dit le robuste curé, installant l'échiquier sur la table, d'où il avait opportunément ôté la bouteille de champagne. Je pensais que M. Holmes vous avait raconté que nous nous livrions une dispute par correspondance depuis quelques jours… À peine sept coups, mais il y a eu des victimes.

M. X confirma, satisfait.

— J'ai écrit au père Philipotts que je ne pouvais plus supporter cette tension : je devais achever la partie aujourd'hui coûte que coûte. Par chance, il a aimablement accepté de se déplacer jusque-là. Même si je crains que, lorsqu'il verra les résultats, il souhaite ne pas avoir quitté sa paroisse de l'après-midi.

— Ne croyez pas que je ne sois pas préparé à la défaite, monsieur. – Le curé sourit de nouveau. – Mais j'ai encore quelques tours dans mon sac…

— Je l'espère, et j'ai bon espoir que vos pièces s'engagent dans la lutte avec détermination.

— Excusez-moi… – Doyle parla enfin, un peu maladroitement, un peu étonné comme moi – mais… depuis quand vous connaissez-vous, tous les deux ? M.… euh… Holmes, ne m'a rien dit…

"Par lettre" et "Par correspondance" furent les réponses. M. X, qui avait fourni la première, nuança.

— Vous rappelez-vous, mademoiselle McCarey, quand vous m'avez parlé du père Philipotts et de sa passion des échecs ? J'ai découvert qu'il pourrait être un digne rival. Après tout, le Dr Ponsonby veut que je me distraie, non ? Que j'oublie mes obsessions…

Le curé apporta sa contribution en approuvant.

— J'ai de l'expérience auprès de joueurs d'autres villes qui me proposent des parties. Mais ce monsieur m'a laissé sans voix… Il y a quelques jours, il m'a écrit pour se présenter et m'a lancé le défi d'une partie rapide, en jouant presque tous les jours. Les pauvres messagers en ont subi les conséquences, vous pensez bien. Mais cela en valait la peine.

— C'est également mon avis, mon père, dit M. X, satisfait, pendant que le curé déployait les pièces sur l'échiquier dans la position indiquée par une feuille de papier.

— Le Dr Doyle peut bien vous parler de ma dangerosité, dit Philipotts.

— C'est inutile, vous me l'avez largement prouvée, mon père. Je crois que nous avons laissé notre combat à un point de tension qui peut se résoudre d'une façon ou d'une autre, mais où j'ai un avantage considérable, et je vous assure que je vais l'exploiter au maximum jusqu'à balayer mon adversaire au jeu…

— Je vous trouve bien sûr de vous. – Le prêtre sourit de bonne grâce. – Je ne dis pas non, je ne l'ai jamais nié. Mais, je le répète, je crois que je bénéficie de quelques avantages. Commençons, si vous n'y voyez pas d'inconvénient ?

— Excusez-moi, mon père, l'interrompit M. X, serait-ce beaucoup vous demander de déplacer mes pièces pour moi ? Je souffre d'une légère faiblesse qui me provoque des tremblements quand je manipule de petits objets.

— Je n'y vois aucun inconvénient.

De quelle faiblesse s'agissait-il ? me demandai-je. Je l'avais vu manipuler des couverts et des verres avec dextérité. Était-ce une nouvelle pathologie ? Malgré moi – et même si M. X me déplaisait en cet instant –, j'éprouvai de l'inquiétude et de la peine…, mais elles ne durèrent pas quand je l'entendis dire par la suite :

— Autre chose, mademoiselle McCarey, s'il vous plaît : veuillez noter *précisément* les coups, j'ai déjà dit au père Philipotts que cette partie serait mémorable et mériterait d'être rappelée pour toujours. Vous le ferez mademoiselle McCarey ? Si cela ne vous dérange pas…

Je le regardai, stupéfaite : son sourire, sa placidité devant les pièces sur leurs cases. C'était pour *ça* qu'il voulait que je sois là ? Pour cela qu'il voulait que je reste un jour de plus avec lui ? Pour prendre des notes sur une maudite partie ? Je jure que je l'aurais frappé avec sa propre canne.

— Je ne sais pas comment noter ça. Je ne connais pas ce jeu, monsieur, répondis-je sèchement.

— Oh, mais il n'y a aucun problème, répliqua le petit homme, heureux. Notez les coups tels que nous les dicterons, cela vous dérange, mon père ?

— Pas du tout !

— Eh bien, allons-y.

Échangeant un regard effaré avec Doyle, je sortis mon propre carnet et un crayon de mon tablier et ainsi, debout, tendue à cause de cette insolence, je m'apprêtai à noter sous la dictée.

— Voilà mon coup, dit Philipotts, s'attribuant les noirs. Fou deux cheval dame.

Je notai et ne tardai pas à m'apercevoir que la "clé mystérieuse" que le pauvre Jimmy envoyait et rapportait, c'étaient les coups de ces deux personnages insolites.

Nous fûmes surpris d'entendre M. X répondre instantanément.

— Pion quatre tour roi.

— Intéressant. – Le curé déplaça la pièce indiquée. – Vous vous êtes préparé. Voyons. Que dites-vous de ça ? Pion quatre fou roi…

— Je vous dis : fou deux dame…

— Votre recul, monsieur, ne présageait rien de bon. Vous me tendez un piège…

Je notais. Stupidement, rapidement. Je jetai un coup d'œil à l'échiquier : même en ignorant les règles, je remarquai que la plupart des pièces restaient en activité. Cela pouvait impliquer, peut-être, une partie qui allait durer des heures entières. Je regardai le docteur avec le même étonnement consterné qu'il me renvoyait.

— Je crois que je vais finir par boire ce champagne tout seul, dit Doyle.

— À propos, que fêtons-nous ? demanda Philipotts, réfléchissant sur l'échiquier. Si je peux poser la question…

— Ils ont attrapé l'Assassin des Mendiants, répondit Doyle, et je lui fus reconnaissante de ne pas donner davantage de détails.

— Oh, oui, c'est vrai ! Où ai-je la tête ! Le père Evans, maintenant assez bien remis, m'a dit qu'il pensait publier quelque chose dans notre revue *Le Feu de Saint-Elme* ! Il y a de quoi fêter ça, oui, des rumeurs me sont parvenues. Voyons… Pion cinq fou dame… J'ai osé briser vos défenses ! À votre tour, Holmes.

— Dame trois fou roi…

— Implacable. – Le curé rougit. – Mais je n'ai qu'à faire cela : cheval trois fou dame.

— Et moi, cela : dame trois roi…

— Je vous bloque. Mon pion de roi est invincible, monsieur X.

— Rien n'est invincible, répondit calmement M. X. Je ne boirai pas d'alcool, docteur Doyle, je suis désolé pour votre champagne, mais j'accepte un verre d'eau.

— Bien sûr, le vice avant tout, ironisa Doyle, allant chercher la carafe sur la petite table.

— Je vais le servir, docteur, proposai-je.

— Ne vous inquiétez pas. Vous êtes plus utile pour noter la partie "mémorable".

Philipotts parlait en direction de l'échiquier.

— Bien sûr, je me réjouis que ce criminel ait été arrêté… Je ne souhaite de mal à personne. Nous sommes tous dignes de compassion devant Dieu, et seul le Tout-Puissant peut punir… Mais après ce qu'il a fait à cet enfant… Bref, que le Seigneur lui pardonne… monsieur Holmes, vous avez quelque chose à dire avant de mourir ? – Il sourit en effectuant son coup. – Fou quatre cheval dame.

— Oh, c'est puissant, mais je ne me rendrai pas sans me battre : cheval quatre fou dame…

— Oh. Oh, oh. Ça, c'était un pincement à l'endroit où le dos perd son nom honnête. Excusez mon langage, mademoiselle…

— Vous êtes en famille, mon père, dit M. X, buvant une gorgée d'eau dans le verre que Doyle lui avait apporté.

Je regardais Doyle d'un air si transparent que le jeune docteur ne put qu'essayer – avec difficulté – de réprimer son rire. Toutefois, il ne semblait que l'en admirer davantage.

— C'est un individu fascinant, me murmura-t-il. Je n'ai jamais connu personne comme lui, mademoiselle McCarey. Personne. Extravagant, mais unique.

— Pion six tour dame…

— Oh. – Et Philipotts chantonna. – Je crois que c'était un raté, cher monsieur… Cheval mange pion tour dame.

Et il s'empara de la pièce avec une autre. M. X fit une grimace.

— Eh bien, c'est le destin de ce jeu. Parfois, on a un bon plan, mais on néglige une pièce. Et cette pièce manquante devient décisive. Par chance, on peut la sauver. Et même si c'est le cas, l'adversaire fera bien de nous craindre. – Il sourit. – La tour mange le cheval.

— Étrange façon de "sauver" la pièce manquante, mon cher ami... Dame mange tour. Je répète que vous avez échoué...

Doyle fut le premier à renoncer.

— Je suis désolé, monsieur Holmes, mais je crois que les choses se présentent mal pour vous. Avec votre permission, je vais partir, parce que je ne veux pas assister à votre immolation. Et parce que deux patients m'attendent, tendus et de mauvaise humeur. Je reviendrai plus tard, si vous souhaitez ma compagnie, et j'espère pour votre bien, Sherlock, que vous serez toujours là parce que ce sera peut-être un signe d'égalité... Ayez pitié de M. Holmes, mon père.

Cela fit rire Philipotts qui semblait effectivement vivre son meilleur moment en tant que joueur.

— Mon fils, je ne me sacrifie que pour mon prochain, pas pour mon adversaire. – Doyle rit avec le curé. – En fait, M. Holmes est magnifique, mais j'ai affronté de pires situations.

— Vous pouvez garder le champagne, mais défense de l'ouvrir avant mon retour. Monsieur Holmes, mademoiselle McCarey.

— Docteur, dis-je.

— Nous serons là, chantonna M. X, et nous déboucherons ce champagne pour fêter ma *véritable* victoire. Vous êtes sûr de ne pas vouloir changer votre dernier mouvement, mon père ?

— Pourquoi devrais-je le faire ? – Philipotts fronça les sourcils.

— Parce que si vous mangez ma tour, je gagne la partie.

Le curé réfléchit un instant.

— Oh, impardonnable ! Je n'ai pas vu le piège avec le fou ! Ôter ma dame dégage le terrain ! Oh, oh, impardonnable... !

— Votre religion enseigne à pardonner, ne vous inquiétez pas. Retirez ce coup et poursuivons, et vous pouvez le rayer, mademoiselle McCarey.

— Monsieur, vous êtes un digne rival, lui répondit le prêtre avec suffisance en défaisant le jeu.

Doyle s'en alla après avoir haussé comiquement les sourcils dans ma direction. "C'est vous l'infirmière, semblait-il dire. Souffrez pour moi."

Je ne souffris pas, du moins au début – après, si, dans ce qui constitua la nuit la plus terrifiante que j'aie vécue jusqu'alors –, et voir ce couple extravagant et noter ses coups cryptiques me permit de me distraire de mon propre cauchemar. L'homme au fauteuil dictait ses coups, tout content. Il ne semblait pas y avoir en lui la moindre lueur de préoccupation sur le fait que j'allais partir – d'ailleurs, il voulait que je m'en aille. Mais, et moi, qu'est-ce que j'attendais ? Sa compassion ? C'était peut-être parce que, tout simplement, M. X, alias Sherlock Holmes, était insupportable. Sa famille, tous ses êtres chers, l'avaient écarté de leur vie. J'avais maintenant l'occasion d'en faire de même. Pourquoi m'en coûtait-il autant ? Qu'est-ce qui m'unissait à ce petit homme têtu, à part quelques éléments irréels, qu'on pouvait mettre entre guillemets – un "violon", un "palais", un "groupe secret", un "théâtre du plaisir" –, et… quelques mots ?

"Fou cinq cheval dame."

Il m'avait trouvée *belle*. C'était ça, Anne McCarey. À ses yeux, tu étais belle. C'était la première fois qu'on me disait ça. Ma raison avait beau me dire que ce n'était qu'un compliment, j'y avais senti de la sincérité… "Dame trois tour dame."

— Votre façon de vous approcher en vous éloignant est très curieuse, mon fils… Vous me tenez, vous me tenez, mais vous ne m'achevez pas. Que voulez-vous ? Essayons ça…

— Si vous voulez bien m'excuser, dis-je alors, soudain lasse. Monsieur X… Monsieur Holmes.

— Oui, mademoiselle McCarey ?

— Je suis désolée de vous interrompre, mais je dois aller voir d'autres résidents.

J'avais décidé que les ulcères de Lord Alfred C. étaient plus amusants.

— Mais bien sûr, mademoiselle McCarey, vous êtes ici pour ça, j'ajouterai que vous ne devez pas vous inquiéter, parce que le père Philipotts et moi pouvons faire une pause ! D'accord, mon père ?

— Une pause a été la bienvenue pour le Seigneur le septième jour. Mais je vous prie, mademoiselle, de revenir d'ici sept jours… Le dernier ferry…

— Je reviens tout de suite, mon père, dis-je, incapable de rester une minute de plus.

Quand je revins après avoir changé des bandages, pris des températures et donné des médicaments, l'après-midi déclinait. Les hommes étaient plongés dans une conversation dont j'entendis à peine quelques mots.

— Oh, curieux, disait Philipotts. Mais votre famille a eu le droit de… Que vous arrive-t-il, monsieur ?

En me retournant, je vis que M. X tremblait de la tête aux pieds. Alors son corps frêle se courba sous un cri d'agonie. La contraction fut si violente que ses jambes heurtèrent l'échiquier et les pièces volèrent dans toutes les directions, comme si quelque chose en lui avait explosé.

3

Pendant un instant, le prêtre et moi ne pûmes que nous protéger contre la pluie de pièces. Mais j'eus conscience d'avoir couru vers lui avant même que le dernier objet ne touche le sol.

— Il est en train de s'étouffer ! dit Philipotts derrière moi.

Je vis son torse se gonfler en cherchant de l'air, le cartilage du larynx trembler sans le recevoir, et j'entendis le plus atroce des râles franchir ses lèvres.

Il convulsait, certes, mais il respirait encore. Un filet de vomi coula de sa bouche, de la bile, pendant que je lui plaçais la tête de côté en tentant de garder mon sang-froid, je vous en prie, et de me souvenir, au moins, Annie, idiote, des premiers gestes de secours… Sous mes mains fermes, tout son corps n'était que contractions d'animal sauvage. Une partie de mes cheveux tomba sur mon front. Maintenant oui, Annie. Maintenant il est convulsion, pas violon. Maintenant ce n'est pas de la musique, avant non plus, mais… Je lui maintins la tête penchée en avant et m'assurai qu'il respirait. Mes mains, humides de son vomi, glissaient de son menton. Non, je vous en prie, pensai-je. Tu le fais mal, Annie. Non. Pas comme ça. Les contractions cédaient, mais ses yeux étaient deux demi-lunes blanches et son corps présentait la dureté d'un mausolée. Il avait de l'écume aux lèvres. Je cherchai en vain son pouls.

— Mon Dieu… disait quelqu'un derrière moi, j'ignore qui, je l'avais oublié.

— Aidez-moi… demandai-je à qui-que-ce-fût. Aidez-moi à le porter sur le lit.

— Tout de suite.

Nous réunîmes nos forces, la voix et moi, dans un monde flou comme une vitre en hiver. Mais ce n'était pas nécessaire, il ne pesait pratiquement rien. Son corps était si léger, son poids presque négligeable. Il pourrait ne pas exister que nous ne le remarquerions pas, pensai-je.

Mais je fis le geste. Oh, mon Dieu, je le fis. Je le portai avec toute mon attention et ma délicatesse, ce frêle filigrane humain, avec beaucoup de précautions, et je le déposai lentement sur les draps.

— Qu'a-t-il pu lui arriver… ? demandait la voix stupide à côté de moi. A-t-il un pouls ?

— Appelez le Dr Ponsonby, murmurai-je. – Les doigts posés sur son cou ne déclenchaient pas d'échos. Rien ne résonnait à l'intérieur. – App… Appelez…

J'appuyai l'oreille contre sa poitrine après avoir ouvert son pyjama. La musique devait exister, mais je ne l'entendais pas. C'était mon défaut. J'étais sourde à sa petite musique. Maintenant, je comprenais. Allons, allons, la musique. Je lui pris les jambes et les soulevai au-dessus de sa tête. Puis j'appliquai mes lèvres sur ses lèvres rigides. Je lui ouvris la bouche et y insufflai de l'air vital. Ma vie par la bouche morte. Je souhaitais mourir et lui céder cette chose, quelle qu'elle fût, intangible, invisible, qui m'animait et faisait battre mon cœur, mon violon, mon précieux violon de vie, pour qu'il fût à lui.

La voix revint accompagnée de plusieurs autres. J'ignore combien, je ne regardai personne. Je ne me souviens pas non plus de ce qu'elles disaient. Je n'écoutais que le silence de son corps, n'étais en contact qu'avec ses artères à l'arrêt. Mais l'une des voix finit par s'imposer. Comme si elle me tirait, m'entraînait hors de lui, de l'obscurité où il se trouvait vers le monde de la lumière. La seule voix qui avait un tel pouvoir après la sienne propre.

— Écartez-vous, mademoiselle McCarey, s'il vous plaît.

Le Dr Doyle me prenait doucement par les épaules, mais je lui fis signe d'arrêter avec la tête. Pourquoi devais-je le faire ? Je ne pouvais pas. Je ne pouvais pas partir sans lui.

— Anne… – C'était maintenant la chef Braddock. – S'il vous plaît, laissez le docteur…

— Annie… – Susie gémissait à ses côtés.

— Mademoiselle McCarey…

J'eus l'impression qu'on me détachait. C'était douloureux. Essoufflé, le docteur se pencha. Tel était mon monde : la veste sombre du jeune Doyle, ses coutures. Plus loin, le visage blafard et perdu d'un curé dont j'avais déjà oublié le nom.

— Depuis quand est-il dans cet état ? demanda Doyle.

Le curé et moi répondîmes presque en même temps. C'était facile à expliquer, cela s'était produit à peine une minute plus tôt. Ou peut-être quinze, dix, ou moins. Doyle ne disait rien. Il écoutait comme un jeune professionnel. Je l'adorai. Je déposai en lui tout mon amour et ma force.

Le docteur demanda le stéthoscope de Ponsonby. Mary Braddock courut au bureau du deuxième étage.

— Par chance, j'attendais encore des papiers dans le bureau de M. Weedon, dit Doyle.

Je regardais la pièce sans participer. C'était une tragédie. Je voyais se dérouler devant mes yeux ces gestes immenses, indélébiles. J'entendais un tic-tac provenant d'un lieu et une conversation comme répétée à l'avance entre deux personnes, médecin et curé. Comment cela est-il arrivé ? Vous dites qu'il a vomi ? Oui, c'est vrai, mademoiselle… ? Mais il est… ?

— Il est toujours vivant, dit alors Doyle, et il tenait entre ses mains le stéthoscope, comme si le temps avait sauté vers l'avant sans pauses. Mais il agonise.

— Et l'emmener à l'hôpital… ? demanda timidement l'homme habillé en curé.

Doyle reprenait son pouls, puis il lui fit tourner la tête d'un côté, de l'autre. Après une pause, il se redressa. J'examinai fixement un point sur le sol. Je ne pouvais pas imaginer ce que cet objet faisait là : c'était la tête d'un cheval de bois.

— Il faut faire venir Ponsonby, dit Doyle.

— Il habite à l'extérieur de la ville, dit Mary Braddock. Sur North Road. Mais nous ne pouvons pas quitter la résidence. Nous nous occupons d'autres patients, et à cette heure, il n'y a que…

— Je ne bougerai pas d'ici, dis-je avec une totale assurance.

— Ne vous inquiétez pas, j'irai, précisa Doyle. Je vous emmène, mon père. Vous venez ?

— Euh… Non… Je ne crois pas, dit le curé (Philipotts, maintenant je me souvenais de son nom). Je crois que je vais rester.

— Je peux vous emmener à Gosport, mon père.

— Non, je reste…

— Comme vous voudrez. Quelle heure est-il ? Ma montre est-elle exacte ? – "Presque vingt-trois heures", dit quelqu'un. – Écoutez : je vais aller chercher Ponsonby. Vous, les infirmières, partez, sauf Mlle McCarey. Il n'y a rien à faire, et il faut empêcher d'autres patients d'entrer et de déranger.

C'était une crainte sensée : M. Conrad H. apparaissait déjà dans le couloir, comme sir Leslie, le syphilitique souriant. Rien de plus séduisant que la mort d'autrui. Comme si nous la reniflions de loin. Des charognards s'approchant du corps qui va effectuer sa transition.

— Compris, docteur, dit Mary Braddock en prenant les rênes.

Je n'oublierai pas que toutes les deux, avant de sortir, s'approchèrent pour me consoler comme elles purent. Celle qui me témoigna le plus d'affection fut Mary Braddock, avec son visage toujours méprisant au milieu de ses traits ronds. Je pensai alors que cette femme était bonne. Elle me prit la main, la serra. Je fis un geste d'assentiment et je vis de la peine dans ses yeux.

— Cela vous dérange, si je m'assieds ici, à côté de lui ? demanda le père Philipotts, qui avait (à grand-peine, à en juger par sa respiration essoufflée) ramassé peu avant les pièces d'échecs éparses et placé l'échiquier sur la table. – Il approcha la chaise du lit pour s'asseoir au chevet. Mes compagnes m'apportèrent une autre chaise. – Pauvre homme… Qu'a-t-il pu lui arriver… ? Il allait si bien !

Doyle se tourna vers moi.

— Mademoiselle McCarey, je vais revenir avec des renforts. Veillez sur le château en mon absence.

Alors – cet "alors" qui put durer une seconde voire plus d'une minute – regarder Doyle dans les yeux me rappela quelque chose.

4

— Docteur ! Attendez !

Je l'emmenai à l'écart, loin de Philipotts, mais le pauvre curé ne semblait pas lui non plus intéressé par ce que nous disions et posait une main sur la main immobile de M. X.

— Préparez-vous au pire, disait Doyle. Je ne veux pas vous mentir…

— Je sais, dites-moi juste…

— J'ignore ce qui a pu lui arriver, coupa-t-il, pressé, calant son chapeau et anticipant une éventuelle question. Les possibilités sont multiples. C'est un homme faible et âgé. Je penche pour une apoplexie, mais…

— Non, non, ce n'est pas ce que je veux savoir. Écoutez-moi, je vous en prie.

Je lui parlai rapidement et avec une certaine cohérence : j'avais l'habitude de situations de stress intense – pas comme celle-ci, non, jamais comme celle-ci. Je lui dis que j'avais entendu une partie de la conversation derrière la porte le jour où M. X et lui s'étaient rencontrés, et ce qu'avait dit le premier sur un "secret" – ce furent mes propres termes – que je "ne devais jamais connaître". Je souris en essayant de lui insuffler du courage à lui aussi.

— C'est une maladie, n'est-ce pas ? M. X souffre d'une maladie grave ? – Il me regardait, l'air déconcerté. Je l'attribuai au fait qu'il estimait inconcevable que je lui demande de trahir le secret médical. Je m'agenouillai. – Docteur Doyle, je vous en conjure… Je sais que ce n'est pas correct, mais j'ai besoin de le savoir et peut-être n'y aura-t-il pas d'autre occasion… Je vous en supplie. Dites-moi, je suis prête…

Et je pensai : je suis prête. Quoi que voulût dissimuler l'homme qui avait trouvé de la beauté en moi. L'homme qui avait estimé que j'étais belle.

Quoi que ce fût.

— Oh, vous l'ignorez encore ? demanda Doyle presque comme s'il s'agissait d'un détail. Excusez-moi, je pensais qu'à ce stade… Bref, vous n'allez pas me croire, mais…

— Il se réveille ! prévint le prêtre.

Nous accourûmes au chevet du malade.

Effectivement, il avait bougé.

Une légère contraction, un geste du cou ou du torse. Comme des braises dans les cendres fumantes. "Monsieur X ?", nous l'appelions en même temps, Doyle et moi. "Qui est "M. X" ?", demandait Philipotts, déconcerté. Le médecin lui reprit le pouls. Il fronçait les sourcils. J'avais l'habitude d'être patiente avec les médecins, mais en cet instant, j'avais tellement besoin qu'il me dise quelque chose qui me donnerait de l'espoir !

Après une pause insupportable, il leva la tête.

— Fausse alerte, dit-il. Son cœur bat, mais très faiblement. Je dois me dépêcher, Ponsonby décidera ce qu'il convient de faire.

Il se retourna une fois de plus en arrivant à la porte et me désigna d'une main tremblante.

— Écoutez-moi, il y a une clé de la chambre ? – Je lui répondis que j'en avais une et qu'il y avait un double dans le bureau de Ponsonby. – Parfait. Fermez à clé. Ne laissez entrer personne avant mon retour. Tant que nous ne saurons pas ce qui lui arrive, il vaut mieux le maintenir à l'isolement. Je viendrai dès que je pourrai. Ne le quittez pas.

— Jamais.

Après avoir fermé à double tour et regagné ma place à son chevet, je m'aperçus que Doyle avait oublié de me le dire.

Le *secret.*

S

— Excusez-moi, mademoiselle, mais je le connais, dit le père Philipotts.

— Pardon ?

— Ce secret. – Le curé sourit.

Je restai pétrifiée.

C'était après le départ du jeune docteur, quand j'eus pris l'autre chaise et me fus assise à côté du lit, disposée à veiller. À protéger. Alors le prêtre, assis en face de moi, me dit ceci :

— Vous allez devoir m'excuser, poursuivit-il, mais je n'ai pas pu m'empêcher de vous entendre demander au docteur quel était le "secret" de M. Holmes. – J'acquiesçai sans très bien savoir de quoi il parlait. Sa présence là, en cet instant transcendantal, était si étrange que j'avais du mal à la comprendre, mais apprendre qu'il connaissait le "secret" de M. X me déconcerta encore plus. À mon expression, il dut deviner quelque chose, car il s'empressa d'ajouter : Oh, ce n'est pas une confession, je peux vous le dire. Il ne m'a pas défendu de le faire, même si, bien sûr, il m'a demandé de la discrétion… Et je ne suis pas indiscret, Dieu m'en garde, mais… Je vous voyais si angoissée il y a un instant, là, à genoux devant le docteur… – Il ajusta son col, qu'on ne voyait entièrement que lorsqu'il relevait son double menton. – Rien de grave, après tout.

“Ici, tout le monde connaît ce maudit secret sauf moi.” Face à face, éclairés par la petite lampe de chevet, entre nous la silhouette immobile, Philipotts attendait de moi un signe, une sorte de permission. On voyait que c’était un homme habitué à chercher des messages dans les choses.

— Faites ce que vous dictera votre conscience, mon père, murmurai-je.

Il se caressa le visage, comme pour tenter d’y palper sa conscience et de vérifier ce qu’elle lui dictait. Après un instant de réflexion, il me sourit.

— Voilà, quand vous êtes partie, avant… ça, il m’a fait un résumé de sa vie dont, je suppose, vous connaissez les grandes lignes : hospitalisé dans des résidences depuis l’enfance, solitaire… Tout cela était très triste. Mais écoutez ça. – Et il leva un index épais. – Il m’a dit qu’il avait appris à être fort grâce à sa famille.

— Sa… famille ? – Je lui adressai un regard stupéfait.

— Oui. Il semble que ce soient des gens d’une très grande bonté…

— Oh, dis-je.

— Alors il m’a révélé une chose qu’il ne voulait pas divulguer, m’a-t-il dit, car personne ne se soucie vraiment de lui, et il a raison. – Le visage rosé du père Philipotts fut ému et il baissa le ton. Je me penchai. – Il a été baptisé dans la foi catholique. Vous le saviez ?

— Non.

— Sa famille est catholique. Mais en observant une certaine discrétion. – Il baissa encore le ton, je me penchai davantage. – Il semble que les Holmes occupent une position élevée dans la noblesse, et ils ne souhaitent pas…

— Les… Holmes ?

— C’est leur nom de famille, non ? Il s’appelle Sherlock. John Sherlock, en réalité, depuis son baptême…

— Ah, dis-je.

Je soupirai et adressai un regard chargé de quelque reproche à la silhouette immobile qui gisait entre nous. Quel misérable, pensai-je sans animosité. Il s’était moqué du pauvre curé. Ou peut-être se prenait-il vraiment pour Sherlock Holmes, comme il croyait que sa famille était "d'une très grande bonté" et même "catholique". Comment savoir. Il était fou.

— Il va partir en paix, dit le prêtre, tapotant la petite main sur le lit. J'ai décidé de rester pour… Dans le pire des cas, je veux dire, ajouta-t-il.

Je commençai à comprendre ce que voulait dire le père Philipotts avec son langage calme. J'en conclus que c'était admissible. Cela ne lui ferait aucun mal de se confesser, peut-être était-il vraiment catholique. M. X était étrange, cynique, il était beaucoup de choses. Il pouvait être catholique. Et que ce soit une plaisanterie ou non, cela avait déjà fait un peu de bien au père Philipotts : son visage grassouillet et plein de bonté se montrait satisfait. Il se sentait utile, nécessaire, il était peut-être soulagé de ne pas devoir perdre la partie.

Un silence s'établit et nous repartîmes vers notre drame intime. Je m'occupai de dégager les quelques cheveux de son front, toujours bien coupés. Sa peau était froide. Il allait mourir, effectivement. Bientôt. Des larmes douces me caressaient les joues. M. X, pensai-je. Mais pas de tristesse. J'y pensai comme on accepte un destin. Avec une exaltation de martyr. Mon destin était de rester avec lui pour ce dernier voyage. Je passai la main sur son visage : nez aquilin, pommettes marquées. Je me rappelai avoir fait de même avec mon père agonisant. Peu avant de perdre conscience et de plonger dans un marécage de respirations finales, mon père m'avait dit : "Tu sais ce qui me satisfait le plus, Annie ? Savoir que j'ai été un homme bon", et je ne pus qu'être d'accord, même si je ne savais pas s'il l'avait été ou non – mon père était une énigme, une inconnue (au sens mathématique) pour moi –, mais j'approuvais ce qu'il disait. Parce que je l'aimais.

Je fis la même chose, comme si une voix du passé me disait cela de M. X.

Il était extravagant, certainement fou et mentait de manière flagrante quand il y trouvait son intérêt. Mais c'était un homme bon. Il avait voulu me transcender. Il avait voulu que je me voie belle. Il m'avait flattée pour que je me flatte. Il avait créé mon amour, même s'il ne m'aimait pas lui-même. Mon amour envers moi. Ses yeux avaient été des miroirs qui me reflétaient en deux couleurs. Il m'avait offert une chose merveilleuse, le plus beau cadeau et le plus important que l'on puisse faire à quelqu'un.

Il m'avait offerte à moi-même.

— Regardez, regardez… – Le prêtre désignait la petite main du moribond, qui se posait sur la sienne, grande, avec des taches de vieillesse et une touffe de poils blancs. – Je crois qu'il veut se confesser… Mon fils, tu m'entends ? Tu te repens de tes péchés ?

Je le laissai faire. Je n'étais pas catholique, mais croyante, et j'étais sûre que le destin de M. X, ou de Sherlock Holmes, était de reposer dans le sein de Dieu.

Ego te absolvo, chantonnait le père Philipotts tout en faisant le signe de croix.

6

Puis le silence revint, têtu, se posant avec une majesté athée. Peu importait en quoi nous croyions, anglicans ou catholiques, le silence revenait toujours.

J'ignore combien de temps s'écoula avant que je ne perçoive, mon Dieu, un changement chez le moribond.

Pas en lui, en fait : dans ses yeux. Quelque chose à l'intérieur, une ombre ou une lumière, ou les deux. Le père Philipotts était maintenant immobile, une sorte de sculpture, comme si, après avoir accompli son devoir, il ne voyait plus la nécessité de rester humain. Peut-être somnolait-il et n'avait-il pas vu ce que j'avais vu. S'il y avait quelque chose à voir.

Je me penchai.

Les yeux de M. X restaient entrouverts. Il ne semblait rien y avoir d'étrange en eux.

Je me penchai encore. Je fixai le regard dans le bleu. L'iris était singulier, et de si près, je le vis à la perfection. Arcs céruléens sur toute la circonférence et concentrés sur la pupille, un précipice rond. Un puits.

Quant à l'œil rougi, c'était une bouche ouverte. Un volcan.

Alors je l'entendis.

L'espace d'un instant, je ne pus réagir. J'éprouvai de la terreur.

— Vous entendez ça ? demandai-je au père Philipotts, le souffle court.

En relevant la tête, le son baissait. Je me penchai de nouveau.

Je ne me trompais pas : cela provenait de ses yeux.

C'était une mélodie au violon.

Elle résonnait en moi, autour de moi. S'étendait depuis ces cavités, les arènes de ses yeux, et donnait une forme nouvelle à tout. Ponts, perrons, bastions, créneaux, profondeur et largeur, vertige immense, ordonnés à l'intérieur d'un chaos labyrinthique. Également sous mes pieds, où la chaise avait disparu. Cristal pur, colonnes qui, comme des télescopes, s'étendaient d'elles-mêmes. Toute la couleur de son iris bleuté, un ton pâle de ciel à l'aube. La couleur d'un souvenir de la mer. J'étais petite, minuscule, insignifiante, autour de ce monde transparent. Je baissai la tête et un malaise me fit chanceler.

Alors je le vis. Je me trouvais debout appuyée à une balustrade en verre à travers laquelle je pouvais voir mes propres mains, je me penchai sur elle et le surpris, à une distance extraordinaire, mille étages plus bas, avec son violon.

M. X cessa de jouer un instant, me regarda et sourit. Alors il porta l'index à ses lèvres, comme pour demander le silence, et il continua à jouer.

Son violon – enfin je le voyais – était une belle créature vivante et transparente de couleur rouge, comme extraite du feu. Je compris que, rien que si je battais des paupières en le regardant, il s'évaporerait en raison de sa fragilité absolue. J'essayai de me retenir, mais je ne pus m'en empêcher. Une seule fois. Une cloche sonna et le violon et avec lui le palais tout entier se transformèrent en grêle. Figures d'échec cristallin, une pluie de gemmes rouges et bleues sur moi en forme de pions, tours, fous. Pendant ce temps, depuis les hauteurs, la voix de Dieu tonnait : "Le secret ! Le SECRET !"

Regagner la chambre fut comme tomber à la renverse.

Je me réveillai en regardant encore ses yeux, de sorte qu'il me sembla que j'en sortais, poussée vers l'arrière depuis la profondeur de ses pupilles. Je compris que je m'étais endormie et que j'avais fait ce rêve étrange. Les coups de cloche provenaient de la pendule du rez-de-chaussée. Elles sonnaient minuit.

Mais ce ne fut pas mon réveil brutal qui me fit gémir d'effroi : ce fut de voir ce qui arrivait.

7

La chambre était la même, M. X restait au même endroit, mais le père Philipotts avait terriblement changé.

Son visage tout entier était maintenant d'une pâleur marmoréenne, et son expression s'était pétrifiée jusqu'à ressembler à un masque de plâtre de lui-même.

Une chose en lui n'avait pas changé, toutefois : sa main restait sous la petite main de M. X, qui, maintenant, ouverte en serre, semblait la tenir fortement.

L'horreur – je ne savais pas encore exactement laquelle – m'empêcha de faire autre chose que de me lever et de reculer. Je contemplais, je le comprenais, une sorte de lutte. Le prêtre tirait pour se libérer et la main de M. X pressait de plus en plus pour le garder accroché. Peu à peu, toutefois, le premier gagnait. Il parvint à se lever, comme moi. La chaise tomba à la renverse à cause du coup brusque. Ils restaient malgré tout unis par ce cordon ombilical de doigts. La force que devait exercer M. X, ou l'énergie qui le possédait, était incroyable, pour maintenir encore sous contrôle la main robuste du curé. Le plus terrible était que celui-ci gardait les yeux clos, de la même façon que M. X les gardait ouverts, tous deux silencieux, quoique tremblants, l'un à cause de l'effort pour se libérer, l'autre pour l'en empêcher.

Alors je regardai mieux et constatai que, entre les deux mains, il y avait quelque chose.

Du sang.

À ce moment, il commença à goutter sur le drap en épais filets.

Je n'avais jamais rien contemplé de plus atroce que cette scène muette.

— Mon père… ? gémis-je. Père Philipotts… ? Monsieur X… ?

Avec un effort subit, la statue qu'était le père Philipotts tourna la taille et recula d'un pas, maintenant libre. Il trébucha mais ne tomba pas à terre.

Alors, alors seulement, jamais je ne l'oublierai, M. X se releva droit dans le lit comme un ressort, les yeux grands ouverts et avec une telle expression sur le visage qu'elle m'effraya davantage que l'idée même de sa mort.

— Mademoiselle McCarey, sortez de la pièce immédiatement ! Vous m'entendez ? SORTEZ D'ICI et fermez la porte !

Je ne l'avais jamais entendu crier. M. X ne criait jamais. Cet écho aurait à lui seul suffi à m'emplir d'horreur, si un regard au père Philipotts ne l'avait dépassée.

Car ce que je vis se contorsionner au milieu de la pièce n'était pas le père Philipotts. On aurait dit un pantin à taille humaine qui, sans rien pour le soutenir, s'agitait debout dans un horrible silence, une marionnette dont le propriétaire serait devenu fou. Je le vis soulever la main que M. X avait serrée – la droite, maintenant transformée en un poing fermé, et l'abattre avec une force incroyable sur lui-même. Il s'assena plusieurs coups du côté droit de la soutane. Je pensai à une sorte d'acte de contrition délirant, mais cela allait au-delà. Rythme mécanique et précis. Les coups résonnaient comme des tambours. Si M. X ne s'était pas remis à crier, on aurait entendu ces coups dans tout Clarendon :

— Il ne peut PLUS se faire de mal, ne vous inquiétez pas, mademoiselle McCarey ! – Et M. X leva sa propre main ensanglantée : une lame d'acier de petite taille mais tranchante, une sorte de coupe-papier. – JE LUI AI ÔTÉ LE COUTEAU ! PARTEZ, MAINTENANT !

Je voulais obéir, mais quelque chose me maintenait pétrifiée, observant le prêtre. Après cette série de coups, il leva la même main et la passa sur son cou dans un geste terrible, un égorgement immatériel, très précis, comme celui d'un prodigieux acteur simulant sa mort.

Et il tomba à terre.

8

À cet instant, la porte s'ouvrit et se referma.

C'était Doyle. Son visage reflétait une fascination absolue. Il se tourna vers moi et me fit le même geste que M. X, l'index sur les lèvres, m'adressait dans mon rêve. Silence.

Il n'était pas difficile de lui obéir : je ne pouvais pas articuler un mot. Ni bouger.

M. X s'était désintéressé de moi, comme s'il avait interprété que le bruit de la porte, c'était moi qui l'avais fait en sortant. Il avait sauté hors du lit, sur lequel était resté le mortel couteau ensanglanté, et se trouvait à présent à côté du curé qui, assis sur le sol, ridicule, hochait la tête, sa chevelure de neige ébouriffée. Ses joues récupéraient à toute vitesse la couleur rougeoyante du bon buveur et du bon pécheur.

— Calmez-vous, mon père… disait M. X en posant la main indemne sur ses larges épaules. Tout est fini… Calmez-vous.

— Que… que s'est-il passé ? demanda le curé de sa voix habituelle. J'ai fait quelque chose ?

— Non, vous n'avez rien fait, mon père, répondit M. X.

L'expression du père Philipotts suscitait maintenant de la compassion : elle révélait une confusion absolue, quoique teintée d'un rougissement coupable. Comme s'il avait été surpris dans un acte honteux.

— Excusez-moi si j'ai pu vous déranger…

— Ne vous inquiétez pas. Demandez aux infirmières, en bas, de rester à Clarendon jusqu'à l'ouverture du ferry à Gosport. Essayez de vous reposer. – M. X nous tournait le dos, à Doyle et à moi, ne s'occupant que de Philipotts. – Je vous rendrai demain sans faute l'échiquier et les pièces. À bientôt, mon père. Merci d'être venu.

Et, en disant cela, il se dirigea vers son fauteuil préféré et disparut de notre vue, caché par le dossier. Le curé s'était déjà levé normalement et il se coiffait de son chapeau. L'horreur survenue quelques minutes plus tôt seulement aurait maintenant ressemblé à un cauchemar irréel, s'il n'y avait eu le sang et le couteau, auxquels Philipotts adressa un regard neutre, comme s'il ne comprenait – ni ne se souciait – de leur présence sur le lit.

Puis il nous sourit avec affabilité, mais parla en direction de M. X.

— Ne vous pressez pas pour l'échiquier et les pièces, j'en ai un de rechange… À propos, je ne me rappelle pas avoir terminé la partie…

— Si, elle était terminée, mon père, dit avec fermeté la voix dans le fauteuil. Entièrement.

— Et… qui… qui a gagné ?

— Moi, sans doute, dit M. X.

— Je vous félicite. Je crois que j'ai bien fait de venir…

— La meilleure décision de votre vie, croyez-moi.

— Si vous le dites… – Le père Philipotts se grattait la tempe. – Il est curieux que vous ne… Bonne nuit.

— Bonne nuit, mon père, dit la voix dans le fauteuil.

Doyle ouvrit la porte au prêtre, qui nous salua d'un geste discret avant de sortir. Puis il la referma. J'entendis cliqueter la clé et supposai qu'il avait pris le double dans le bureau de Ponsonby. J'allais lui demander de ses nouvelles lorsque Doyle lui-même parla :

— Voyons, voyons, que s'est-il passé ici…

— Il serait redondant de vous le raconter, dit la petite voix dans le fauteuil. Comme si vous me disiez ce que vous comptez faire. – Doyle émit un étrange rire nerveux qu'il partagea avec moi, comme s'il pensait de nouveau : "Quel homme admirable, quel génie." Alors la voix du fauteuil ajouta, sur un ton placide : Mais excusez-moi de ne pas vous avoir encore salué : bienvenue, monsieur Y.

TROISIÈME PARTIE

SCÈNE FINALE

Comme le dénouement d'une pièce de théâtre ressemble à la mort ! Peut-être applaudissons-nous parce que c'est un autre qui est mort ? Peut-être célébrons-nous le fait que nous en avons réchappé pour cette fois ?

SIR HENRY GEORGE BRYANT,
Étude sur le théâtre anglais (1871).

LA TRISTESSE DU DÉFUNT

Le défunt se promène dans le salon, inquiet. M. Levram n'est pas venu aujourd'hui.

M. Levram – curieux nom, certes, mais il y a de nombreux noms curieux de par le monde, le défunt le sait – est son unique ami dans l'au-delà. Il lui rend toujours visite à des heures précises, pas tous les jours à la même heure, mais selon une sorte de cycle, variable mais assez exact, sans doute en rapport avec les possibilités offertes par ce monde, qui pour le défunt n'est plus l'autre.

Aujourd'hui toutefois, il est en retard.

Le groupe ne vient pas non plus, surtout cette… fillette ?, jeune fille ?… belle danseuse qui bouge sans rythme, dans une danse qui ne suit jamais aucune mesure, mais que le défunt ne peut s'empêcher de regarder.

Cette danse. Étrange, oui, mais fascinante.

Il viendra, se dit-il. Levram est un homme de parole. Jusqu'à présent, il a tenu tout ce qu'il lui avait promis, à l'exception d'un léger détail : il n'a pas encore de compagnie.

La solitude attriste un peu le défunt. Le jour où il le lui a reproché, Levram a dit :

— Ne t'inquiète pas pour ça. Il vaut mieux que tu restes seul. Tu auras plus de temps pour ton penchant préféré… Et je t'aiderai… Je te raconterai des choses sur un sujet très particulier que tu auras à cœur de connaître… Tu le connaîtras peut-être à ce moment…

À ce souvenir, le défunt s'assied à la table, prend sa plume et continue à faire la seule chose qu'il fait, hormis manger et dormir, depuis qu'il est mort dans cette ferme vide.

Il écrit.

ÉCHEC ET MAT

1

Je me rappelle que tout, à partir de cet instant, s'écoula avec une rapidité stupéfiante.

Ou peut-être était-ce mon esprit, témoin de ce qui s'était déroulé jusqu'alors dans cette chambre en quelques heures – l'attaque d'apoplexie de M. X, miraculeusement rétabli ; les horribles convulsions du père Philipotts, maintenant miraculeusement terminées –, qui marchait avec une lenteur déroutante : il y a des nœuds au cerveau comme il en existe à l'estomac, je crois l'avoir dit.

Toujours est-il que je devins spectatrice d'un dialogue absurde, avec Doyle pour principal protagoniste, car, si les interventions de M. X ne manquaient pas, elles étaient menées avec son ton et ses manières typiques, douces comme des toiles d'araignée, tandis que celles de Doyle me parurent fascinantes car elles ne semblaient pas lui appartenir. Effectivement, ce fut ce nouveau Doyle – si différent du jeune docteur que je croyais avoir connu – qui me cloua sur place, muette, sans l'interrompre. Il était si différent qu'il me sembla même avoir un autre visage, comme si le chat de ce conte dont j'avais oublié l'auteur devenait flou jusqu'à ne conserver que son sourire.

La première chose qu'il fit, je ne l'oublierai pas, fut un petit saut, avant d'ôter son pardessus et de le plier sur le lit, veillant à ne pas frôler le sang encore frais de M. X, dont je contemplais avec incrédulité l'éclat sous la lanterne. Après cela, il se lissa la moustache et se mit à parler. Mais pas sur le ton juvénile et ingénu qu'il affectionnait. Au contraire, le nouveau Doyle faisait montre d'une assurance et d'une maturité étonnantes.

Disons que, en quelques secondes, j'avais gagné cinq ans d'expérience médicale, particulièrement dans les blocs chirurgicaux. Car maintenant, il me faisait davantage penser à un chirurgien qu'à autre chose : ferme, pratique, tout en mains et en doigts.

Et habitué au sang.

— Mon cher monsieur X, mon cher monsieur X… Quand cesserez-vous de me surprendre ? Dites-moi quelque chose, quoi que ce soit, révélez-moi un truc… Comment avez-vous pu feindre d'agoniser ? Je suis vraiment médecin, et je vous ai examiné. Par Jupiter, votre pouls, votre respiration, votre température… ! Vous faites du théâtre ?

— Dominer le corps est beaucoup plus facile que dominer l'esprit, répondit la petite voix au fauteuil, et vous deviez croire que votre poison avait fait effet.

— Et comment avez-vous pu savoir que j'allais essayer de vous empoisonner ?

— C'était évident, quand vous avez vu le père Philipotts arriver, quoique, naturellement, je ne pensais pas que c'était dans le champagne : cela aurait signifié risquer que Philipotts ou Mlle McCarey soient empoisonnés eux aussi, et trois morts ce serait compromettant, de sorte que j'ai opté pour vous demander un verre d'eau, et cela a marché…

— Verre d'eau auquel vous n'avez pas touché, bien qu'il soit à moitié vide !

— Je n'aime guère boire de l'arsenic, monsieur Y.

Doyle écoutait M. X avec un plaisir évident tout en cherchant quelque chose dans une poche de son pardessus. Il sortit une paire de gants en cuir d'une facture merveilleuse, du genre que l'on acquiert dans certaines boutiques de Londres et qui, lorsqu'on les enfile, nous font penser que le bonheur ne dépend que du fait que nos mains soient protégées. Ils étaient couleur gris tourterelle. Il les posa sur le lit, ensemble, comme de bons frères.

— Et enfin, comment avez-vous su que Philipotts serait la victime suivante ? demanda-t-il.

— C'était élémentaire.

— Oh, quelles expressions… ! Vous faites montre de pouvoirs surnaturels… !

— Monsieur Y, n'avez-vous pas pensé que vos pouvoirs sont peut-être infranaturels ?

— Je l'ai pensé du reste du monde, mais je ne me suis jamais inclus. – Doyle prit le gant de la main gauche et commença à l'enfiler en écartant bien les doigts, avec une nonchalance ressemblant à celle d'un amant qui tente de satisfaire cinq dames. – Mais je vous en supplie, parlez-moi de Philipotts, et comment vous savez que je suis M. Y…

— On m'avait prévenu sur votre groupe et sur votre personne.

— Oui, je sais que vous connaissez notre petite société…

— Je ne peux désigner aucune identité concrète hormis la vôtre, mais il s'agit de mon unique ignorance, et quant à vous, j'ai su que vous n'étiez pas celui que vous disiez être depuis la première fois où vous m'avez examiné…

— Depuis "une étude en rouge" et "une étude en noir" ? – Doyle me regardait en m'adressant le même clin d'œil : "Quel homme !" – Et pourquoi avez-vous abondé dans mon sens ?

— Parce que le véritable Doyle est vivant, sans doute.

Le résultat fut que le médecin écarquilla les yeux et siffla.

— Comment avez-vous su que je remplaçais une personne réelle ?

— Vous êtes arrivé à Portsmouth il y a quelques mois pour organiser tout ce théâtre, mais il vous fallait une identité, parce que, le spectacle terminé, vous auriez besoin de filer sans laisser de trace, et quoi de mieux que d'emprunter une identité réelle ?

— D'accord, mais pourquoi ne pas tuer le véritable Doyle sans prendre toute cette peine ?

— Parce que Doyle aura toujours des proches qui lui écrivent, des gens qui le connaissent et qui pourraient venir le voir de façon inopportune s'il ne donnait pas de signes de vie…

— Certes. Il est vivant. Mais admettez au moins que je vous ai trompé pendant un temps.

— Au contraire, votre parodie d'un docteur innocent était ridicule.

— Quelle merveille ! fit Doyle, regardant l'habitant du fauteuil. Je dois reconnaître que lorsqu'on m'a vaguement parlé de vous au sujet d'Oxford, je n'y ai pas prêté attention : un malade mental enquêtant sur nous ! Maintenant je crois que c'est votre insanité qui vous a permis de traverser le monde des apparences et d'arriver jusqu'à nous. Quelle heureuse coïncidence qu'on me demande de vous examiner quand je projetais de me présenter !

— Les coïncidences sont des causes inconnues, monsieur Y.

Le ricanement de Doyle m'effraya. C'était comme s'il avait tenu enfermé ce fracas dans sa gorge pendant tout ce temps et ouvrait maintenant la cage.

— Bien sûr, j'ai adoré inventer des théories sur les assassinats avec vous !

— Vous me flattez, mais dites-moi, le Dr Doyle va-t-il bien ?

— Oh, parfaitement. Il vit à la campagne. Une ferme dans le Nord-Est, à Crossing. Il ne fait guère d'exercice, ça non. Il se consacre à écrire sur Sherlock Holmes. C'est lui qui a inventé le personnage, en réalité… même si j'ai apporté ma modeste contribution… Moi aussi, j'aime écrire. Doyle a utilisé les notes que j'ai prises sur vous. Dommage, il ne publiera jamais rien.

— Vous êtes un écrivain frustré, monsieur Y, n'est-ce pas ?

La façon dont Doyle regarda en direction du fauteuil m'inspira de l'effroi.

— Eh bien, je débute. Doyle est un peu meilleur, un peu. Mais…

— Et que lui avez-vous fait pour qu'il se tienne si tranquille ?

Doyle retrouva son humour.

— Trop de questions en échange d'une seule réponse de votre part, monsieur X.

— Mes réponses valent beaucoup plus que les vôtres, monsieur Y.

— Pour quelle raison, mon jouvenceau admiré ?

— Pour la simple raison que tout ce que vous me direz ne sera jamais divulgué, compte tenu de vos projets à mon encontre, et, en revanche, ce que je vous répondrai va vous sembler très précieux, puisque vous pourrez ainsi corriger de légères erreurs à l'avenir…

— Je ne le nierai pas, dit Doyle, levant son gant droit. Même s'il y a eu peu de "légères erreurs". Mais je vais vous répondre. Le Dr Doyle est sous les effets d'un théâtre beau et inquiétant appelé Actéon. C'est le nom que lui donnent certains aliénistes. Nous, nous l'appelons théâtre de la Transformation. Il ne s'opère qu'au niveau mental, il n'y a pas de changements d'apparence évidents. Évidents, répéta-t-il.

— Et en quoi s'est-il… transformé ?

— Il croit être mort. De la sorte, il ne souffre pas, ne parle presque pas, ne fait pas de bruit, ne prétend pas s'échapper. Je connais des épouses à qui ce genre de théâtre ferait beaucoup de bien. Pour ce qui est d'écrire, il continue à écrire, et cela ne me surprend pas : c'est ce que veulent tous les écrivains, continuer à écrire après leur mort. *Voilà**.

— Le théâtre est donc capable de contrôler l'esprit…

— Mon cher monsieur, le théâtre est la magie de la réalité. Il peut tout.

— Y compris faire en sorte que la victime s'inflige des coups de couteau à elle-même…

— Bien entendu, à l'heure et à l'endroit que nous décidons, comme une marionnette à fil. On appelle ça le théâtre du Sphinx ou de la Question Sans Réponse. Nous avons des gamines très bien entraînées à réaliser les gestes précis. – Après avoir parlé, il commença à enfiler le gant de la main droite et, ce faisant, m'adressa un regard amusé, comme pour dire : "Cela vous plaît ? CELA VOUS PLAÎT ?" À cet instant je n'avais plus aucun doute. Ses gestes, ses grimaces, son port… Comment ne l'avais-je pas compris plus tôt ?

Je frissonnai à cette pensée.

Doyle, le jeune médecin que j'admirais, était un comédien.

* En français dans le texte.

— À votre tour, monsieur X, dit Doyle. Comment avez-vous su, pour Philipotts ?

— Mon cher monsieur Y, savoir que Philipotts était le prochain coup ne requérait que des connaissances de base aux échecs, de même que l'information pertinente selon laquelle Coppelius avait d'abord invité le père Evans, mais quand ce dernier a dû décliner pour cause de maladie, ils se sont empressés d'appeler Philipotts, puisqu'ils avaient besoin d'un fou noir, bien sûr. À cela s'ajoute que son nom de baptême devrait commencer par C, ce qui est le cas des deux : Charles Philipotts, Clifford Evans…

— Malgré cela, l'empêcher de se tuer était une pure coïncidence, monsieur X, reconnaissez-le ! J'ai beaucoup insisté pour que le curé m'accompagne, mais il a voulu rester auprès de vous !

— Je lui ai raconté un petit mensonge : je lui ai dit que j'étais catholique. J'étais sûr que, s'il me voyait agoniser, il resterait.

— Ha, ha ! fit Doyle, comme si on le chatouillait. Ça suffit ! Vous savez tout !

— Juste ce qui est important, monsieur Y. Par exemple, que Coppelius invitait des victimes potentielles sur vos instructions, vous les choisissiez puis, sous un prétexte quelconque et avec l'aide de Pettirosso, vous les emmeniez dans la pièce située derrière les coulisses pour jouer cette pièce.

— Je vous en prie, ne m'appelez plus "M. Y". Ce n'est que mon *nom de guerre**. Je suis le Dr Henry Marvel *junior*, pour vous servir.

— Excusez-moi si je vous dis que je ne veux pas rencontrer Henry Marvel *senior*.

— Malheureusement, je ne pourrais pas vous le présenter, même si je le voulais, car il est passé dans un monde meilleur, et là, je veux parler d'un meilleur *meilleur*, pas celui de Doyle.

– Doyle enfila l'autre gant et réalisa la même opération : il agita les doigts devant son visage en les regardant avec une intense

* En français dans le texte.

fixité, comme pour s'assurer qu'ils allaient bien se comporter. – Quoique j'aie un frère merveilleux avec qui vous pourriez vous entendre…

— Je n'éprouve aucun intérêt pour la famille Marvel, mais je pressens que je finirai par rencontrer votre frère, tôt ou tard.

— Pourquoi ? demanda Doyle, intrigué.

— Parce que c'est le seul de vous deux qui sera en vie après aujourd'hui.

— C'était amusant ! Demain le jeu continuera et vous le manquerez.

— En fait, le jeu prendra fin demain, répliqua M. X.

— Ah bon ? Pourquoi ?

— Trop de questions, docteur Marvel, à mon tour : c'est vous, qui avez eu l'idée géniale de faire du théâtre avec un jeu d'échecs humain *à distance* ?

— Je suis ravi que cela vous plaise. Vous savez, les jeux d'échecs ou de dames avec des êtres humains qui traversent une mauvaise passe sont trop communs et coûteux. Nous les montons depuis plusieurs années. Un public choisi et international paie pour y assister. Et ils paient cher, vous pouvez l'imaginer. Mais, cela ne fait aucun doute, les pièces ne sont pas spécialement bon marché, bien qu'elles impliquent peu de frais d'habillement (si vous m'autorisez la plaisanterie) : une scène immense pour contenir vingt-quatre jeunes gens des deux sexes et un public très nombreux, le transport depuis les confins du monde… J'ai suggéré que tout pouvait changer avec des échecs par correspondance. Au lieu de nous limiter à n'éliminer que les pièces capturées, chaque coup serait un assassinat…

— L'idée est excellente, certes, dit M. X, la partie pourrait être suivie par télégraphe de n'importe où, et grâce à un journal local tel que *L'Œil de Portsmouth*, le seul à détailler le nombre de blessures et les positions… sans doute soudoyé par vous… il serait simple de transmettre l'information. Le code du jeu est facile à inventer, tout peut servir, permettez-moi de vous donner le mien…

— Je vous en prie, l'encouragea Doyle.

— Une ligne imaginaire, peut-être tracée depuis votre cabinet d'Elm Grove, en divisant l'est et l'ouest, les côtés où apparaissaient les cadavres, respectivement les blancs et les noirs, classes sociales pour les pièces : mendiants, les pions ; curés catholiques, les fous ; messieurs de la haute société, les chevaux…

— Les tours, des employés de la forteresse de Southsea, poursuivit Doyle, comme s'il récitait une litanie. Et les dames… Oh, quel dommage de ne pas les avoir encore utilisées… !

— Et les initiales des noms, les colonnes : Edwin Noggs, Elmer Hutchins, colonne E du roi, C du fou dame… Les entailles au ventre, le nombre de cases.

— Et l'égorgement ? – C'était comme si Doyle faisait passer un examen à un élève brillant et voulait lui tendre des pièges.

— La signature. Vous ne pouviez non seulement pas risquer que la victime reste en vie, mais que quelqu'un qui ne soit pas une pièce meure sous des coups de couteau par hasard… Vous deviez laisser un signe que le mort était de la partie. On les tuait après avoir entendu les douze cloches, on le leur avait ordonné, après avoir marché d'un côté ou de l'autre de la plage.

— Comment avez-vous découvert tout cela ?

— Grâce à vous.

Cela n'amusa absolument pas Doyle.

— À moi ?

— Naturellement, cher docteur Marvel : votre récit de ce qu'a vu Quentin Spencer, vous vous souvenez… ?, vous avez décidé de le raconter en ajoutant des rires "fantomatiques" et des "ombres" afin de distraire mon attention, de la même façon que vous avez ordonné à Hutchins de sortir ses propres intestins pour que le crime fût différent, mais ensuite vous avez répété ce qu'avait dit le témoin sans le censurer : qu'il avait vu Hutchins chanceler *une bouteille à la main*. J'ai immédiatement su deux choses : ce détail provenait vraiment de Spencer, non de votre imagination, parce que vous êtes un très mauvais écrivain et un détail si naturel, vous ne l'auriez jamais inventé. Et j'ai su que c'était la clé des morts, car on avait retrouvé l'arme du crime, comme toujours, mais pas de bouteille près du corps, mes petits espions l'avaient remarqué. J'ai donc voulu savoir ce que buvait Hutchins. Danny m'a dit qu'il ne buvait pas, comme je le supposais, je me suis donc demandé : quelle autre *chose* peut briller sous la lumière de la lune qui fasse penser à du verre à un témoin fortuit ?

— Il peut y en avoir plusieurs. – Doyle avait retrouvé son sérieux.

— Oui, mais quelle serait la plus *probable* si Hutchins se trouvait seul quand il a commis le crime et que le couteau était *apparu* ? Quand j'ai pensé que c'était Hutchins lui-même qui avait pu tenir le couteau dans sa main, tout s'est enchaîné : ils apparaissent près des victimes car elles les rejettent elles-mêmes au loin en se tuant... de la sorte, vous éloigniez également le soupçon qu'elles l'aient fait elles-mêmes..., même si je reconnais que cette solution me semblait incroyable : comment quelqu'un pouvait-il s'infliger cela sur l'ordre d'un autre ? Alors je me suis rappelé qu'à Oxford on m'avait dit que votre groupe possédait des pouvoirs très spéciaux en lien avec le théâtre, et toutes les victimes étaient impliquées dans le Charity. Le reste a consisté à faire des recoupements.

— Des coups d'épée dans l'eau, monsieur X. – Nouveau rire de Doyle.

— Pourtant, vous avez commis une autre erreur, docteur Marvel : le jour où vous m'avez annoncé qu'un entrepreneur s'était suicidé à Londres...

— Ce n'était pas une erreur. J'ai voulu vous offrir une piste que vous n'avez pas utilisée. J'aime les défis.

— Certes, docteur, je cherchais juste les mendiants... C'était la pièce manquante. Je l'avais oubliée. Mais quand je l'ai trouvée dans mes archives mentales, j'ai fait venir Jimmy Piggot avec *L'Œil de Portsmouth* de cette semaine et la nouvelle a bondi d'elle-même : sir George Erpinghal, propriétaire des biscuits Merryweather, originaire de Portsmouth et mécène du théâtre Charity, s'était suicidé dans son bureau de Londres avec son propre coupe-papier : deux entailles au ventre, une troisième au côté gauche... Cavalier à l'est de Portsmouth, trois blessures, la dernière à gauche... Cheval blanc trois fou roi.

— Vous êtes fascinant... il a été facile de droguer Erpinghal après un dîner avec nos comédiens et de l'emmener dans une salle à Londres pour lui donner des instructions. C'était une victime crédible : son commerce était en faillite et il allait vendre ses filles.

— C'est le changement dans le nombre de blessures et de classe sociale qui m'a fait penser à un jeu d'échecs, poursuivit M. X, un jeu qui me plaît particulièrement et dont je conserve de nombreuses parties en mémoire… J'en ai revu une très célèbre : entre le jeune Morphy et le comte Isouard, il y a vingt ans, défense Philidor : la mort horrible de Danny Waters, pion blanc de dame, était le coup suivant derrière Taylor…

— Encore gagné : oui, c'était une simple reproduction de la partie de Morphy… Ce jeu n'est qu'un test, afin de convaincre nos clients qu'une partie de ce genre peut se dérouler…

— Et il fallait disposer de Robert Milgrew pour détourner l'attention de la police.

— Au moins provisoirement. Trois mendiants morts sont une chose. Des curés, fonctionnaires, dames, en sont une autre… Je devais trouver un "coupable", et cet ivrogne maladroit, le marin amant de notre infirmière, tombait à point… Ce pauvre idiot jaloux est venu me chercher le lendemain et il a voulu m'agresser à mon cabinet… Il fut simple de le "convaincre" de se pendre. J'ai moi-même écrit sa lettre en déformant l'écriture…

M. X soupira.

— La perte de M. Milgrew est supportable, mais choisir Danny Waters était cruel, docteur. C'est pour cela que je vais vous tuer au lieu de vous remettre à la justice.

Doyle émit un nouveau rire, cette fois très bref.

— Oh, merci pour les précisions, mais je ne suis pas d'accord : un enfant mendiant est encore plus insignifiant qu'un vieux marin, et remerciez-moi de lui avoir épargné une vie de tourments dans les arènes. Et puis, j'en avais besoin : je devais créer une certaine terreur dans la communauté pour que mon bouc émissaire fonctionne mieux… Quoi de mieux que d'annoncer deux coups en même temps, dont l'un avec un de vos… enfants ?

— Vous méritez un monument à la lâcheté.

Cela fit réfléchir l'homme que j'appelais Doyle.

— Si l'on tient compte du fait que le courage meurt généralement oublié… Bref, je reconnais que vous avez tout résolu de façon admirable, mon cher malade…

— Quand on élimine l'impossible, ce qui reste, si improbable soit-il, doit être la vérité, docteur.

Doyle ouvrit si grands les yeux que je pensai, horrifiée, qu'il allait les tirer en l'air comme des plombs. Mais il se contenta de sortir son carnet.

— Mon Dieu… ! Permettez-moi…

— Notez, docteur, je ferai en sorte que le véritable Doyle en hérite à votre mort.

Doyle eut un sourire démesuré. Ce devaient être les nerfs, mais je me rappelle que, après avoir rangé le carnet, sa moustache et les commissures de ses lèvres s'étirèrent comme celles de ce chat fantomatique du conte, et il révéla une dentition beaucoup plus fournie que la normale.

— Je crains que, en ce qui concerne la mort, vous ne soyez prioritaire… – Il s'approcha du fauteuil en levant les mains.

— Je vous prie de satisfaire auparavant une légère curiosité de ma part, docteur.

— Vous vous posez des questions ? Dites-moi.

— Vous et votre groupe ne faites tout cela que pour l'argent ? Vous êtes déjà riches. Vous avez un pouvoir impressionnant. Que cherchez-vous d'autre ? À quoi d'autre pouvez-vous aspirer ?

— La réponse est facile, monsieur X, vous me décevez. Nous voulons du plaisir.

— Vous en obtenez déjà, dit M. X.

— Exact. C'est pour cela que nous en voulons davantage.

3

Alors une autre transformation prodigieuse s'opéra et rendit les traits de Doyle sans expression, moroses, presque ennuyeux. Il parla avec une immense – et terrible – lenteur.

— Le plaisir… de nous enfoncer… en nous-mêmes et de chercher dans cette… boue, grâce au théâtre… – Il récupéra et sourit de nouveau. – Vous ne cherchez pas le plaisir ?

— Si, mais ce sont des choses différentes qui me plaisent.

— Vous vous trompez, excusez-moi. Le plaisir de tout être humain est le même, seul le degré varie. Nos pièces d'échecs se sont tuées en pleine extase, vous le saviez ? Même Danny a eu un orgasme. Enviez-les, au lieu de les plaindre. Ce jeu m'ouvrira les portes, monsieur X… Le vieux professeur m'a déjà remarqué… je peux vous assurer que je serai bientôt le maître des festivités des Dix au sud de l'Angleterre…

— Oh, mes félicitations. Au fait, qui est le vieux professeur ?

Doyle lui adressa un regard déconcerté et comique.

— Vous êtes incroyable ! Savoir qui est M. M., c'est être mort, monsieur X !

— Mais, d'après vous, je vais passer très vite à cet état. Je suis donc en droit de le savoir.

— Oh, ne prétendez pas grimper l'Everest aussi vite… !

— Ce n'est pas ce que je prétends faire, pour qui me prenez-vous : je suis à sa hauteur, je dois juste marcher dans sa direction. Donnez-moi le temps et je vous assure que je vais finir par y arriver.

— Le temps, c'est justement ce que je ne vous accorderai pas… – Doyle s'avança vers le fauteuil.

Ce fut alors qu'on entendit des coups à la porte.

— Docteur ? Docteur Doyle ?

4

Ai-je déjà dit que j'entendais tout cela ? Ai-je dit que c'était la réalité et non un prolongement de l'étrange rêve que j'avais fait quand je croyais que l'homme au fauteuil agonisait ? Ai-je dit que je me sentais à la fois soulagée par la résurrection de M. X, déroutée par la tache de sang et le couteau et effrayée par les grimaces d'un Doyle qui ne semblait pas être Doyle ni s'appeler ainsi ?

Si je n'ai rien dit de tout cela, ou si la réponse à l'une de ces questions n'est pas claire pour vous, je m'en féliciterai, car j'aurai accompli mon but de tout raconter tel que je l'ai vécu, et en cet instant j'étais très confuse sur ce qui arrivait. Je me déplaçais entre rêve et réalité, sur une ligne comme celle qui sépare la scène du public au théâtre. Ou du moins, c'était ainsi que je croyais me trouver juste au moment où j'entendis ces coups à la porte et où on demanda : "Docteur ?" Parce que je reconnus la voix de Mary Braddock, l'infirmière en chef.

Et ce fut cette voix qui me dit : Anne, je suis la réalité qui frappe à ta porte. Il se passe une chose grave que tu ne comprends peut-être pas bien, mais crois-moi, c'est grave pour toi et pour ceux qui t'entourent. Tu dois réagir. Mais comment ? En demandant de l'aide à la chef ? De l'aide… pour quoi ?

Ce fut M. X qui parla, quoique à voix basse.

— Eh bien, les renforts sont arrivés, dit-il sur un ton amusé depuis son fauteuil, me tournant le dos ainsi qu'à la porte. Comment allez-vous expliquer ma mort maintenant, docteur Marvel ? Ou disposez-vous du destin de toutes les infirmières de garde à Clarendon House ?

— Ce ne sera pas nécessaire, je n'ai besoin que de Mlle McCarey, dit Doyle.

J'eus froid dans l'immense silence qui suivit cette phrase. C'était comme si l'occupant du fauteuil avait disparu.

— Docteur ? l'appela de nouveau Braddock. Docteur Doyle… ?

— Je peux répondre ? demanda Doyle, regardant en direction du fauteuil. Merci. – Et il éleva la voix : Excusez-moi de ne pas répondre, madame l'infirmière Braddock, je suis occupé. M. X est comme avant, s'il y a des changements, je vous appellerai. Ne m'interrompez pas maintenant.

— Oh, je ne voulais pas… dit Mary Braddock après une hésitation. Excusez-moi, mais je n'ai pas encore vu arriver le Dr Ponsonby et…

— Je l'ai prévenu. Il viendra dès que possible. – Tout en répondant, Doyle me faisait des gestes, comme on peut en faire aux enfants : "Ne dites rien, restez ici, ne frappez pas à la porte, ne tentez rien."

Mary Braddock prit congé et nous entendîmes le bruit de ses talons. Il me sembla clair que Doyle mentait et n'avait pas envoyé chercher Ponsonby. Tant mieux pour toi, Annie, au moins une chose est claire… mais le silence fut soudain brisé par la voix de M. X, qui avait du mal à dissimuler son angoisse :

— Mademoiselle McCarey… vous étiez… là… ? Je vous avais demandé de partir… !

— Je… regrette, murmurai-je, et je commençai à trembler sans pouvoir me contrôler.

— Bah, ne dramatisons pas, dit Doyle. Et puis, songez que, maintenant, vous avez un avantage, monsieur X : avant, c'est vous que j'aurais tué. Maintenant je vais faire mieux.

En moins de deux, il s'approcha de moi, me proposa son bras et m'accompagna galamment au fauteuil. Je bougeai sans peur ni conviction, de façon mécanique, comme dans une valse. Il désigna alternativement le fauteuil et moi, comme pour que je m'aperçoive de quelque chose.

Mais je n'étais pas au mieux de ma perspicacité, il opta donc pour le dire.

— Si vous criez ou tentez quelque chose, je le tue. S'il tente quelque chose, je vous tue. Équilibre des forces. *Quid pro quo*. Oh, mais regardez-le…

Je me tournai vers le fauteuil, où je pus enfin voir M. X.

J'aurais voulu ne pas le voir. Il ne tremblait pas, ne bougeait pas, mais d'une certaine façon, il avait subi un changement. Et pas pour le mieux. Maintenant, il ressemblait à ce qu'il avait toujours été : un pauvre malade au front bombé, aux yeux bicolores et au corps d'enfant. Sa main gauche – celle qui était blessée, je m'en souvins – protégée par son petit bras droit.

— Docteur Marvel, dit-il d'une voix neutre, écoutez…

— Oh, vous avez déjà perdu tout votre aplomb, monsieur X… Une petite erreur dans votre plan, et vlan… On ne peut pas faire confiance aux femmes. Mais ne vous inquiétez pas. Comment pouvez-vous penser que je ferais du mal à une dame aussi aimable, aussi bonne et douce que Mlle McCarey ?

Et il entoura mon cou de ses deux mains et commença à m'étrangler.

S

Robert, pensai-je.

Tout cela avait commencé pour moi par un étranglement. Et finissait par un autre. C'était juste.

Je cessai immédiatement de respirer. Je faillis mourir sur-le-champ. Je souhaitai – oui – dire à M. X de ne pas se faire de souci – en vain –, mais je ne pouvais pas parler, juste tenter de respirer – en vain. C'était – Robert – Doyle. Il était – en train de m'étrangler – de m'asphyxier. Sa force était immense. Toute en nerfs, en muscles, concentration, froideur…

Mais surtout, en yeux.

En yeux.

Bleus – aucun n'était rougeoyant. Des yeux au-dessus d'une moustache dans le visage d'un homme dont j'avais cru qu'il s'appelait – Doyle – autrement, beaucoup plus déserts que les yeux bleu et rouge qui ne me regardaient presque jamais quand il parlait. Ce n'étaient pas non plus ceux de Robert, où étincelait la fureur : à leur expression, le propriétaire de ces yeux pouvait penser qu'il ne faisait rien de plus intéressant que de fermer un robinet de gaz. L'air se perdait. L'air est une chose qui maintient la tête en haut, comme un ballon, et ma tête se dégonflait…

Mais la voix de M. X m'étouffait davantage que les gants de Doyle.

— Docteur Marvel, je vous en supplie, nous pouvons sûrement parvenir à un accord… !

La pression céda et j'aspirai une bouffée d'air. Je fus aveuglée par des larmes rougeoyantes, lumineuses. Je glissai à terre, aux pieds de ce faux Doyle.

— Alors le jeu des "questions pour les questions" est déjà terminé ? J'y avais pris goût. Permettez-moi de le poursuivre un instant… – La voix du faux Doyle me parvenait des hauteurs, au-delà de sa ceinture, des bretelles, du col amidonné, de la moustache. C'était la voix de Dieu. – Voyons où j'en étais resté… Ah, oui. Mon tour. Cette nuit, vous m'avez menacé à plusieurs reprises de me tuer. Je sais que vous êtes un nain têtu et malade, mais vous n'êtes pas sot. Quelle carte gardez-vous dans la manche, mon cher nain... ?

Doyle me souleva d'un coup sec. Le collier de peau – dix colliers entrelacés – revint se placer autour de mon cou sans appuyer. Je toussais.

— Docteur... – J'entendis la supplique de M. X de loin, de même que la réponse de Doyle.

— Ne m'obligez pas à faire ça, vraiment, monsieur le Nain... Quel est votre coup secret de joueur d'échecs ? Vous avez appelé la police ? Non : vous êtes trop malin... Qui vous croira, à Scotland Yard ? Vous êtes officiellement fou... Alors ? Un ami ? Je sais que vous en avez, depuis Oxford... Je suis médecin, monsieur, je peux appuyer sur le larynx de mademoiselle et la tuer à l'instant, ou l'asphyxier lentement...

— Je vous en supplie, docteur !

— Cela dépend de vous.

— J'ai des notes.

Mon bourreau le regarda.

— Des notes ?

— Un carnet de notes. Il y a tout ce que je sais sur l'Assassin des Mendiants. S'il m'arrivait quelque chose, Jimmy Piggot a pour instructions de l'apporter à la police.

— De toute façon, ils ne vous croiraient pas. Mais je veux m'en assurer. Où le gardez-vous ?

— Sous le vase de la commode, et maintenant laissez-la partir, s'il vous plaît.

Après une pause, le faux Doyle écarta les mains de mon cou.

— Je connais vos trucs, monsieur X, n'essayez pas de me tromper. Excusez-moi de vous déranger, mademoiselle McCarey, vous pouvez m'apporter ce cahier, s'il vous plaît ? Je dois vous prévenir que la porte est fermée à clé. Si vous courez vers elle, criez ou faites quelque chose qui me déplaît, je vous rattraperai. Vous m'avez compris ? Je veux entendre si vous m'avez compris. Ah, je vois que vous ne pouvez pas parler. Enfin, le monde n'y perd pas grand-chose. Maintenant, allez chercher le carnet.

— Mademoiselle McCarey, tout ira bien... dit le petit homme au fauteuil pendant que je passais à côté de lui.

Je toussai de nouveau, une main sur le cou.

J'aurais voulu lui dire : "Je suis contente d'être restée. Je voulais rester. C'est vous qui vouliez que je parte, vous vous souvenez ? C'est vous, qui avez dit que je devais partir demain. Mais je ne veux pas partir. Jamais je ne vous laisserais. Parce que j'ai vu votre palais de Verre. J'ai entendu la musique de votre violon. Jamais je ne vous quitterais."

C'était ce que je voulais lui dire, mais avec cette voix rauque, je savais à peine comment.

Ce que je savais, c'était qu'il ne nous restait – à tous les deux – que quelques minutes de vie.

Je chancelai en me dirigeant vers la commode, près du lit, et en passant, mes yeux se posèrent sur le pardessus de Doyle, le sang…

— Le cahier, mademoiselle, s'il vous plaît. C'est pour aujourd'hui, dit Doyle.

Au fur et à mesure qu'il me parlait, je me jetais sur le lit.

— Oh, quelle idiote, fit la voix derrière moi.

Quelque chose tira sur moi, sur mes pieds, le lit, le sol. Je commençai un cri brisé par un grand coup. Ma coiffe se pencha de façon ridicule. Parfois, quand il me frappait, Robert me disait que, si je m'étais mieux comportée, il aurait mis un gant, car il croyait qu'avec eux les coups faisaient moins mal.

Faux. L'impact du revers du gant de Doyle me laissa sourde, étourdie.

— … se… ne… suffit… entendais-je.

Deux êtres monstrueux et familiers remontaient sur mon cou et l'entourèrent de cinq serpents chacun. J'entendis de nouveau.

— … mauvaise, mademoiselle McCarey… Je vais devoir vous tuer, cette fois oui…

Alors j'ai bougé la main droite, cachée derrière mon dos.

La main avec laquelle j'avais réussi à prendre le petit couteau, malgré tout.

6

Je m'appelais Anne McCarey et j'étais infirmière. Je n'avais jamais fait sciemment de mal à personne. Pas même à ceux qui, comme Robert Milgrew ou le vieux M. Grossborough, m'en avaient fait.

Mais quelque chose avait changé en moi depuis que j'avais poussé Robert.

Pour toujours.

Pourtant, je fus la première à céder quand je compris ce que j'avais fait. Je lançai cette espèce de coupe-papier avec une rapidité horrifiée, et mon bon ange me félicita pendant que mon mauvais ange se moquait. Doyle regarda la blessure simple sous sa veste, à hauteur de la rate, avec une expression de médecin : il survivrait, décida-t-il. Alors il recommença à me frapper et repoussa du pied le couteau hors de ma portée. Notre sang coulait. Le sien peut-être davantage, même s'il en jouissait. M. X disait quelque chose, mais sa voix ne parvenait pas à s'imposer au tourbillon.

— Eh bien, mademoiselle McCarey, la pute du marin ! dit Doyle – et il monta sur moi à califourchon (quelle indécence, quel *scandale*) et me saisit par les cheveux (dépourvus de la coiffe, où avait-elle pu atterrir ?). Ce n'était plus le charmeur de serpents, le chat acrobate, mais un animal, un sanglier dont le visage (maintenant oui) ressemblait à celui de Robert, car il arrive un point où tous les hommes se ressemblent, que ce soit à cause de la boisson, de la brutalité ou des deux. Il grognait. – Eh bien, notre chère infirmière ! – Je me retournai sous son poids, je voulus le mordre, il recommença à me frapper. – Je vais vous dire ce qui va se passer, monsieur X ! Je vais la tuer puis vous ferez usage du couteau contre vous-même ! Si je dois vous aider dans cette tâche, je le ferai avec plaisir ! La police dira que votre maladie vous a poussé à assassiner mademoiselle et à vous suicider ! Après tout, vous êtes fou… Ce qui… me rappelle quelque chose… Le secret, hein, mademoiselle McCarey… ? – Et il me tirait les cheveux. – Le secret ! Vous vouliez le connaître ! Le SECRET de ce nain… !

— Non, je vous en prie, docteur, pas ça ! – C'était la supplique, lointaine, de M. X.

J'avais les oreilles comme recouvertes de cotons sanglants. Je ne veux plus le savoir, me dis-je. Peu m'importent ses secrets. Le visage du Non-Doyle était un masque avec une moustache chevron qui déployait l'éventail d'un sourire.

— Oh, ce sera tout ce que cette traînée emportera dans la tombe ! Vous voulez vraiment le savoir, mademoiselle la Traînée ? – Le visage dressé sur moi était fait de sang, mais c'était en grande partie le mien. – SON SECRET, HEIN ? Vous n'allez pas le croire !! Il… !!

Alors même moi, qui étais sourde, je l'entendis.

Un bruit à la fenêtre. Très fort. CLAC. Un coup dans la vitre. Un objet, peut-être un caillou.

Le faux Doyle tourna la tête, frénétique, pendant que M. X criait :

— La Mouche ! Toile d'Araignée ! Appelez la police !

— Vous avez fait venir ces effrontés… ? demanda le faux Doyle, incrédule. – Il me lâcha et je m'effondrai. – Vous avez appelé ces coquins ?

Il passa sur moi comme un coup de vent et se pencha à la fenêtre fermée. La vitre était embuée par la chaleur de la pièce et le froid extérieur. Le faux Doyle la frotta avec un gant, il ne sembla pas satisfait et serra la poignée de la fenêtre, constata qu'elle était bloquée et força. Et, juste au moment où la poignée cédait – depuis le sol, je voyais tout –, avec l'exactitude d'un joueur de billard ou d'échecs, la canne de M. X le poussa dans le dos.

Un mouvement doux, mais précis, vers la droite.

TCHAC, cette fois. Puis plus rien.

La chose suivante que je sentis, ce furent les petites mains douces de M. X m'aidant à me relever. Je continuais à tousser, mais j'étais déjà une élève douée pour respirer.

— Vous allez bien ?

— Ne vous inquiétez pas… dis-je d'une voix rauque. J'ai l'habitude… d'être étranglée… Vous avez du sang sur la main.

— Et vous sur le visage, dit-il en le caressant. Mais pour ce qui est du sang, le Dr Marvel a gagné…

— Oh… !

Telle fut mon exclamation en me retournant. Car le faux Doyle se tenait debout. Bien sûr, la situation n'était pas à son avantage. Cependant, il se tordait encore de douleur.

— Le Loquet Meurtrier a rendu justice, dit M. X, satisfait. Ne le touchez pas. Ne le regardez pas trop non plus, ce n'est pas très agréable. Mais je ne veux pas écourter sa souffrance. Il va mettre encore un peu de temps à mourir, à saigner ou à s'étouffer dans son sang, nous verrons. Et je veux qu'il ressente chaque seconde qu'il lui reste. Pour les mendiants. Pour Danny. Même pour Robert Milgrew… – Son visage s'assombrit. – Mais surtout, pour vous.

La cheville du loquet était enfoncée si profondément dans sa gorge qu'elle disparaissait dans la chair. Du sang coulait de la petite blessure, mais ce n'était rien en comparaison de celui qui coulait de sa bouche. En effet, il s'étouffait. Il se battait pour se libérer, mais les efforts lui faisaient perdre du sang et lui ôtaient des forces. C'était comme un gros insecte sous une épingle. Il m'adressa un regard implorant, de plus en plus trouble. Par la fenêtre, on entendait la mer et le vent entrait. Ma chère mer de Portsmouth. M. X s'approcha.

— Et ce que le Dr Henry Marvel Jr emportera dans la tombe, c'est ça. Hier, j'ai pris la liberté de dicter à Jimmy une note pour le directeur de *L'Œil de Portsmouth*, M. Hammersmith, qui a sans doute accepté le pot-de-vin pour mentionner dans son journal le nombre et l'emplacement des blessures de chaque victime, celle de demain était celle du père Philipotts à Gosport ; mais j'en ai écrit une autre et il la publiera s'il ne veut pas que sa tête roule pour son implication, reposant certes sur son ignorance mais tout de même fatale, dans toute cette affaire : la mort d'un certain "M. Y" *égorgé*, sans plus. Comme vous êtes le roi noir, cela signifiera que vous êtes tombé. Les noirs se rendent. – Il donna une petite tape au futur cadavre et regagna son fauteuil, s'installant confortablement comme pour jouir du spectacle. J'éprouvai de la peine pour cet homme, quel qu'il fût, mais de toute façon il était sur le point de mourir, et Danny Waters avait très certainement beaucoup plus souffert. Et Robert. – Appelez vos collègues, mademoiselle McCarey, me prévint M. X. La police ne va pas tarder.

J'allais le faire quand une chose me revint à l'esprit. Je dus me forcer à parler, mais je savais que j'aurais besoin de beaucoup solliciter ma voix avant la fin de cette nuit.

— Le bruit, à la fenêtre… Nous l'avons entendu tous les deux… Les enfants… ?

M. X s'attendait à la question. Il agita sa petite main en l'air.

— La Mouche et Toile d'Araignée sont toujours en sécurité, je pense, et très loin d'ici. Mais quand un homme étrangle une femme…, disons qu'ils sont généralement tous deux concentrés sur leur tâche. Ils peuvent ne pas remarquer certaines choses…

Je regardai autour de moi.

Je le découvris par terre dans un coin du sol, où il avait rebondi. Un petit objet.

Le roi blanc.

— Échec et mat, dit M. X.

CONFIDENTIEL

LETTRE PRIVÉE

... et je suis en mesure de vous assurer que le plaisir qu'éprouve le sujet sous l'action de performances théâtrales telles que celle de la Question Sans Réponse le force à faire n'importe quoi, même du mal à soi-même ou aux autres. Le plaisir permet le contrôle. Offrez-le à petite dose, comme le laudanum, et le monde finira à vos pieds [...] Vous pouvez le croire ? Les clés se trouvent dans le théâtre de Shakespeare [...] J'aimerais en connaître l'explication...

M. M. (1880)

UNE EXPLICATION

1

Ils défilèrent avec un visage de public.

Le visage du public est très varié, comme mille visages en un seul : le public joue presque toujours mieux que l'acteur.

Je le sais parce que, comme la plupart des femmes, dans de nombreuses scènes désagréables, j'ai détourné le regard vers les spectateurs.

Susie Trench et Mary Braddock avaient ce visage en entrant dans la chambre. Comme quelque chose qu'elles ne voudraient pas voir et mourraient d'envie de voir. Susie en particulier était fascinée. Elle s'approcha de – désormais cadavre – l'homme à la fenêtre pendant que je fournissais des explications. Mais peu importe ce qu'on peut dire dans ces moments. Elle tendit son petit cou comme une tortue timide, ses beaux yeux globuleux, tandis que quelque chose qui n'était ni un sourire ni de l'effroi ni de la douleur ni de la tristesse ni un ricanement, mais un peu de tout ça, affleurait à ses lèvres en voyant le faux Doyle.

— Ah… dit-elle. Puis : Oh… Ah !… Hi !… Ha… ah !

Vocalisant sa fascination comme une chanteuse pendant une répétition. Sur son visage passèrent la pudeur, l'horreur, la joie exultante et sauvage du spectateur.

— Il est mort, n'est-ce pas ? demanda-t-elle.

— Oui, répondis-je.

La chef Braddock ne cilla pas. Elle déléguait entièrement cette responsabilité à Susie.

— Susie, va au commissariat, dit-elle enfin, jetant un coup d'œil à la main de M. X.

Pendant que Susie Trench courait, Mary Braddock et moi bandâmes la main blessée de M. X. La coupure était profonde, mais seulement sur la paume. Pour autant que je sache, je conclus qu'elle pouvait guérir entièrement en laissant peut-être une vilaine cicatrice.

— Ce n'était pas Doyle, tu dis ? – Je me rappelle cette question de la chef Braddock.

— Non… hum… c'était… un autre…

— Il va falloir mieux m'expliquer, Annie. Mon Dieu, quelle tête tu fais…

— Oui… hum… – Je me demandais si les infusions de thé et de miel étaient bonnes pour les étranglements récents.

M. X se laissait faire sans trop d'intérêt, comme si, après avoir vaincu M. Y, il avait perdu l'énergie qui l'animait. Il était encore dans cet état quand la pièce se remplit de policiers. Merton pénétra à grandes enjambées, vigilant, attiré comme les autres par le cadavre debout et collé à la fenêtre et exigeant également une explication. Comme M. X ne parlait pas, je tentai de la lui offrir, mais tout cela était très compliqué pour moi, sans compter l'état de ma gorge.

Alors je me rappelai le cahier. Je me dirigeai vers le vase et le soulevai.

Il n'y avait rien.

— Qu'est-ce que cela signifie ? bredouilla Merton.

— Je l'ignore, reconnus-je.

Les marques des doigts du faux Doyle sur mon cou et sur mon visage étaient très visibles, et je crois que cette médaille au mérite de ma survie fut la seule chose qui empêcha Merton de m'arrêter de nouveau. Sa moustache enragée, hirsute, hérissée à la limite du ridicule, se dressait vers moi. L'expression de son visage faisait penser qu'il avait eu pour unique objectif vital de découvrir le grand coupable et avait décidé à cet instant que c'était moi. Très loin de ce premier Merton imbu de lui-même que nous avions connu un mois plus tôt, tout comme du second qui m'avait interrogée et humiliée la veille, le nouveau, rouge écarlate, fulminait, avec ce visage qui inspire toujours plus de peine pour celui qui est en colère que pour ses victimes supposées.

Par chance, le Dr Ponsonby choisit ce moment pour apparaître, accompagné de Weedon, Jimmy Piggot, Hettie Walters – qui offrit la seule voyelle qui manquait à Susie : *Ouhhhh !* – et même Mme Murray, tel un corvidé nuisible. Ponsonby se planta au milieu et gesticula pour calmer les esprits.

— Monsieur l'inspecteur, messieurs, calmez-vous. Je viens de recevoir un télégramme urgent de la famille de M. X, sans doute informée au préalable par le susdit M… Messieurs, notre patient a déjà fait quelque chose dans ce genre dans une précédente résidence. M. X a l'habitude de résoudre un mystère de temps en temps. Cela ne coûte guère de le lui permettre. Ah… je ne dis pas que cela ne coûte rien, ajouta-t-il en regardant le cadavre collé à la fenêtre, mais guère… Monsieur l'inspecteur, je ne vous demande qu'un peu de temps, de tranquillité, de calme. Il doit bien y avoir une explication. Je ne dis pas qu'il y ait une explication à tout, mais…

Merton s'étouffait dans sa propre colère.

— Cher docteur Ponsonby… Je vous *prie* de me présenter les lettres de créance qui vous donnent le pouvoir de décider ce que font ou non les forces de l'ordre dans cette ville…

C'était du pur cynisme, mais, de façon incroyable, Ponsonby le prit au sérieux.

— Je vous les présente derechef si vous avez l'amabilité de m'accompagner un instant.

Le Merton qui revint quelques minutes plus tard nous montrait une autre facette de sa personnalité versatile. Maintenant il n'était plus désagréable : il s'agissait de l'employé expérimenté qui, sans comprendre encore ce qui lui arrive, sait quand accomplir son devoir sans déborder de sa tâche. L'éternel haussement d'épaules du soldat et du gratte-papier : "C'étaient les ordres."

Quelle sorte de famille était celle de M. X ?, me demandai-je. Au moins une famille capable de dompter l'esprit d'un inspecteur de Scotland Yard en quelques minutes. À compter de cet instant, tout se déroula avec une froide discipline. Alors la petite gargouille au fauteuil s'exprima pour la première fois.

— Dans une ferme à Crossing, vous trouverez le véritable Doyle. Je vous suggérerais de vous y rendre le plus vite possible, monsieur l'inspecteur, parce qu'il *croit* simplement être mort, histoire que sa foi ne devienne pas une réalité miraculeuse. – Puis il détourna le visage vers Ponsonby. – Excusez-moi, docteur, pouvons-nous aller dans votre bureau, Mlle McCarey et moi ? Rappelez-vous que vous devez la renvoyer.

Après avoir pris son inséparable canne et m'avoir saisi le bras, M. X emboîta le pas au docteur avec mon aide. Les regards interrogateurs que je lui lançai pendant le trajet furent inutiles. Il ne me dirait rien. Il était aveuglé par cette idée, d'une certaine façon. Il voulait me perdre de vue.

Ponsonby, déjà installé derrière le bureau et incertain lui aussi de ce que voulait son résident, lui lançait des regards fuyants en battant des paupières comme des appels au secours qui n'obtenaient pas de réponse. À la fin, il déglutit bruyamment en évaluant la situation, un sourcil froncé d'autorité et un autre affaissé sous l'échec, après quoi ils s'affaissèrent tous les deux. Puis il me regarda. J'étais aussi déconcertée que lui.

— Ah… Je crois que nous pouvons changer d'avis en ce qui concerne Mlle McCarey… Je crains de vous avoir jugée trop vite, hier.

— Pourtant, j'insiste : vous devez la renvoyer, dit le petit homme.

Quelque chose dans son ton ne dut pas plaire à Ponsonby, qui commença à envoyer des messages en sténo, tambourinant avec les doigts sur son crâne.

— Ne nous hâtons pas… euh… Hier, nous avons tous vécu des moments de tension… Et la renommée de Clarendon House est, vous le savez, très… importante. Mais… Mlle McCarey a prouvé sa… sa valeur… Je ne voudrais pas que, sur un malentendu…

Son embarras me fit réagir.

— Ne vous inquiétez pas pour moi, docteur… commençai-je, mais M. X m'interrompit.

— Le malentendu me regarde, docteur Ponsonby, vous l'avez renvoyée et elle l'est toujours, il ne reste donc plus qu'à lui payer les jours que vous lui devez, en ajoutant un peu plus pour les graves insultes que vous lui avez adressées hier…

— Ce n'est pas nécessaire, dis-je, mais mon résident poursuivit, imperturbable.

— … Ce à quoi j'aimerais que vous ajoutiez des excuses, aussi bien par écrit que de vive voix, à mademoiselle, pour votre manque de décence et de respect envers elle, ainsi que pour les outrages et les calomnies proférés sur un ton qui a fait qu'ils ont été entendus par tout le personnel de Clarendon. Si bien sûr vous attendez que je dénonce la personne qui me les a répétés, vous perdez votre temps.

— Puis-je parler, monsieur X ? m'interposai-je, tendue, enrouée. Il n'est pas nécessaire que le docteur s'excuse de quoi que ce soit. Si quelqu'un doit s'excuser de quoi que ce soit, c'est vous, qui pouvez à peine masquer votre envie de me voir partir… – Ma voix se brisa. Comme M. X ne répondait pas, je m'adressai à Ponsonby : Je demande la permission de me retirer, docteur, je dois préparer ma valise.

— Ce n'est pas nécessaire, mademoiselle McCarey, dit M. X. Nous partirons d'ici quelques jours. Pas tout de suite.

“Nous partirons”, avait-il dit. Je le regardai… Nous le regardâmes, Ponsonby et moi, déconcertés.

— Monsieur X… murmura, tremblant, le médecin.

— Ce n'est pas de la faute de Clarendon, dit mon résident, levant sa main bandée, mais je souhaite changer d'air et aller voir un vieil ami, je n'apprécie plus la mer, je partirai dans une semaine pour une résidence à l'intérieur des terres, ma famille est prévenue et vous recevrez ces jours-ci le solde de tout compte.

— Monsieur X… insista Ponsonby. – Il s'efforçait de choisir ses mots et de réprimer son émotion. – Si nous nous sommes trompés en quoi que ce soit à Clarendon…

— Docteur, je le répète : c'est moi qui souhaite changer d'air. Mais pas d'infirmière, parce que, bien sûr, Mlle McCarey viendra avec moi. J'ai décidé qu'elle serait mon infirmière particulière à vie, et comme vous l'aviez déjà renvoyée hier, vous ne verrez pas d'inconvénient à vous passer de ses services. Je fournirai bien entendu les meilleures références sur Clarendon, si toutes mes conditions sont satisfaites.

— Merci, merci, monsieur X, murmura un Dr Ponsonby courtois.

— Inutile de préciser que je paierai pour le temps que je passerai ici avant de partir, et je n'insisterai pas sur le fait que vous verserez plus que prévu à Mlle McCarey, car j'ai décidé d'inclure dans l'indemnisation une partie du salaire qu'elle gagnerait d'ici notre départ.

Ponsonby s'inclinait.

— Vous êtes un modèle d'amabilité... Ma gratitude...

— Votre gratitude va commencer, ici et maintenant, par vos excuses de vive voix à mademoiselle. – Cette déclaration nous immobilisa. En voyant le médecin cligner douloureusement ses yeux exorbités, je me sentis presque indignée.

— Aucune excuse n'est nécessaire, dis-je.

— J'insiste.

— Et moi j'insiste pour vous dire que non. Mais une chose est nécessaire, ajoutai-je. Vous ne disposez pas de moi et de mon avenir, monsieur X. "Infirmière particulière à vie" ? Félicitations. Vous avez décidé ça tout seul ? Vous n'avez pas oublié le petit détail consistant à savoir si j'accepte ou non ?

— Vous acceptez, ou non ?

— Euh... oui. J'accepte.

— Merci. Et maintenant, docteur, vos excuses.

Ponsonby nous regardait, disposé à s'offrir en martyre pour une cause supérieure. Tout en parlant, il se caressait le crâne tel un Hamlet vieilli.

— M... M. X a raison, et mon comportement d'hier envers vous a outrepassé toutes mes attributions, mademoiselle McCarey. D'après les infirmières, il semble que vous ayez aidé à... à arrêter le véritable coupable. Ah, je ne dis pas que je sois le seul à vous en être reconnaissant : tout Portsmouth vous en remerciera éternellement, mais... je vous en suis reconnaissant moi aussi... Vous êtes une infirmière admirable et j'ai été un chef très maladroit et un gentleman très discourtois. Je ne dirai pas que sur le moment je n'aie pas cru à tout ce que j'ai dit, mais… Pour tout cela, je vous prie d'accepter mes excuses les plus sincères.

— Merci, docteur, répondis-je. Elles sont acceptées.

La petite voix de M. X tinta de nouveau.

— Parfait. Ces formalités terminées, auriez-vous la bonté, docteur, de nous déplacer dans une autre chambre, si possible ? Déplacez aussi mon fauteuil, nous pourrons ainsi laisser la police achever son travail en paix, et l'inspecteur Merton pourra bientôt aller se reposer.

3

J'ignore si Merton y parvint. Celui qui y parvint, en revanche, et plus que je ne l'avais vu chez personne d'autre, fut M. X. Il passa les deux jours suivants dans la nouvelle chambre, au deuxième étage, allongé sur son lit dans l'état léthargique qu'il adoptait quand il dormait : yeux fermés, mains croisées sur la poitrine, sur le dos. Parfois il bougeait pour manger quelque chose, juste quelques bouchées. C'était comme s'il avait fourni un effort immense et que son corps fragile exigeait d'être payé par du sommeil.

Quant à moi, tout ce qui arrivait me semblait, comme toujours depuis que je connaissais ce petit homme, fulgurant, étonnant, étrange et horrible. Je finis par conclure que M. X n'aimait pas le théâtre car il était lui-même spectateur et spectacle. “Infirmière personnelle à vie”, me répétais-je. D'une certaine façon, cela me faisait plaisir.

Le troisième jour, nous reçûmes une visite, introduite par Jimmy Piggot. Il s'agissait d'un homme jeune, quoique un peu émacié, avec une moustache chevron et l'air d'avoir connu de nombreuses souffrances et d'être encore en convalescence, comme s'il revenait de la guerre.

— Monsieur X ? demanda-t-il sur un ton sérieux, professionnel, fatigué. – En entendant sa voix, l'intéressé se redressa sur le lit comme un ressort. – Je suis le Dr Arthur Conan Doyle. On m'a raconté ce que vous aviez fait. Je suis venu vous remercier.

Ce fut comme une résurrection : M. X sauta de son lit et occupa son fauteuil.

— Docteur Doyle, merci à vous d'être venu. – Il fit de rapides présentations. – Mlle Anne McCarey, mon infirmière particulière, Dr Doyle. Celui-là, oui, ajouta-t-il.

Nous nous réjouîmes de nous rencontrer tous, quoique, quand la conversation s'instaura – et elle dura des heures –, je pus constater que le véritable Doyle, malgré sa remarquable ressemblance avec le faux, était beaucoup plus sérieux et digne que ce dernier, loin d'être aussi séduisant, peut-être parce qu'il n'avait aucun besoin de séduire. Il n'était pas venu pour être cru : il venait pour croire. Il était assis très penché vers M. X, l'étudiant du regard. C'était un homme consciencieux et las à qui on avait joué un mauvais tour, et il se montrait soupçonneux de façon compréhensible.

— Mon ami, votre odyssée a dû être très désagréable, dit M. X.

— Je vous assure que je n'ai pas encore tout compris, reconnut Doyle.

"Lui aussi, il a besoin d'une explication", pensai-je.

— Serait-ce beaucoup demander que vous nous racontiez comment vous avez été sauvé ? demanda M. X.

— Ce sera un plaisir de vous raconter tout ce dont je me souviens, monsieur, dit Doyle.

Son histoire était surprenante. Deux jours plus tôt, expliqua-t-il, Merton et ses collaborateurs étaient venus le voir dans une ferme située au nord-est de la ville, à Crossing, ferme que – d'après ce que Doyle en savait – des vieux avaient vendue longtemps auparavant pour émigrer. L'actuel propriétaire était un certain Henry Levram. Il n'était pas là, mais celui qui y était, et alla répondre aux appels de la police, chancelant et battant des paupières, ce fut Doyle. Il était en manches de chemise, avec un visage qui réclamait un bon rasage d'urgence. Il n'eut aucun problème à raconter qu'il s'appelait Arthur Conan Doyle, qu'il était médecin et qu'il était mort. Ce qu'il eut du mal à croire, ce fut que l'inspecteur Merton et les policiers soient vivants. Même s'il faisait partie de ceux qui considéraient comme certaine la communication entre les deux mondes, pareille chose n'arrivait que lors des séances spiritistes et non dans un hangar à l'odeur d'œufs brouillés – que Doyle venait de cuisiner – et de crottin de cheval.

Détail émouvant : quand la police lui demanda aimablement de les accompagner à Portsmouth, Doyle rentra dans la vieille ferme et en ressortit avec la même tenue et l'aspect d'avant, mais avec une épaisse liasse de papiers sous le bras dont il ne voulait pas se séparer, "même mort", ajouta-t-il. C'étaient ses écrits. Pour la plupart, des tentatives d'histoires sur son détective, Sherlock Holmes. À mesure qu'on le ramenait à Portsmouth, il admit plus d'éléments. Il ne tarda pas à révéler que le dernier qu'il se rappelait clairement, avant l'étape de la grange, était que ce jeune homme appelé Levram était venu à son cabinet pour un mal de tête. Doyle avait commencé à prendre des notes et soudain il s'était passé quelque chose. Il se réveilla mort, à la ferme. Levram, qui lui rendait parfois visite, lui dit que c'était l'au-delà. Doyle regarda autour de lui et pensa qu'il avait connu de pires endroits. Il réclama du papier et une plume. Il admit que, mort, il vivait comme il avait toujours aimé : en écrivant jour et nuit sans devoir gagner sa vie, car il n'y avait plus aucune vie à gagner. Faim, nourriture et satisfaction apparaissaient et disparaissaient dans un cycle facile et répétitif, et il en était de même avec le reste de ses faibles nécessités. Levram partageait de plus sa passion avec lui et il se montrait très intéressé par son personnage, Sherlock Holmes. Il l'aidait par des conseils, des recommandations. Il s'étonnait que Doyle se fût inspiré d'un de ses professeurs de médecine. Un jour, Levram lui dit : "Tu devrais rencontrer quelqu'un qui ressemble incroyablement à notre Holmes." Doyle s'enthousiasma et demanda à le connaître. Levram lui dit quelque chose comme : "C'est un malade mental et je ne peux pas te le présenter parce qu'il est toujours vivant… – Et il ajouta en souriant : Mais je te le présenterai bientôt." Rien de ce que son ami pouvait dire ne surprenait Doyle. Il vivait dans un état de bonheur et de paix absolus, y compris pendant les longues absences de ce dernier. "C'est le paradis", avoua-t-il à Levram un jour, et ils pleurèrent tous deux d'émotion.

Il n'était pas non plus entièrement isolé. Levram lui rendait visite de temps en temps avec une lettre ou un télégramme d'un parent de Doyle et lui disait que, dans la mort, ses êtres chers lui écrivaient également. Il lui demandait de répondre sans mentionner son état, juste quelques mots brefs et rassurants, et le médecin acceptait avec enthousiasme, pensant avoir finalement découvert comment les vivants communiquaient avec les morts. Personne ne l'aurait imaginé : par courrier postal. La chose la plus simple au monde.

Les amis de Levram ne venaient eux aussi qu'en de rares occasions. Des inconnus. Des comédiens, croyait-il à la façon dont ils s'habillaient… ou se déshabillaient. Il conservait l'image nette d'une très jeune fille, guère âgée de plus de douze ou treize ans, jolie, élancée, qui se consacrait à… Eh bien, il admettait ne pas bien s'en souvenir. "Surtout, à se promener sans vêtements." Au cours de cette visite, Doyle se réveillait comme d'un long sommeil. L'impression générale était agréable, comme s'il avait bu dans une fête et que le souvenir était amusant.

— On a donné des représentations pour renouveler le théâtre, dit M. X.

Doyle haussa les sourcils.

— Du théâtre ? Vous parlez de… ?

— Une chose ressemblant au théâtre mental, mais plus efficace. Elle produit une transe profonde due au plaisir. La victime croit ce qu'on lui dit ou fait ce qu'on lui ordonne.

— Qui… Qui le faisait ?

— Difficile à dire, répondit M. X. Des gens puissants. Même si notre cher inspecteur Merton doit en cet instant être en train d'interroger un certain M. Constantine, un certain autre, M. Pettirosso et une certaine Mlle Abigail, je crains que ce ne soient que de petites pièces et que vous n'en obteniez rien de plus.

— Mais pourquoi… ?

M. X résuma l'histoire du jeu d'échecs par correspondance et des victimes. Cachée entre l'incrédulité et l'étonnement de Doyle, je perçus une grande attention : ses yeux suivaient les moindres gestes, les expressions, l'image de l'homme au fauteuil.

Lorsque M. X eut terminé, Doyle médita un peu.

— Un théâtre qui hypnotisait le public… à ce *point* ?

— Ne me demandez rien à ce sujet, j'ignore ce que c'est et quelle est son origine…

Le médecin y consentait.

— Je suis sûr qu'ils faisaient quelque chose pour me maintenir dans cet état… parce que j'ai entièrement récupéré quand la police m'a renvoyé à mon cabinet.

Quand le véritable Doyle entra dans son cabinet à Elm Grove – qui était fouillé en cet instant –, il était déjà convaincu de certaines choses douloureuses : que Levram l'avait trompé, qu'il manquait d'imagination pour inventer de faux noms – "Levram", "Marvel" – mais, en revanche, qu'il était bon pour feindre une autre identité et avait adopté la sienne au cours des derniers mois. Mais ce qui lui causa la plus forte douleur fut de constater qu'il était vivant. Il nous dit qu'il avait écarté l'idée à première vue, qu'il estimait atroce de retrouver la responsabilité, le drame quotidien, les devoirs impérieux de l'être humain sur la terre. "Suis-je vivant ?", gémit-il. Merton acquiesça d'un air sombre, comme s'il compatissait.

— Je suis sûr que ces canailles auraient fini par se débarrasser réellement de moi quand je ne leur aurais plus servi à rien, dit Doyle.

— Malheureusement, votre impression est avérée, docteur, dit M. X.

— Vous croyez que je suis toujours en danger ?

— Non, je ne crois pas, ils vous ont utilisé une fois et se débarrasser de vous maintenant serait risqué et inutile, parce que tout cela a été pour vous un chapitre effacé de votre vie et cela ne les intéresse pas d'attirer l'attention, ils ont des buts substantiels et sacrifient les plus petits. En cela ils me ressemblent, à moi et à tous les bons joueurs d'échecs.

— Et si j'écrivais sur eux ? Et si je les démasquais publiquement ?

M. X faisait secoua la tête.

— Je suis désolé, docteur Doyle, vous écrirez sur d'autres choses, pas sur celle-ci.

— Pourquoi ?

— Parce que de la sorte votre vie sera plus sûre, je vous l'ai dit. Il s'agit d'un groupe qui possède de l'argent et du pouvoir, deux choses avec lesquelles on obtient généralement tout autre chose dans cette vie. Écrivez de la fiction et laissez-moi me charger de vous rendre fictif.

— Mais... quelqu'un doit écrire là-dessus ! protesta Doyle, nerveux. Une déclaration, une... *explication* ! Au moins, laisser un témoignage de... !

— Je l'écrirai, murmurai-je. – Les deux hommes m'observèrent. – Un jour. Quand M. X me le permettra. Je crois que j'ai besoin de le faire.

— Ce n'est peut-être pas une mauvaise idée, dit M. X. Quant à la police, ne vous inquiétez pas. J'ai préparé l'explication pour l'inspecteur Merton.

Doyle méditait.

— Quelqu'un qui meurt en apparence et "revit" ensuite... Ce n'est pas un mauvais sujet pour une histoire... Ma gratitude envers vous est énorme. J'ignore comment vous remercier.

— Oh, moi, si, répliqua tranquillement M. X. En fait, je dois vous avouer que c'est moi qui ai demandé cet entretien. J'ai besoin d'un service. Ou plutôt de deux.

— S'ils sont en mon pouvoir...

— Bien sûr : le faux Doyle a pris son rôle très au sérieux, et il me parlait du personnage que vous aviez inventé comme si c'était le sien, mais j'aimerais que vous me disiez si je corresponds à *votre* vision du personnage, docteur. – Et il resta ainsi, fier sur son fauteuil, dans l'expectative. – Suis-je Sherlock Holmes ?

La question me surprit. Le véritable Doyle – qui eut une réaction très différente de celle qu'avait manifestée le faux – le regarda simplement en silence.

— Je ne saurais vous le dire… Je crois plutôt que c'est le contraire.

— Vous pouvez m'expliquer ?

Doyle fronça les sourcils.

— Vous ne correspondez pas à l'idée que je me faisais de Sherlock Holmes. Mais, au fur et à mesure que Levram… ou Marvel me parlait de vous, mon avis sur Sherlock Holmes s'est *transformé*… Il me rapportait des anecdotes, comme lorsqu'il a examiné votre œil et qu'il a dit qu'il avait fait de vous une "étude en rouge" et vous une "étude en noir"… Ce trait d'esprit nous a fait rire. Il m'a fasciné. Et il m'a parlé de… des gamins en haillons que vous utilisiez pour trouver des pistes… Et de votre violon… Au fait, il serait intéressant que Holmes joue du violon. Un vrai violon, bien sûr.

— Le mien l'est aussi, dit M. X. Aussi réel que votre personnage.

— Oh, bien sûr, je veux parler…

— Je sais. Continuez, s'il vous plaît.

Doyle parla sans nous adresser un regard, comme s'il pensait à voix haute.

— Je ne sais pas… Tout était très étrange. Cet homme me racontait des choses à votre sujet, je les imaginais appliquées à Sherlock Holmes et j'y ajoutais quelque chose de mon cru. Et maintenant, ici devant vous, je me sens comme si j'étais devant de la matière première… Vous n'êtes pas Sherlock Holmes, mais Sherlock Holmes *est vous*, je ne sais pas si je m'exprime clairement… – Et après une pause, en hésitant : Eh bien, un peu plus grand, peut-être… – Il se tut, le visage empourpré.

M. X souriait placidement. Il affichait une expression de bonheur authentique.

— Vous ne m'offensez pas, docteur, il est logique qu'il en soit ainsi.

— Plus grand ?

— Oui. Dans votre imagination, Sherlock Holmes a grandi.

— Certes. – Doyle sourit. – Je n'y avais pas pensé, mais c'est vrai.

— Pour ce qui est du deuxième service…

— Je vous écoute.

— Me donneriez-vous la permission d'utiliser le nom de Sherlock Holmes dans l'intimité, juste avec Mlle McCarey ?

Un nuage passa sur le visage paisible et las de Doyle.

— Eh bien… Cela… Je… Je ne sais pas… Je ne sais que vous dire…

Doyle et moi fûmes surpris d'entendre le petit rire de M. X.

— Ne vous inquiétez pas docteur, votre réticence est compréhensible. – Puis, en se retournant vers moi, il poursuivit : Vous vous rendez compte, mademoiselle McCarey ? J'ai su avec une certitude absolue que le faux Doyle mentait quand il m'a donné cette permission. Aucun véritable écrivain n'accepte que quelqu'un joue avec le nom de ses personnages.

Doyle se vit contraint de sourire tout en lui tendant la main.

— Cher monsieur X, ravi de vous avoir connu.

— Si vous voulez bien m'excuser, monsieur Doyle, je n'ai pas l'habitude de serrer la main, mais je vous souhaite tout le bonheur du monde, quoique vous n'en ayez pas besoin : vous êtes un homme de talent. Votre vocation d'écrivain avait seulement besoin, pour prendre son envol, de ce dont tant d'autres personnes qui veulent donner un nouveau cours à leur vie ont besoin : renaître. Vous y êtes parvenu.

Les adieux furent cordiaux, mais quand j'accompagnai Doyle dans le vestibule de Clarendon, je vis qu'il était mal à l'aise.

— Je ne sais pas si j'ai mal fait de ne pas le laisser utiliser le nom de mon… avoua-t-il, soucieux et honteux. Grâce à lui, je peux l'utiliser.

Je le rassurai sur ce point. C'était le nom de son personnage et il avait parfaitement le droit de montrer son désaccord, dis-je. Et puis, M. X l'avait bien pris. Doyle ne sembla pas convaincu, mais il s'inclina devant moi avec élégance et je le vis s'éloigner lentement par l'avenue.

Le même jour, M. X envoya à Merton, par l'intermédiaire de Jimmy Piggot, l'explication attendue. C'était un petit livre à couverture bleue. J'imagine le visage de Merton en lisant le titre :

LES CINQUANTE MEILLEURES PARTIES D'ÉCHECS

Sur une page cornée apparaissait le diagramme d'une partie.

DÉFENSE PHILIDOR

(Les noirs bougent)

4

Après avoir remis cette enveloppe, Jimmy Piggot revint et me donna la correspondance du jour. Puis je me rendis à la cuisine, préparai du thé pour M. X et revins à sa chambre, en lui servant une tasse.

— Alors ce carnet de notes… n'existait pas… – Je souris. – Vous l'avez fait pour moi.

M. X but une gorgée de thé et partagea mon sourire.

— Dans cette vie, il faut savoir qui sont les personnes qui nous importent, ma chère mademoiselle McCarey…

— Merci, monsieur X, dis-je, émue.

Je continuai à lui sourire tout en levant la main droite avec le couteau que j'avais rapporté de la cuisine et l'enfonçai avec précision dans ses entrailles.

RIDEAU DE FIN

Cette étrange barrière entre l'œuvre et la réalité, cette paupière qui se referme enfin sur l'illusion, comme si tout le théâtre était un grand œil qui nous aurait regardé jusqu'alors en nous introduisant dans sa pupille comme un maître hypnotiseur…

J. H. MILESTONE,
Réflexions sur l'art théâtral (1865).

Le cycliste est voyant, mais un observateur perspicace aurait peut-être pensé qu'il souhaite attirer l'attention sur certains détails afin d'en cacher d'autres. Un peu comme un tour de magie sur roues. Cependant, il n'y a pas d'observateurs proches, perspicaces ou non. Le cycliste pédale dans une immense étendue arborée du Surrey. Les longs pans d'un pardessus en cuir, probablement beaucoup plus onéreux que la très onéreuse bicyclette, s'agitent sous les mouvements mécaniques sur l'énorme roue avant, et forment une sorte de queue s'agitant au vent sur la petite roue arrière. Le pardessus est coupé afin de laisser de l'espace au jeu de jambes, mais il dissimule entièrement ces dernières. Il est si magnifique et absurde que notre hypothétique observateur remarquerait davantage les pans qui battent des ailes que la taille fine ou la curieuse forme qu'adopte le vêtement sur le torse. En levant la tête, nous trouverions moins de curiosités : écharpe grise, lunettes aux verres teintés, bonnet à oreilles, quelques cheveux noirs visibles dansant au son de la vitesse. L'ensemble parle d'innovation, de mécanisme, de gloire humaine de fin de siècle. Les tours de la grande roue ébauchent un rêve de Léonard de Vinci à chaque passage.

Certains obstacles empêchent de bien suivre notre rapide et industrieux sportif : de vieux chênes très hauts, un sentier serpentant, les murs de l'immense propriété privée. Une grille s'ouvre et se ferme comme une prison champêtre. Un chemin de granit, une arche surveillée par des gardes. À la fin, notre cycliste gagne une cour intérieure qui pourrait bien contenir un petit village.

Mais halte là : parce que si nous l'avons suivi jusqu'à ce point, nous nous apercevrons qu'il n'y a plus de chemin à parcourir. Il est arrivé à destination, sans doute. Et au fur et à mesure que nous y pensons, les rayons des roues gagnent en netteté, se différencient entre eux, nous pouvons les isoler, donner un nom à chacun, ils deviennent ennuyeux, s'arrêtent. Le voir descendre de vélo ne semble pas spectaculaire, simplement, à cause de sa grâce de danseur et de sa douceur comme de l'huile glissant sur la roue. Une botte sur le sol, une autre. Deux domestiques en livrée s'approchent, impérieux, par l'autre bout de la cour, tandis que le cycliste appuie le vélocipède contre le mur et lève une main gantée qui tient un rectangle de papier. Les domestiques l'accompagnent à l'intérieur, parcourent tant de couloirs qu'on dirait que le voyage est maintenant plus long que celui qui a été effectué à vélo, on entend le pas de six chaussures, des portes doubles ouvertes pour que le cycliste pénètre en solitaire dans un nouveau salon où attend un homme face auquel le cycliste s'arrête, se met au garde-à-vous, porte la main qui ne tient pas le papier à son cou, déboutonne le manteau entier qui tombe lourdement à ses pieds et avec lui bonnet, lunettes, écharpe et bottes.

Maintenant entièrement nue, la femme lui remet le papier.

L'homme sort la lettre de l'enveloppe et la lit.

— Intéressant.

— Hm ? demande un autre homme au loin, dans le même salon.

— Très intéressant.

— Hm ?

Les deux messieurs quittent le salon par une autre porte. Derrière, immobile, reste la femme. À ses pieds, tous ses vêtements comme une mer sombre d'où naîtrait une Aphrodite aux cheveux courts. Les lumières du salon s'éteignent.

— Le jeu de Portsmouth, révélé, dit le premier homme.

— Y ?

— "Y", aussi.

— Oh.

— Oui.

— Intéressant.

— Certes.

Les deux hommes avancent dans le nouveau salon. Pas amortis sur le tapis. Statues flanquant le chemin. Des dizaines d'entre elles dans le grand salon obscur.

— Qui était-ce ? dit l'homme qui ne tient pas la feuille de papier.

— Lisez.

Les rôles s'inversent et c'est le deuxième homme qui tient maintenant la feuille de papier.

— Il faudrait prévenir M. M., non ? demande celui qui tient la feuille de papier après l'avoir lue.

— Oh, le vieux professeur est prévenu. – L'autre homme s'arrête et caresse distraitement la colonne vertébrale et le postérieur d'une très belle statue. La statue bat des paupières. – Et il a pris des mesures, bien sûr.

ÉPILOGUE

Je m'appelle Anne McCarey et je suis infirmière.

Mais le miroir me renvoie maintenant un nouveau visage. Ou alors mes yeux le voient autrement, dépourvu de beauté, mais également de frustration. Mon visage, fait pour moi, comme ma vie, élaboré avec la matière de ma réalité. Je sens ce changement, cette transformation interne, comme si ma peau se revêtait de lumière et le résultat m'est agréable. Aucun changement réel n'est en lutte contre nos désirs : changer entièrement, c'est être heureux. Les changements tristes ne sont que des façons différentes de poursuivre de la même façon.

— Je m'appelle Anne McCarey et je suis infirmière, dis-je.

Je ne le dis que pour information, mais mon ton contient un léger défi. L'infirmière du Royal Portsmouth Hospital est un gâteau à la crème ambulant. Leurs uniformes sont les plus merveilleux qu'une infirmière puisse désirer. Nous échangeons des sourires de reconnaissance entre collègues et elles me guident à travers de belles salles, des pavillons de femmes remplis de fleurs fraîches odorantes, de couloirs enchantés par un lointain arôme d'éther, meubles cirés, sols resplendissants, tout le maquillage avec lequel nous masquons la douleur. Je souris à chaque patient en passant, déformation professionnelle je suppose, et certains, peu habitués à ce que les visiteurs soient aussi bien élevés que les employés, ne me le renvoient pas, semblant même offensés.

— Je m'appelle Anne McCarey, je suis infirmière.

Je le dis simplement comme information aux policiers en uniforme qui gardent la porte. Ils s'écartent comme des rideaux et j'entre dans un pays de lumière. La pièce est effectivement si propre qu'elle resplendit.

Et là, au centre, la pierre sacrée du palais.

Sa minceur désarmée ne dissimule pas le pouvoir de son éclat enchâssé dans le lit, un étui trop grand pour le chétif bijou. Il a les yeux ouverts, l'un rubis, l'autre aigue-marine, mais je sais qu'il dort. J'ai appris à distinguer les symboles dans les rayures de son front de nacre, un alphabet de lignes hiéroglyphes qui ne parlent qu'à moi. Maintenant il n'y a que des ondulations, et cela signifie qu'il se trouve perdu dans les couloirs sans fin, dans une chambre du palais destinée au repos et au bonheur.

— Mlle McCarey est venue, monsieur, gazouille l'infirmière comme une alouette.

— Laissez-le, dis-je. Il dort.

— Il a les yeux ouverts.

— Il dort.

Je prends une chaise et m'assieds près de son chevet. La poupée en porcelaine ne bouge pas, entourée de blancheur.

— Merci beaucoup, je vais rester un instant. – L'infirmière-gâteau-à-la-crème me rend mon sourire et sort de la pièce. C'est une chambre typiquement décorée pour son occupant. Rien sur les murs, rien au sol. Une fenêtre, une petite table blanche, deux chaises près du lit. C'est la raison pour laquelle il est si heureux, me dis-je : ceux qui vivent déjà dans le néant ne le redoutent pas.

Il y a un élément nouveau sur la petite table, toutefois. Un petit livre.

Sa présence est aussi étrange que si je l'avais trouvé au fond de la mer. Intriguée, je me penche pour le prendre.

Il est de *cet auteur*. Dont je ne parvenais jamais à me souvenir.

Alors je perçois un changement.

Il garde les yeux ouverts, il n'a pas bougé, mais je sais qu'il est déjà revenu de son palais et se penche sur le balcon de la réalité, qui a la forme exacte de son sourire.

— Vous venez tôt, aujourd'hui, mademoiselle McCarey.
— Bonjour, monsieur X. Hier, j'ai parlé aux docteurs, enfin.
— Et ?
J'hésitai.
— On m'a dit que vous alliez récupérer… Par chance, aucun organe vital n'a été touché.
— Oh, c'était sûr. Et vous ? ajoute-t-il alors. Vous allez récupérer ?
La réponse n'est pas aisée.

Je ressortis le poignard après le premier coup, entraînant une guirlande de sang.

Je suis infirmière et je connais les points où je peux faire le plus de mal.

Je vis M. X s'effondrer en suivant la direction du brusque retrait du poignard. La tasse de thé qu'il tenait et lui-même tombèrent ensemble, dans une même flaque, comme s'ils s'étaient détruits tous les deux. Quel plaisir, alors ! Je vis ses jambes fluettes fléchies, sa tête avec le visage entre les mains. Ainsi, de là où je le regardais oui, de là où je le regardais, on aurait dit un fœtus en robe de chambre. Le fruit d'un avortement tardif et récent, le cordon de sang le reliant à la vie déjà coupé.

Je m'inclinai pour ne pas manquer le coup de couteau suivant, qui devait être le dernier.

Mon plaisir n'avait pas de limites. C'était un plaisir-mer : ouvert à tous les horizons, créateur de chemins infinis. Un plaisir supérieur à mon corps, mais à l'*intérieur* de mon corps.

Le dos ne convenait pas. Ce que je devais faire, c'était trancher la carotide. Inanimé comme il l'était, ce n'était pas difficile. Je n'avais qu'à soulever son menton avec l'autre main et révéler le berceau où battait son cœur dans le cou. Là, vers ce dernier cordon bleu, je pointai mon couteau de matrone et levai la main pour l'empêcher de naître.

Alors je vis ses lèvres bouger.
— Mademoiselle… McCar… Anne.
Il me parlait.

C'était incroyable qu'il puisse le faire. Le couteau s'était planté dans son ventre. Ses viscères, retenus à première vue, devaient chercher une sortie. Et avec eux la vie sortirait tôt ou tard. La douleur devait être atroce, je ne le savais que trop : il m'appelait… Enfin, je ne le savais pas en cet instant, mais j'étais infirmière. Je savais que c'était une douleur que, par chance, peu d'êtres humains ressentent et qu'on ne peut ressentir qu'une fois.

Malgré tout, il parlait.

— Anne…

Je soutenais encore, dans la même position et à la même hauteur, sa sentence de mort au compte-gouttes.

— Anne, on vous a fait… ça… Ce n'est pas vous…

Mes lèvres s'incurvèrent. Je suppose que, vues du bon angle, à l'envers, elles constituaient un sourire. D'un autre angle, une grimace de tristesse. Tout dépendait de l'œil de l'observateur, comme la beauté.

— Anne…

Chaque fois qu'il prononçait mon nom, il expulsait des bulles rouges. Mon nom était son sang. Il mourait un peu plus chaque fois qu'il le prononçait, mais il continuait. Obstinément…

— Anne… Anne… Vous êtes… supérieure à…

Mon couteau pendait. Pas indécis : immobile. Pas hésitant : à l'affût. Tendu.

— Ils ont fait… du théâtre… Mais vous êtes supérieure à… Vous voulez résister…

Les palpitations de son cou m'envoyaient un message plus lent. Sous son corps fluet s'étendait une lagune de couleur rouge. Mes pupilles reflétaient cette flaque en double. Rouges et rondes.

— Elle veut résister… Elle s'appelle Anne… Ma… belle et cou… courageuse Anne…

Ce fut alors que je remarquai la présence d'un objet près de moi. Il me dissimulait partiellement la lumière de la fenêtre de la chambre. C'était un couteau ensanglanté. Je crus qu'il flottait en l'air, mais il était tenu par un bras dans la manche d'un uniforme d'infirmière de Clarendon House. J'observai avec émerveillement cet étrange membre pendant que la voix exhalait au sol des paroles d'agonie.

J'étais stupéfaite : le bras se prolongeait sur mon épaule, raide et endolorie, crispée. Mon épaule et mon corps, avec ma tête en haut et, à l'intérieur moi, me frayant un chemin…

— … Ne permettez jamais à personne… de vous mentir encore…

Je me mis à trembler. Mais uniquement parce que je me battais de l'intérieur. Je voulais me briser, m'étirer, m'ouvrir pour pouvoir me pencher.

À mes pieds, la frêle silhouette se dissolvait dans le sang.

Je m'appelais Anne McCarey et j'étais infirmière.

Le couteau ne m'appartenait pas. Je le lançai au loin. Les larmes, brûlantes, furent expulsées. La douleur, la conscience de ce que j'avais été sur le point de faire. Tous les plaisirs se perdirent, se brisèrent, et ma vision se voila de cristaux liquides. Il ne me restait que lui, recroquevillé sur le sol comme un nouveau-né attendant qu'on le prenne dans ses bras. Et je me penchai vers lui. Ce fut ainsi que me trouvèrent Susie et Jane, alarmées par mes cris.

Maintenant aussi je le fais. Je m'incline, pleure et sens ses mains sur les miennes.

— Ma chère Anne, ne vous sentez pas coupable, dit-il avec sa douceur habituelle, mais avec de nombreuses pauses, son verre de vie et d'énergie encore à moitié plein. Ce n'était pas vous… C'est le théâtre de chambre où on vous a emmenée…, où M. Y. vous a emmenée… C'est comme ça que l'ont compris la police et ma famille…

— Mais comment… ? Je suis allée vous servir un thé après que Doyle… et… alors…

— Quand vous avez dit au revoir à Doyle l'autre jour… qu'avez-vous fait ?

J'avais tenté de m'en souvenir à plusieurs reprises. Peu à peu, comme si ma mémoire avait été draguée jusqu'à mettre au jour les fossiles des détails, les faits précis émergèrent enfin à la lumière.

— Attendez, oui… Jimmy m'a dit qu'il y avait du courrier. Une lettre pour moi. J'ai pensé qu'elle était de mon frère…

M. X acquiesça.

— Mais ce n'était pas le cas, n'est-ce pas ?

— Non.

— Qu'y avait-il dedans ?

Je tarde à répondre parce que ce souvenir précis continue à me faire frémir – de plaisir – d'horreur.

— Deux grands cercles noirs dessinés au crayon. L'un à côté de l'autre.

Mon "ours" à boutons noirs, je pense.

— C'est le mécanisme qui a permis d'activer en vous les instructions que vous avez reçues, m'explique-t-il. Vous n'avez plus été vous-même à partir du moment où vous avez vu ce dessin… Vous avez pris un couteau de cuisine, vous m'avez préparé un thé et vous êtes remontée transformée en autre chose… En un instrument qu'ils voulaient utiliser. Mais vous avez prouvé que personne ne pouvait plus vous utiliser.

— Mais… j'ai voulu vous tuer… murmurai-je. C'était une douleur (plaisir) encore atroce.

— Non, pas vous, eux. Vous avez juste été utilisée. Ils ont envoyé cette lettre quand ils ont su que M. Y. avait été éliminé… ils ont mis en marche leur ultime recours. C'était très cruel, de se servir de vous, mais je vous jure qu'ils vont le payer très cher, mademoiselle McCarey… Jamais aucun couteau, même constitué de diamants, ne leur coûtera plus cher que de vous avoir utilisée, je vous en donne ma parole.

Je le crois. Mais en même temps, quelque chose me semble évident.

— Vous l'attendiez… dis-je en séchant mes larmes. Vous *attendiez* que cela se produise… Vous l'avez su dès que M. Y. m'a emmenée au théâtre… Et vous m'avez laissée y aller, vous ne m'avez pas prévenue… – Le silence de M. X est la confirmation que je ne réclame pas. – Pourquoi ?

— Parce que vous en aviez besoin.

— Quoi ?

— Mademoiselle McCarey, rappelez-vous quand le faux Doyle a parlé pour la première fois de Coppelius, même quand il vous a suggéré de l'accompagner ?

— Oui.

— Pourquoi avez-vous fait ça ? Vous n'y avez pas pensé ? Pourquoi vous attirer vers la compagnie où se trouvaient les responsables des crimes ? Je voulais que vous remarquiez cette porte…

Il fait une grimace de douleur et se tait.

— Oui, maintenant je comprends.

— Ils devaient vous utiliser… si le reste échouait. Et vous avez raison : je le savais, mais je les ai laissés faire… Vous aviez besoin de jouer cette dernière scène et de sortir enfin… à la lumière. Fortifiée.

— Je ne sais pas.

— Quoi ?

— Je ne sais pas si j'en suis sortie "fortifiée"… Je…

— Le plaisir, dit M. X.

Je murmure :

— Oui. C'était…

— Immense, complète-t-il. C'est pour cela que vous en êtes ressortie fortifiée, mademoiselle McCarey. Nous sommes plus puissants que n'importe quel théâtre ou illusion, mais vous aviez besoin de le vérifier. Maintenant vous savez que rien ne peut nous faire croire à ce que nous n'aimons pas.

— Mais j'aurais pu vous tuer…

— Je savais que ce ne serait pas le cas. Vous êtes la belle et courageuse Anne. Et vous l'avez prouvé. Pour toujours. Vous voulez collaborer avec moi, mademoiselle McCarey ? Pour arriver à la fin de tout ça. Cela peut être très risqué, vous l'avez constaté…

Je réponds sans hésiter :

— Je suis prête. Avec vous, je le suis. – Pour contourner mon émotion, il désigna le livre sur la table de chevet. – *Alice au pays des merveilles*… Je l'ai lu. Lewis Carroll est votre ami d'Oxford ? C'est pour cela que vous avez demandé qu'on vous déplace à la résidence d'Oxford où vous avez vécu avant Portsmouth ?

— L'histoire de ce livre et de son auteur est curieuse, dit-il, éludant ma question. Je vais vous la raconter. Et, en effet, je dois rentrer immédiatement à Oxford. C'est urgent. – Et je remarque l'inquiétude typique dans sa voix, l'anxiété de se trouver face à un nouveau défi. – Mais consacrons-nous pour l'heure au délassement de la bonne littérature. Vous m'en liriez quelques pages ? Je voudrais revoir quelques détails de cette histoire avant notre voyage…

Je contemple l'exemplaire, songeuse.

— Je n'ai pas envie de lire, monsieur X. Mais… il me vient une idée… Vous pourriez me faire la lecture ? Je suis sérieuse… J'aimerais beaucoup que ce soit vous, pour changer.

Je lui tends le livre. Il ne le prend pas. Son sourire s'étend comme une lumière.

— Ma chère mademoiselle McCarey, vous mentez très mal… Les médecins vous l'ont dit hier, n'est-ce pas ?

Je l'observe. Ma lèvre inférieure tremble.

— Peu m'importe que vous le sachiez, maintenant, dit M. X. Au début, je voulais que vous me fassiez confiance, que vous croyiez qu'il y a d'autres façons de regarder, de nous voir nous-mêmes et les autres. Maintenant cela n'a plus d'importance si vous connaissez aussi mon petit secret… Ponsonby et le Dr Marvel le savaient, bien sûr, et étaient juste étonnés. J'espère que cela ne vous dérange pas non plus de le savoir…

En parlant, j'agite la main devant ses yeux. Ils sont de deux couleurs différentes, mais identiques devant le geste. Rien ne semble les altérer.

Effectivement, les médecins me l'ont dit, et le plus incroyable est que je n'ai pas été très surprise. Enfin, un peu, si.

Les détails arrivent : sa chambre est toujours plongée dans l'obscurité, sa maladresse pour marcher sur la plage, la raison pour laquelle il n'avait "jamais vu" ses parents, la demande que quelqu'un déplace les pièces du jeu d'échecs et que je note les mouvements – pour que Philipotts annonce ses coups à voix haute –, Jimmy lui lisant toujours et écrivant toutes ses lettres, sa négligence en ignorant que je n'étais pas sortie de la pièce… *Détails*.

Si incroyable que lui ait paru le faux Doyle après l'avoir examiné – et peut-être avoir cru, à tort, qu'il serait inoffensif. Si incroyable et étrange que lui semble Ponsonby – qui réclamait que Doyle lui remette le rapport pour respecter l'interdiction de son résident de ne pas trahir son "secret".

Si incroyable que cela soit pour tous ceux qui l'ont vraiment connu et savent ce dont il est capable…

Je faillis me mettre à rire. Le seul homme à m'avoir qualifiée de "belle" !

Mais il n'avait pas menti. Il m'avait *vue*.

Parce qu'on peut voir sans yeux, tuer sans assassins, jouer de la musique avec des instruments irréels.

— Je vais vous faire un peu de lecture, dis-je pendant que les larmes lavent mon nouveau visage. Le visage de la belle et courageuse Anne.

— Merci. Avant, j'irai dans mon palais pour y ranger tout ce que vous me lirez…

Il tend les mains. Je lui remets le violon.

M. X joue une musique merveilleuse.

NOTE FINALE

Le Dr Arthur Conan Doyle acheva un manuscrit. Il fut publié des années plus tard dans le *Beeton's Christmas Annual.* Il l'intitula *Une étude en rouge*. Un exemplaire de cette première édition a été remis à une adresse précise, dédicacé de la main de l'auteur.

Voici la dédicace :

À M. Sherlock Holmes.

REMERCIEMENTS

Imaginer un roman requiert une seule personne ; le publier, beaucoup.

Bien sûr, dans mon cas, bien plus que celles que je vais citer ici, mais laissez-moi essayer.

Merci à la meilleure agence littéraire du monde, l'agence Carmen Balcells SA et son équipe de grands professionnels, en particulier Ramón Conesa, pour leurs efforts et leurs encouragements constants. Merci à mes éditrices, Ana Rosa Semprún et Miryam Galaz, et à la magnifique équipe de la maison d'édition Espasa, pour avoir cru en les possibilités de cette œuvre. Merci à mon ami le Dr Diego Jiménez Morón pour sa brillante lecture du manuscrit et ses bons conseils pour l'améliorer. Merci à mon ami Fernando Chacón, qui a trouvé le temps qu'il n'avait pas pour le lire. Merci à María José, mon épouse, d'avoir accepté de m'écouter lire chapitre après chapitre ce qui est devenu une sorte de feuilleton radiophonique des soirs d'été, et de m'avoir renvoyé pour se venger ses critiques pertinentes. Merci à mes enfants, José et Lázaro, qui apportent toujours leurs points de vue particuliers et aident à améliorer les miens.

Et particulièrement, ma gratitude éternelle à mon père, à qui ce livre est dédié, qui m'a dit un jour ces simples mots qu'on nous dit quand on nous donne un livre qui fera ensuite partie de nos rêves et de notre vie pour toujours.

Cette fois, il s'agissait des aventures complètes de Sherlock Holmes, d'Arthur Conan Doyle.

Les mots furent ceux qu'on vous a dits un jour à vous aussi :

Lis-le.

OUVRAGE RÉALISÉ
PAR SOFT OFFICE
REPRODUIT ET ACHEVÉ D'IMPRIMER
EN AVRIL 2023
PAR L'IMPRIMERIE NORMANDIE ROTO IMPRESSION S.A.S.
À LONRAI
POUR LE COMPTE DES ÉDITIONS
ACTES SUD
LE MÉJAN
PLACE NINA-BERBEROVA
13200 ARLES

DÉPÔT LÉGAL
1re ÉDITION : MAI 2023
N° impr. : 2301244
(Imprimé en France)